O CONTO DA AIA

MARGARET ATWOOD

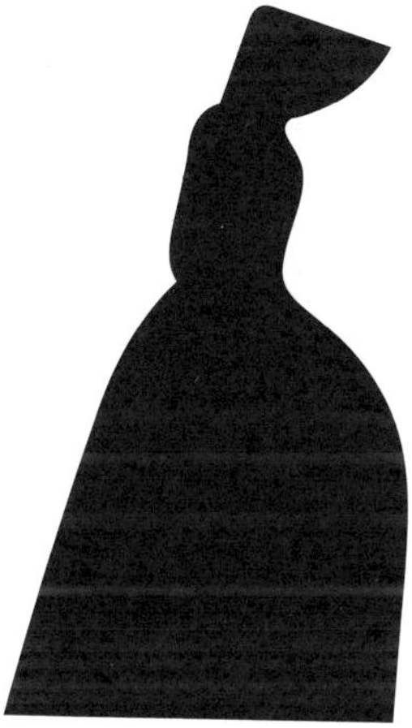

O CONTO DA AIA

Tradução de Ana Deiró

Rocco

Para Mary Webster e Perry Miller

Título original:
THE HANDMAID'S TALE

EDITORA ROCCO LTDA.
Rua Evaristo da Veiga, 65 – 11º andar
Passeio Corporate – Torre 1
20031-040 – Rio de Janeiro – RJ
Tel.: (21) 3525-2000 – Fax: (21) 3525-2001
rocco@rocco.com.br
www.rocco.com.br

Printed in Brazil/Impresso no Brasil

Preparação de originais
FÁTIMA FADEL
TIAGO LYRA

CIP-BRASIL. CATALOGAÇÃO NA PUBLICAÇÃO
SINDICATO NACIONAL DOS EDITORES DE LIVROS, RJ

A899c

Atwood, Margaret, 1939-
O conto da aia / Margaret Atwood ; tradução Ana Deiró. - 1. ed. - Rio de Janeiro : Rocco, 2025.

Tradução de: The handmaid's tale
ISBN 978-65-5532-602-4
ISBN 978-85-8122-717-7 (recurso eletrônico)

1. Ficção canadense. I. Deiró, Ana. II. Título.

CDD: 819.13
25-99861.0 CDU: 82-3(71)

Meri Gleice Rodrigues de Souza - Bibliotecária - CRB-7/6439

Vendo, pois, Raquel que não dava filhos a Jacob,
teve Raquel inveja da sua irmã, e disse a Jacob:
Dá-me filhos, ou senão eu morro.

Então se acendeu a ira de Jacob contra Raquel e disse:
Estou eu no lugar de Deus, que te impediu
o fruto de teu ventre?

E ela lhe disse: Eis aqui a minha serva, Bilha;
Entra nela para que tenha filhos sobre os meus joelhos,
e eu, assim, receba filhos por ela.

– Gênesis, 30:1-3

Mas quanto a mim, tendo me exaurido ao longo de muitos anos a oferecer pensamentos vãos, ociosos e visionários, e, por fim, ter por completo perdido as esperanças de algum dia ter sucesso, felizmente, encontrei esta proposta...

– Jonathan Swift, Uma modesta proposta

No deserto não existe nenhuma placa que diga:
Não comerás pedras.

– Provérbio sufi

Sumário

I

NOITE

CAPÍTULO UM

Nós dormimos no que antes havia sido o ginásio esportivo. O assoalho era de madeira envernizada, com listras e círculos pintados, para os jogos que antigamente eram disputados ali; os aros para as redes das cestas de basquete ainda estavam em seus lugares, embora as redes tivessem desaparecido. Uma arquibancada cercava o salão para os espectadores, e imaginei que podia sentir, muito ligeiramente, como uma imagem residual, o cheiro pungente de suor, mesclado com a doçura latente de goma de mascar e o perfume das garotas assistindo aos jogos vestidas com saias de feltro, como eu tinha visto em fotografias, mais tarde de minissaias, em seguida calças, depois com um brinco só, os cabelos espetados com mechas pintadas de verde. Bailes teriam sido realizados ali, a música permanecia, um palimpsesto de sons jamais ouvidos, um estilo seguindo-se ao outro, uma cadência de tambores, um lamento desamparado, guirlandas feitas de flores de papel de seda, máscaras de cartolina, uma esfera giratória coberta de espelhos, salpicando os dançarinos com uma neve de luz.

Havia sexo antigo naquele espaço, e solidão, e expectativa, de alguma coisa sem forma nem nome. Lembro-me daquele anseio, por alguma coisa que estava sempre a ponto de acontecer e que nunca era a mesma como não eram as mãos que nos tocavam ali e, naquela época, por trás, bem lá embaixo nas costas, ou lá atrás no estacionamento nos fundos, ou na sala da televisão com o som bem baixinho e as imagens tremeluzindo sobre corpos que se levantavam.

Nós ansiávamos pelo futuro. Como foi que aprendemos aquilo, aquele talento pela insaciabilidade? Estava no ar; e ainda estava no ar, como uma reflexão tardia, enquanto tentávamos dormir, nos catres do exército que haviam sido dispostos em fileiras, espaçados de modo que não pudéssemos conversar. Tínhamos cobertas, lençóis de flanela de algodão, como as de crianças, e cobertores padrão fabricados para o exército, dos antigos que ainda diziam U.S. Dobrávamos nossas roupas cuidadosamente e as colocávamos sobre os banquinhos aos pés das camas. As luzes eram diminuídas, mas não apagadas. Tia Sara e Tia Elizabeth patrulhavam; tinham aguilhões elétricos de tocar gado suspensos por tiras de seus cintos de couro.

Não tinham armas de fogo, porém, nem mesmo elas mereciam confiança para portar armas de fogo. As armas eram para os guardas. Especialmente escolhidos entre os Anjos. Os guardas não tinham permissão para entrar no prédio exceto quando eram chamados, e não tínhamos permissão para sair, exceto para as caminhadas, duas vezes por dia, duas a duas, ao redor do campo de futebol que agora estava cercado por uma cerca reforçada de malha metálica com rolos de arame farpado no alto. Os Anjos ficavam postados do lado de fora da cerca, de costas para nós. Eram objetos de medo para nós, mas também algo mais. Se ao menos nos olhassem. Se ao menos pudéssemos falar com eles. Alguma coisa poderia ser negociada, acreditávamos, algum acordo feito, alguma permuta, ainda tínhamos nossos corpos. Essa era a nossa fantasia.

Aprendemos a sussurrar quase sem qualquer ruído. Na quase-escuridão podíamos esticar nossos braços, quando as Tias não estavam olhando, e tocar as mãos umas das outras sobre o espaço. Aprendemos a ler lábios, nossas cabeças deitadas coladas às camas, viradas para o lado, observando a boca umas das outras. Dessa maneira trocávamos nomes, de cama em cama:

Alma. Janine. Dolores. Moira. June.

II
COMPRAS

CAPÍTULO DOIS

Uma cadeira, uma cama, um abajur. Acima no teto branco, um ornamento em relevo na forma de uma coroa de flores, e no centro dele um espaço vazio, coberto de reboco, como o espaço em um rosto onde o olho foi tirado fora. Deve ter havido um lustre, antes. Eles tinham removido qualquer coisa em que você pudesse amarrar uma corda.

Uma janela, duas cortinas brancas. Sob a janela, um assento com uma pequena almofada. Quando a janela está parcialmente aberta – ela só se abre parcialmente – o ar pode entrar e fazer as cortinas se mexerem. Posso sentar na cadeira ou no banco junto à janela, as mãos com os dedos entrelaçados, e observar isso. A luz do sol também entra pela janela e bate no assoalho, que é feito de madeira, em ripas estreitas, muito bem enceradas. Há um tapete no chão, oval, feito de retalhos trançados. Esse é o tipo de detalhe de que eles gostam: arte folclórica, arcaica, feita por mulheres, em suas horas livres, de coisas que não têm mais utilidade. Um retorno aos valores tradicionais. Quem tudo economiza tem tudo que precisa. Não estou sendo desperdiçada. Por que ainda preciso?

Na parede acima da cadeira, um quadro, emoldurado mas sem vidro: uma estampa de flores, íris azuis, guache. Flores ainda são permitidas. Será que cada uma de nós tem a mesma estampa, a mesma cadeira, as mesmas cortinas brancas, eu gostaria de saber. Distribuídas pelo governo?

Pense nisso como servir ao exército, dizia Tia Lydia.

Uma cama. De solteiro, colchão de dureza média, coberto por uma colcha aveludada branca. Nada acontece na cama senão o sono; ou a falta de sono. Tento não pensar demais. Como outras coisas agora, os pensamentos devem ser racionados. Há muita coisa em que não é produtivo pensar. Pensar pode prejudicar suas chances, e eu pretendo durar. Sei por que não há nenhum vidro, na frente do quadro de íris azuis, e por que a janela só se abre parcialmente e por que o vidro nela é inquebrável. Não é de fugas que eles têm medo. Não iríamos muito longe. São daquelas outras fugas, aquelas que você pode abrir em si mesma, se tiver um instrumento cortante.

Muito bem. Exceto por esses detalhes, isso poderia ser um quarto de hóspedes de uma faculdade, para os visitantes menos importantes; ou um quarto de pensão, de tempos antigos, para senhoras em reduzidas condições de vida. Isso é o que somos agora. As condições de vida foram reduzidas; para aquelas dentre nós que ainda têm condições.

Mas uma cadeira, luz do sol, flores: essas coisas não devem ser descartadas. Estou viva, eu vivo, respiro, estendo minha mão para fora, aberta, para a luz do sol. Estar onde estou não é uma prisão e sim um privilégio, como dizia Tia Lydia, que era apaixonada por ou isto ou aquilo.

O sino que mede o tempo está tocando. O tempo aqui é medido por sinos, como outrora nos conventos de freiras. Também como nos conventos, existem poucos espelhos.

Eu me levanto da cadeira, avanço meus pés para a luz do sol, até os sapatos vermelhos, sem salto para poupar a coluna e não para dançar. As luvas vermelhas estão sobre a cama. Pego-as, enfio-as em minhas mãos, dedo por dedo. Tudo, exceto a touca de grandes abas ao redor de minha cabeça, é vermelho: da cor do sangue, que nos define. A saia desce à altura de meus tornozelos, rodada, franzida e presa a um corpete de peitilho liso que se estende sobre os seios, as mangas são bem largas e franzidas. As toucas brancas também seguem o modelo padronizado; são destinadas a nos impedir de ver e também de sermos vistas. Nunca fiquei bem de vermelho, não é a minha cor. Apanho a cesta de compras e a enfio no braço.

A porta do quarto – não do *meu* quarto, eu me recuso a dizer *meu* – não está trancada. Na verdade, ela não se fecha direito. Saio para o corredor bem encerado, que tem uma passadeira no centro, de um tom rosa-acinzentado. Como uma trilha aberta em meio à floresta, como um tapete para a realeza, mostra-me o caminho.

O tapete faz uma curva e desce a escadaria da frente e sigo por ele, com uma das mãos no corrimão, outrora uma árvore, abatida e transformada em outro século, polida até adquirir um brilho intenso. Do fim do período vitoriano, a casa é uma residência de família, construída para uma família rica e numerosa. Há um relógio de pé no vestíbulo, que distribui o tempo em quinhões, e então a porta que dá para a maternal sala de estar da frente, com seus tons rosados e pequenos toques sugestivos. Uma sala onde nunca me sento, apenas fico de pé ou me ajoelho. No final do vestíbulo, acima da porta da frente, há uma bandeira semicircular de vidro colorido: flores vermelhas e azuis.

Resta um espelho, na parede da entrada. Viro minha cabeça de modo que as abas brancas da touca que emoldura meu rosto dirijam minha visão para ele, posso vê-lo enquanto desço as escadas, redondo, convexo. Um tremó, como um olho de peixe, e eu nele como uma sombra distorcida, uma paródia de alguma coisa, um personagem qualquer de conto de fadas com capa vermelha, descendo rumo a um momento de despreocupação que é o mesmo que perigo. Uma Irmã, banhada em sangue.

Ao pé da escada há um suporte para chapéus e guarda-chuvas, daqueles de madeira torneada, longos barrotes arredondados de madeira que se curvam suavemente para cima em forma de ganchos de formato semelhante ao dos fetos de folhas de samambaia ao se abrirem. Há vários guarda-chuvas nele: um preto para o Comandante, um azul para a Esposa do Comandante, e um que me é destinado, que é vermelho. Deixo o guarda-chuva vermelho onde está, porque sei da janela que o dia está ensolarado. Gostaria de saber se a Esposa do Comandante está na sala de estar ou não. Ela nem sempre senta. Por vezes posso ouvi-la andando de um lado para o outro, um passo pesado e depois um leve e o bater suave de sua bengala no tapete rosa-acinzentado.

* * *

Sigo caminhando pelo vestíbulo, passo pela porta da sala de estar e pela porta que dá para a sala de jantar, e abro a porta ao final do vestíbulo e entro na cozinha. Aqui o cheiro não é mais de lustra-móveis. Rita está aqui dentro, de pé diante da mesa da cozinha, que tem um tampo branco esmaltado lascado. Ela está com seu vestido habitual de Martha, que é verde desbotado como um traje cirúrgico dos tempos anteriores. O feitio de suas roupas é muito parecido com o das minhas, o vestido comprido escondendo as formas, mas com um avental de peitilho por cima e sem a touca com abas brancas e o véu. Ela põe o véu para sair, mas ninguém se importa muito com quem vê o rosto de uma Martha. As mangas estão arregaçadas até o cotovelo, deixando à vista seus braços morenos. Ela está fazendo pão, atirando os cones de massa para a rápida sovada final e depois dar a forma.

Rita me vê e acena com a cabeça, embora seja difícil dizer se é um cumprimento ou um simples reconhecimento de minha presença, e limpa as mãos cheias de farinha no avental e vai revirar a gaveta da cozinha em busca do talão de vales de alimentos. Franzindo o cenho, arranca três vales e os estende para mim. O rosto dela poderia ser gentil se ela sorrisse. Mas o cenho franzido não é nada pessoal contra mim: é o vestido vermelho que ela desaprova, e o que ele representa. Ela acha que pode ser contagioso, como uma doença ou algum tipo de má sorte.

Por vezes fico escutando do lado de fora de portas fechadas, algo que nunca teria feito no tempo de antes. Não escuto por muito tempo, porque não quero ser apanhada fazendo isso. Mas certa vez ouvi Rita dizer para Cora que não se rebaixaria dessa maneira.

Ninguém está lhe pedindo que o faça, retrucou Cora. De qualquer maneira, o que você poderia fazer, se acontecesse?

Ir para as Colônias, respondeu Rita. Elas têm essa escolha.

Com as Não mulheres, e morrer de fome e Deus sabe o que mais?, disse Cora. Agora te peguei.

Elas estavam descascando ervilhas; mesmo através da porta quase fechada eu podia ouvir o tilintar ligeiro das ervilhas caindo na tigela de metal. Ouvi Rita, um grunhido ou um suspiro, de protesto ou de concordância.

De qualquer maneira, elas estão fazendo isso por todos nós, disse Cora, ou pelo menos é o que dizem. Se eu não tivesse ligado as trompas, poderia ter sido eu, digamos, se fosse dez anos mais moça. Afinal, não é assim tão ruim. Não é o que se consideraria trabalho pesado.

Antes ela do que eu, disse Rita, e eu abri a porta. Os rostos delas estavam da maneira como ficam os rostos de mulheres quando elas estiveram falando a seu respeito pelas costas e acham que você ouviu: constrangidos, mas ao mesmo tempo um pouco desafiadores, como se aquilo fosse direito delas. Naquele dia, Cora foi mais agradável comigo do que de costume, Rita mais rabugenta.

Hoje, a despeito do semblante carrancudo de Rita e dos lábios cerrados, eu gostaria de ficar aqui, na cozinha. Cora poderia entrar, vinda de alguma outra parte da casa, trazendo sua garrafa de óleo de limão e seu espanador, e Rita faria um café – nas casas dos Comandantes ainda existe café de verdade –, e nos sentaríamos à mesa da cozinha de Rita, que não é de Rita tanto quanto a minha mesa não é minha, e conversaríamos, sobre nossos grandes e pequenos males, dores e incômodos, doenças, sobre nossos pés e nossas costas, todos os diferentes tipos de peças que nossos corpos, como crianças travessas, podem nos pregar. Daríamos acenos de cabeça, à guisa de pontuação para as vozes umas das outras, num sinal de que sim, sabemos tudo a respeito disso. Trocaríamos remédios e tentaríamos superar umas às outras no relato de nossos sofrimentos físicos, nos queixaríamos suavemente, as vozes mansas e em tom menor e chorosas como as de pombas nas calhas dos telhados. *Eu sei do que você está falando*, diríamos. Ou uma expressão antiquada que por vezes ainda se ouve, de gente mais velha: *Conheço os passos dessa estrada, já passei por ela*, como se a própria voz fosse um viajante, chegando de um lugar distante. O que de fato seria, o que de fato é.

Como eu costumava desprezar esse tipo de conversa. Agora anseio por elas. Pelo menos eram conversas. Uma troca, por menor que fosse.

Ou falaríamos da vida dos outros. As Marthas sabem de coisas, conversam entre si, transmitindo as notícias não oficiais de casa em casa. Assim como eu, elas ficam a escutar por trás das portas, sem dúvida, e veem coisas mesmo com os olhos desviados. Eu já as ouvi fazer isso em algumas ocasiões, escutei fragmentos de suas conversas particulares. *Natimorto, este nasceu morto.* Ou: *E a golpeou com uma agulha de tricô, bem na barriga. Só pode ter sido por ciúme, estava consumida pelo ciúme.* Ou de maneira torturante para minha curiosidade: *Foi um limpador de vaso sanitário que ela usou. Funcionou às mil maravilhas, embora seria de se imaginar que ele tivesse sentido o gosto. Devia estar caindo de bêbado; mas eles descobriram o que ela tinha feito.*

Ou eu ajudaria Rita a fazer o pão, mergulhando as mãos naquele calor resistente e suave que se parece tanto com o de nossa carne. Anseio por tocar alguma coisa, algo que não seja pano ou madeira. Anseio por cometer o ato do toque.

Mas mesmo se eu pedisse, mesmo se eu violasse o decoro a esse ponto, Rita não permitiria. Ela teria medo demais. As Marthas não devem confraternizar conosco.

Confraternizar significa comportar-se como um irmão. Luke me disse isso. Ele me disse que não existia palavra correspondente que significasse *comportar-se como uma irmã.* Teria que ser *consororizar*, disse ele. Do latim. Ele gostava de saber detalhes assim. As derivações de palavras, os usos curiosos. Eu costumava caçoar dele, dizer que era pedante.

Pego os vales de alimentos da mão estendida de Rita. Os vales têm diferentes ilustrações, das coisas pelas quais podem ser trocados: doze ovos, um pedaço de queijo, uma coisa marrom que deveria ser um bife. Eu os guardo no bolso com zíper em minha manga, onde mantenho meu passe.

– Diga a eles que têm que ser frescos, os ovos – diz ela. – Não como da última vez. E um frango, não uma galinha. Diga a eles para quem é e eles não vão fazer corpo mole.

– Está bem – respondo. Não sorrio. Por que tentá-la com amizade?

CAPÍTULO TRÊS

Saio pela porta dos fundos, para o jardim, que é grande e bem cuidado: um gramado no meio, um salgueiro, amentilhos floridos; ao redor das bordas, os canteiros de flores, nos quais os narcisos agora começam a desaparecer e as tulipas estão abrindo suas pétalas, derramando-se em cores. As tulipas são vermelhas, de um tom carmesim mais escuro junto aos talos; como se tivessem sido cortadas ali e estivessem começando a sarar.

O jardim é o domínio da Esposa do Comandante. Olhando para fora por minha janela com vidro inquebrável, com frequência a vejo nele, os joelhos sobre uma almofada, um véu azul atirado sobre as abas largas do chapéu de jardineiro, uma cesta ao lado com podadeiras e pedaços de barbante para amarrar as flores no lugar. Um Guardião destacado para servir o Comandante faz o trabalho pesado de cavar, a Esposa do Comandante dá instruções, apontando com sua bengala. Muitas das Esposas têm jardins desse tipo, é alguma coisa para organizarem e manter e cuidar, dar as ordens.

Houve uma época em que eu tive um jardim. Posso lembrar do cheiro da terra revolvida, das formas roliças dos bulbos seguros nas mãos, plenitude, do farfalhar seco das sementes por entre os dedos. O tempo poderia passar mais depressa assim. Por vezes a Esposa do Comandante manda trazer uma cadeira para fora e apenas fica sentada lá, em seu jardim. Visto de longe isso parece paz.

Ela não está aqui agora, e começo a me perguntar onde estará: não gosto de cruzar com a Esposa do Comandante inesperadamente. Talvez esteja costurando, na sala de estar, com o pé esquerdo sobre um banquinho por causa da artrite. Ou tricotando echarpes para os Anjos nas frentes de batalha. Tenho dificuldade em acreditar que os Anjos tenham necessidade dessas echarpes; de todo modo, as que são feitas pela Esposa do Comandante são refinadas demais. Ela não se dá ao trabalho de fazer o padrão bordado de cruz e estrela usado por muitas das outras Esposas, não há desafio algum naquele. Pinheiros marcham ao longo das pontas de suas echarpes, ou águias, ou figuras humanoides rígidas, menino, menina, menino, menina. Não são echarpes para adultos e sim para crianças.

Às vezes penso que essas echarpes não são enviadas para os Anjos no fim das contas, e sim desmanchadas e devolvidas em bolas de fio de lã, para serem mais uma vez tricotadas. Talvez seja apenas alguma coisa para manter as Esposas ocupadas, dar-lhes uma noção de objetivo a cumprir. Mas invejo a Esposa do Comandante por seu tricô. É bom ter pequenas metas que podem ser facilmente alcançadas.

O que ela inveja em mim?

Ela não fala comigo, a menos que não possa evitar. Sou uma vergonha para ela; e uma necessidade.

Nós nos vimos cara a cara pela primeira vez há cinco semanas, quando cheguei a este posto. O Guardião do meu posto anterior me trouxe até a porta da frente. Nos primeiros dias as portas da frente nos são permitidas, mas depois disso devemos usar os fundos. As coisas não se acomodaram, ainda é cedo demais, todo mundo ainda está inseguro sobre qual é exatamente o nosso status. Depois de algum tempo será sempre pelas portas da frente ou somente pelas dos fundos.

Tia Lydia dizia que estava fazendo lobby pelas da frente. A sua é uma posição de honra, dizia ela.

O Guardião tocou a campainha para mim, mas antes que houvesse tempo para alguém ouvir e vir depressa atender, a porta se abriu para dentro. Ela devia estar esperando atrás da porta. Eu esperava ser recebida por uma Martha, mas em vez disso era ela, em seu longo traje cerimonial azul-claro, inconfundível.

Então, é você a nova, disse ela. Não deu um passo ao lado para me deixar entrar, apenas ficou parada ali, no vão da porta, bloqueando a entrada. Queria fazer com que eu sentisse que não poderia entrar em sua casa a menos que ela me autorizasse. Há uma disputa de poder, hoje em dia, com relação a detalhes desse tipo.

Sou, respondi.

Deixe isso na varanda. Ela disse isso para o Guardião que estava carregando minha mala. A mala era de vinil vermelho e não era grande. Havia outra mala, com a capa de inverno e vestidos mais pesados, mas essa viria depois.

O Guardião largou a mala e bateu continência para ela. Então ouvi os passos dele atrás de mim, recuando até chegar à calçada, e o estalido do portão da frente, e me senti como se um braço protetor estivesse sendo retirado. A soleira da porta de uma nova casa é um lugar solitário.

Ela esperou até que o carro desse a partida e se afastasse. Eu não estava olhando para o rosto dela, mas para a parte dela que podia ver com a cabeça baixa: o corpo de cintura larga do vestido azul, a mão esquerda no punho de marfim da bengala, os grandes diamantes no dedo anular, que outrora devia ter sido fino e delicado mas que ainda era bem cuidado, a unha na ponta do dedo nodoso bem lixada em forma de uma curva suave. Era como um sorriso irônico, naquele dedo, como algo que zombasse dela.

Talvez seja melhor você entrar, disse. Ela me deu as costas e saiu manquejando pelo corredor da entrada. Feche a porta quando passar.

Carreguei a mala vermelha para dentro, como sem dúvida deve ter sido o que ela queria, depois fechei a porta. Eu não disse nada para ela. Tia Lydia dizia que era melhor não falar a menos que fizessem uma pergunta direta a você. Tente pensar na situação sob o ponto de vista delas, dizia, as mãos apertadas e torcidas, com seu sorriso nervoso suplicante. Não é fácil para elas.

Entre aqui, disse a Esposa do Comandante. Quando entrei na sala de estar ela já estava sentada em sua cadeira, o pé esquerdo sobre o banquinho, com a almofada bordada em *petit point*, rosas numa cesta. O tricô estava no chão, ao lado da cadeira, as agulhas enfiadas.

Fiquei parada diante dela, as mãos unidas, dedos entrelaçados. Então, disse ela. Pegou um cigarro e o colocou entre os lábios e o segurou lá enquanto o acendia. Os lábios eram finos, apertados daquela forma, com as rugas verticais ao redor deles como se costumava ver nos anúncios de cosméticos para lábios. O isqueiro era cor de marfim. Os cigarros deviam ter vindo do mercado clandestino, pensei, e aquilo me deu esperança. Mesmo agora que não existe mais dinheiro de verdade, ainda há um mercado clandestino. Sempre existe um mercado clandestino, sempre existe alguma coisa que pode ser trocada. Então ela era uma mulher que talvez violasse as regras. Mas o que eu possuía que pudesse trocar?

Olhei para o cigarro com desejo. Para mim, como álcool e café, cigarros eram proibidos.

Então o velho, qual é mesmo o nome dele, não deu certo, disse ela.

Não, senhora, respondi.

Ela deu o que poderia ter sido uma risada, então tossiu.

Que azar o dele, comentou ela. Esse é o seu segundo, não é?

Terceiro, senhora, respondi.

Não tão bom para você também, observou ela. Houve outra risada misturada com tosse. Pode se sentar. Não tenho o hábito de fazer isso, mas apenas desta vez.

Eu me sentei, na beirada de uma das cadeiras de espaldar duro. Não queria ficar olhando ao redor da sala. Não queria parecer pouco atenciosa com ela; de modo que a cornija de mármore da lareira à minha direita e o espelho acima dela e os arranjos de flores eram apenas sombras naquele dia, vislumbrados pelos cantos de meus olhos. Mais tarde eu teria tempo mais do que suficiente para observá-los.

Agora o rosto dela estava na mesma altura que o meu. Tive a impressão de reconhecê-la; ou pelo menos que havia algo de familiar nela. Um pouco de seu cabelo estava à mostra, por baixo do véu. Ainda era louro. Então pensei que ela talvez o oxigenasse, que tinta de cabelo era outra coisa que ela poderia conseguir no mercado clandestino, mas agora sei que é louro de verdade. As sobrancelhas dela haviam sido tiradas com uma pinça de modo a formar linhas finas arqueadas, que lhe davam uma expressão permanente de surpresa, ou de ultraje, ou de curiosidade, como se pode ver numa criança espantada, mas abaixo delas as pálpebras tinham uma aparência cansada. Mas não os olhos, que eram do tom azul frio e hostil de um céu no meio do verão, sob a luz intensa do sol, um azul que isola e exclui você.

O nariz devia um dia ter sido o que se chamava de gracioso, mas agora era pequeno demais para o rosto dela. O rosto não era gordo, mas era grande. Dois sulcos desciam dos cantos da boca; entre eles ficava o queixo, cerrado como um punho.

Quero ver você o mínimo possível, disse ela. Espero que se comporte da mesma forma com relação a mim.

Eu não respondi, uma vez que um sim teria sido insultuoso, um não, contraditório.

Sei que você não é ignorante, prosseguiu ela. Então tragou o cigarro e expeliu a fumaça. Li a sua ficha. No que me diz respeito, isto é uma transação comercial, um negócio. Mas se me trouxer problemas, darei o troco na mesma moeda, também lhe darei problemas. Está me entendendo?

Sim, senhora, respondi.

Não me chame de senhora, disse ela com irritação. Você não é uma Martha.

Não perguntei de que eu deveria chamá-la, porque podia ver que ela esperava que eu nunca tivesse a oportunidade de chamá-la de coisa nenhuma. Fiquei desapontada. Eu queria, naquela época, transformá-la numa irmã mais velha, numa figura maternal, alguém que me compreenderia e me protegeria. A Esposa em meu posto anterior àquele tinha passado a maior parte do tempo em seu quarto; as Marthas diziam que ela bebia. Eu queria que esta aqui fosse diferente. Queria pensar que eu teria gostado dela, em outra época e em outro lugar, em outra vida. Mas já podia ver que não teria gostado dela, nem ela de mim.

Ela apagou o cigarro, fumado pela metade, num pequeno cinzeiro ornamentado de arabescos sobre a mesa do abajur a seu lado. Fez isso de maneira decidida, uma estocada e uma amassada, não a série de leves batidas delicadas preferidas por muitas das Esposas.

Quanto a meu marido, disse ela, ele é apenas isso. Meu marido. Quero que isso fique perfeitamente claro. Até que a morte nos separe. É definitivo.

Sim, senhora, respondi de novo, me esquecendo. Costumava haver bonecas, para garotinhas, que falavam se você puxasse um cordão na parte de trás; pensei que minha voz estava soando assim, uma voz monótona, uma voz de boneca. Ela provavelmente estava com vontade de me dar uns tabefes na cara. Eles podem bater em nós, existe precedente nas Escrituras determinando isso. Mas não com qualquer instrumento. Somente com suas mãos.

É uma das coisas pelas quais lutamos, disse a Esposa do Comandante, e subitamente ela não estava mais olhando para mim, estava olhando para baixo, para suas mãos nodosas cheias de diamantes, e então me lembrei de onde a havia visto antes.

A primeira vez foi na televisão, quando eu tinha oito ou nove anos. Era quando minha mãe estava em casa dormindo, nas manhãs de domingo e eu acordava cedo e ia até o aparelho de televisão no estúdio de minha mãe e ficava passando de canal em canal em busca de desenhos animados. Por vezes, quando não conseguia encontrar nenhum, costumava assistir à *Hora dos Evangelhos das almas em crescimento*, onde contavam histórias da Bíblia para crianças e cantavam hinos. Uma das mulheres se chamava Serena Joy. Ela era a soprano principal. Era uma mulher de cabelos louro-acinzentados, de tipo *mignon*, com um nariz arrebitado e enormes olhos azuis que reviravam para cima durante os hinos. Ela conseguia sorrir e chorar ao mesmo tempo, uma ou duas lágrimas escorrendo graciosamente pela face, como se respondendo a uma deixa, enquanto sua voz se elevava às notas mais altas, trêmula, sem nenhum esforço. Foi mais tarde que ela passou a se dedicar a outras coisas.

A mulher sentada na minha frente era Serena Joy. Ou tinha sido, outrora. De modo que a situação era pior do que eu havia imaginado.

CAPÍTULO QUATRO

Vou andando pelo caminho de cascalho que divide o gramado dos fundos, com esmero, como um repartido de cabelo. Choveu durante a noite; a grama dos dois lados está molhada, o ar úmido. Há minhocas por toda parte, evidência da fertilidade do solo, apanhadas pelo sol, semimortas, flexíveis e rosadas, como lábios.

Abro o portão de estacas brancas e prossigo, passando pelo gramado da frente e em direção ao portão da frente. Na entrada para carros, um dos Guardiões destacado para serviço em nossa residência está lavando o carro. Isso deve significar que o Comandante está na casa, em seus próprios aposentos, depois da sala de jantar e mais além, onde parece ficar a maior parte do tempo.

O carro é um modelo muito caro, um Tormentas; melhor que o Carruagem, muito melhor que o grandalhão e prático Beemoth.* É preto, claro, a cor do prestígio ou de um carro funerário, longo e de formas suaves e graciosas. O motorista está polindo o carro com um pano acamurçado, carinhosamente. Pelo menos isso não mudou, a maneira como os homens acariciam os bons carros.

Ele veste o uniforme dos Guardiões, mas está com o quepe inclinado num ângulo garboso e as mangas enroladas até o cotovelo, mostrando seus antebraços bronzeados, mas com um pontilhado de pelos escuros. Está com um cigarro enfiado no canto da boca, o que mostra que ele também tem alguma coisa que pode trocar no mercado clandestino.

* Tormentas, Oséas, 8:7; Beemoth ou, Hipopótamo, Job, 40:15. (N.da T.)

Sei o nome desse homem: Nick. Sei disso porque ouvi Rita e Cora falando a respeito dele, e numa ocasião ouvi o Comandante falar com ele: Nick, não vou precisar do carro.

Ele mora aqui, na casa da família, em cima da garagem. Tem baixo status: oficialmente não lhe foi concedida uma mulher, nem sequer uma. Não conseguiu se classificar para isso: tem algum defeito, falta de bons contatos. Mas age como se não soubesse disso, ou pouco se importasse. É demasiado informal, não é servil o suficiente. É possível que seja por burrice, mas não acredito. Não me cheira bem, como costumavam dizer; ou: Me deixa com a pulga atrás da orelha, cheira mal. Sem querer, não consigo deixar de pensar em como poderia ser o cheiro dele. Não um cheiro ruim, um fedor desagradável: pele bronzeada, úmida ao sol, coberta por uma película de fumaça. Eu suspiro, inalando.

Ele olha para mim e me vê olhando. Tem um rosto francês, magro, forte, pouco comum, ligeiramente jocoso, cheio de planos e ângulos, com sulcos fundos ao redor da boca onde sorri. Dá uma tragada final no cigarro, deixa cair no pavimento e pisa nele. Ele começa a assobiar. E então pisca um olho.

Baixo a minha cabeça e viro de modo que as abas brancas me escondam o rosto, e continuo a andar. Ele acabou de se arriscar, mas para quê? E se eu o denunciasse?

Talvez estivesse apenas sendo amistoso. Talvez tenha visto a expressão em meu rosto e a interpretado erroneamente como sendo outra coisa. Na verdade, o que eu queria era o cigarro.

Talvez tenha sido um teste, para ver o que eu iria fazer.

Talvez ele seja um Olho.

Abro o portão da frente e o fecho atrás de mim, olhando para baixo, mas não para trás. A calçada é de tijolos vermelhos. Essa é a paisagem em que me concentro, um campo de retângulos, suavemente ondulado onde a terra abaixo se dobrou, devido a décadas e décadas de geadas de inverno. A cor dos tijolos é antiga, mas ainda assim fresca e nítida. As calçadas são mantidas muito mais limpas do que costumavam ser.

Caminho até a esquina e espero. Eu costumava ser ruim em esperar. Eles também servem quem fica parada e espera, dizia Tia Lydia. Ela nos fez memorizar isso. Também disse: Nem todas vocês conseguirão se sair bem. Algumas de vocês cairão em solo infértil ou espinhoso. Algumas de vocês não têm raízes profundas. Ela tinha uma verruga no queixo que subia e descia à medida que falava. Ela disse: Pensem em si próprias como sementes, e naquele exato momento a voz dela adquiriu um tom adulador, lisonjeiro, conspirador, como as vozes daquelas mulheres que costumavam dar aulas de balé a crianças, e que diziam: Braços para cima no ar agora; vamos fingir que somos árvores.

Fico parada na esquina, fingindo que sou uma árvore.

Uma forma, vermelha com touca de abas brancas ao redor da cabeça, uma forma como a minha, uma mulher de aparência sem graça e desinteressante, de vermelho, carregando uma cesta, se aproxima pela calçada de tijolos em minha direção. Ela me alcança e examinamos uma o rosto da outra, olhando pelos túneis brancos de tecido que nos cercam. Ela é a mulher certa.

– Bendito seja o fruto – diz ela para mim, a expressão de cumprimento considerada correta entre nós.

– Que possa o Senhor abrir – respondo, a resposta também correta. Viramo-nos e caminhamos juntas passando pelas grandes casas, em direção à parte central da cidade. Não temos permissão para ir lá exceto em pares. Supostamente isso é para nossa proteção, embora a ideia seja absurda: já somos bem protegidas. A verdade é que ela é minha espiã, como eu sou a dela. Se alguma de nós duas escapulir da rede por causa de alguma coisa que aconteça em uma de nossas caminhadas diárias, a outra será responsável.

Esta mulher tem sido minha parceira há duas semanas. Não sei o que aconteceu com a outra, a anterior. Um belo dia, ela simplesmente não estava mais lá, e esta aqui estava em seu lugar. Não é o tipo de coisa a qual você faça perguntas, porque as respostas não são, geralmente, respostas que você queira conhecer. De qualquer maneira, não haveria uma resposta.

Esta aqui é um pouco mais roliça do que eu. Seus olhos são castanhos. O nome dela é Ofglen, e isso é mais ou menos tudo que sei a seu respeito. Ela caminha com modéstia e gravidade afetadas, de cabeça baixa, as mãos enluvadas de vermelho entrelaçadas na frente, com pequenos passos curtos, como um porco treinado andando sobre as patas traseiras. Durante essas caminhadas ela nunca disse nada que não fosse estritamente ortodoxo, no entanto, nem eu. Pode ser uma verdadeira crente, uma Aia em mais do que apenas o título. Não posso correr o risco.

– A guerra está indo bem – diz ela.

– Louvado seja – respondo.

– Tivemos a bênção do tempo bom.

– Que eu recebo com alegria.

– Derrotaram mais rebeldes, desde ontem.

– Louvado seja – respondo. Não lhe pergunto como sabe. – O que eram eles?

– Batistas. Tinham uma fortaleza nas Colinas Azuis. Eles os obrigaram a sair de lá.

– Louvado seja.

Às vezes eu desejaria que ela apenas se calasse e me deixasse andar em paz. Mas estou faminta por notícias, qualquer tipo de notícias, mesmo que sejam falsas notícias, devem significar alguma coisa.

Chegamos à primeira barreira de controle, que é como as barreiras que bloqueiam trechos de estradas em obras, ou escavações de esgotos abertas: um obstáculo de madeira pintado num padrão de linhas cruzadas com listras amarelas e pretas, um hexágono vermelho que significa Parar. Perto do portão de passagem há algumas lanternas, que não estão acesas porque não é noite. Acima de nós, eu sei, existem holofotes, presos aos postes telefônicos, para serem usados em emergências, e há homens com metralhadoras nos abrigos de cimento armado no alto de pilares dos dois lados da estrada. Não vejo as metralhadoras nem os abrigos nos pilares por causa das abas ao redor de meu rosto. Apenas sei que estão lá.

Atrás da barreira, esperando por nós na passagem estreita do portão, estão dois homens, com os uniformes verdes dos Guardiões da Fé, com o escudo de armas nos ombros e nas boinas: duas espadas cruzadas, acima de um triângulo branco. Os Guardiões não são soldados de verdade. São usados no policiamento de rotina e em outras funções sem importância, cavar o jardim da Esposa do Comandante, por exemplo, e ou são burros ou mais velhos ou incapacitados ou muito jovens, exceto pelos que são Olhos ocultos.

Estes dois são muito jovens: em um o bigode ainda é de fios ralos, no outro o rosto ainda está cheio de espinhas. A juventude deles é comovente, mas sei que não posso me deixar enganar por ela. Os jovens são com frequência os mais perigosos, os mais fanáticos, os mais nervosos com suas armas. Ainda não aprenderam com o tempo sobre as coisas da vida. Você tem que ir bem devagar com eles.

Na semana passada mataram a tiros uma mulher, bem aqui. Era uma Martha. Estava remexendo em sua túnica em busca do passe, e pensaram que estivesse apanhando uma bomba. Pensaram que fosse um homem disfarçado. Já houve incidentes desse tipo.

Rita e Cora conheciam a mulher. Eu as ouvi falando sobre o ocorrido, na cozinha.

Estavam fazendo seu trabalho, disse Cora. Mantendo-nos seguras.

Nada é mais seguro que a morte, retrucou Rita, em tom zangado. Ela estava apenas cuidando de suas obrigações. Não havia necessidade de matá-la.

Foi um acidente, disse Cora.

Acidentes não existem. Tudo acontece intencionalmente. Eu podia ouvi-la batendo as panelas umas nas outras, na pia.

Bem, de qualquer maneira, alguém vai pensar duas vezes antes de explodir esta casa, disse Cora.

Mesmo assim, retrucou Rita. Ela trabalhava duro. Foi uma morte ruim.

Posso pensar em piores, disse Cora. Pelo menos foi rápida.

Você pode dizer isso, retrucou Rita. Eu preferiria ter algum tempo antes, sabe. Para botar as coisas em ordem.

Os dois Guardiões nos saúdam com uma continência, levando os dedos às bordas das boinas. Tais homenagens nos são concedidas. Espera-se que eles demonstrem respeito, devido à natureza de nosso serviço.

Apresentamos os passes, tirados de nossos bolsos com zíper nas mangas largas, e eles são inspecionados e carimbados. Um homem vai até o abrigo de concreto da direita, para digitar nossos números no Compucheque.

Ao devolver meu passe, o Guardião do bigode cor de pêssego inclina a cabeça para tentar dar uma olhadela no meu rosto. Levanto um pouco a cabeça, para ajudá-lo, e ele vê meus olhos e vejo os dele, e ele enrubesce. O rosto dele é comprido e triste, como o de uma ovelha, mas com os olhos grandes e redondos de um cachorro, um spaniel não um terrier. A pele é pálida e tem uma aparência delicada pouco saudável, como a da pele sob uma casca de ferida. Apesar disso, penso em pôr minha mão nela, naquela face exposta. É ele quem vira o rosto para o outro lado.

É um acontecimento, um pequeno desafio às regras, tão pequeno a ponto de ser indetectável, mas momentos como esse são as recompensas que guardo para mim mesma, como as balas que juntava e escondia, quando criança, no fundo de uma gaveta. Momentos como esse são possibilidades, minúsculos olhos mágicos.

E se eu viesse aqui à noite, quando ele estivesse montando guarda sozinho – embora nunca lhe fosse ser permitida tanta solidão – e permitisse que ele visse para além de minhas abas brancas? E se eu tirasse minha mortalha vermelha e me mostrasse a ele, a eles, sob a luz bruxuleante das lanternas? É a respeito disso que devem pensar de vez em quando, enquanto estão de pé interminavelmente junto a esta barreira, pela qual ninguém passa, exceto os Comandantes dos Fiéis em seus longos carros pretos murmuradores, ou suas Esposas de azul e filhas de véus brancos obedientes a caminho de Salvamentos e de "Rezavagâncias", ou as rechonchudas Marthas de verde, ou o Partomóvel ocasional, ou suas Aias de vermelho, a pé. Ou, às vezes, uma camionete pintada de preto, com o olho alado em branco dos lados. As janelas das camionetes têm vidros tingidos escuros, e os homens sentados nos assentos dianteiros usam óculos escuros: uma dupla obscuridade.

As camionetes são sem dúvida mais silenciosas que os outros carros. Quando passam, desviamos os olhos. Se há sons vindo de dentro delas, tentamos não ouvi-los. O coração de ninguém é perfeito.

Quando as camionetes pretas chegam a um posto de controle, são recebidas com acenos para passar direto sem nenhuma pausa. Os Guardiões não quereriam correr o risco de olhar para dentro, de revistá-las, de duvidar da autoridade delas. Não importa o que pensem.

Se é que pensam, não é possível dizer só de olhar para eles.

É mais provável, porém, que não pensem em termos de roupas descartadas, jogadas na grama. Se pensam em um beijo, devem então pensar imediatamente nos holofotes se acendendo, nos tiros de carabina. Em vez disso pensam em cumprir seu dever e serem promovidos a Anjos, e em possivelmente ter permissão de se casar, e então, se forem capazes de ganhar poder suficiente e viver até ficarem velhos o suficiente, de serem aquinhoados com uma Aia só deles.

O de bigode abre o pequeno portão de pedestres para nós e recua um bocado, postando-se bem longe de nosso caminho, e passamos. Enquanto nos afastamos sei que estão nos observando, esses dois homens que ainda não têm sequer permissão para tocar em mulheres. Eles tocam com os olhos, e eu remexo um pouco os quadris, sentindo a saia vermelha rodada balançar ao meu redor. É como dar uma banana quando se está atrás de uma cerca ou atiçar um cachorro com um osso mantido fora do alcance, e sinto-me envergonhada de meu comportamento, porque nada disso é culpa desses homens, são jovens demais.

Então descubro que afinal não estou envergonhada. Aprecio o poder; o poder de um osso de cachorro, passivo mas presente. E espero que fiquem de pau duro ao nos verem e que tenham que se esfregar contra as barreiras pintadas, às escondidas. Eles sofrerão, mais tarde, à noite, em suas camas de regimento. Agora não dispõem mais de quaisquer meios para dar vazão, exceto por si próprios, e isso é um sacrilégio. Não existem mais revistas, não existem mais filmes, não existem mais substitutos; só eu e minha sombra se afastando dos dois homens, que se perfilam, rigidamente, junto a uma barreira de estrada, impedindo um caminho, observando nossas formas que se distanciam.

CAPÍTULO CINCO

Duplicada, ando pela rua. Embora não estejamos mais na área cercada reservada aos Comandantes, aqui também há casas grandes. Diante de uma delas um Guardião está cortando a grama. Os gramados são bem cuidados, as fachadas, graciosas, em bom estado; elas são como as belas fotografias que se costumavam imprimir nas revistas sobre casas e jardins e decoração de interiores. Existe a mesma ausência de pessoas, a mesma aparência de estarem adormecidas. A rua é quase como um museu, ou uma rua numa cidade modelo construída para mostrar a maneira como as pessoas costumavam viver. Como naquelas fotografias, naqueles museus, naquelas cidades modelos, não há crianças.

Este é o coração de Gilead, onde a guerra não pode penetrar nem se intrometer, exceto pela televisão. Onde ficam os limites não sabemos ao certo, eles variam, de acordo com os ataques e contra-ataques; mas este é o centro, onde nada se move. A República de Gilead, dizia Tia Lydia, não conhece fronteiras. Gilead está dentro de você.

Houve uma época em que aqui moravam médicos, advogados, professores universitários. Não existem mais advogados, e a universidade está fechada.

Luke e eu costumávamos passear juntos, de vez em quando, por estas ruas. Costumávamos falar em comprar uma casa como uma dessas, uma grande casa velha, e restaurá-la. Teríamos um jardim, balanços para as crianças. Teríamos filhos. Embora soubéssemos que não era muito provável que algum dia viéssemos a ter condições para isso, era um assunto de conversa, uma brincadeira de domingo. Tamanha liberdade, agora, parece quase sem importância.

* * *

Dobramos a esquina e entramos numa rua principal, onde há mais tráfego. Carros passam, a maioria deles pretos, alguns cinzentos e marrons. Há outras mulheres com cestas, algumas vestidas de vermelho, algumas do tom verde opaco das Marthas, algumas com os vestidos listrados, de vermelho, azul e verde, ordinários e feitos com pouco tecido, que são típicos das mulheres dos homens mais pobres. Econoesposas, é como são chamadas. Essas mulheres não estão divididas segundo funções a desempenhar. Elas têm que fazer tudo; se puderem. Por vezes há uma mulher toda de preto, uma viúva. Costumava haver um número maior delas, mas parecem estar diminuindo.

Você não vê as Esposas de Comandantes nas calçadas. Só em carros.

As calçadas aqui são de cimento. Como uma criança, evito pisar nas rachaduras. Estou me lembrando de meus pés nessas calçadas, no tempo de antes, e o que eu costumava usar neles. Por vezes eram sapatos de corrida, com solas grossas acolchoadas para absorver o impacto e orifícios para ventilação, e estrelas de tecido fluorescente que refletiam a luz na escuridão. Embora eu nunca corresse durante a noite; nem durante o dia, só à beira das ruas bem frequentadas.

As mulheres não eram protegidas naquela época.

Lembro-me das regras, regras que nunca eram explicadas em detalhes, mas que toda mulher conhecia: não abra sua porta para um desconhecido, mesmo se ele disser que é da polícia. Faça-o passar o cartão de identificação por baixo da porta. Não pare na estrada para ajudar um motorista fingindo estar em dificuldade. Mantenha as portas trancadas e siga em frente. Se alguém assobiar, não se vire para olhar. Não entre numa lavanderia com máquinas de autoatendimento sozinha, à noite.

Penso a respeito de lavanderias de autoatendimento. O que eu vestia para ir a elas, shorts, jeans, calças de malha de corrida. O que eu punha nas máquinas: minhas próprias roupas, meu próprio sabão, meu próprio dinheiro, dinheiro que eu mesma ganhava. Penso sobre ter tanto controle.

Agora andamos pela mesma rua, aos pares de vermelho, e homem nenhum grita obscenidades para nós, fala conosco, toca em nós. Ninguém assobia.

Existe mais de um tipo de liberdade, dizia Tia Lydia. Liberdade para, a faculdade de fazer ou não fazer qualquer coisa, e liberdade de, que significa estar livre de alguma coisa. Nos tempos da anarquia, era liberdade para. Agora a vocês está sendo concedida a liberdade de. Não a subestimem.

À nossa frente, à direita, fica a loja onde mandamos fazer vestidos. Algumas pessoas chamam de *hábitos*, uma boa palavra para eles. Hábitos são difíceis de abandonar ou despir. A loja tem uma enorme insígnia de madeira do lado de fora, com o formato de um lírio dourado; chama-se Lírios do Campo. Pode-se ver o lugar, debaixo do lírio, onde o nome inscrito foi apagado, repintado e coberto por uma tarja de tinta, quando decidiram que mesmo os nomes de lojas eram tentação demais para nós. Agora os lugares são conhecidos apenas pelas figuras desenhadas nas insígnias em madeira.

A Lírios do Campo costumava ser uma sala de cinema, antigamente. Estudantes costumavam ir muito lá; toda primavera havia um festival de Humphrey Bogart, com Lauren Bacall ou Katherine Hepburn, mulheres independentes, tomando suas decisões. Elas usavam blusas com botões abotoados na frente que sugeriam as possibilidades da palavra *desabotoar*, desatar. Aquelas mulheres podiam se desatar; ou não. Elas pareciam ser capazes de escolher. Nós parecíamos capazes de escolher naquela época. Éramos uma sociedade que estava morrendo, dizia Tia Lydia, de um excesso de escolhas.

Não sei quando pararam de realizar o festival. Eu já devia ter me tornado adulta. De modo que não reparei.

Não entramos na Lírios, mas seguimos para o outro lado da rua, e um pouco mais adiante por uma rua lateral. Nossa primeira parada é uma loja com outras figuras desenhadas na madeira: três ovos, uma abelha, uma vaca. Leite e Mel. Há uma fila e esperamos por nossa vez, de duas em duas. Vejo que hoje eles têm laranjas. Desde que a América Central foi perdida para os Libertheos, as laranjas são difíceis de encontrar: por vezes estão lá, por outras não. A guerra cria problemas para as laranjas da Califórnia, e mesmo a Flórida não é confiável, quando há bloqueios nas estradas ou quando as linhas de trens foram explodidas. Olho para as laranjas e anseio por uma, mas não trouxe vales para laranjas. Voltarei para casa e falarei com Rita sobre as laranjas, penso. Ela vai ficar satisfeita. Será alguma coisa, uma pequena conquista, ter conseguido fazer com que laranjas aconteçam.

Aquelas que chegam ao balcão entregam seus vales aos dois homens com uniformes de Guardiões, postados do outro lado. Ninguém fala muito, embora haja um farfalhar, e as cabeças das mulheres se movam furtivamente de um lado para o outro: aqui, fazendo compras, é onde você pode ver alguém que conhece, alguém que conheceu no tempo de antes, ou no Centro Vermelho. O simples fato de vislumbrar um rosto assim é um encorajamento. Se eu pudesse ver Moira, apenas vê-la, saber que ela ainda existe. É difícil imaginar isso agora, ter uma amiga.

Mas Ofglen, ao meu lado, não está olhando. Talvez ela não conheça mais ninguém. Talvez todas tenham desaparecido, as mulheres que conhecia. Ou talvez ela não queira ser vista. Ofglen se mantém em silêncio, de cabeça baixa.

Enquanto esperamos em nossa fila dupla, a porta se abre e mais duas mulheres entram, ambas com os vestidos vermelhos e toucas brancas de abas largas das Aias. Uma delas está enorme de grávida, a barriga, sob as roupas largas, se avoluma triunfantemente. Há uma mudança no ambiente, um murmúrio, uma exalação de ar; sem querer viramos a cabeça, de maneira ostensiva, para ver melhor; nossos dedos anseiam por tocá-la. Ela é uma presença mágica para nós, um objeto de inveja e desejo, nós a cobiçamos. Ela é uma bandeira no alto de uma colina que nos mostra o que ainda pode ser feito: também podemos ser salvas.

As mulheres no aposento estão cochichando, quase falando, tamanha a animação delas.

– Quem é? – Ouço atrás de mim.

– Ofwayne. Não. Ofwarren.

– Exibida – sibila uma voz, e isso é verdade. Uma mulher grávida não tem que sair, não tem que fazer compras. A caminhada diária não é mais obrigatória, para manter os músculos abdominais exercitados e em bom estado de funcionamento. Ela precisa apenas dos exercícios de solo e de treinamento respiratório. Poderia ficar em casa. E é perigoso para ela estar fora de casa, deve haver um Guardião postado do lado de fora da porta, esperando por ela. Agora que é uma portadora de vida, está mais próxima da morte e precisa de segurança especial. Poderia ser vitimada pelo ciúme. Todas as crianças agora são queridas, mas não por todo mundo.

Mas a caminhada deve ser um capricho seu, e eles satisfazem caprichos, quando a coisa conseguiu chegar tão longe e não houve nenhum aborto. Ou talvez ela seja uma daquelas. *Podem mandar ver no sofrimento, eu aguento*, uma mártir. Consigo ver seu rosto de relance, quando o levanta para olhar ao redor. A voz atrás de mim estava correta. Ela veio para se mostrar. Está toda rosada, fulgurante, está adorando cada minuto disso.

– Silêncio – diz um dos Guardiões atrás do balcão, e nos calamos como meninas em sala de aula.

Ofglen e eu chegamos ao balcão. Entregamos nossos vales, e um Guardião registra os números deles no Compubite, enquanto o outro nos entrega nossas compras, o leite, os ovos. Nós as colocamos nas cestas e saímos de novo, passando pela mulher grávida e sua parceira, que ao lado dela parece magra, murcha, como todas nós. A barriga da mulher grávida é como um imenso fruto. *Giganorme*, palavra da minha infância. Suas mãos repousam sobre a barriga como se para defendê-la, ou como se estivessem obtendo alguma coisa dela, calor e força.

Enquanto passo ela me encara abertamente, olhos nos olhos, e sei quem ela é. Esteve no Centro Vermelho comigo, era uma das queridinhas de Tia Lydia. Jamais gostei dela. O nome dela, no tempo de antes, era Janine.

Janine olha para mim e então, ao redor dos cantos de sua boca há uma sombra de sorriso malicioso. Ela baixa o olhar de relance para onde está minha barriga, lisa sob meu vestido vermelho, e as abas brancas cobrem seu rosto. Posso ver apenas um pouquinho de sua testa e a ponta rosada de seu nariz.

Em seguida entramos no Toda a Carne, que é identificado por uma grande costeleta de porco de madeira pendurada em duas correntes. Não há uma fila tão grande ali: a carne é cara, e mesmo os Comandantes não comem carne todos os dias. Ofglen, contudo, compra bife, e esta é a segunda vez esta semana. Contarei isso às Marthas: é o tipo de coisa que gostam de saber. Elas se interessam muito em saber como outras casas de família são administradas; esse tipo de bisbilhotice mesquinha lhes dá oportunidade de sentir orgulho ou descontentamento.

Pego a galinha, embrulhada em papel de açougue e amarrada com um barbante. Não existem mais muitas coisas feitas de plástico. Lembro-me daquelas infindáveis sacolas plásticas de compras do supermercado; eu detestava o desperdício de jogá-las no lixo e costumava juntá-las e enfiá-las no armário debaixo da pia, até que chegava um dia em que havia sacolas demais e eu abria a porta do armário e elas jorravam para fora, espalhando-se pelo chão. Luke costumava reclamar disso. Periodicamente ele tirava todas as sacolas e jogava fora.

Ela poderia enfiar uma dessas na cabeça, dizia ele. Você sabe como as crianças gostam de brincar. Ela nunca faria isso, eu respondia. Já é crescida demais para isso. (Ou esperta demais, ou afortunada demais.) Mas sentia um calafrio de medo, e então me sentia culpada por ter sido tão descuidada. Era verdade, eu não dava o devido valor a muita coisa; eu confiava no destino, naquela época. Vou passar a guardá-las num armário mais alto, dizia. Simplesmente, não as guarde, respondia ele. Nunca as usamos para nada. Como saco de lixo, eu dizia. Ele respondia...

Não aqui e agora. Não onde as pessoas estão olhando. Viro-me, vejo minha silhueta na vitrine de vidro espelhado. Então já saímos, estamos na rua.

Um grupo de pessoas está vindo em nossa direção. São turistas, do Japão, ao que parece, uma delegação comercial talvez, numa excursão aos monumentos históricos ou passeando em busca de alguma cor local. São pequeninos e muito bem-vestidos; cada um tem a câmera dele ou dela, o sorriso dele ou dela. Olham ao redor, animados, alegres e bem-dispostos, inclinando a cabeça para um lado como rouxinóis, sua simples jovialidade vivaz uma agressão, e não consigo deixar de ficar olhando para eles. Faz muito tempo que não vejo mulheres vestidas com saias tão curtas. As saias chegam apenas até pouco abaixo dos joelhos e as pernas saem debaixo delas, quase nuas nas meias finas, ostensivas, provocadoras, os sapatos de salto alto com as tiras presas ao pé parecendo delicados instrumentos de tortura. As mulheres oscilam sobre os pés espigados como se sobre pequenas pernas de pau, mas sem equilíbrio; suas costas se arqueiam na cintura, projetando as nádegas para fora. Têm a cabeça descoberta, e os cabelos também estão expostos em toda a sua escuridão e sexualidade. Usam batom vermelho, delineando as cavidades úmidas de suas bocas, como desenhos numa parede de banheiro, do tempo de antes.

Paro de andar. Ofglen para ao meu lado e sei que ela também não consegue tirar os olhos daquelas mulheres. Estamos fascinadas, mas ao mesmo tempo sentimos repulsa. Elas parecem despidas. Foi preciso tão pouco tempo para mudar nossas ideias a respeito de coisas como essa.

Então penso: eu costumava me vestir assim. Isso era liberdade.

Ocidentalizada, é como eles costumavam chamar isso.

Os turistas japoneses vêm em nossa direção, rindo nervosamente, e viramos a cabeça tarde demais: nossos rostos foram vistos.

Há um intérprete, vestindo o terno azul e gravata estampada vermelha padronizados, com o olho alado no alfinete da gravata. É ele quem dá um passo adiante, sai do grupo, para se postar à nossa frente, bloqueando nosso caminho. Os turistas se agrupam atrás dele; um deles levanta uma câmera.

– Com licença – diz ele para nós duas, muito educadamente. – Eles estão perguntando se podem tirar sua fotografia.

Baixo o olhar para a calçada, sacudo a cabeça para sinalizar Não. O que eles devem ver é apenas as abas brancas, um pedacinho de rosto, meu queixo e parte de minha boca. Não os olhos. Não sou estúpida de encarar de frente o intérprete. A maioria dos intérpretes são Olhos, ou pelo menos é o que dizem.

Também não sou estúpida de dizer Sim. Modéstia é invisibilidade, dizia Tia Lydia. Nunca se esqueçam disso. Ser vista – ser *vista* – é ser – a voz dela tremeu – penetrada. O que vocês devem ser, meninas, é impenetráveis. Ela nos chamava de meninas.

Ao meu lado Ofglen também está calada. Ela enfiou as mãos de luvas vermelhas dentro das mangas, para escondê-las.

O intérprete se vira de volta para o grupo, tagarela um pouco com eles em *staccato*. Sei o que estará dizendo, conheço essa fala. Ele lhes estará dizendo que as mulheres aqui têm costumes diferentes, que ficar observando-as através das lentes de uma câmera é, para elas, uma experiência de violação.

Estou de cabeça baixa, olhando para a calçada, hipnotizada pelos pés das mulheres. Uma delas está usando sandálias, com os dedos dos pés de fora, as unhas pintadas de rosa forte. Lembro-me do cheiro de esmalte de unhas e da maneira como embolava se você passasse a segunda mão cedo demais, do roçar acetinado de meias-calças finas contra a pele, da sensação nos dedos, quando empurrados em direção à abertura no sapato pelo peso do corpo inteiro. A mulher com as unhas dos pés pintadas se apoia ora num pé, ora no outro. Sinto os sapatos dela em meus próprios pés. O cheiro de esmalte de unhas me deixou com fome.

– Com licença – diz o intérprete mais uma vez, para chamar nossa atenção. Faço um sinal com a cabeça, para mostrar a ele que o ouvi.

– Ele pergunta se vocês são felizes – diz o intérprete. Posso imaginá-la muito bem, a curiosidade deles: *Elas são felizes? Como podem ser felizes?* Posso sentir os olhos pretos brilhantes de todos eles pousados sobre nós, a maneira como se inclinam um pouco para a frente para ouvir nossas respostas, especialmente as mulheres, mas os homens também: somos secretas, proibidas, nós os excitamos.

Ofglen não diz nada. Há um silêncio. Mas às vezes é igualmente perigoso não falar.

– Sim, somos muito felizes – murmuro. Tenho que dizer alguma coisa. Que outra coisa posso dizer?

CAPÍTULO SEIS

Um quarteirão depois do Toda a Carne, Ofglen faz uma pausa, como se hesitante quanto a que caminho tomar. Temos escolha. Poderíamos voltar direto para casa por onde viemos, ou poderíamos fazer um desvio e seguir pelo caminho mais longo. Já sabemos qual dos dois caminhos tomaremos, porque sempre seguimos por ele.

– Eu gostaria de passar pela igreja – diz Ofglen, como se cheia de devoção.

– Está bem – respondo, embora saiba tão bem quanto ela o que está realmente querendo.

Caminhamos, sossegadamente. O sol saiu, no céu há nuvens brancas felpudas, daquelas que parecem ovelhas sem cabeça. Por causa de nossas abas em forma de asas, nossos antolhos, é difícil olhar para o alto, difícil ter uma visão completa do céu ou de qualquer coisa. Mas podemos fazê-lo, um bocadinho de cada vez, um movimento rápido de cabeça, para cima e para baixo, para o lado e de volta. Aprendemos a ver o mundo aos arrancos, em arquejos, como se prendendo a respiração.

À direita, se fosse possível andar para lá, há uma rua que levaria você para baixo em direção ao rio. Há um galpão na margem do rio para abrigar barcos, onde outrora eram mantidos os botes de corrida de um só remador e algumas pontes; árvores, margens verdejantes, onde você podia sentar e observar a água, e os rapazes com seus braços nus, os remos se levantando à luz do sol, enquanto eles competiam para vencer. No caminho para o rio ficam os velhos dormitórios, agora usados para alguma outra coisa, com suas pequenas torres de contos de fadas, pintadas de branco e dourado e azul. Quando pensamos no passado são as coisas bonitas que escolhemos sempre. Queremos acreditar que tudo era assim.

O estádio de futebol também fica por lá, onde são realizados os Salvamentos dos Homens. Bem como os jogos de futebol. Estes ainda existem.

Não vou mais até o rio nem atravesso pontes. Nem ando de metrô, embora haja uma estação bem ali. Não temos permissão para usá-lo, agora há Guardiões, não existe nenhum motivo oficial para que desçamos aquelas escadas, andemos nos trens subterrâneos que passam por baixo do rio e entram no centro da cidade. Por que haveríamos de querer ir daqui para lá? Estaríamos planejando algo ilícito e eles saberiam disso.

A igreja é uma igreja pequenina, uma das primeiras construídas aqui, centenas de anos atrás. Não é mais usada, exceto como museu. Dentro dela podem ser vistas pinturas de mulheres de vestidos longos e sombrios, com os cabelos cobertos por toucas brancas, e de homens aprumados, vestindo severos trajes escuros e de semblantes sérios. Nossos ancestrais. A entrada é gratuita.

Não entramos, contudo, em vez disso, ficamos paradas no caminho, olhando para o cemitério no terreno ao redor da igreja. As velhas lápides ainda estão lá, gastas pelo tempo, marcadas pelas intempéries, se erodindo, com seus crânios e ossos cruzados, *memento mori*, seus anjos com cara de broa, as ampulhetas aladas para nos recordar da passagem do tempo dos mortais, e, de um século posterior, as urnas e os salgueiros, para o luto.

Eles não mexeram nas lápides nem, tampouco, com a igreja. É apenas a história mais recente que os ofende.

A cabeça de Ofglen está curvada, como se estivesse rezando. Ela faz isso todas as vezes. Talvez, penso, haja alguém, alguém em particular que se foi, para ela também; um homem, um filho. Mas não consigo acreditar inteiramente nisso. Penso nela como uma mulher para quem todo ato é feito por exibicionismo, é atuação em vez de um verdadeiro ato. Ela faz essas coisas para causar boa impressão. Tem em mente tirar o máximo proveito.

Mas é assim que devo parecer para ela, também. Como poderia ser diferente?

Agora viramos as costas para a igreja e lá está a coisa que na verdade viemos ver: o Muro.

O Muro também tem centenas de anos de idade ou, pelo menos, mais de cem. Como as calçadas, é de tijolos vermelhos, e em outros tempos deve ter sido simples, mas bonito. Agora, os portões têm sentinelas e há novos holofotes medonhos montados sobre postes de metal acima dele, e arame farpado ao longo da base e cacos de vidro fixados com concreto ao longo do topo.

Ninguém passa por aqueles portões voluntariamente. As precauções são para aqueles que tentam sair, embora até mesmo conseguir chegar ao Muro, vindo de dentro, ultrapassando o sistema de alarme eletrônico, seria quase impossível.

Ao lado da entrada do portão principal há mais seis corpos pendurados pelo pescoço, com as mãos amarradas na frente, a cabeça enfiada em sacas brancas caídas para o lado sobre o ombro. Deve ter havido um Salvamento de Homens hoje cedo de manhã. Não ouvi os sinos. Talvez tenha acabado por me acostumar a eles.

Nós paramos, juntas como se atendendo a um sinal e olhamos para os corpos. Não faz mal se olharmos. Espera-se que olhemos: é para isso que estão lá, pendurados no Muro. Às vezes ficam lá expostos por dias a fio, até chegar um novo lote, de modo que o maior número possível de pessoas tenha a oportunidade de vê-los.

O que segura as cordas em que estão pendurados são ganchos. Os ganchos foram fixados na alvenaria do Muro, para esse objetivo. Nem todos estão ocupados. Os ganchos parecem os mecanismos usados por pessoas sem braço. Ou pontos de interrogação de aço, de cabeça para baixo.

As sacas que cobrem as cabeças é que são o pior, pior do que seriam os próprios rostos em si. Fazem com que os homens pareçam bonecos nos quais os rostos ainda não foram pintados; como se fossem espantalhos, o que, de certo modo, é o que são, uma vez que a intenção é assustar. Ou como se as cabeças fossem sacas, enchidas com alguma substância indiscriminada, como farinha ou mistura de massa. É o peso evidente das cabeças, sua vacuidade, a maneira como a gravidade as puxa para baixo e como não há mais vida para fazer com que se levantem. As cabeças são zeros.

Contudo, se você olhar e olhar, como estamos fazendo, poderá ver os contornos das feições por baixo do pano branco, como sombras cinzentas. As cabeças são as cabeças de bonecos de neve, em que os olhos de carvão e os narizes de cenoura caíram. As cabeças estão se derretendo.

Mas num dos sacos há sangue, que vazou através do pano branco, onde deve ter sido a boca. Ele forma outra boca, pequena e vermelha, como as bocas pintadas com pincéis grossos por crianças do jardim de infância. A ideia da criança de um sorriso. Esse sorriso de sangue é o que fixa a atenção, finalmente. Afinal, na verdade esses não são bonecos de neve.

Os homens vestem jalecos brancos, como os que eram usados por médicos e cientistas. Médicos e cientistas não são os únicos, há homens de outras profissões, mas deve ter havido uma investida especial contra eles esta manhã. Cada um tem um cartaz pendurado ao pescoço para mostrar por que foi executado: um desenho de um feto humano. Eles eram médicos, na época, no tempo de antes, quando coisas desse tipo eram legais. Fazedores de anjos, costumavam chamá-los: ou será que isso era alguma outra coisa? Foram descobertos, agora, por meio das buscas em arquivos de hospitais, ou – mais provavelmente, uma vez que a maioria dos hospitais destruiu esses arquivos assim que se tornou claro o que iria acontecer – por informantes: ex-enfermeiras talvez, ou um par delas, uma vez que o testemunho de uma única mulher não é mais admissível; ou outro médico, na esperança de salvar a própria pele; ou alguém já acusado, atacando um inimigo, ou ao acaso, em algum ato desesperado em busca de segurança. Embora informantes nem sempre sejam perdoados.

Esses homens, disseram-nos, são como criminosos de guerra. Não é desculpa o fato de que o que fizeram fosse legal na época. Cometeram atrocidades e devem ser transformados em exemplos, para os outros. Embora isso dificilmente seja necessário. Nenhuma mulher de plena posse de suas faculdades mentais, nos dias de hoje, tentaria impedir um nascimento, se tivesse a sorte imensa de conceber.

O que se espera que sintamos por esses corpos é ódio e desdém. Não é isso o que sinto. Esses corpos pendurados no Muro são viajantes do tempo, anacronismos. Vieram para cá do passado.

O que sinto por eles é um branco. O que sinto é que não posso, não devo, sentir. O que sinto é em parte alívio, porque nenhum desses homens é Luke. Luke não era médico. Não é.

Olho para aquele único sorriso vermelho. O vermelho do sorriso é igual ao vermelho das tulipas no jardim de Serena Joy, na base das flores onde elas estão começando a sarar. O vermelho é igual, mas não há nenhuma ligação. As tulipas não são tulipas de sangue, os sorrisos vermelhos não são flores, nenhuma das duas coisas faz um comentário sobre a outra. A tulipa não é um motivo para não acreditar nos homens pendurados, ou vice-versa. Cada coisa é válida e realmente existe. É através de um campo de objetos válidos desse tipo que tenho de encontrar meu caminho, todos os dias e em todos os sentidos. Invisto um enorme esforço para fazer essas distinções. Preciso fazê-las. Preciso ter uma compreensão muito clara em minha própria mente.

Sinto um tremor na mulher ao meu lado. Será que ela está chorando? De que maneira isso poderia fazê-la causar uma boa impressão? Não posso me dar ao luxo de saber. Minhas próprias mãos estão cerradas, percebo, com toda a força ao redor da alça de minha cesta. Não revelarei nada.

O costumeiro, dizia Tia Lydia, é aquilo a que vocês estão habituadas. Isso pode não parecer costumeiro para vocês agora, mas depois de algum tempo será. Irá se tornar costumeiro.

III
NOITE

CAPÍTULO SETE

A noite é minha, meu próprio tempo, para eu fazer o que quiser, desde que fique quieta. Desde que não me mexa. Desde que fique deitada quieta. A diferença entre o *deitar* e o *ir para a cama*. *Ser levada para a cama* é sempre passivo. Mesmo os homens costumavam dizer: Bem que eu queria ir para a cama. Embora às vezes também dissessem: Bem que gostaria de ir para a cama com ela. Tudo isso é pura especulação. Não sei ao certo o que os homens costumavam dizer. Sei apenas o que eles dizem que diziam.

Fico deitada, então, dentro do quarto, embaixo do olho de gesso no teto, atrás das cortinas brancas, entre os lençóis, asseada como eles, e entro em um paralelo fora de meu próprio tempo. Sem tempo. Embora isso seja tempo, e eu não esteja nem com falta nem fora dele.

Mas a noite é meu tempo livre. Aonde devo ir?

Para algum lugar bom.

Moira, sentada na beira da minha cama, de pernas cruzadas, o tornozelo no joelho, com seu macacão púrpura, um brinco pingente na orelha, a unha de ouro que usava para ser excêntrica, um cigarro entre os dedos roliços de pontas manchadas de amarelo.

Vamos sair para tomar uma cerveja.

Você está sujando minha cama de cinza, disse eu.

Se você topasse não teria esse problema, retrucou ela.

Daqui a meia hora, respondi. Eu tinha uma dissertação para entregar no dia seguinte. A respeito de que era? Psicologia, inglês, economia. Estudávamos coisas desse tipo. Espalhados no chão do quarto havia livros abertos, as páginas viradas para baixo, por todos os lados, de maneira extravagante.

Agora, disse Moira. Você não precisa pintar a cara, seremos só você e eu. Sobre o que é sua dissertação? Acabei de entregar uma sobre *date rape*, mulheres que são estupradas em encontros.

Date rape, disse eu. Você é tão moderna. Parece nome de sobremesa. *Date rape*.

Rá-rá, disse Moira. Pegue o seu casaco.

Ela mesma foi apanhá-lo e o atirou para mim. Vou pegar cinco paus emprestados com você, está bem?

Ou em um parque em algum lugar, com minha mãe. Que idade eu tinha? Estava frio, nossa respiração fazia fumaça à nossa frente, não havia nenhuma folha nas árvores; céu cinzento, dois patos no pequeno lago, desconsolados. Migalhas de pão sob meus dedos, em meu bolso. É isso mesmo: ela disse que iríamos dar de comer aos patos.

Mas havia algumas mulheres queimando livros, era por isso que ela estava ali na verdade. Para se encontrar com as amigas; tinha mentido para mim, os sábados deveriam ser dias só meus. Dei as costas para ela, emburrada, virando em direção aos patos, mas a fogueira me atraiu de volta.

Havia alguns homens, também, em meio às mulheres, e os livros eram revistas. Devem ter derramado gasolina, porque as chamas irromperam altas, e então começaram a descarregar as revistas, de caixas, não muitas de cada vez. Alguns estavam cantando hinos; curiosos começaram a se juntar.

Os rostos deles estavam felizes, extasiados, quase. O fogo é capaz de fazer isso. Mesmo o rosto de minha mãe, geralmente pálido, magrelo, parecia corado e alegre, como um cartão de Natal; e havia outra mulher, grande, com uma mancha de fuligem riscando-lhe o rosto e um gorro de tricô cor de laranja, lembro-me dela.

Você quer jogar uma, querida?, perguntou ela. Quantos anos eu tinha?

Que bom nos livrarmos dessa porcaria toda, já vai tarde, disse rindo, divertida. Se importa?, perguntou à minha mãe.

Se ela quiser, respondeu minha mãe; ela tinha uma maneira de falar a meu respeito com os outros como se eu não pudesse ouvir.

A mulher me deu uma das revistas. Tinha uma mulher bonita na capa, sem nenhuma roupa, pendurada do teto por uma corrente enrolada ao redor das mãos. Olhei para a capa da revista com interesse. Aquilo não me assustou. Pensei que estivesse se balançando num cipó, como Tarzan, na televisão.

Não deixe que ela *veja* isso, disse minha mãe. Vamos, disse para mim, depressa.

Atirei a revista nas chamas. As folhas cascatearam abertas com o sopro de sua própria combustão, grandes flocos de papel se soltaram, voaram no ar, ainda em chamas, partes de corpos de mulheres transformando-se em cinza preta no ar, diante dos meus olhos.

Mas então o que acontece, mas então, o que acontece?

Eu sei que perdi tempo.

Deve ter havido agulhas de injeção, comprimidos, alguma coisa assim. Eu não teria perdido tanto tempo assim, sem ajuda. Você sofreu um choque, diziam-me.

Eu vinha à tona e despertava em meio a um rugido e uma confusão, como uma arrebentação de ondas revoltas. Ainda me lembro de me sentir bastante calma. Ainda me lembro de gritar, tinha a sensação de gritar, embora pudesse ter sido apenas um sussurro: *Onde está ela? O que vocês fizeram com ela?*

Não havia nem noite nem dia; apenas um bruxuleio. Depois, passado algum tempo, havia cadeiras de novo, e uma cama, e depois disso uma janela.

Ela está em boas mãos, diziam. Com pessoas que são capacitadas. Você não está capacitada, mas você quer o melhor para ela. Não quer?

Mostraram-me uma fotografia dela, estava ao ar livre num gramado, seu rosto um oval perfeito. Os cabelos claros puxados para trás e presos atrás da cabeça. Segurando a mão dela havia uma mulher que eu não conhecia. Ela alcançava apenas o cotovelo da mulher.

Vocês a mataram, eu disse. Ela parecia um anjo, solene, compacto, feito de ar.

Estava com um vestido que eu nunca tinha visto, branco e comprido até o chão.

Gostaria de acreditar que isso é uma história que estou contando. Preciso acreditar nisso. Tenho que acreditar nisso. Aquelas que conseguem acreditar que essas histórias são apenas histórias têm chances melhores.

Se for uma história que estou contando, então tenho controle sobre o final. Então haverá um final, para a história, e a vida real virá depois dele. Poderei recomeçar onde interrompi.

Isso não é uma história que estou contando.

É também uma história que estou contando, em minha cabeça, à medida que avanço.

Conto, em vez de escrever, porque não tenho nada com que escrever e, de todo modo, escrever é proibido. Mas se for uma história, mesmo em minha cabeça, devo estar contando-a para alguém. Você não conta uma história apenas para si mesma. Sempre existe alguma outra pessoa.

Mesmo quando não há ninguém.

Uma história é como uma carta. *Caro Você*, direi. Apenas você, sem nome. Acrescentar um nome acrescenta *você* ao mundo real, que é mais arriscado, mais perigoso: quem sabe quais serão as probabilidades lá fora de sobrevivência, da sua sobrevivência? Eu direi *você, você*, como uma velha canção de amor. *Você* pode ser mais de uma pessoa. *Você* pode significar milhares.

Não estou correndo nenhum perigo imediato, direi a você.

Fingirei que você pode me ouvir.

Mas não adianta, porque sei que não pode.

IV

SALA DE ESPERA

CAPÍTULO OITO

O bom tempo se mantém. É quase como se estivéssemos em junho, quando sairíamos com nossos vestidos sem gola e sem mangas e nossas sandálias para tomar um sorvete na casquinha. Há três novos corpos no Muro. Um é de um padre, ainda vestindo a batina preta. A batina foi posta nele para o julgamento, embora tenham desistido de usá-las há anos, quando as guerras entre as seitas começaram. Os outros dois têm cartazes púrpura pendurados ao redor do pescoço: Traição por Falsidade de Gênero. Seus corpos ainda estão vestidos com os uniformes dos Guardiões. Foram apanhados juntos, devem ter sido, mas onde? Numa caserna, num chuveiro? É difícil dizer. O homem de neve com o sorriso vermelho sumiu.

– Nós deveríamos voltar – digo para Ofglen. Sempre sou eu quem diz isso. Às vezes tenho a impressão de que se não dissesse, ela ficaria aqui para sempre. Mas será que ela está pranteando ou exultando alguém? Ainda não sei dizer.

Sem uma palavra ela gira nos calcanhares, como se fosse ativada pela voz, como se fosse montada sobre rodinhas bem lubrificadas, como se estivesse na tampa de uma caixinha de música. Tenho ressentimento dessa graciosidade dela. Tenho ressentimento de sua cabeça humilde, sempre baixa como se diante de um vento forte. Mas não há vento.

Deixamos o Muro, andamos de volta pelo caminho por onde viemos, sob o sol cálido.

– Está um belo dia de maio – diz Ofglen. Sinto mais do que vejo ela se virar em minha direção, esperando por uma resposta.

– Está, sim – respondo. – Louvado seja – acrescento como reflexão tardia. *Mayday* costumava ser sinal radiotelefônico de pedido de socorro, muito tempo atrás, numa daquelas guerras que estudamos no colégio. Eu vivia confundindo umas com as outras, mas você podia distinguir umas das outras pelos aviões, se prestasse atenção. Contudo, foi Luke quem me falou sobre Mayday. *Mayday, Mayday,* para pilotos cujos aviões tivessem sido atingidos, e navios – será que era para navios também? – no mar. Talvez SOS para navios. Gostaria de poder pesquisar isso e saber. E era alguma composição de Beethoven, para o começo da vitória, em uma dessas guerras.

Você sabe de onde saiu isso?, perguntou Luke. Mayday?

Não, respondi. É uma palavra estranha para se usar nisso, não é?

Jornais e café, nas manhãs de domingo, antes dela nascer. Ainda existiam jornais, naquela época. Costumávamos lê-los na cama.

É francês, disse ele. De *M'aidez.*

Ajudai-me.

Vindo em nossa direção há uma pequena procissão, um funeral: três mulheres, cada uma com um véu preto transparente sobre o chapéu que lhes cobre a cabeça. Uma Econoesposa e duas outras, pranteadoras enlutadas, Econoesposas também, suas amigas talvez. Os vestidos listrados têm um aspecto surrado, como os rostos delas. Algum dia, quando os tempos melhorarem, diz Tia Lydia, ninguém terá de ser uma Econoesposa.

A primeira é a enlutada, a mãe; ela carrega um pequeno jarro preto. Pelo tamanho do jarro se pode dizer que idade tinha quando foi a pique, dentro dela, e fluiu para sua morte. Dois ou três meses, jovem demais para se saber se era um Não bebê. Os mais velhos e os que morrem no parto têm caixões.

Paramos por um momento, em sinal de respeito, enquanto elas passam. Pergunto a mim mesma se Ofglen sente o que sinto, uma dor como uma pontada, na barriga. Colocamos as mãos sobre o coração para mostrar a essas mulheres desconhecidas que somos solidárias com elas em sua perda. Sob o véu, a primeira faz uma carranca para nós. Uma das outras se vira para o lado e cospe na calçada. As Econoesposas não gostam de nós.

* * *

Passamos pelas lojas e chegamos de novo à barreira de controle, e somos autorizadas a passar. Seguimos em frente em meio às grandes casas de aparência vazia, com os gramados sem ervas daninhas. Na esquina perto da casa onde é meu posto de serviço, Ofglen para, se vira para mim.

– Sob o Olho Dele – diz ela. A despedida correta.

– Sob o Olho Dele – respondo, e ela me faz um pequeno sinal de cabeça. Hesita, como se fosse dizer mais alguma coisa, mas então se vira e sai andando pela rua. Ela é como um reflexo de mim mesma, em um espelho do qual estou me afastando.

Na entrada para carros, Nick está lustrando o Tormentas de novo. Ele chegou ao cromado na traseira. Ponho minha mão enluvada no trinco do portão, abro-o, empurro para dentro. O portão estala ao se fechar atrás de mim. As tulipas ao longo dos canteiros estão mais vermelhas do que nunca, se abrindo, não mais como taças de vinho, mas cálices; se projetando para o alto, com que fim? Afinal, estão vazias. Quando ficam velhas se viram de dentro para fora, então explodem lentamente, as pétalas atiradas para longe como cacos de louça quebrada.

Nick levanta a cabeça e começa a assobiar. Então diz:

– Boa caminhada?

Faço que sim com a cabeça. Mas não respondo com minha voz. Ele não deveria falar comigo. É claro que alguns deles tentarão, dizia Tia Lydia. Toda a carne é fraca. Toda a carne *é* erva, eu a corrigi em minha cabeça. Eles não conseguem deixar de fazê-lo, dizia ela, Deus os fez assim, mas Ele não as fez assim. Ele as fez diferentes. Cabe a vocês impor os limites. Mais tarde receberão agradecimentos.

No jardim atrás da casa a Esposa do Comandante está sentada na cadeira que trouxe para fora. Serena Joy, que nome idiota. Parece algum produto que você usaria no cabelo, naquele outro tempo, no tempo de antes, para alisá-lo. *Serena Joy*, estaria escrito no frasco, com uma cabeça de mulher em silhueta recortada em papel, sobre um fundo oval cor-de-rosa com bordas de curvas douradas. Com tanta coisa para escolher para usar como nome, por que escolheu justo esse? Serena Joy nunca foi seu nome verdadeiro, nem mesmo naquela época. O nome dela era Pam. Li isso num perfil sobre ela numa revista de notícias, muito depois de tê-la visto cantar na televisão enquanto minha mãe dormia em casa nas manhãs de domingo. Na época ela já merecia um perfil: foi na *Time* ou *Newsweek*, creio, deve ter sido. Naquela altura, ela já não cantava mais, estava fazendo discursos. Era boa oradora, sabia fazê-los. Seus discursos eram sobre a santidade do lar, sobre como as mulheres deveriam ficar em casa. Ela mesmo não ficava, em vez disso, Serena Joy fazia discursos, mas apresentava essa sua falha como um sacrifício que estava fazendo pelo bem de todos.

Por volta daquela época, alguém tentou matá-la a tiros e errou; sua secretária, que estava parada bem atrás dela, foi morta em seu lugar. Alguma outra pessoa pôs uma bomba em seu carro, mas a bomba explodiu antes da hora. Embora algumas pessoas dissessem que ela havia posto a bomba em seu próprio carro, para conquistar simpatia. Os ânimos estavam se acirrando a esse ponto.

Luke e eu costumávamos vê-la, de vez em quando, no último jornal da noite na televisão. De roupão e tomando um drink antes de deitar. Observávamos seu cabelo duro de laquê e sua histeria, e as lágrimas que ela ainda conseguia produzir sempre que queria, e o rímel tingindo de preto suas faces. Àquela altura estava usando mais maquiagem. Achávamos que era engraçada. Ou Luke achava que era engraçada. Eu apenas fingia que achava. Na verdade ela era um pouco assustadora. Estava falando sério.

Ela não faz mais discursos. Tornou-se incapaz de falar. Fica em casa, mas isso não parece lhe fazer bem. Como deve estar furiosa, agora que suas palavras foram levadas a sério.

Está olhando para as tulipas. A bengala está a seu lado, na grama. Seu perfil está virado para mim, consigo perceber na rápida olhadela de soslaio que lanço para ela enquanto passo. Não seria apropriado ficar olhando. Não é mais um perfil perfeito recortado em papel, o rosto dela está afundando sobre si mesmo, e penso naquelas cidades construídas sobre rios subterrâneos, em que casas e ruas inteiras desaparecem da noite para o dia, engolidas por pântanos que surgem subitamente, ou cidades em regiões carboníferas que desmoronam dentro das minas debaixo delas. Alguma coisa semelhante deve ter acontecido com ela, depois de perceber o que estava por vir.

Ela não vira a cabeça. Não reconhece minha presença de nenhuma maneira, embora saiba que estou ali. Sei muito bem que ela sabe, seu conhecimento é como um cheiro; alguma coisa que azedou, como leite.

Não é com os maridos que vocês têm que ter cuidado, dizia Tia Lydia, é com as Esposas. Vocês deveriam sempre tentar imaginar o que devem estar sentindo. É claro que se ressentem de vocês. É muito natural. Tentem ser solidárias, compadecer-se delas. Tia Lydia acreditava que tinha muito talento para ser solidária e compadecer-se de outras pessoas. Tentem se apiedar delas. Perdoai-lhes, pois não sabem o que fazem. Mais uma vez o sorriso trêmulo, de uma mendiga, o piscar de olhos de vista fraca, o olhar voltado para o alto, através dos óculos de armação de aço, em direção ao fundo da sala de aula, como se o teto de reboco pintado de verde fosse uma abertura e Deus numa nuvem de pó facial Pink Pearl estivesse descendo através dos fios e encanamentos dos sprinklers contra incêndio. Vocês têm que se dar conta de que elas são mulheres derrotadas. Não conseguiram.

A voz dela se embargava, e havia uma pausa, durante a qual eu podia ouvir um suspiro, um suspiro coletivo daquelas ao meu redor. Era uma péssima ideia perder a paciência ou mostrar inquietação durante essas pausas: Tia Lydia podia parecer distraída, mas ela percebia cada pequeno movimento. De modo que havia apenas o suspiro.

O futuro está nas mãos de vocês, prosseguia ela. E estendia suas próprias mãos para nós, no gesto antiquíssimo que era ao mesmo tempo uma oferenda e um convite, para nos aproximarmos, para um abraço, uma aceitação. Nas mãos de vocês, dizia ela, olhando para suas próprias mãos como se lhe tivessem dado a ideia. Elas estavam vazias. Eram as nossas mãos que deveriam estar cheias, do futuro; que podia ser pegado, mas não visto.

Ando até a porta dos fundos, abro-a, entro, ponho minha cesta na mesa da cozinha. A mesa foi lavada, esfregada, está limpa de farinha; o pão de hoje, recém-assado, está esfriando em seu suporte. A cozinha cheira a fermento, um cheiro nostálgico. Remete-me a outras cozinhas, cozinhas que eram minhas. É um cheiro de mães; embora minha própria mãe não fizesse pão. É um cheiro de mim, em tempos anteriores, quando eu era mãe.

Esse é um cheiro traiçoeiro, e sei que tenho que parar de senti-lo.

Rita está lá, sentada à mesa, descascando e fatiando cenouras. São cenouras velhas, grossas, guardadas por tempo demais no inverno, barbadas devido ao período de armazenamento. As cenouras novas, macias e claras, só estarão maduras daqui a semanas. A faca que ela usa é afiada e reluzente, e tentadora. Gostaria de ter uma faca como aquela.

Rita para de cortar as cenouras, se levanta, tira os embrulhos da cesta, quase que avidamente. Está impaciente para ver o que eu trouxe, embora sempre franza o cenho enquanto abre os embrulhos; nada que eu traga a agrada plenamente. Está pensando que ela poderia ter feito melhor. Preferiria fazer as compras, escolher exatamente o que quer; ela me inveja pela caminhada. Nesta casa todas nós invejamos umas às outras por alguma coisa.

– Eles têm laranjas – digo. – Na Leite e Mel. Ainda restam algumas. – Estendo essa ideia para ela como uma oferenda. Desejo procurar a amizade dela. Vi as laranjas ontem, mas não contei a Rita; ontem ela estava mal-humorada demais. – Eu poderia comprar algumas, amanhã, se me der os vales para elas. Estendo-lhe a galinha. Ela queria bife hoje, mas não tinha.

Rita dá um resmungo, sem revelar prazer nem aceitação. Ela pensará a respeito disso, diz o resmungo, em seu próprio ritmo. Desamarra o barbante do embrulho da galinha e tira o papel lustroso. Cutuca a galinha, dobra uma asa, enfia um dedo na cavidade, tira os miúdos. A galinha fica lá, sem cabeça e sem pés, com a pele arrepiada como se tremendo de frio.

– Dia de banho – diz Rita, sem olhar para mim.

Cora entra na cozinha, vinda da despensa nos fundos, onde guardam os esfregões e vassouras.

– Uma galinha – diz ela, quase com prazer.

– Magrela – diz Rita –, mas vai ter que servir.

– Não havia muita escolha – digo. Rita me ignora.

– Parece bastante grande para mim – diz Cora. Será que ela está me defendendo? Olho para ela, para ver se devo sorrir; mas não, é só na comida que ela está pensando. Cora é mais moça que Rita; a luz do sol entrando inclinada agora pela janela de oeste, bate em seu cabelo repartido e puxado para trás. Deve ter sido bem bonitinha, até recentemente. Há uma pequena marca, como uma covinha, em cada uma de suas orelhas, onde os furos para brincos se fecharam.

– Comprida – diz Rita –, mas ossuda. Você deveria reclamar – diz para mim, olhando diretamente para mim pela primeira vez. – Você não é nenhuma inferior, sem graduação. – Ela está se referindo ao posto do Comandante. Mas no outro sentido, no sentido dela, acha que sou inferior. Ela tem mais de sessenta anos, sua opinião está formada.

Rita vai até a pia, lava as mãos rapidamente sob a torneira e as enxuga no pano de prato. O pano de prato é branco com listras azuis. Os panos de pratos são iguais ao que sempre foram. Às vezes esses lampejos de normalidade me pegam de surpresa, como emboscadas. O comum, o costumeiro, um lembrete, como um chute. Vejo o pano de prato, fora de contexto, e prendo a respiração. Para certas pessoas, de certa maneira, as coisas não mudaram tanto assim.

– Quem vai cuidar do banho? – pergunta Rita, para Cora, não para mim. – Tenho que amaciar e temperar esta ave.

– Cuido disso mais tarde – diz Cora –, depois de espanar a casa.

– Apenas não deixe de fazer – diz Rita.

Elas estão falando de mim como se eu não pudesse ouvir. Para elas eu sou uma tarefa doméstica, uma dentre muitas.

Fui dispensada. Apanho a cesta, passo pela porta da cozinha e sigo pelo corredor em direção ao relógio de pé. A porta para a sala de estar está fechada. O sol entra através da bandeira semicircular da porta, batendo em cores no chão: vermelho e azul, púrpura. Avanço um passo e ponho-me por um instante sob a luz, estendo minhas mãos; elas se enchem de flores de luz. Subo a escada, meu rosto, distante e pálido, distorcido, emoldurado no espelho do vestíbulo de entrada, que se projeta para fora como um olho sob pressão. Sigo o tapete rosa-acinzentado pelo longo corredor do segundo andar, de volta para o quarto.

* * *

Há alguém parado no corredor, perto da porta para o quarto onde fico. O corredor é escuro, sombrio, aquilo é um homem, de costas para mim; ele está olhando para dentro do quarto, um vulto escuro contra sua luz. Agora posso ver, é o Comandante, ele não deveria estar aqui. O Comandante ouve minha aproximação, se vira, hesita, anda para a frente. Em minha direção. Ele está violando o costume, o que faço agora?

Eu paro, ele faz uma pausa, não consigo ver o rosto dele, está olhando para mim, o que ele quer? Mas então ele se move para a frente mais uma vez, dá um passo para o lado para evitar me tocar, inclina a cabeça, se vai.

Alguma coisa me foi mostrada, mas o que é? Como a bandeira de um país desconhecido, vista por um instante acima da curva de uma colina, poderia significar ataque, poderia significar parlamentação, poderia significar o limite de alguma coisa, um território. Os sinais que animais dão uns aos outros: pálpebras azuladas baixas, orelhas deitadas para trás, os pelos da nuca eriçados. Um lampejo de dentes arreganhados, que diabo ele pensa que está fazendo? Mais ninguém o viu. Espero. Estaria ele invadindo? Será que esteve em meu quarto?

Eu chamei de *meu*.

CAPÍTULO NOVE

Meu quarto, então, que seja. Tem de haver algum espaço, afinal, que eu chame de meu, mesmo neste tempo.

Estou esperando em meu quarto, que agora, neste momento, é uma sala de espera. Quando vou para a cama é um quarto. As cortinas ainda estão tremulando ao vento fraco, o sol lá fora ainda brilha, embora não entre diretamente através da janela. Ele se moveu para oeste. Estou tentando não contar histórias, ou pelo menos não esta.

Alguém já viveu neste quarto, antes de mim. Alguém como eu, ou prefiro acreditar que sim.

Descobri três dias depois que fui transferida para cá.

Tinha um bocado de tempo para fazer passar. Decidi explorar o quarto. Não apressadamente, como se exploraria um quarto de hotel, não esperando nenhuma surpresa, abrindo e fechando gavetas de escrivaninhas, as portas do armário, desembrulhando a minúscula barra de sabonete individualmente embrulhada, apertando os travesseiros. Será que algum dia estarei de novo em um quarto de hotel? Como eu os desperdicei, aqueles quartos, aquela liberdade para não ser vista.

Licença de aluguel.

Durante as tardes, quando Luke ainda estava fugindo de sua esposa, quando eu ainda era imaginária para ele. Antes de termos nos casado e de eu ter me solidificado. Eu sempre chegava lá antes, me registrava. Não foram assim tantas vezes, mas agora parece uma década, uma era; posso me lembrar do que eu vestia, cada blusa, cada echarpe. Ficava andando de um lado para o outro, esperando por ele, ligava a televisão e então desligava, passava um pouco de perfume atrás das orelhas, Opium, chamava-se. Vinha num frasco chinês, vermelho e dourado.

Eu ficava nervosa. Como iria saber que ele me amava? Poderia ser apenas um caso. Por que algum dia dissemos *apenas*? Embora naquela época homens e mulheres experimentassem uns aos outros, casualmente, como se fossem roupas, rejeitando quaisquer que não servissem.

A batida soava na porta, eu abria, com alívio, desejo. Ele era tão momentâneo, tão condensado. E no entanto parecia não haver fim para ele. Ficávamos deitados naquelas camas vespertinas, depois, as mãos de um tocando o outro, conversando a respeito daquilo. Se era possível, impossível. O que podia ser feito? Pensávamos que tínhamos problemas assim. Como poderíamos saber que éramos felizes?

Mas agora é dos próprios quartos que também sinto falta, até mesmo das pinturas medonhas penduradas nas paredes, paisagens com folhagem de outono ou neve derretendo em faias ou carvalhos, ou mulheres em trajes de época, com rostos de bonecas de porcelana e anquinhas e guarda-sóis, ou palhaços de olhos tristes, ou tigelas de frutas, de aspecto duro e esbranquiçado. As toalhas limpas prontas para o desperdício, as latas de lixo escancaradas em seus convites, pedindo que se atirassem nelas as bobagens despreocupadas. Despreocupadas. Eu era despreocupada, naqueles quartos. Podia tirar o telefone do gancho e a comida apareceria numa bandeja, comida que eu havia escolhido. Comida que não me fazia bem, sem dúvida, e bebida também. Havia Bíblias nas gavetas das mesinhas de cabeceira, colocadas lá por alguma sociedade filantrópica, embora ninguém as lesse muito. Havia cartões-postais também, com fotografias do hotel, e você podia escrever e enviá-los para quem quisesse. Isso parece uma coisa tão impossível, agora; como algo que você inventasse.

Pois bem. Explorei este quarto, não apressadamente, então, como um quarto de hotel, desperdiçando-o. Não queria fazê-lo todo de uma vez só, queria fazer com que durasse. Dividi o quarto em seções, em minha cabeça; permitia a mim mesma uma seção por dia. Essa única seção, eu examinava com a maior das minúcias: a irregularidade do reboco debaixo do papel de parede, os arranhões na tinta do rodapé e do peitoril da janela, debaixo da última mão de tinta, as manchas no colchão, pois fui tão longe a ponto de tirar os cobertores e lençóis da cama dobrando-os para trás, um pedacinho de cada vez, de modo que pudessem ser rapidamente postos de volta no lugar se alguém aparecesse.

As manchas no colchão. Como pétalas de flor secas. Não recentes. Amor antigo; não existe nenhum outro tipo de amor neste quarto agora.

Quando vi aquilo, aqueles vestígios deixados por duas pessoas, de amor ou alguma coisa parecida, desejo pelo menos, pelo menos toque, entre duas pessoas agora talvez velhas ou mortas, cobri a cama novamente e me deitei nela. Olhei para cima, para o olho cego de gesso no teto. Eu queria sentir Luke deitado a meu lado. Eu os tenho, esses ataques de passado, como uma vertigem, uma onda engolfando e passando por cima de minha cabeça. Por vezes isso quase não pode ser suportado. O que se tem de fazer é o que se tem de fazer, pensei. Não há nada a fazer. Eles também servem aos que apenas ficam parados e esperam. Ou se deitam e esperam. Sei por que o vidro na janela é inquebrável, e por que tiraram o candelabro. Eu queria sentir Luke deitado ao meu lado, mas não havia espaço no quarto.

Deixei o armário para o terceiro dia. Examinei cuidadosamente, primeiro a porta, a parte de dentro e de fora, depois as paredes internas com seus ganchos de latão – como eles poderiam ter deixado passar os ganchos? Por que não os removeram? Ficavam próximos demais do assoalho? Mesmo assim, uma meia longa é tudo o que se precisa. E o bastão com os cabides de plástico, meus vestidos pendurados neles, a pelerine vermelha de lã para o frio do inverno, o xale. Eu me ajoelhei para examinar o piso do armário e lá estava, escrito em letras minúsculas, bem recentes, parecia, riscadas com um alfinete ou talvez apenas uma unha, no canto onde caía a sombra mais escura: *Nolite te bastardes carborundorum.*

Não sabia o que significava e nem sequer em que língua estava escrito. Pensei que talvez fosse latim, mas eu não sabia nada de latim. Apesar disso, era uma mensagem, e a mensagem era por escrito, proibida exatamente por esse fato, e não tinha sido descoberta. Exceto por mim, para quem era destinada. Era destinada a quem quer que viesse a seguir.

Agrada-me refletir sobre essa mensagem. Agrada-me pensar que estou em comunhão com ela, essa mulher desconhecida. Pois ela é desconhecida; ou se é conhecida, nunca foi mencionada para mim. Agrada-me saber que sua mensagem tabu conseguiu chegar a pelo menos outra pessoa, que se fez carregar por si mesma, deixada sobre a parede de meu armário, foi aberta e lida por mim. Por vezes repito as palavras para mim mesma. Elas me dão uma pequena alegria. Quando imagino a mulher que as escreveu, penso nela como sendo mais ou menos da minha idade, talvez um pouco mais moça. Eu a transformo em Moira, Moira como ela era quando estava na faculdade, no quarto ao lado do meu, ardilosa, animada, atlética, outrora com uma bicicleta e uma mochila para caminhadas. Sardas, penso; irreverente, criativa.

Pergunto a mim mesma quem ela era ou é, e o que foi feito dela.

Tentei descobrir isso com Rita, no dia em que encontrei a mensagem.

Quem era a mulher que ficava naquele quarto?, perguntei. Antes de mim? Se tivesse perguntado de maneira diferente, se tivesse dito: Havia uma mulher que ficava naquele quarto antes de mim?, poderia não ter conseguido chegar a lugar nenhum.

Qual delas?, respondeu ela, sua voz me pareceu contrariada, rabugenta, desconfiada, mas, enfim, ela quase sempre usa esse tom quando fala comigo.

De modo que tinha havido mais de uma. Algumas não ficaram o período completo de seu tempo de serviço no posto, não cumpriram os dois anos completos. Algumas foram mandadas embora, por um motivo ou por outro. Ou talvez não tenham sido mandadas, tenham ido?

A que era cheia de vida. Isso era pura conjectura, mas arrisquei um palpite. A que tinha sardas.

Você a conhecia?, perguntou Rita, mais desconfiada do que nunca.

Eu a conheci antes, menti. Ouvi dizer que estava aqui.

Rita aceitou. Ela sabe que deve haver uma fonte de informações confidenciais, algum tipo de rede mais ou menos clandestina.

Ela não deu certo, disse ela.

Em que sentido?, perguntei, tentando fazer minha voz soar tão neutra quanto possível.

Mas Rita cerrou os lábios. Sou como uma criança por aqui, há coisas que não me devem ser contadas. O que você não souber não lhe trará sofrimento, foi tudo o que ela disse.

CAPÍTULO DEZ

Por vezes eu canto para mim mesma, em minha cabeça; alguma coisa bem lúgubre, chorosa, presbiteriana:

Maravilhosa graça, tão doce teu som
Pôde salvar um náufrago como eu
Que um dia se perdeu, mas ora se encontrou
*Que esteve preso, mas ora está livre.**

Não sei se a letra está correta. Não me lembro. Essas canções não são mais cantadas em público, especialmente as que usam palavras como *livre*. São consideradas perigosas demais. Pertencem às seitas proscritas.

Me sinto tão só, baby,
Me sinto tão só, baby,
*Me sinto tão só que poderia morrer.***

Essa também está proscrita. Eu a conheço de uma velha fita cassete, de minha mãe; ela tinha um aparelho de som distorcido e pouco confiável, que ainda podia tocar essas coisas. Costumava pôr a fita quando seus amigos se reuniam em nossa casa e tinham tomado alguns drinks.

Não canto esta com muita frequência. Ela faz doer minha garganta.

Não há muita música nesta casa, exceto a que ouvimos na televisão. De vez em quando Rita cantarola, enquanto amassa farinha para

---

* A letra do hino citado é apresentada em tradução livre, cf. original: *Amazing grace, how sweet the sound/Could save a wretch like me,/Who once was lost, but now am found,/Was bound but now am free.* (N. da T.)

** Letra de "Heartbreak Hotel", de Elvis Presley, idem: *I feel so lonely, baby,/ I feel so lonely, baby,/ I feel so lonely, I could die.* (N. da T.)

fazer massa ou descasca alguma coisa; é um cantarolar sem palavras, sem melodia, impenetrável. E por vezes da sala de estar virá o som tênue da voz de Serena, de um disco gravado há muito tempo e agora tocado com o volume baixo, de modo que ela não seja apanhada ouvindo, enquanto faz tricô, recordando-se de sua antiga glória agora amputada. *Aleluia.*

Está calor para esta época do ano. Casas como esta ficam quentes com o sol, não há isolamento suficiente. Ao meu redor o ar está estagnado, apesar da pequena corrente, o sopro que entra passando pelas cortinas. Eu gostaria de poder abrir a janela inteira até onde acabasse. Logo teremos permissão para passar a usar os vestidos de verão.

Os vestidos de verão estão fora da mala e pendurados no armário, dois deles, de puro algodão, o que é melhor que os de tecidos sintéticos como os mais baratos, mesmo assim quando está quente e úmido, em julho e agosto, você sua dentro deles. Contudo não precisa se preocupar com queimaduras de sol, dizia Tia Lydia. A maneira deplorável e exibida com que as mulheres costumavam se comportar. Passando óleo no corpo como se fossem carne assada num espeto, e de costas e ombros nus, na rua, em público, e as pernas, sem nem sequer meias finas a cobri-las, não é de admirar que aquelas coisas costumassem acontecer. *Coisas*, a palavra que ela usava quando não importa o que quer que fosse que substituísse era desagradável ou ofensivo ou obsceno ou horrível demais para passar por seus lábios. Uma vida bem-sucedida para ela era uma vida que evitasse *coisas*, que excluísse *coisas*. *Coisas* daquele tipo não acontecem com mulheres bem-educadas. E também não faz bem à pele, nem um pouco, faz com que fique toda enrugada como uma maçã seca. Mas não devíamos mais dar importância à nossa pele, ela havia se esquecido disso.

No parque, dizia Tia Lydia, deitados em mantas, homens e mulheres juntos às vezes, e depois de dizer isso ela começava a chorar, parada ali de pé na nossa frente, à vista de todas.

Estou dando tudo de mim, fazendo o melhor possível, dizia ela. Estou tentando dar a vocês a melhor oportunidade que podem ter. Ela piscava, a luz era forte demais para ela, sua boca tremia, ao redor dos dentes da frente, dentes que se projetavam um pouco para fora e eram compridos e amarelados, e eu pensava nos camundongos mortos que encontrávamos no degrau de nossa porta de entrada, quando morávamos numa casa, nós três, quatro, se contássemos nossa gata, que era quem fazia esses presentes.

Tia Lydia apertava a mão contra a boca de roedor morto. Depois de um minuto tirava a mão da boca. Eu queria chorar também, porque me fazia recordar. Se pelo menos ela antes não comesse metade deles, eu dizia a Luke.

Não pensem que é fácil para mim tampouco, dizia Tia Lydia.

Moira, entrando inesperadamente em meu quarto, deixando cair sua jaqueta de algodão grosso no chão. Tem cigarros, perguntava.

Na minha bolsa, eu respondia. Mas não tenho fósforos.

Moira revira minha bolsa. Você devia jogar fora uma parte desse lixo, diz. Estou fazendo uma reunião de putawear.

Uma o quê?, pergunto. Não adianta nada tentar estudar, Moira não vai permitir, ela é como uma gata que se esgueira para cima da página quando você está tentando ler.

Sabe como é, tipo Tupperware, só que com roupas de baixo. Coisas de puta. Calcinhas e ligas de meia de renda. Sutiã meia-taça com armação de metal que levanta os peitos. Ela encontra meu isqueiro, acende o cigarro que tira de minha bolsa. Quer um? Joga o maço para mim, com grande generosidade, considerando que são meus.

Muitíssimo obrigada, respondo em tom azedo. Você é louca. De onde tirou uma ideia como essa?

Dando duro para cursar essa faculdade, diz Moira. Tenho contatos. Uma amiga de minha mãe. Está fazendo o maior sucesso nos subúrbios, depois que elas começam a ficar com manchas de idade acham que têm que derrubar a concorrência. Daí os mercadinhos pornô e outras esquisitices.

Estou rindo às gargalhadas. Ela sempre me fazia rir.

Mas aqui?, pergunto. Quem virá? Quem precisa disso?

Nunca se é jovem demais para aprender, diz ela. Ande, venha, vai ser fantástico. Todas nós vamos fazer xixi nas calças de tanto rir.

Era assim que vivíamos então? Mas vivíamos como de costume. Todo mundo vive, a maior parte do tempo. Qualquer coisa que esteja acontecendo é de costume. Mesmo isto é de costume, agora.

Vivíamos, como de costume, por ignorar. Ignorar não é a mesma coisa que ignorância, você tem de se esforçar para fazê-lo.

Nada muda instantaneamente: numa banheira que se aquece gradualmente você seria fervida até a morte antes de se dar conta. Havia matérias nos jornais, é claro. Corpos encontrados em valas ou na floresta, mortos a pauladas ou mutilados, que haviam sido submetidos a degradações, como costumavam dizer, mas essas matérias eram a respeito de outras mulheres, e os homens que faziam aquele tipo de coisas eram outros homens. Nenhum deles eram os homens que conhecíamos. As matérias de jornais eram como sonhos para nós, sonhos ruins sonhados por outros. Que horror, dizíamos, e eram, mas eram horrores sem ser críveis. Eram demasiado melodramáticas, tinham uma dimensão que não era a dimensão de nossas vidas.

Éramos as pessoas que não estavam nos jornais. Vivíamos nos espaços brancos não preenchidos nas margens da matéria impressa. Isso nos dava mais liberdade.

Vivíamos nas lacunas entre as matérias.

Lá de baixo, da entrada para carros, vem o som do carro dando partida. Esta área é silenciosa, não há muito tráfego, podem-se ouvir as coisas muito claramente: motores de carros, máquinas de cortar grama, a poda de uma cerca viva, o bater de uma porta. Você poderia ouvir um grito claramente, ou um tiro, se esses ruídos jamais fossem feitos aqui. Por vezes há sirenes a distância.

Vou até a janela e me sento no banquinho da janela, que é estreito demais para ser confortável. Há uma pequenina almofada nele, com uma capa bordada em *petit point*: FÉ, em letras grandes, retangulares, cercadas por uma coroa de lírios. FÉ tem um tom azul desbotado, as folhas dos lírios um verde descolorido. Essa é uma almofada que outrora era usada em outro lugar, gasta, mas não o suficiente para jogar fora. De alguma forma deixaram-na passar.

Posso passar minutos, dezenas de minutos, percorrendo as letras com os olhos: FÉ é a única coisa que me deram para ler. Se fosse apanhada fazendo isso, será que contaria? Eu não botei a almofada aqui.

O motor gira, e me inclino para fora, puxando a cortina branca sobre meu rosto, como um véu. É semitransparente, posso ver através dela. Se pressionar meu rosto contra o vidro e olhar para baixo, posso ver a metade de trás do Tormentas. Ninguém está lá, mas enquanto observo vejo Nick dar a volta até a porta de trás do carro, abri-la e postar-se rígido ao lado dela. O quepe agora está bem-posto e as mangas abaixadas e abotoadas. Não posso ver seu rosto porque estou olhando para ele de cima.

Agora o Comandante está saindo. Vejo-o de relance apenas por um instante, em dimensões reduzidas pela perspectiva, caminhando para o carro. Não está usando o chapéu, de modo que não é para uma atividade formal que está indo. O cabelo dele é grisalho. Ou prateado, você poderia dizer se quisesse ser gentil. Não tenho nenhuma vontade de ser gentil. O anterior a este era careca, de modo que suponho que seja uma melhora.

Se eu pudesse cuspir, para fora pela janela, ou atirar alguma coisa, a almofada, por exemplo, talvez conseguisse acertá-lo.

Moira e eu, com sacolas de papel cheias de água. Bombas de água eram chamadas. Debruçadas na janela de meu quarto no dormitório, atirando-as na cabeça dos rapazes lá embaixo. Foi ideia de Moira. O que eles estavam tentando fazer? Subir numa escada de mão, para pegar alguma coisa. Para pegar nossa roupa de baixo.

Aquele dormitório outrora tinha sido misto, ainda havia mictórios para homens em um dos banheiros de nosso andar. Mas na época em que cheguei lá tinham posto os homens e mulheres de volta como era antes.

O Comandante se inclina, entra no carro, desaparece, e Nick fecha a porta. Um momento depois o carro se move em marcha a ré, descendo pela entrada, e então sai para a rua e some atrás da cerca viva.

Eu deveria sentir ódio por este homem. Sei que deveria senti-lo, mas não é o que realmente sinto. O que sinto é mais complicado do que isso. Não sei que nome dar a isso. Não é amor.

CAPÍTULO ONZE

Ontem de manhã fui ao médico. Fui levada por um Guardião, um daqueles com as faixas vermelhas no braço que são encarregados dessas coisas. Fomos em um carro vermelho, ele na frente, eu atrás. Nenhuma outra veio fazer par para ir comigo; nessas ocasiões sou solitária.

Sou levada ao médico uma vez por mês, para fazer exames: de urina, hormônios, preventivo de câncer, exame de sangue; os mesmos que antes, só que agora isso é obrigatório.

O consultório do médico fica em um prédio de escritórios moderno. Subimos no elevador, em silêncio, o Guardião de frente para mim. Na parede preta espelhada do elevador posso ver sua nuca. No consultório propriamente dito, eu entro; ele espera do lado de fora, no corredor, com outros Guardiões, numa das cadeiras colocadas lá para isso.

Dentro da sala de espera há outras mulheres, três delas, de vermelho: este médico é um especialista. Dissimuladamente observamos umas às outras, avaliando as barrigas umas das outras: será que alguém teve sorte? O enfermeiro registra nossos nomes e os números de nossos passes no Compudoc, para ver se somos quem devemos ser. Ele tem um metro e oitenta e dois, cerca de quarenta anos, uma cicatriz que lhe risca a face; fica sentado digitando, suas mãos são grandes demais para o teclado, ainda usa a pistola no coldre de ombro.

Quando sou chamada passo por uma porta de entrada que dá para uma sala interna. É branca, sem traços distintivos, como a sala externa, exceto por um biombo dobrável, de tecido vermelho esticado sobre uma estrutura de madeira, um olho dourado pintado na superfície, com uma espada virada para cima com duas serpentes entrelaçadas abaixo dele, como uma espécie de punho. As cobras e a espada são fragmentos, cacos de simbolismo quebrado que restaram do tempo de antes.

Depois que enchi uma pequena garrafinha deixada pronta no pequenino lavabo, tiro minhas roupas atrás do biombo e deixo-as dobradas na cadeira. Quando estou nua me deito na mesa de exame, no lençol descartável de papel frio e crepitante. Puxo o segundo lençol, o de pano, para cobrir meu corpo. Na altura do pescoço há outro lençol, suspenso do teto. Ele me divide, de modo que o médico nunca verá meu rosto. Ele lida apenas com meu torso.

Quando estou preparada estico a mão para fora, tateio em busca da pequena alavanca do lado direito da mesa e puxo para trás. Em algum outro lugar um sino toca, sem que eu o ouça. Depois de um minuto a porta se abre, passadas se aproximam, há o som de respiração. Ele não deve falar comigo, exceto quando for absolutamente necessário. Mas este médico é tagarela.

– Como estamos passando? – diz ele, alguma espécie de cacoete de fala do outro tempo. O lençol é levantado de cima de minha pele, um golpe de ar me deixa arrepiada. Um dedo frio, com luva de borracha e melado de vaselina, desliza para dentro de mim. Sou apalpada e cutucada. O dedo recua, entra de outra maneira, é retirado.

– Nada de errado com você – diz o médico, como se para si mesmo. – Alguma dor, querida? – Ele me chama de *querida*.

– Não – respondo.

Meus seios são apalpados por sua vez, em busca de madureza, de podridão. A respiração chega mais perto, sinto cheiro de fumaça velha, loção após barba, poeira de tabaco no cabelo. Então a voz, suave, bem baixa, perto de minha cabeça: aquilo é ele, abaulando o lençol.

– Eu poderia ajudar você – diz ele. Sussurros.

– O quê? – pergunto.

– Shh – diz ele. – Eu poderia ajudar você. Já ajudei outras.

– Me ajudar? – pergunto, a voz tão baixa quanto a dele. – Como? – Será que ele sabe de alguma coisa, viu Luke, será que encontrou, será que pode trazer de volta?

– Como você acha? – diz ele, ainda mal murmurando as palavras. Será que aquilo é a mão dele, deslizando pela minha perna acima? Ele tirou a luva. – A porta está trancada. Ninguém vai entrar. Nunca saberão que não é dele.

Ele levanta o lençol. A parte inferior de seu rosto está coberta pela máscara de gaze branca, regulamentar. Dois olhos castanhos, um nariz, uma cabeça com cabelos castanhos em cima. A mão dele está entre as minhas pernas.

– A maioria desses velhos não consegue mais ter uma ereção e ejacular – diz ele. – Ou então são estéreis.

Eu quase engasgo de espanto: ele disse uma palavra proibida. *Estéril.* Isso é uma coisa que não existe mais, um homem estéril não existe, não oficialmente. Existem apenas mulheres que são fecundas e mulheres que são estéreis, essa é a lei.

– Muitas mulheres fazem isso – prossegue ele. – Você quer um bebê, não quer?

– Sim, quero – respondo. É verdade, e não pergunto por que, porque eu sei. *Dá-me filhos, ou senão eu morro.* Há mais de um significado para isso.

– Você está macia – diz ele. – Está na hora. Hoje ou amanhã resolveria a questão, por que desperdiçar? Levaria apenas um minuto, querida. – Era assim que chamava sua esposa, outrora; talvez ainda chame, mas na verdade é um termo genérico. Todas nós somos *querida.*

Eu hesito. Ele está se oferecendo para mim, oferecendo seus serviços, com riscos para si mesmo.

– Detesto ver as coisas a que submetem vocês – murmura ele. É verdadeira, compreensão verdadeira; mas ao mesmo tempo ele está gostando disso, com compreensão e tudo o mais. Seus olhos estão úmidos de compaixão, a mão dele se move em mim, nervosamente e com impaciência.

– É perigoso demais – digo. – Não. Não posso. – A penalidade é a morte. Mas eles têm que apanhar você em flagrante no ato, com duas testemunhas. Quais são as probabilidades, a sala estaria grampeada, quem está esperando logo ali, do lado de fora da porta?

A mão dele para.

– Pense no assunto – diz ele. – Vi seu registro de dados clínicos. Você não tem mais muito tempo. Mas a vida é sua.

– Obrigada – digo. Tenho que deixar a impressão de que não estou ofendida, de que estou aberta à sugestão. Ele retira a mão, de maneira quase que preguiçosa, proteladamente, isso não é a palavra final no que lhe diz respeito. Ele poderia falsificar os resultados dos exames, me delatar, dar um laudo de que estou com câncer, que sofro de infertilidade, mandar me deportar para as Colônias, com as Não mulheres. Nada disso foi dito, mas o conhecimento de seu poder, ainda assim, paira no ar enquanto ele dá uma palmadinha em minha coxa, se retira atrás do lençol pendurado.

– Mês que vem – diz ele.

Visto as minhas roupas de novo, atrás do biombo. Minhas mãos estão tremendo. Por que estou com medo? Não violei quaisquer limites, não empenhei nenhuma confiança, não assumi nenhum risco. É a escolha que me apavora. Uma saída, uma salvação.

CAPÍTULO DOZE

O banheiro fica ao lado do quarto de dormir. É forrado de papel de parede com pequeninas flores azuis, não-me-esqueças, com cortinas combinando. Há um tapete de banho azul, uma capa de pele falsa azul no tampo do vaso sanitário; tudo que falta a este banheiro do tempo de antes é uma boneca cuja saia esconda o rolo adicional de papel higiênico. Exceto que o espelho sobre a pia foi retirado e substituído por um retângulo de folha de flandres, e a porta não tem fecho, e não há giletes nem barbeadores, é claro. Ocorreram incidentes em banheiros logo de início; houve casos de cortes, de afogamentos. Antes que eles conseguissem solucionar e acabar com todos os problemas. Cora fica sentada numa cadeira do lado de fora no corredor, para se certificar de que mais ninguém entre. Num banheiro, dentro de uma banheira, você fica vulnerável, dizia Tia Lydia. Ela não disse a quê.

O banho é uma exigência, mas também é um luxo. O simples fato de tirar a pesada touca com as abas brancas e o véu, o simples fato de sentir meu próprio cabelo de novo, com as minhas mãos, é um luxo. Meu cabelo agora é comprido, sem corte. O cabelo tem de ser comprido, mas coberto. Tia Lydia dizia: São Paulo disse que é assim ou é raspado rente. Ela ria, dava aquele seu relincho contido, como se tivesse contado uma piada.

Cora preparou o banho. Levanta vapor como uma tigela de sopa. Tiro o resto de minhas roupas, o corpete de peitilho liso, a combinação e as anáguas, as meias brancas e vermelhas, as pantalonas largas de algodão. Usar meias-calças deixa a virilha fedida, costumava dizer Moira. Tia Lydia nunca teria usado uma expressão como *virilha fedida. Anti-higiênico* era o que ela dizia. Ela queria que tudo fosse muito higiênico.

Minha nudez já é estranha para mim. Meu corpo parece fora de época. Será que realmente usei trajes de banho, na praia? Usei, sem pensar, entre homens, sem me importar que minhas pernas, meus braços, minhas coxas e costas estivessem à mostra, pudessem ser vistas. *Vergonhoso, impudico*. Evito olhar para baixo, para meu corpo, não tanto porque seja vergonhoso ou impudico mas porque não quero vê-lo. Não quero olhar para alguma coisa que me determine tão completamente.

Entro na água, me deito, deixo que me abrace. A água é macia como mãos. Fecho meus olhos, e ela está lá comigo, subitamente, sem aviso. Deve ser o cheiro do sabão. Ponho meu rosto contra o cabelo macio na parte de trás do seu pescoço e inalo seu cheiro para dentro de mim, talco de bebê e de corpo lavado de criança e de xampu, com um subtom, o ligeiro cheirinho de urina. Essa é a idade que ela tem quando estou no banho. Ela volta para mim em diferentes idades. É assim que sei que não é, na verdade, um fantasma. Se fosse um fantasma teria sempre a mesma idade.

Um dia, quando ela tinha onze meses, pouco antes de começar a andar, uma mulher a roubou de um carrinho de supermercado. Era um sábado, que era quando Luke e eu fazíamos as compras da semana, porque nós dois trabalhávamos. Ela estava sentada numa das cadeirinhas de bebê que eles tinham na época, nos carrinhos de compras de supermercado, com buracos para enfiar as pernas. Estava muito satisfeita, e eu havia me virado de costas para ela, isso foi na seção de comida para gatos, creio; Luke estava na parte lateral da loja, fora de vista, no balcão de carnes. Ele gostava de escolher o que iríamos comer durante a semana. Dizia que homens precisavam mais de carne do que mulheres e que isso não era uma superstição e que não estava sendo um idiota, que estudos haviam sido feitos. Existem algumas diferenças, dizia. Ele gostava de dizer isso, como se eu estivesse tentando provar que não existiam. Mas na maioria das vezes dizia isso quando minha mãe estava lá. Ele gostava de provocá-la.

Eu a ouvi começar a chorar. Eu me virei e ela estava desaparecendo mais abaixo no corredor, nos braços de uma mulher que nunca tinha visto antes. Eu gritei, e a mulher foi detida. Devia ter cerca de uns trinta e cinco anos. Estava chorando e dizendo que era o bebê dela, que o Senhor o dera a ela, que lhe enviara um sinal. Eu senti pena da mulher. O gerente da loja se desculpou e eles ficaram com ela até a polícia chegar.

É apenas uma maluca, disse Luke.

Pensei que fosse um incidente isolado, na época.

Ela se desvanece, não posso mantê-la aqui comigo, agora se foi. Talvez eu realmente pense nela como um fantasma, o fantasma de uma menina morta, uma menininha que morreu quando tinha cinco anos. Lembro-me das fotografias de nós duas que um dia tive, de mim com ela no colo, poses padrão, mãe e bebê, enquadradas numa moldura, por segurança. Por trás de meus olhos fechados posso ver a mim mesma como sou agora, sentada ao lado de uma gaveta aberta ou de um baú de viagem, no porão, onde as roupinhas de bebê estão dobradas e guardadas, uma mecha de cabelo, cortada quando ela tinha dois anos, num envelope, louro quase branco. Depois ficou mais escuro.

Eu não tenho mais essas coisas, as roupas e o cabelo. Queria saber o que aconteceu com todas as nossas coisas. Saqueadas, jogadas fora, levadas embora. Confiscadas.

Aprendi a viver sem uma porção de coisas. Quando temos muitas coisas, dizia Tia Lydia, nos tornamos apegados a este mundo material e nos esquecemos dos valores espirituais. Vocês devem cultivar a pobreza de espírito. Abençoados os mansos. Ela não prosseguiu para dizer nada a respeito de herdarem a terra.

Fico deitada, acariciada pela água, ao lado de uma gaveta aberta que não existe, e penso numa menina que não morreu quando tinha cinco anos; que ainda existe, espero, porém não para mim. Será que existo para ela? Serei um retrato em algum lugar, no escuro do fundo de sua mente?

Devem ter-lhe dito que eu estava morta. Isso é o que pensariam em fazer. Diriam que assim seria mais fácil para ela se ajustar.

* * *

Oito anos ela deve ter agora. Preenchi o tempo que perdi, sei quanto já houve. Eles estavam certos, é mais fácil pensar nela como estando morta. Então não tenho que ter esperança nem fazer um esforço inútil. Por que bater a cabeça, dizia Tia Lydia, contra um muro? Por vezes ela tinha uma maneira muito vívida e descritiva de dizer as coisas.

– Eu não tenho o dia inteiro – diz a voz de Cora do lado de fora da porta. É verdade, ela não tem coisa alguma inteira. Não devo privá-la de seu tempo. Eu me ensaboo, uso o esfregão e o pedaço de pedra-pomes para lixar a pele morta. Esses acessórios puritanos são fornecidos. Quero estar totalmente limpa, sem germes, sem bactérias, como a superfície da lua. Não poderei me lavar esta noite nem depois, não por um dia. Isso interfere, dizem eles, e por que correr riscos?

Não posso evitar ver agora a pequena tatuagem em meu tornozelo. Quatro números e um olho, um passaporte ao contrário. Supõe-se que isso garanta que eu nunca possa vir a desaparecer, por fim, em outra paisagem. Sou importante demais, escassa demais, para isso. Sou uma riqueza nacional.

Puxo a tampa do ralo, me enxugo, visto meu robe atoalhado vermelho. Deixo o vestido de hoje aqui, onde Cora o apanhará para ser lavado. De volta ao quarto me visto de novo. A touca branca não é necessária para a noite, porque não vou sair. Todo mundo nesta casa sabe como é meu rosto. Porém o véu vermelho tem que ser posto, para cobrir meu cabelo úmido, minha cabeça, que não foi raspada. Onde foi que vi aquele filme, sobre as mulheres ajoelhadas na praça da cidade, mãos segurando-as, os cabelos caindo em chumaços? O que elas tinham feito? Deve ter sido há muito tempo, porque não consigo me lembrar.

Cora traz meu jantar coberto, numa bandeja. Ela bate na porta antes de entrar. Gosto dela por causa disso. Significa que acredita que ainda me resta um pouco do que costumávamos chamar de privacidade.

– Obrigada – digo, pegando a bandeja de suas mãos, e ela sorri para mim, sorri de verdade, mas se vira sem responder. Quando estamos sozinhas juntas fica acanhada comigo.

Ponho a bandeja na pequena mesa pintada de branco e puxo a cadeira para junto dela. Tiro a tampa da bandeja. A coxa de uma galinha, cozida demais. É melhor que sangrenta, que é a outra maneira como ela faz. Rita tem maneiras de fazer seu ressentimento ser sentido. Uma batata cozida, ervilhas verdes, salada. Peras em conserva de sobremesa. É uma comida bastante boa, ainda que insossa. Comida saudável. Vocês têm que ingerir suas vitaminas e minerais, dizia Tia Lydia recatadamente. Têm de ser receptáculos dignos, adequados. Nada de café ou chá, no entanto, nada de álcool. Já foram feitos estudos. Há um guardanapo de papel, como nas cafeterias.

Penso nas outras, naquelas fora. Isto é a região mais central, aqui estou tendo uma vida cheia de mimos, que o Senhor nos faça verdadeiramente gratas, dizia Tia Lydia, ou será que era agradecidas, e começo a comer a comida. Não estou com fome esta noite. Sinto-me enjoada. Mas não há nenhum lugar onde possa pôr a comida, não há plantas em vasos, e não me arriscarei com o vaso sanitário. Estou nervosa demais, é isso. Será que poderia deixá-la no prato, pedir a Cora que não me delate? Mastigo e engulo, mastigo e engulo, sentindo o suor aflorar. Em meu estômago a comida se junta numa bola, um punhado de papelão úmido, espremido.

No andar de baixo, na sala de jantar, haverá velas acesas na grande mesa de mogno, uma toalha branca, talheres de prata, flores, taças de vinho com vinho dentro. Haverá um tilintar de facas batendo contra porcelana, um tilintar quando ela descansa o garfo, com um suspiro apenas audível, deixando a metade do conteúdo de seu prato intocado. Possivelmente dirá que não está com apetite. Possivelmente não dirá nada. Se ela disser alguma coisa, será que ele faz um comentário? Se ela não disser nada, será que ele nota? Gostaria de saber como ela consegue se fazer notar. Imagino que deva ser difícil.

Há um naco de manteiga num dos lados do prato. Rasgo um canto do guardanapo de papel, embrulho a manteiga nele, levo para o armário e o enfio no bico de meu sapato direito, do par adicional, como já fiz antes. Embolo e amasso o resto do guardanapo: com certeza, ninguém vai se dar ao trabalho de desamarrotá-lo, para verificar se alguma parte está faltando. Usarei a manteiga mais tarde, esta noite. Seria melhor, neste anoitecer, não cheirar a manteiga.

Espero. Eu me componho. Aquilo a que chamo de mim mesma é uma coisa que agora tenho que compor, como se compõe um discurso. O que tenho de apresentar é uma coisa feita, não algo nascido.

V

UM COCHILO

CAPÍTULO TREZE

Há tempo de sobra. Esta é uma das coisas para as quais não estava preparada – a quantidade de tempo não preenchido, o longo parênteses de nada. Tempo como som de ruído fora de sintonia. Se ao menos eu pudesse bordar. Tecer, tricotar, alguma coisa para fazer com as mãos. Quero um cigarro. Lembro-me de andar por galerias de arte, em meio a obras do século XIX: a obsessão que eles tinham por haréns. Dúzias de pinturas de haréns, mulheres gordas deitadas à toa em divãs, com turbantes na cabeça ou barretes de veludo, sendo abanadas com rabos de penas de pavão, um eunuco ao fundo montando guarda. Estudos de carne sedentária pintados por homens que nunca tinham estado lá. Aquelas pinturas deveriam ser eróticas e eu achava que eram, na época; mas vejo agora o que realmente retratavam. Eram pinturas que retratavam animação suspensa, retratavam espera, retratavam objetos que não estavam em uso. Eram pinturas que retratavam o tédio.

Mas talvez o tédio seja erótico, quando são as mulheres que o fazem, para os homens.

Espero, lavada, escovada, alimentada, como um porco premiado. Em algum momento nos anos 1980 inventaram bolas para porcos, para porcos que estavam sendo cevados em chiqueiros; os porcos faziam-nas rolar pelo cercado com seus focinhos. Os comerciantes de porcos diziam que isso melhorava o tônus muscular; que os porcos eram curiosos, gostavam de ter alguma coisa em que pensar.

Li a respeito disso em *Introdução à psicologia*; isso e o capítulo sobre ratos enjaulados que escolhiam por vontade própria tomar choques elétricos para ter alguma coisa a fazer. E o capítulo sobre pombos, treinados para bicar um botão que fazia aparecer um grão de milho. Três grupos deles: os do primeiro ganhavam um grão por bicada, os do segundo um grão uma bicada sim uma não, os do terceiro ganhavam aleatoriamente. Quando o homem encarregado cortou o fornecimento de grãos, o primeiro grupo desistiu muito depressa, o segundo grupo um pouco mais tarde. O terceiro grupo nunca desistiu. Eles bicaram até morrer, em vez de desistir. Quem saberia o que funcionava?

Eu gostaria de ter uma bola de porco.

Deito-me no tapete trançado. Vocês sempre podem praticar, dizia Tia Lydia. Fazer várias sessões por dia, encaixadas na rotina diária. Braços ao lado do corpo, joelhos dobrados, levantar a pelve, pressionar a coluna vertebral para baixo. Contrair. Repetir. Respirar depois de contar até cinco, prender a respiração, expelir. Fazíamos isso no que costumava ser a sala de ciências domésticas, agora livre e desimpedida de máquinas de costura e de máquinas de lavar e secar; em uníssono, deitadas em pequenas esteiras japonesas, uma fita tocando *Les Sylphides*. Isso é o que ouço agora, em minha cabeça, enquanto levanto, inclino e respiro. Por trás de meus olhos fechados dançarinas esguias de branco passam rápida e graciosamente entre as árvores, as pernas a esvoaçar ligeiras como as asas de pássaros aprisionados.

Durante as tardes ficávamos deitadas em nossas camas por uma hora no antigo ginásio, entre as duas e as quatro. Diziam-nos que era um período de descanso e meditação. Na época eu pensava que o faziam porque queriam para si próprias algum tempo de folga de nos dar aulas, e sei que as Tias que não estavam de serviço se retiravam para a sala de professoras para tomar uma xícara de café, ou seja lá o que chamassem por aquele nome. Mas agora creio que aquele descanso também era um exercício. Estavam nos dando uma chance de nos habituarmos ao tempo ocioso.

Um cochilo, era como chamava Tia Lydia, com seu jeito recatado.

A coisa estranha é que precisávamos de um descanso. Muitas de nós adormecíamos. Vivíamos cansadas lá, uma grande parte do tempo.

Estávamos tomando algum tipo de comprimido ou droga, creio, que punham na comida, para nos manter calmas. Mas talvez não. Talvez fosse o próprio lugar em si. Depois do primeiro choque, depois que você havia aprendido a aceitar, era melhor estar letárgica. Você podia dizer a si mesma que estava poupando suas forças.

Eu devia estar lá há três semanas quando Moira chegou. Foi trazida para o ginásio por duas das Tias, da maneira habitual, enquanto estávamos tirando nosso cochilo. Ela ainda vestia suas roupas, jeans e um blusão de malha azul – o cabelo estava curto, havia desafiado a moda como de costume –, de maneira que a reconheci imediatamente. Ela me viu também, mas me deu as costas, já sabia o que era seguro. Havia um hematoma em sua face esquerda, começando a ficar roxo. As Tias a levaram para uma cama vazia onde o vestido vermelho já estava estendido. Ela se despiu, começou a se vestir de novo, em silêncio, as Tias paradas diante do pé da cama, o resto de nós observando do interior de nossos olhos semicerrados. Enquanto ela se inclinava pude ver as vértebras de sua coluna.

Não pude falar com ela por vários dias; apenas nos olhávamos, pequenos relances, como golinhos. Amizades eram suspeitas, nós sabíamos, evitávamos uma à outra durante as filas da hora das refeições na cafeteria e nos corredores entre as aulas. Mas no quarto dia ela estava a meu lado durante a caminhada, de duas a duas ao redor do campo de futebol. Não receberíamos as toucas com abas brancas enquanto não nos formássemos, tínhamos apenas os véus; de modo que podíamos falar, desde que o fizéssemos baixinho e não olhássemos uma para a outra. As Tias andavam na frente da fila e atrás, de modo que o único perigo eram as outras. Algumas eram crentes e poderiam nos delatar.

Isto é um hospício, disse Moira.

Estou tão feliz de ver você, respondi.

Onde podemos conversar?, perguntou Moira.

Banheiro, respondi. Fique de olho no relógio. Último sanitário, duas e meia.

Isso foi tudo o que dissemos.

Faz com que eu me sinta mais segura o fato de que Moira esteja aqui. Podemos ir ao banheiro se levantarmos a mão, embora haja um limite para quantas vezes por dia, elas anotam numa papeleta. Observo o relógio, elétrico e redondo, lá na frente em cima do quadro-negro verde. Duas e meia chega durante o Testemunho. Tia Helena está presente, bem como Tia Lydia, porque o Testemunho é especial. Tia Helena é gorda, ela outrora chefiava uma operação de franquia dos Vigilantes do Peso em Iowa. Ela é boa em Testemunho.

É Janine, contando como foi currada por uma gangue aos catorze anos e fez um aborto. Ela contou a mesma história na semana passada. Parecia quase orgulhosa do ocorrido, enquanto o relatava. É possível que nem sequer seja verdade. Durante o Testemunho é mais seguro inventar coisas do que dizer que você não tem nada a revelar. Mas sendo Janine, é provável que seja mais ou menos verdade.

Mas de quem foi a culpa?, diz Tia Helena, levantando um dedo roliço.

Dela, foi *dela,* foi *dela,* foi *dela,* entoamos em uníssono.

Quem os seduziu? Tia Helena sorri radiante, satisfeita conosco.

Ela seduziu. *Ela* seduziu. *Ela* seduziu.

Por que Deus permitiu que uma coisa tão terrível acontecesse?

Para lhe ensinar uma *lição*. Para lhe ensinar uma *lição*. Para lhe ensinar uma *lição*.

Na semana passada, Janine explodiu em lágrimas. Tia Helena a fez se ajoelhar na frente da turma, com as mãos atrás das costas, onde todas podíamos vê-la, o rosto vermelho e o nariz pingando. O cabelo de um louro opaco, os cílios tão claros que pareciam não estar lá, os cílios perdidos de alguém que esteve num incêndio. Olhos queimados. Ela tinha uma aparência repugnante: fraca, se retorcendo toda agitada, manchada, avermelhada, rosada como um camundongo recém-nascido. Nenhuma de nós queria ter aquela aparência nunca. Por um momento, apesar de sabermos o que estava sendo feito com ela, nós a desprezávamos.

Bebê chorão. Bebê chorão. Bebê chorão.

E falávamos sério, sinceramente, o que é o pior.

Eu costumava me ter em boa conta. Naquele momento eu não me tinha.

Aquilo foi na semana passada. Nesta semana Janine não espera que comecemos com as zombarias. Foi minha culpa, diz ela. Foi minha própria culpa. Eu os incitei, os seduzi. Mereci o sofrimento.

Muito bem Janine, diz Tia Lydia. Você é um exemplo.

Tenho que esperar até que aquilo acabe antes de levantar minha mão. Às vezes, se você pede no momento errado, elas dizem Não. Se você realmente precisa ir, isso pode ser crucial. Ontem Dolores molhou o chão. Duas Tias arrastaram-na para fora da sala, com uma das mãos debaixo de cada axila. Ela não apareceu para a caminhada de tarde, mas à noite estava de volta em sua cama habitual. Durante a noite inteira pudemos ouvi-la gemer, de vez em quando.

O que as Tias fizeram com ela?, sussurramos de cama para cama.

Não saber faz com que seja pior.

Levanto minha mão, Tia Lydia faz que sim. Eu me levanto e saio para o corredor, tão imperceptível quanto possível. Do lado de fora do corredor, Tia Elizabeth está montando guarda. Ela assente, assinalando que posso entrar.

Este banheiro costumava ser de rapazes. Os espelhos aqui também foram substituídos por retângulos de metal cinzento fosco, mas os mictórios ainda estão lá, numa parede, louça branca esmaltada com manchas amarelas. Parecem estranhamente com caixões de bebês. Mais uma vez fico maravilhada com a nudez da vida dos homens: os chuveiros abertos bem à vista, o corpo exposto para inspeção e comparação, a exibição pública dos órgãos genitais. Para que é? A que propósito de reconforto isso serve? A exibição rápida de um distintivo, olhem, todos, está tudo em ordem, aqui é o meu lugar. Por que as mulheres não precisam provar umas às outras que são mulheres? Alguma forma de desabotoamento, alguma rotina de entrecoxas fendidas, igualmente casual. Uma focinhada canina.

O prédio do colégio é velho, as divisórias entre os sanitários são de madeira compensada, algum tipo de aglomerado feito com papelão reciclado. Entro no segundo a partir do fundo, empurro a porta para encostá-la. É claro que não há mais trancas. Na madeira há um pequeno buraco, no fundo, junto da parede, mais ou menos na altura da cintura, um suvenir de algum vandalismo anterior ou o legado de um antigo voyeur. Todo mundo no Centro sabe da existência desse buraco na madeira; todo mundo menos as Tias.

Estou temerosa de ter chegado tarde demais, retida pelo Testemunho de Janine: talvez Moira já tenha estado aqui, talvez ela tenha tido que voltar. Elas não nos dão muito tempo. Olho cuidadosamente para baixo, na diagonal por baixo da parede divisória, e lá estão dois sapatos vermelhos. Mas como posso saber quem é?

Ponho a boca no buraco de madeira. Moira?, sussurro.

É você?, diz ela.

Sou, respondo. Sinto-me tomada pelo alívio.

Deus, eu realmente preciso de um cigarro, diz Moira.

Eu também, respondo.

Sinto-me ridiculamente feliz.

Afundo dentro de meu corpo como se dentro de um pântano, um atoleiro, onde só eu conheço os pontos de apoio seguros para os pés. Terreno traiçoeiro, meu próprio território. Torno-me a terra contra a qual encosto minha orelha, para escutar rumores do futuro. Cada pontada, cada murmúrio de ligeira dor, ondulações sucessivas de matéria na época de muda periódica, inchaços e diminuições de tecido, as secreções viscosas da carne, esses são os sinais, essas são as coisas de que preciso saber. A cada mês fico vigilante à espera de sangue, temerosamente, pois quando ele vem significa fracasso. Falhei mais uma vez em satisfazer as expectativas de outros, que se tornaram as minhas próprias expectativas.

Eu costumava pensar em meu corpo como um instrumento de prazer, ou um meio de transporte, ou um implemento para a realização de minha vontade. Eu podia usá-lo para correr, para apertar botões, deste ou daquele tipo, fazer coisas acontecerem. Havia limites, mas meu corpo era, apesar disso, flexível, único, sólido, parte de mim.

Agora a carne se arruma de maneira diferente, sou uma nuvem, congelada ao redor de um objeto central, com o formato de uma pera, que é duro e mais real do que eu e que incandesce vermelho dentro de seu invólucro translúcido. Dentro dele está um espaço, imenso como o céu à noite e curvo como ele, embora preto-avermelhado em vez de preto. Pontos infinitesimais de luz incham, chispam, explodem e murcham dentro dele, incontáveis como estrelas. Todo mês há uma lua, gigantesca, redonda, pesada, um augúrio. Ela transita, se detém, segue em frente e passa, desaparece de vista, e eu vejo o desespero vindo em minha direção como uma grande fome, uma escassez absoluta. E sentir aquele vazio, vezes sem fim, e outra vez. Escuto meu coração onda após onda, salgado e vermelho, batendo e batendo sem parar, marcando o tempo.

Estou em nosso primeiro apartamento, no quarto. Estou parada diante do armário, que tem portas dobradiças de madeira. Ao meu redor sei que está vazio, toda a mobília foi retirada, os assoalhos estão nus, não há nem sequer carpetes, mas mesmo assim o armário está cheio de roupas. Penso que são minhas roupas, mas não parecem minhas, nunca as vi antes. Talvez sejam as roupas que pertencem à mulher de Luke, a quem também nunca vi; apenas fotografias e uma voz ao telefone, tarde da noite, quando ficava nos ligando, chorando, fazendo acusações, antes do divórcio. Mas, não, estas são minhas roupas sim. Preciso de um vestido, preciso de alguma coisa para usar. Tiro vestidos do armário, preto, azul, roxo, jaquetas, saias, nenhum deles resolve meu problema, nenhum deles nem sequer me serve, estão grandes demais ou pequenos demais.

Luke está lá, atrás de mim, me viro para vê-lo. Ele se recusa a olhar para mim, fica de olhos baixos voltados para o chão, onde a gata está se esfregando, roçando contra as pernas dele, miando e miando, chorosamente. Ela quer comida, mas como pode haver alguma comida com o apartamento tão vazio?

Luke, digo. Ele não responde. Talvez não me ouça. Ocorre-me que ele talvez não esteja vivo.

Estou correndo, com ela, segurando sua mão, puxando, arrastando-a em meio às samambaias, ela só está meio acordada por causa do comprimido que lhe dei, para que não chorasse nem dissesse alguma coisa que fosse nos entregar, ela não sabe onde está. O terreno é acidentado, há pedregulhos, galhos mortos, o cheiro de terra úmida, de folhas velhas, ela não consegue correr depressa o suficiente, sozinha eu poderia correr mais depressa, sou uma boa corredora. Agora ela está chorando, está assustada, quero carregá-la no colo, mas seria pesada demais. Estou com minhas botas de caminhada e penso, quando chegarmos à água terei que tirá-las, será que vai estar fria demais, será que ela vai conseguir nadar aquela distância toda, e como faremos com a tal correnteza, não estávamos esperando por isso. *Calada*, digo a ela em tom zangado. Penso nela se afogando e esse pensamento me faz ir mais devagar. Então os tiros soam atrás de nós, não altos, não como busca-pés, mas penetrantes e breves como um estalo de galho seco se partindo de repente. Aquilo me soa errado, nada nunca soa da maneira como você imagina que vá soar, e ouço a voz: *Abaixe-se*, será que é uma voz de verdade, uma voz dentro de minha cabeça ou minha própria voz, alta?

Puxo-a comigo para o chão e rolo por cima dela para cobri-la, para protegê-la. *Calada*, digo de novo, meu rosto está molhado, suor ou lágrimas, sinto-me calma e flutuando como se não estivesse mais em meu corpo; perto de meus olhos está uma folha, vermelha, que mudou de cor cedo, posso ver cada nervura luminosa. É a coisa mais bonita que já vi. Levanto um pouco, desprendendo-me, não quero sufocá-la, em vez disso me enrosco toda ao seu redor, mantendo minha mão sobre sua boca. Há respiração e o bater de meu coração, como um esmurrar contínuo, na porta de uma casa à noite, onde você pensava que estaria em segurança. *Está tudo bem, estou aqui*, digo, sussurro: *Por favor fique calada*, mas como poderia ela? É pequena demais, é tarde demais, somos separadas, meus braços são agarrados, os cantos escurecem e não resta mais nada senão uma janelinha, uma janelinha muito pequenina, como a visão pela ponta errada de um telescópio, como uma janela em um cartão de Natal, um dos antigos, noite e gelo do lado de fora, e dentro uma vela acesa, uma árvore reluzente, uma família, posso ouvir até os sinos, sinos de trenó, do rádio, música antiga, mas através da janela posso ver, pequenina, mas muito clara, posso vê-la indo para longe de mim, em meio às árvores que já estão mudando de cor, vermelhas e amarelas, estendendo seus braços para mim, sendo carregada no colo por alguém, sendo levada embora.

O sino me acorda; e então Cora, batendo à minha porta. Levanto-me, ponho-me sentada no tapete, esfrego o rosto com a manga. De todos os sonhos este é o pior.

VI

PERTENCES DA CASA

CAPÍTULO CATORZE

Quando o sino para de tocar desço a escadaria, um breve vislumbre de movimento no olho do espelho pendurado na parede do andar de baixo. O relógio tiquetaqueia com seu pêndulo, marcando o tempo; meus pés em seus impecáveis sapatos vermelhos contam o caminho de descida.

A porta para a sala de estar está aberta, escancarada. Eu entro: até agora não há mais ninguém ali. Não me sento, mas me ponho em meu lugar, ajoelhada, perto da cadeira com o banquinho de apoio para os pés, onde Serena Joy logo virá se entronizar, apoiada em sua bengala enquanto arria-se para tomar assento. Possivelmente ela colocará uma das mãos sobre meu ombro, para se firmar, como se eu fosse uma peça de mobília. Já fez isso antes.

A sala de estar outrora teria sido chamada de sala de recepções, talvez; depois de sala de visitas. Ou talvez seja um palratório, do tipo com uma aranha e moscas. Mas agora é oficialmente uma sala de estar, porque é isso que é feito nela, por alguns que tomam assento. Para outros existe apenas espaço para manter-se de pé. A postura do corpo é importante, aqui e agora: pequenos desconfortos são instrutivos.

A sala de estar é discreta, simétrica; essa é uma das formas que o dinheiro assume quando congela. Dinheiro escorreu devagar por esta sala ao longo de anos e anos, como se através de uma caverna subterrânea, incrustando-se e endurecendo como estalactites, adquirindo essas formas. Silenciosamente, as superfícies variadas se apresentam: o veludo rosa-escuro discreto das cortinas fechadas, o lustro do par de cadeiras combinadas, século XVIII, o silêncio de cacto áspero e carnudo do espesso tapete chinês no assoalho, com suas peônias rosa-pêssego, o couro suave e elegante da cadeira do Comandante, o brilho do bronze na caixa logo ao lado.

O tapete é autêntico. Algumas coisas nesta sala são autênticas, outras não. Por exemplo, dois quadros, duas pinturas, ambas de mulheres, uma de cada lado da lareira. Ambas usam vestidos escuros, como os das mulheres na velha igreja, embora de uma data posterior. Os quadros possivelmente são autênticos. Desconfio que quando Serena Joy os comprou, depois que se tornou evidente para ela que teria de redirecionar suas energias para alguma coisa que fosse doméstica de maneira convincente, ela tinha a intenção de fazer com que passassem por suas ancestrais. Ou talvez os quadros já estivessem na casa quando o Comandante a comprou. Não há nenhum meio de saber essas coisas. Em todo caso, lá estão elas penduradas, de costas e bocas rígidas, os seios comprimidos, os rostos atormentados, as toucas engomadas, a pele branco-acinzentada, guardando a sala com seus olhos estreitos.

Entre elas, acima da cornija da lareira, há um espelho oval, flanqueado por dois pares de castiçais de prata, com um Cupido de porcelana branca bem no centro entre eles, com o braço ao redor do pescoço de um carneiro. Os gostos de Serena Joy são uma estranha mistura: inflexível lascívia por qualidade, desejos ardentes de meloso sentimentalismo. Há um arranjo de flores desidratadas em cada uma das pontas da cornija da lareira, e um vaso de narcisos verdadeiros na bem lustrada mesa de canto com trabalho de marchetaria ao lado do sofá.

O aposento cheira a óleo de limão, tecido grosso e pesado, narcisos começando a murchar, restos de cheiros de comida que conseguiram abrir caminho vindos da cozinha ou da sala de jantar, e ao perfume de Serena Joy, Lírio dos Vales. Perfume é um luxo, ela deve ter algum fornecedor particular. Inalo o perfume, pensando que deveria apreciá-lo. É a fragrância de garotas pré-pubescentes, dos presentes que crianças pequenas costumavam dar a suas mães, no Dia das Mães; o cheiro de meias soquetes brancas de algodão e de anáguas brancas de algodão, de pó perfumado para o corpo, da inocência da carne feminina que ainda não cedeu ao surgimento de pelos e ao sangue. Faz com que eu me sinta ligeiramente nauseada, como se estivesse num carro fechado em um dia quente e úmido com uma mulher bastante idosa usando pó facial em excesso. É com isso que a sala de estar se parece, apesar de toda a sua elegância.

Eu gostaria de roubar alguma coisa deste aposento. Gostaria de levar alguma coisa pequenina, o cinzeiro com arabescos, a caixinha para comprimidos da cornija da lareira, talvez, ou uma flor desidratada: escondê-la nas pregas de meu vestido ou na manga com zíper, guardá-la ali até que esta noite esteja acabada, escondê-la em meu quarto, debaixo da cama, ou dentro de um sapato, ou numa abertura na almofada dura da FÉ bordada em *petit point*. De vez em quando eu a tiraria e olharia para ela. Isso me faria sentir que tenho poder.

Mas um sentimento semelhante seria uma ilusão e arriscado demais. Minhas mãos ficam onde estão, juntas e cruzadas em meu regaço. As coxas unidas, os calcanhares recolhidos abaixo de mim, fazendo pressão para cima contra meu corpo. Cabeça baixa. Em minha boca há o gosto de pasta de dentes: falsa menta e pó de gesso.

Eu espero que as pessoas pertencentes à casa se reúnam. *Pertences da casa*: isso é o que somos. O Comandante é o chefe, o dono da casa. A casa é o que ele possui. Para possuir e manter sob controle até que a morte nos separe.

O porão de carga de um navio. Vazio.

Cora entra primeiro, depois Rita, esfregando as mãos no avental. Elas também foram convocadas pelo sino, ressentem-se disso, têm outras coisas a fazer, lavar os pratos, por exemplo. Mas precisam estar aqui, todos eles precisam estar aqui, a Cerimônia o exige. Todos nós somos obrigados a presenciar isso, de uma maneira ou de outra.

Rita faz uma carranca para mim antes de entrar e assumir sua posição de pé atrás de mim. É minha culpa, esse desperdício de seu tempo. Não minha, mas de meu corpo, se houver uma diferença. Até mesmo o Comandante está submetido a seus caprichos.

Nick entra, dá um cumprimento de cabeça para nós três, olha ao redor da sala. Ele também assume seu lugar atrás de mim, de pé. Está tão perto que o bico de sua bota está tocando meu pé. Será que é de propósito? Quer seja ou não, estamos nos tocando, duas formas de couro. Sinto meu sapato se amaciar, sangue flui para dentro dele,

ele torna-se mais quente, torna-se uma pele. Movo meu pé ligeiramente, afastando-o.

– Gostaria que ele andasse logo – diz Cora.

– Ande logo e espere – diz Nick. Ele dá uma risada, move o pé de modo que toca no meu de novo. Ninguém pode ver, debaixo das pregas da roda ampla de minha saia, estendidas no chão. Eu me ajeito, está quente demais aqui dentro, o cheiro de perfume velho faz com que me sinta um pouco nauseada. Afasto meu pé.

Ouvimos Serena vindo, descendo as escadas, passando pelo corredor, o bater esmaecido de sua bengala no tapete, a pancada surda do pé bom. Ela entra coxeando pela porta, lança um olhar rápido para nós, contando mas sem ver. Dá um aceno de cabeça para Nick, mas não diz nada. Está com um de seus melhores vestidos, azul-celeste com bordados em branco aplicados ao longo das orlas do véu: flores e ornamentos. Mesmo em sua idade ainda sente a necessidade de se engrinaldar com flores. Não têm nenhuma utilidade para você, penso dirigindo-me a ela, não pode mais usá-las, você está murcha. Flores são os órgãos genitais de plantas. Li isso em algum lugar, um dia.

Ela se encaminha até sua cadeira e o banquinho para os pés, vira-se, deixa-se arriar, aterrissa desgraciosamente. Levanta o pé esquerdo para o banquinho, remexe no bolso da manga. Posso ouvir o farfalhar, o estalido do isqueiro, cheiro o chamuscar ardente da fumaça, inalo, trazendo-a para dentro de mim.

– Atrasado como de costume – diz ela. Não respondemos. Há um tilintar metálico enquanto tateia na mesa do abajur, então um clique e o aparelho de televisão completa seu aquecimento.

Um coro masculino, com pele amarelo-esverdeada, a cor precisando de ajuste, eles estão cantando "Vem para a Igreja em Wildwood". Vem, vem, vem, vem, cantam os baixos. Serena aperta o botão de troca de canal. Ondas, zigue-zagues coloridos, uma confusão de som adulterado: é a estação de satélite de Montreal, com o sinal bloqueado. Então aparece um pregador fervoroso, de olhos castanhos brilhantes, inclinado em nossa direção sobre uma escrivaninha. Ultimamente eles se parecem muito com homens de negócios. Serena lhe dá alguns segundos, então clica o botão de novo.

Vários canais sem nada, então o telejornal. Isso é o que ela estava procurando. Ela se recosta, respira fundo. Eu, por outro lado, me inclino para a frente, uma criança com permissão para ficar acordada até mais tarde com os adultos. Essa é a única coisa boa a respeito dessas noites, as noites da Cerimônia: tenho permissão para assistir às notícias no telejornal. Parece ser uma regra não mencionada nesta casa: sempre chegamos aqui na hora, ele sempre chega atrasado, Serena sempre assiste às notícias.

Tais como são: quem sabe se alguma coisa nelas é verdade? Poderiam ser velhos clipes, poderiam ser matérias falsas, encenadas. Mas assisto de qualquer maneira, na esperança de ser capaz de ver o que está por trás delas. Qualquer notícia, agora, é melhor do que nenhuma.

Primeiro, as linhas de combate. Na verdade não são linhas de combate: a guerra parece estar em curso em vários lugares ao mesmo tempo.

Montanhas arborizadas, vistas do alto, as árvores de um tom amarelo doentio, eu gostaria que ela ajustasse a cor. É a região do planalto e das montanhas Apalachianas, diz a voz do locutor, onde os Anjos do Apocalipse, Quarta Divisão, estão desentocando um grupo de guerrilheiros batistas, com o apoio aéreo do Vigésimo Primeiro Batalhão dos Anjos da Luz. Vemos dois helicópteros, pretos com asas prateadas pintadas dos lados. Abaixo deles um grupo de árvores explode.

Agora uma tomada em close de um prisioneiro de rosto com barba por fazer e sujo, flanqueado por dois Anjos em seus elegantes uniformes pretos. O prisioneiro aceita um cigarro de um dos Anjos, põe desajeitadamente entre os lábios com as mãos amarradas. Ele dá um pequeno sorriso enviesado. O locutor está dizendo alguma outra coisa, mas não ouço: olho bem nos olhos daquele homem, tentando descobrir o que ele está pensando. Ele sabe que a câmera o está mostrando, será o sorriso uma demonstração de desafio ou de submissão? Será que está constrangido por ter sido apanhado?

Eles só mostram as vitórias, nunca as derrotas. Quem quer saber de más notícias?

Possivelmente ele é um ator.

O âncora agora aparece na tela. A expressão dele é gentil, paternal, olha para nós da tela, parecendo, com sua pele bronzeada, cabelo branco e olhos sinceros, cercados por rugas de sábia vivência, o avô ideal de todo mundo. O que ele está nos dizendo, seu sorriso comedido sugere, é para nosso próprio bem. Tudo estará resolvido brevemente. Eu prometo. Haverá paz. Vocês têm que ter confiança. Vocês devem ir dormir, como crianças bem-comportadas.

Ele diz o que ansiamos por acreditar. É muito convincente.

Luto contra ele. É como um velho ator de cinema, digo a mim mesma, com dentes falsos e o rosto trabalhado com plástica. Ao mesmo tempo me inclino de leve em sua direção, como uma pessoa hipnotizada. Quem dera isso fosse verdade. Quem dera eu pudesse acreditar nisso.

Agora ele está nos dizendo que uma quadrilha clandestina de espionagem foi desbaratada por uma equipe de Olhos, trabalhando com um informante infiltrado. A quadrilha estava contrabandeando preciosos recursos naturais através da fronteira com o Canadá.

– Cinco membros da seita herege de quacres foram presos – diz ele, sorrindo gentilmente –, e mais prisões são previstas.

Dois dos quakers aparecem na tela, um homem e uma mulher. Eles parecem aterrorizados, mas estão tentando preservar alguma dignidade diante da câmera. O homem tem uma grande marca escura na testa; o véu da mulher foi arrancado e seu cabelo cai em mechas sobre a testa. Ambos têm cerca de cinquenta anos.

Agora podemos ver uma cidade, de novo uma vista aérea. Isso costumava ser Detroit. Ao fundo sob a voz do locutor há o som surdo de artilharia. Da linha do horizonte, com a cidade em silhueta, sobem rolos de fumaça.

– O reassentamento dos Filhos de Cam continua a ser feito de acordo com os planos – diz o rosto rosado tranquilizador, de volta à tela. – Três mil chegaram esta semana ao Território Nacional Autônomo Um, com mais dois mil em trânsito. – Como estão eles transportando tanta gente ao mesmo tempo? Trens, ônibus? Não nos mostram quaisquer imagens disso. O Território Nacional Autônomo

Um fica em Dakota do Norte. Só Deus sabe o que eles irão fazer depois que chegarem lá. Ser fazendeiros é a teoria.

Serena Joy já se fartou de notícias. Impacientemente, aperta o botão de troca de canais, encontra um barítono baixo, de bochechas que parecem úberes vazios. "Whispering Hope", um hino gospel, é o que está cantando. Serena desliga a televisão.

Nós esperamos, o relógio no vestíbulo tiquetaqueia, Serena acende outro cigarro, eu entro no carro. É sábado de manhã, é um mês de setembro, ainda temos um carro. Outras pessoas tiveram que vender os seus. Meu nome não é Offred, tenho outro nome que ninguém usa porque é proibido. Digo a mim mesma que isso não tem importância, seu nome é como o número de seu telefone, útil apenas para os outros; mas o que digo a mim mesma está errado, tem importância sim. Mantenho o conhecimento desse nome como algo escondido, algum tesouro que voltarei para escavar e buscar, algum dia. Penso nesse nome como enterrado. Esse nome tem uma aura ao seu redor, como um amuleto, um encantamento qualquer que sobreviveu de um passado inimaginavelmente distante. Deito-me em minha cama de solteiro, de noite, com os olhos fechados e o nome flutua ali, por trás de meus olhos, não totalmente ao alcance, resplandecendo na escuridão.

É uma manhã de sábado em setembro, estou usando meu nome resplandecente. A garotinha que agora está morta está sentada no banco de trás, com suas duas melhores bonecas, e o coelho de pelúcia, sarnento de velhice e de amor. Conheço todos os detalhes. Eles são detalhes sentimentais, mas não posso fazer nada para mudar isso. Entretanto, não posso pensar demais no coelho, não posso começar a chorar, aqui, no tapete chinês, respirando a fumaça que esteve dentro do corpo de Serena. Não aqui, não agora, posso fazer isso mais tarde.

Ela pensou que estivéssemos saindo para um piquenique, e de fato há uma cesta de piquenique no banco de trás, ao lado dela, com comida de verdade dentro, ovos cozidos, garrafa térmica e tudo o mais. Não queríamos que ela soubesse para onde estávamos realmente indo, não queríamos que ela contasse, por engano, que revelasse alguma coisa se fôssemos detidos. Não queríamos impor-lhe o fardo de nossa verdade.

Eu calçava minhas botinas de caminhada e ela seus tênis. Os cadarços dos tênis tinham um desenho de corações, vermelhos, roxos, cor-de-rosa e amarelos. Estava quente para a época do ano, as folhas já estavam mudando de cor, algumas; Luke dirigia, eu estava sentada ao lado dele, o sol brilhava, o céu estava azul, as casas pelas quais passávamos pareciam tranquilizadoras e comuns, cada casa à medida que era deixada para trás desaparecia num tempo já passado, desintegrava-se em um instante como se nunca tivesse existido, porque nunca iríamos vê-la novamente, ou pelo menos então assim pensávamos.

Não temos quase nada conosco, não queremos parecer que estamos indo para algum lugar distante ou permanente. Temos os passaportes falsos, garantidos, que valem o preço que custaram. Não pudemos pagar em dinheiro, é claro, nem pôr na Compuconta: usamos outras coisas, algumas joias que eram de minha avó, uma coleção de selos que Luke herdou de seu tio. Coisas desse tipo podem ser trocadas, por dinheiro, em outros países. Quando chegarmos à fronteira fingiremos que estamos apenas fazendo uma viagem de um dia; os vistos são para um dia. Antes disso, darei a ela o comprimido para dormir, de modo que esteja dormindo quando cruzarmos a fronteira. Desse modo ela não nos trairá. Não se pode esperar que uma criança minta de maneira convincente.

E não quero que ela se sinta assustada, que sinta o medo que agora está contraindo meus músculos, tensionando minha coluna, me deixando tão retesada que tenho certeza de que me quebraria se fosse tocada. Cada sinal para parar é uma tortura. Passaremos a noite em um motel, ou melhor, dormindo no carro numa estrada secundária de modo que não haja quaisquer perguntas desconfiadas. Atravessaremos a fronteira de manhã, cruzando a ponte de carro, com facilidade, do mesmo modo que se vai de carro até o supermercado.

Entramos na autoestrada, seguimos rumo ao norte, fluindo em meio a não muito tráfego. Desde que a guerra começou, a gasolina tornou-se cara e escassa, difícil de obter. Fora da cidade passamos pelo primeiro posto de inspeção e controle. Tudo o que querem é examinar a licença, Luke se sai bem nisso. A licença é a mesma do passaporte: pensamos nisso.

Depois que voltamos à estrada, ele aperta minha mão, lança um olhar rápido para mim. Você está pálida como a morte.

É assim que eu me sinto: pálida, desanimada, diluída. Sinto-me transparente. Certamente, olharão para mim e perceberão minhas intenções. Pior, como poderei continuar agarrada a Luke, agarrada a ela, quando estou tão desanimada, tão pálida? Sinto-me como se não restasse mais muito de mim; eles escorregarão por entre os meus braços, como se eu fosse feita de fumaça, como se eu fosse uma miragem, desvanecendo-me diante de seus olhos. Não pense assim, diria Moira. *Fique pensando assim e você fará com que aconteça.*

Anime-se, diz Luke. Ele agora está dirigindo um pouco depressa demais. A adrenalina lhe subiu à cabeça. Agora ele está cantando. Ah, que linda manhã, ele canta.

Até seu cantar me preocupa. Fomos advertidos para não parecer muito contentes.

CAPÍTULO QUINZE

O Comandante bate à porta. O bater é prescrito: presume-se que a sala de estar seja território de Serena Joy, presume-se que ele deva pedir permissão para entrar. Ela gosta de fazê-lo esperar. É uma ninharia, mas nesta casa as ninharias são muito importantes. Esta noite, contudo, ela nem sequer tem essa satisfação, porque antes que Serena Joy possa falar ele avança e entra no aposento de qualquer maneira. Talvez apenas tenha se esquecido do protocolo, mas talvez seja deliberado. Quem sabe o que ela lhe disse, sentada do outro lado da mesa de jantar incrustada de prata? Ou não disse.

O Comandante está vestindo seu uniforme preto, no qual ele parece um guarda de museu. Um homem semiaposentado, cordial, mas cauteloso, matando tempo. Mas só a um primeiro olhar. Depois disso ele parece um presidente de banco do Meio-Oeste, com seu cabelo liso grisalho bem escovado, a postura sóbria, os ombros ligeiramente curvados. E depois disso há o bigode, também grisalho, e depois disso seu queixo, que realmente não se pode deixar de notar. Quando você chega até o queixo, ele parece um anúncio de vodca, numa revista luxuosa, de tempos passados.

A conduta dele é moderada, as mãos grandes, com dedos grossos e polegares aquisitivos, os olhos azuis pouco comunicativos, falsamente inócuos. Ele nos examina como se fizesse um inventário. Uma mulher ajoelhada de vermelho, uma mulher sentada de azul, duas de verde, de pé, um homem solitário, de rosto magro, ao fundo. Ele consegue parecer perplexo, como se não conseguisse se lembrar muito bem de como todos nós viemos parar aqui. Como se fôssemos alguma coisa que herdou, como um órgão pneumático vitoriano, e ele ainda não tenha descoberto o que fazer conosco. Quanto nós valemos.

Ele dá um aceno de cabeça, na direção geral de Serena Joy, que não dá um pio. Atravessa a sala até a grande cadeira de couro, reservada para ele, tira a chave do bolso, manuseia desajeitadamente a caixa revestida de couro, toda guarnecida de latão, que fica na mesa ao lado da cadeira. Insere a chave, abre a caixa, tira a Bíblia, um exemplar comum, de capa preta e com as páginas de bordas douradas. A Bíblia é mantida trancada, da mesma maneira como as pessoas antigamente trancavam o chá, para que os criados não o roubassem. É um instrumento incendiário: quem sabe o que faríamos com ela, se puséssemos nossas mãos nela? Podemos ouvi-la lida em voz alta, por ele, mas não podemos ler. Nossas cabeças se viram em sua direção, estamos cheios de expectativa, aqui vem nossa história de ninar.

O Comandante senta e cruza as pernas, observado por nós. Os marcadores de página estão no lugar. Ele abre o livro. Pigarreia um pouco, como se encabulado.

– Será que podiam me trazer um gole de água? – diz ele para o ar. – Por favor – acrescenta.

Atrás de mim, uma delas, Cora ou Rita, abandona seu espaço no quadro e sai para a cozinha. O Comandante fica sentado, olhando para baixo. O Comandante suspira, tira um par de óculos de leitura do bolso interno, com armação de ouro, e põe os óculos. Agora ele parece um sapateiro em um livro antigo de contos de fadas. Será que nunca se acabam os seus disfarces, de benevolência?

Nós o observamos atentamente: cada centímetro, cada movimento.

Ser um homem, observado com atenção por mulheres. Isso deve ser totalmente estranho. Tê-las observando-o o tempo todo. Tê-las se perguntando: O que ele vai fazer agora? Tê-las se encolhendo quando ele se move, mesmo se for um movimento bastante inofensivo, estender a mão para pegar um cinzeiro, talvez. Tê-las medindo-o, avaliando-o. Tê-las pensando, ele não pode, não é capaz de fazê-lo, ele não serve, ele terá de servir, este último como se ele fosse uma peça de vestuário, fora de moda ou ordinária, que deve não obstante ser vestida porque não há mais nada disponível.

Tê-las enganando-o, testando-o, provocando-o, experimentando-o, enquanto ele se enfia nelas para o ato sexual como se enfia uma meia num pé, até a base de seu próprio toco, aquele seu polegar adicional e sensível, seu tentáculo, seu olho de lesma de talo delicado, que se salienta, se expele, se expande, recua, e murcha encolhendo-se de volta para dentro de si mesmo quando tocado da maneira errada, cresce tornando-se grande de novo, fazendo um ligeiro bojo na ponta, viajando para a frente como se ao longo de uma folha, para penetrar nelas, ávido por uma visão. Alcançar a visão dessa maneira, essa jornada para o interior de uma escuridão que é composta de mulheres, uma mulher, que pode ver na escuridão enquanto ele próprio se esforça cegamente para a frente.

Ela o observa de dentro. Todas nós o estamos observando. É uma coisa que realmente podemos fazer, e não é sem nenhum motivo: se ele vier a vacilar, falhar ou morrer, que seria feito de nós? Não é de admirar que ele seja como uma bota, duro por fora, dando forma a uma polpa de aprendiz. Isso é apenas um desejo. Eu o tenho observado há algum tempo e ele não deu nenhuma indicação de maciez.

Mas cuidado, Comandante, digo a ele em minha cabeça. Estou de olho em você. Um movimento em falso e estarei morta.

Ainda assim, deve ser um inferno ser um homem, dessa maneira.

Deve ser muito bom.

Deve ser um inferno.

Deve ser muito silencioso.

A água aparece, o Comandante bebe.

– Obrigado – diz ele. Cora retorna para seu lugar suavemente.

O Comandante faz uma pausa, olhando para baixo, esquadrinhando a página. Ele não se apressa, como se inconsciente de nós. Parece um homem brincando com um bife no prato, atrás da vidraça de um restaurante, fingindo não ver os olhos que o observam da escuridão faminta a menos de noventa centímetros de seu cotovelo. Inclinamo-nos um pouco em sua direção, limalha de ferro para seu ímã.

Ele tem alguma coisa que não temos, tem a palavra. Como a desperdiçamos, um dia.

O Comandante, como se relutantemente, começa a ler. Não faz isso muito bem. Talvez esteja apenas entediado.

É a história habitual, as histórias habituais. Deus para Adão, Deus para Noé. *Frutificai e multiplicai-vos, enchei abundantemente a terra.* Então vem aquele negócio velho e bolorento da Raquel e da Lea que nos martelaram na cabeça no Centro. *Dá-me filhos, ou senão eu morro. Estou eu no lugar de Deus, que te impediu o fruto do teu ventre? E ela lhe disse: Eis aqui a minha serva, Bilha; Entra nela para que tenha filhos sobre os meus joelhos, e eu, assim receba filhos por ela.* E assim por diante, interminavelmente. Ouvíamos isso ser lido para nós todo dia de manhã durante o desjejum, enquanto sentávamos na cafeteria da escola, comendo mingau com creme e açúcar mascavo. Vocês estão recebendo o que há de melhor, dizia Tia Lydia. Temos uma guerra em curso, as coisas são racionadas. Vocês são garotas mimadas, dizia num piscar de olhos, como se zangando com uma gatinha de estimação. Sua gata levada.

Na hora do almoço eram as Beatitudes. Bem-aventurado isso bem-aventurado aquilo. Elas punham para tocar uma gravação em disco, a voz era de um homem. *Bem-aventurados os pobres de espírito, porque deles é o reino dos céus. Bem-aventurados os misericordiosos. Bem-aventurados os mansos. Bem-aventurados os que se calam.* Eu sabia que este último eles tinham inventado, sabia que estava errado, e que tinham excluído partes também, mas não havia nenhuma maneira de verificar. *Bem-aventurados os que choram, porque eles serão consolados.*

Ninguém disse quando.

Consulto o relógio, durante a sobremesa, peras em conserva com canela, padrão para o almoço, e procuro por Moira em seu lugar, duas mesas mais adiante. Ela já se foi. Levanto minha mão, e me dão licença para sair. Não fazemos isso com demasiada frequência, e sempre em horários diferentes do dia.

No banheiro, vou para o penúltimo sanitário, como de hábito.

Você está aí?, sussurro.

Em carne e osso e duas vezes mais feia, sussurra Moira em resposta.

O que você descobriu?, pergunto.

Não muita coisa. Eu tenho que sair daqui, estou ficando maluca.

Eu sinto pânico. Não, não, Moira, digo, não tente fugir. Não sozinha.

Vou fingir que estou doente. Eles mandam uma ambulância, já vi.

Você só vai conseguir chegar ao hospital.

Pelo menos será uma mudança. Não terei que ouvir aquela bruxa velha medonha.

Eles vão desmascarar você.

Não se preocupe, sou boa nisso. Quando era garota no colégio cortei tudo que tivesse vitamina C, tive escorbuto. Nos primeiros estágios eles não podem diagnosticar. Depois você apenas começa a tomar de novo e fica boa. Vou esconder meus comprimidos.

Moira, não.

Eu não podia suportar o pensamento de ela não estar aqui, comigo. Por mim.

Eles mandam dois sujeitos com você, na ambulância. Imagine só isso. Eles devem estar famintos pela coisa, merda, não têm permissão nem sequer de botar a mão nos bolsos, as possibilidades são...

Vocês aí dentro. Tempo esgotado, disse a voz de Tia Elizabeth do vão da porta. Eu me levantei, puxei a descarga. Dois dos dedos de Moira apareceram, através do buraco na parede. Era grande o bastante para apenas dois dedos. Encostei meus próprios dedos neles, rapidamente, os apertei. Larguei.

– "Então disse Lea, Deus me tem dado o meu galardão, pois tenho dado minha serva ao meu marido" – diz o Comandante. Ele deixa o livro cair fechado. Este faz um som de escape como o de uma porta acolchoada se fechando sozinha, ao longe: um bafo de ar. O som sugere a maciez das páginas finas como casca de cebola, que sensação daria senti-las sob o toque dos dedos. Macias e secas, como *papier poudre*, rosadas e cobertas de pó de arroz, do tempo de antes, que você comprava em envelopinhos de papelão para tirar o brilho do nariz, naquelas lojas que vendiam velas e sabonetes em formato de coisas: conchas, cogumelos. Como papel seda para enrolar cigarros. Como pétalas.

O Comandante fica sentado de olhos fechados por algum tempo, como se cansado. Ele trabalha até tarde. Tem muitas responsabilidades.

Serena começou a chorar. Posso ouvi-la, atrás de minhas costas. Não é a primeira vez. Ela sempre faz isso, na noite da Cerimônia. Está tentando não fazer nenhum barulho. Está tentando preservar sua dignidade, diante de todos nós. Os estofados e os tapetes abafam seus sons, mas podemos ouvi-la claramente a despeito disso. A tensão entre sua falta de controle e sua tentativa de reprimi-la é horrível. É como um peido numa igreja. Sinto, como sempre, uma enorme vontade de rir, mas não porque acho que seja engraçado. O cheiro de seu pranto se espalha sobre nós e fingimos ignorá-lo.

O Comandante abre os olhos, repara, franze o cenho, para de reparar.

– Agora teremos um momento de prece silenciosa – diz o Comandante. – Pediremos uma bênção e sucesso em todos os nossos empreendimentos.

Eu inclino minha cabeça e fecho os olhos. Ouço a respiração suspensa, os arquejos e ahs! contidos, quase inaudíveis, o tremor que acontece atrás de minhas costas. Como ela deve me odiar, penso.

Rezo silenciosamente: *Nolite te bastardes carborundorum.* Não sei o que significa, mas me soa correto, apropriado, e terá que servir, porque não sei mais o que dizer a Deus. Não agora. Não como se costumava dizer, nesta conjuntura. A escrita riscada na parede de meu armário flutua diante de mim, deixada por uma mulher desconhecida, com o rosto de Moira. Eu a vi sair, para a ambulância, numa maca, carregada por dois Anjos.

O que é?, perguntei movendo apenas os lábios para a mulher a meu lado; bastante segura, uma pergunta assim, para qualquer uma exceto uma fanática.

Uma febre, ela respondeu apenas com os lábios. Apendicite, dizem.

Eu estava jantando, naquela noite, almôndegas de carne de hambúrguer com batatas cozidas picadas e fritas com cebolas. Minha mesa ficava perto da janela, eu podia ver o lado de fora, até os portões da frente. Vi a ambulância voltar, sem sirene dessa vez. Um dos Anjos saltou rapidamente, falou com o guarda. O guarda entrou no prédio; a ambulância permaneceu estacionada; o Anjo ficou parado de costas para nós, como haviam sido ensinados a fazer. Duas das Tias saíram do prédio com o guarda. Elas foram para a parte de trás do veículo. Carregaram Moira para fora, arrastaram-na para dentro pelo portão e pelas escadas da frente, agarrando-a por baixo dos braços, uma de cada lado. Ela estava tendo dificuldade para andar. Parei de comer, não conseguia comer; a esta altura todas nós, do meu lado da mesa, estávamos olhando pela janela. A janela era esverdeada, com aquela tela de malha fina de metal que costumavam pôr dentro das vidraças. Tia Lydia disse: Comam seu jantar. Ela foi até a janela e puxou a persiana.

Elas a levaram para a sala que costumava ser o Laboratório de Ciência. Era uma sala onde nenhuma de nós entrava voluntariamente. Depois ela ficou sem poder andar durante uma semana, seus pés não entravam nos sapatos, estavam inchados demais. Eram nos pés que batiam, em caso de primeira ofensa. Usavam cabos de fios de aço, com as pontas destorcidas. Depois disso eram as mãos. Elas não se importavam com o que fizessem com seus pés e mãos, mesmo se fosse permanente. Lembrem-se, dizia Tia Lydia. Para nossos objetivos seus pés e suas mãos não são essenciais.

Moira foi deitada em sua cama, para servir de exemplo. Ela não deveria ter tentado, não com os Anjos, disse Alma, da cama ao lado mais adiante. Tivemos que carregá-la para as aulas. Roubamos saquinhos de papel de açúcar adicionais para ela, da cafeteria nas refeições, os contrabandeávamos para ela, à noite, passando-os de uma cama para a outra. Provavelmente ela não precisava do açúcar, mas era a única coisa que pudemos encontrar para roubar. Para dar.

Ainda estou rezando, mas o que estou vendo são os pés de Moira, o estado em que estavam depois que a trouxeram de volta. Seus pés não pareciam absolutamente pés. Pareciam pés afogados, inchados e sem ossos, exceto pela cor. Eles pareciam pulmões.

Ah, Deus, suplico. *Nolite te bastardes carborundorum.*

É isso o que tinha em mente?

O Comandante pigarreia. Isso é o que ele faz para nos informar de que em sua opinião está na hora de pararmos de rezar.

– "Porque, quanto ao Senhor, seus olhos passam por toda a terra, para mostrar-se forte a favor daqueles cujo coração é perfeito para com ele" – diz ele.

Isso assinala o encerramento. Ele se levanta. Estamos dispensados.

CAPÍTULO DEZESSEIS

A Cerimônia se desenrola como de hábito.

Deito-me de barriga para cima, completamente vestida exceto pelos amplos calções de algodão. O que poderia ver, se abrisse meus olhos, seria o grande dossel branco, da enorme cama de quatro colunas em estilo colonial de Serena Joy, suspenso como uma nuvem pendente acima de nós, uma nuvem ornada com minúsculas gotas de chuva de prata que, se olhadas de perto, se revelariam ser flores de quatro pétalas. Eu não veria o tapete, que é branco, nem as cortinas enfeitadas com ramos e a penteadeira orlada de saia com seu conjunto de escova e espelho com dorso de prata; apenas o dossel, que consegue sugerir exatamente e ao mesmo tempo, pela qualidade diáfana de seu tecido e do bojo de sua curva pesada para baixo, a qualidade de ser etéreo e matéria.

Ou a vela de um barco. Grandes velas enfunadas, costumavam dizer, em poemas. Vela bojuda, de barriga. Impelido para a frente pelo bojo profundo que forma a vela cheia e esticada pelo vento.

Uma névoa de Lírio dos Vales nos circunda, fria e desagradável, quase fria e seca. Não há calor neste quarto.

Acima de mim, em direção à cabeceira da cama, Serena Joy está posicionada, estendida. Suas pernas estão abertas, deito-me entre elas, minha cabeça sobre sua barriga, seu osso púbico sob a base de meu crânio, suas coxas uma de cada lado de mim. Ela também está completamente vestida.

Meus braços estão levantados; ela segura minhas mãos, cada uma das minhas numa das dela. Isso deveria significar que somos uma mesma carne, um mesmo ser. O que realmente significa é que ela está no controle do processo e portanto do produto. Se houver algum. Os anéis de sua mão esquerda se enterram em meus dedos. Pode ser ou não vingança.

Minha saia vermelha é puxada para cima até minha cintura, mas não acima disso. Abaixo dela o Comandante está fodendo. O que ele está fodendo é a parte inferior de meu corpo. Não digo fazendo amor, porque não é o que ele está fazendo. Copular também seria inadequado porque teria como pressuposto duas pessoas e apenas uma está envolvida. Tampouco estupro descreve o ato: nada está acontecendo aqui que eu não tenha concordado formalmente em fazer. Não havia muita escolha, mas havia alguma, e isso foi o que escolhi.

Portanto me mantenho deitada imóvel e imagino o dossel que não vejo acima de minha cabeça. Posso me lembrar do conselho da rainha Vitória para sua filha. *Feche os olhos e pense na Inglaterra.* Mas isto não é a Inglaterra. Eu gostaria que ele se apressasse.

Talvez eu esteja louca e isto seja algum novo tipo de terapia.

Gostaria que fosse verdade; então eu melhoraria e isto acabaria.

Serena Joy agarra minhas mãos como se ela, não eu, é quem estivesse sendo fodida, como se ela o achasse prazeroso ou doloroso, e o Comandante fode, com um ritmo regular de marcha de compasso dois por quatro, sem parar, como uma torneira gotejando. Ele está preocupado, como um homem cantarolando consigo mesmo no chuveiro sem saber que está cantarolando; como um homem que tem outras coisas em sua mente. É como se ele estivesse em algum outro lugar, esperando por si mesmo gozar, tamborilando com os dedos o tampo da mesa enquanto espera. Há uma impaciência em seu ritmo agora. Mas este não é o sonho erótico de todos, duas mulheres ao mesmo tempo? Eles costumavam dizer isso. Excitante, costumavam dizer.

O que está acontecendo neste quarto, sob o dossel argênteo de Serena Joy, não é excitante. Não tem nada a ver com paixão ou amor, ou romance ou qualquer daquelas outras noções com as quais costumávamos nos empolgar. Não tem nada a ver com desejo sexual, pelo menos não para mim, e certamente não para Serena. Excitação sexual e orgasmo não são mais considerados necessários; seriam meramente um sintoma de frivolidade, como ligas rendadas ou pintas falsas: distrações supérfluas para os volúveis. Fora de moda. Parece estranho que mulheres outrora gastassem tanto tempo e energia lendo a respeito dessas coisas, pensando nelas, se preocupando com elas, escrevendo a respeito delas. São tão evidentemente recreativas.

Isto não é recreação, nem mesmo para o Comandante. Isto é trabalho sério. O Comandante, também, está cumprindo seu dever.

Se eu entreabrisse meus olhos estreitamente, poderia vê-lo, com sua cara não desagradável pendendo sobre meu torso, com alguns fios de cabelo prateado caindo talvez sobre sua testa, aplicado à sua jornada interna, aquele lugar para onde ele segue apressado, que recua como se num sonho na mesma velocidade com que dele se aproxima. Eu veria os olhos dele abertos.

Se ele tivesse melhor aparência será que eu gostaria mais?

Pelo menos ele é uma melhora se comparado com o anterior, que cheirava como um vestiário de igreja na chuva; como a boca da gente quando o dentista começa a escabichar com seus ferrinhos nossos dentes; como uma narina. O Comandante, em vez disso, cheira a bolinhas de naftalina, ou será esse odor alguma forma punitiva de loção após barba? Por que ele tem que usar aquele uniforme idiota? Mas será que eu gostaria mais de seu corpo branco nu e cru, com tufos de pelos?

Beijar é proibido entre nós. Isso faz com que seja suportável.

A gente se desliga, se distancia. A gente representa.

Ele goza finalmente, com um gemido abafado como se de alívio. Serena Joy, que esteve prendendo a respiração, a expele. O Comandante, que esteve se apoiando em seus cotovelos, mantendo-se afastado de nossos corpos combinados, não permite a si mesmo afundar e mergulhar em nós. Ele descansa um momento, retira, faz recuar, dá sumiço e fecha o zíper. Faz um cumprimento de cabeça, e então vira as costas e sai do quarto, fechando a porta com cuidado exagerado atrás de si, como se nós duas fôssemos sua mãe enferma. Há alguma coisa de hilariante nisso, mas não ouso rir.

Serena Joy solta minhas mãos.

– Você pode se levantar agora – diz ela. – Levante-se e saia daqui. – Ela deveria me fazer descansar por dez minutos, com os pés apoiados num travesseiro para melhorar as chances. Este deveria ser um momento de meditação silenciosa para ela, mas não está com estado de espírito para isso. Há repugnância em sua voz, como se o toque de minha carne lhe desse náuseas e a contaminasse. Eu me desenredo do corpo dela, me levanto; o esperma do Comandante escorre pelas minhas pernas abaixo. Antes de me virar para ir, vejo-a endireitar a saia azul, cerrar as pernas bem juntas; ela continua deitada na cama olhando para o alto, para o dossel acima dela, dura, rígida e empertigada como uma efígie.

Para qual de nós duas é pior, para ela ou para mim?

CAPÍTULO DEZESSETE

Isto é o que faço quando volto a meu quarto:

Tiro minhas roupas e visto a camisola.

Procuro o naco de manteiga, na biqueira do pé direito de meu sapato onde o escondi depois do jantar. O armário estava quente demais, a manteiga está semilíquida. Grande parte dela derreteu no guardanapo de papel em que a embrulhei. Agora terei manteiga no sapato. Não será a primeira vez, porque sempre que há manteiga ou mesmo margarina guardo um pouco dessa maneira. Posso tirar a maior parte da manteiga do forro do sapato com uma toalhinha ou um pedaço de papel higiênico do banheiro amanhã.

Esfrego a manteiga sobre meu rosto, espalho na pele de minhas mãos. Não há mais nenhum tipo de loção ou creme facial, não para nós. Essas coisas são consideradas vaidades. Somos receptáculos, somente as entranhas de nossos corpos é que são consideradas importantes. O exterior pode se tornar duro e enrugado, pouco lhes importa, como a casca de uma noz. Isso foi um decreto das Esposas, essa ausência de loção para as mãos. Não querem que sejamos atraentes. Para elas as coisas já estão bastante ruins como estão.

A manteiga foi um truque que aprendi no Centro Raquel e Lea. O Centro Vermelho, como o chamávamos, porque havia tanto vermelho. Minha predecessora neste quarto, minha amiga com as sardas e a risada gostosa, deve ter feito isso também, passar manteiga. Todas nós fazemos.

Enquanto fizermos isso, passar manteiga em nossa pele para mantê-la macia, podemos acreditar que algum dia sairemos, que seremos tocadas de novo, com amor ou com desejo. Temos nossas próprias cerimônias, cerimônias privadas.

A manteiga é gordurosa e ficará rançosa e com cheiro de queijo velho, mas pelo menos é orgânica, como costumavam dizer.

Nós nos rebaixamos a esse tipo de expedientes.

Besuntada de manteiga, me deito em minha cama de solteiro, reta como uma torrada. Não consigo dormir. Na semiescuridão olho fixamente para o olho cego de gesso no meio do teto, que me devolve o olhar, ainda que eu não possa ver. Não há brisa, minhas cortinas brancas são como bandagens de gaze, pendendo moles, tremeluzindo na aura lançada pela luz dos holofotes que iluminam esta casa à noite, ou será que há lua?

Afasto o lençol para trás, levanto-me cuidadosamente, sobre pés silenciosos, vestindo minha camisola, vou até a janela, como uma criança, eu quero ver. A lua no seio da neve recém-caída. O céu está claro mas difícil de distinguir por causa do holofote; mas sim, no céu obscurecido uma lua flutua, nova, uma lua mágica, uma lasca de pedra antiquíssima, uma deusa, um piscar de olho. A lua é uma pedra e o céu está repleto de máquinas letais, mas, ó Deus, como é bonito mesmo assim.

Quero Luke aqui, quero tanto. Quero ser abraçada e que me digam meu nome. Quero ser apreciada, de maneiras que não sou, não, quero ser mais do que valiosa. Repito meu nome antigo, recordo a mim mesma do que outrora eu podia fazer, de como os outros me viam.

Quero roubar alguma coisa.

No vestíbulo a lâmpada noturna está acesa, o longo espaço reluz ligeiramente banhado de rosa; eu ando, pondo um pé cuidadosamente no chão depois o outro, sem nenhum rangido, pela passadeira, como se sobre um solo de floresta, furtivamente, meu coração acelerado, em meio à casa na noite. Estou fora de lugar. Isso é inteiramente ilegal.

Passando pelo olho de peixe na parede do vestíbulo posso ver minha forma branca, de corpo armado como tenda, o cabelo descendo pelas costas como uma juba, os olhos faiscando. Gosto disso. Estou fazendo alguma coisa sozinha. O ativo é um tempo verbal? Acompanhado de tensão? O que eu gostaria de roubar é uma faca, da cozinha, mas não estou pronta para isso.

Chego à sala de estar, a porta está entreaberta, me esgueiro para dentro, deixo a porta um pouco aberta. Um rangido de madeira, mas quem está perto o suficiente para ouvir? Fico parada no aposento, deixando as pupilas de meus olhos se dilatarem, como as de um gato ou uma coruja. Perfume antigo, poeira de tecidos enchem minhas narinas. Há uma ligeira névoa de luz, penetrando através das fendas ao redor das cortinas fechadas, da luz do holofote lá fora, onde dois homens sem dúvida fazem rondas de patrulha, já os vi, do alto, de trás de minhas cortinas, formas escuras, recortadas. Agora posso ver silhuetas, vislumbres: do espelho, as bases dos abajures, os vasos, o sofá assomando como uma nuvem ao anoitecer.

O que devo levar? Algo de que ninguém vá sentir falta. No bosque à meia-noite, uma flor mágica. Um narciso murcho, não um dos arranjos de flores desidratadas. Os narcisos logo serão jogados fora, estão começando a cheirar mal. Junto com as emanações de fumaça envelhecidas de Serena, o fedor de seu tricô.

Tateio, encontro uma mesa de canto, toco. Há um tilintar. Devo ter batido em alguma coisa. Encontro os narcisos, quebradiços nas pontas onde secaram, moles em direção aos talos, uso meus dedos para apertar e arrancar. Vou prensar isso em algum lugar. Debaixo do colchão. Deixar lá, para a próxima mulher, a que vier depois de mim, encontrar.

Mas há alguém na sala atrás de mim.

Ouço o passo, tão silencioso quanto o meu, o rangido da mesma tábua do piso. A porta se fecha atrás de mim, com um pequeno clique, cortando a luz. Fico imóvel, gelada: branco foi um erro. Sou neve à luz do luar, mesmo na escuridão.

Então um sussurro:

– Não grite. Está tudo bem.

Como se eu fosse gritar, como se estivesse tudo bem. Viro-me: uma forma, nada mais, reflexo da maçã do rosto, desprovido de cor.

Ele dá um passo na minha direção. Nick.

– O que você está fazendo aqui?

Não respondo. Ele também está ilegal, aqui, comigo, não pode me entregar. Nem eu a ele; por enquanto somos espelhos. Ele põe a mão no meu braço, me puxa contra seu corpo, sua boca sobre a minha, que mais resulta de tanta negação? Sem uma palavra. Os dois tremendo, ah, eu gostaria tanto. No palratório de Serena, com as flores secas, no tapete chinês, seu corpo magro. Um homem inteiramente desconhecido. Seria como gritar, seria como balear alguém. Minha mão desce, que tal isso, eu poderia desabotoar e então. Mas é perigoso demais, ele sabe, nos afastamos um do outro, não muito. Confiar demais, arriscar demais, já foi demais.

– Eu estava indo encontrar você – diz ele, quase exala em minha orelha. Quero virar para cima, sentir o gosto de sua pele, ele me deixa com fome. Os dedos dele se movem, pegando meu braço por baixo da manga da camisola, como se a mão dele se recusasse a ouvir a sensatez. É tão bom ser tocada por alguém, ser pegada com tanta avidez, sentir-me tão ávida. Luke, você saberia, você compreenderia. É você aqui, em outro corpo.

Mentira.

– Por quê? – digo. É tão forte, para ele, que correria o risco de vir ao meu quarto à noite? Penso nos homens enforcados, pendurados em ganchos no Muro. Tenho que fugir daqui, voltar para as escadas, antes que me dissolva inteiramente. A mão dele em meu ombro agora, imóvel, pesada, me pressionando para baixo como chumbo quente. É por isso que eu morreria? Sou uma covarde, detesto a simples ideia de dor.

– Ele me disse para ir – responde Nick. – Ele quer ver você. No escritório dele.

– O que quer dizer? – digo. O Comandante, deve ser. Me ver? O que ele quer dizer com ver? Será que ainda não se fartou de mim?

– Amanhã – diz ele, a voz apenas audível. No salão escuro nos afastamos um do outro, lentamente, como se atraídos um pelo outro por uma força, corrente, separados também por mãos igualmente fortes.

Encontro a porta, giro a maçaneta, dedos na porcelana fria, abro. É tudo o que posso fazer.

VII
NOITE

CAPÍTULO DEZOITO

Fico deitada na cama, ainda tremendo. Você pode molhar a borda de um copo de vidro e correr o dedo ao redor da borda e ele emitirá um som. É assim que me sinto: esse som de vidro. Sinto-me como as palavras *em pedaços*. Quero estar com alguém.

Estou deitada na cama, com Luke, a mão dele sobre minha barriga arredondada. Nós três na cama, ela chutando, se virando dentro de mim. Uma tempestade com raios e trovões começa do lado de fora da janela, é por isso que ela está acordada, eles podem ouvir, dormem, podem se assustar, mesmo lá no reconforto do coração, como o marulhar de ondas numa praia ao seu redor. O clarão de um relâmpago, bastante perto, os olhos de Luke ficam brancos por um instante.

Não estou com medo. Estamos bem despertos, a chuva agora bate pesada, seremos lentos e cuidadosos.

Se eu pensasse que isso nunca mais aconteceria eu morreria.

Mas isso está errado, ninguém morre por falta de sexo. É por falta de amor que morremos. Não há ninguém que eu possa amar, todas as pessoas que eu podia amar estão mortas ou em outro lugar. Quem sabe onde estão ou quais são seus nomes agora? Poderiam muito bem não estar em lugar nenhum, como eu estou para elas. Também sou uma pessoa desaparecida.

De tempos em tempos posso ver-lhes os rostos, contra a escuridão, tremeluzindo como as imagens de santos, em velhas catedrais estrangeiras, iluminados pela luz intermitente das velas; velas que você acenderia a seus pés para fazer uma prece, ajoelhada, com a fronte apoiada no anteparo de madeira, na esperança de uma resposta.

Posso conjurá-los, mas são miragens apenas, não duram. Posso ser culpada por querer um corpo de verdade para pôr meus braços ao redor? Sem isso também estou desprovida de corpo. Posso ouvir a batida de meu próprio coração contra o estrado de molas da cama, posso acariciar a mim mesma, debaixo dos lençóis brancos e secos, na escuridão, mas também estou seca e branca, dura, granular; é como passar a mão sobre um prato cheio de arroz seco; é como neve. Há algo de morto nisso, algo que foi abandonado. Sou como um quarto onde outrora as coisas aconteciam e agora nada acontece, exceto o pólen das ervas que crescem do lado de fora da janela que entra trazido pelo vento, como poeira espalhada no chão.

Aqui estão as coisas em que acredito.

Eu acredito que Luke está caído de rosto no chão numa moita, um emaranhado de samambaias, as frondes marrons do ano passado debaixo das verdes que acabaram de se desenrolar, ou de cicuta-da--europa talvez, embora ainda seja cedo demais para os bagos vermelhos. O que resta dele: seu cabelo, os ossos, a camisa de lã xadrez, verde e preta, o cinto de couro, as botinas de trabalho. Sei exatamente o que ele estava vestindo, posso ver suas roupas em minha mente, em cores vívidas como numa litografia ou num anúncio em cores, de uma revista muito antiga, porém não seu rosto, não tão bem. O rosto dele está começando a se apagar, possivelmente porque não era sempre o mesmo: o rosto dele tinha expressões diferentes, as roupas não.

Rezo para que o buraco, ou dois ou três, houve mais de um tiro, disparados em rápida sucessão, rezo para que pelo menos um buraco tenha sido limpo, rápido e através do crânio, o lugar onde estavam todas as imagens, de modo que tenha havido apenas um clarão, de escuridão ou de dor, vago eu espero, como a palavra baque, apenas aquele único e então o silêncio.

Eu acredito nisso.

Também acredito que Luke está sentado, em um retângulo em um lugar qualquer, cimento cinzento, numa borda ou numa borla de uma coisa qualquer, uma cama ou uma cadeira. Deus sabe o que ele está vestindo. Deus sabe em que o puseram. Deus não é o único que sabe, de modo que poderia haver alguma maneira de descobrir. Ele não se barbeia há um ano, embora tenham lhe cortado o cabelo rente, sempre que lhes dá na telha, para tirar a piolhada, dizem. Terei que revisar isso: se cortaram o cabelo para tirar a piolhada, também teriam cortado a barba, acho.

De qualquer maneira, não o fazem direito, o cabelo está desigual, a parte da nuca tem pequenos cortes, mas isso nem de longe é o pior, ele parece dez anos mais velho, vinte, está encurvado como um velho, seus olhos estão encovados, inchados, pequenas veias roxas se romperam em suas faces, há uma cicatriz, não, uma ferida, ainda não está fechada, da cor de tulipas, perto do talo, desce pelo lado esquerdo do rosto onde a pele foi fendida recentemente. O corpo é tão facilmente danificado, tão facilmente descartado, desfazer-se dele é tão fácil, água e substâncias químicas é tudo o que ele é, pouco mais complicado do que uma água-viva secando na areia.

Ele acha doloroso mexer as mãos, doloroso se mexer. Não sabe de que é acusado. Um problema. Deve haver alguma coisa, alguma acusação. Caso contrário por que o estariam mantendo preso, por que já não está morto? Deve saber de alguma coisa que eles querem saber. Não consigo imaginar. Não consigo imaginar que ele já não tenha dito seja lá o que for. Eu teria.

Está cercado por um cheiro, seu próprio cheiro. O cheiro de um animal preso numa jaula suja. Eu o imagino descansando, porque não consigo imaginá-lo em nenhuma outra hora, do mesmo modo que não consigo imaginar nada abaixo de seu colarinho, acima dos punhos das mangas, da bainha da calça. Não quero pensar no que fizeram com o corpo dele. Será que ele tem sapatos? Não, e o chão é frio e molhado. Será que sabe que estou aqui, viva, e que estou pensando nele? Tenho que acreditar que sim. Quando se está em condições de vida reduzidas você tem que acreditar em todo tipo de coisas. Agora acredito em transmissão de pensamento, vibrações no éter, aquele tipo de bobagem. Não costumava acreditar.

Também acredito que não o tenham apanhado nem que o tenham alcançado finalmente, que ele conseguiu escapar, alcançou a margem, nadou pelo rio, atravessou a fronteira, se arrastou para fora na costa distante, uma ilha, batendo os dentes, encontrou o caminho até uma casa de fazenda próxima, teve permissão para entrar, com desconfiança de início, mas depois, quando compreenderam quem ele era, foram amistosos, não do tipo que o entregaria, talvez fossem quakers, eles o levarão clandestinamente para o interior, de casa em casa, a mulher preparou um café quente para ele e lhe deu uma muda de roupas de seu marido. Imagino as roupas. Conforta-me vesti-lo com roupas agasalhadas.

Ele fez contato com os outros, deve haver uma resistência, um governo no exílio. Alguém deve estar lá, cuidando das coisas. Acredito na resistência do mesmo modo que acredito que não pode haver luz sem sombra; ou melhor, não pode haver sombra a menos que também haja luz. Tem que haver uma resistência, senão de onde vêm todos os criminosos, na televisão?

A qualquer momento agora poderá haver uma mensagem dele. Ela virá da mais inesperada das maneiras, da pessoa menos provável, alguém que eu nunca teria suspeitado. Debaixo de meu prato, na bandeja do jantar? Enfiada em minha mão quando estendo os vales sobre o balcão no Toda a Carne?

A mensagem dirá que tenho de ter paciência: mais cedo ou mais tarde ele conseguirá me tirar daqui, nós a encontraremos, não importa onde a tenham posto. Ela se lembrará de nós e estaremos juntos todos os três. Enquanto isso devo resistir, me manter segura para depois. O que aconteceu comigo, o que está acontecendo comigo agora, não fará nenhuma diferença para ele, ele me ama de qualquer maneira, sabe que não é minha culpa. A mensagem também dirá isso. É essa mensagem, que poderá nunca chegar, que me mantém viva. Acredito em mensagens.

As coisas em que acredito não podem todas ser verdadeiras, embora uma delas tenha que ser. Mas acredito em todas elas, todas as três versões de Luke, exatamente ao mesmo tempo. Essa maneira contraditória de crer me parece, agora neste momento, a única maneira como posso acreditar em qualquer coisa. Qualquer que seja a verdade, estarei pronta para ela.

Essa também é uma de minhas crenças. E também pode não ser verdadeira.

Uma das lápides no cemitério perto da igreja mais antiga tem uma âncora e uma ampulheta gravadas, e as palavras: *Na Esperança.*

Na Esperança. Por que puseram aquilo acima de uma pessoa morta? Estaria o cadáver esperançoso ou aqueles ainda vivos?

Será que Luke tem esperança?

VIII

DIA DO NASCIMENTO

CAPÍTULO DEZENOVE

Estou sonhando que estou acordada.

Sonho que saio da cama e ando pelo quarto, não este quarto, e saio pela porta, não esta porta. Estou em casa, uma de minhas casas, e ela está correndo ao meu encontro, com sua camisolinha verde com o girassol na frente, os pés descalços, e a pego no colo e sinto seus braços e pernas se apertarem ao redor de mim e começo a chorar, porque sei então que não estou acordada. Estou de volta nesta cama, tentando acordar, e acordo e me sento na beira da cama, e minha mãe entra com uma bandeja e me pergunta se estou me sentindo melhor. Quando eu ficava doente, quando era criança, ela tinha que ficar em casa e faltar ao trabalho. Mas tampouco estou acordada desta vez.

Depois desses sonhos, afinal acordo e sei que estou realmente acordada porque lá está a coroa de flores, no teto, e minhas cortinas pendendo como cabelos brancos afogados. Sinto-me drogada. Considero a possibilidade: talvez estejam me drogando. Talvez a vida que penso estar levando seja um delírio paranoico.

Nenhuma esperança. Sei onde estou, e quem sou, e que dia é hoje. Esses são os testes, e estou sã. A sanidade é um bem valioso; eu a guardo escondida como as pessoas antigamente escondiam dinheiro. Economizo sanidade, de maneira a vir a ter o suficiente, quando chegar a hora.

O acinzentado penetra através das cortinas, luminoso enevoado, não há muito sol hoje. Saio da cama, vou até a janela, me ajoelho no assento da janela, na pequena almofada dura, FÉ, e olho para fora. Não há nada a ser visto.

Fico a me perguntar o que terá acontecido com as outras duas almofadas. Devem ter sido três, outrora. ESPERANÇA, CARIDADE, onde terão sido guardadas? Serena Joy tem hábitos meticulosos. Não jogaria fora nada que não estivesse completamente gasto. Uma para Rita, uma para Cora?

O sino toca, estou de pé antes dele, antes da hora. Visto-me sem olhar para baixo.

Sento-me na cadeira e penso na palavra *cadeira*. Também pode significar o lugar ocupado pelo líder que preside uma reunião: ocupa a cadeira da presidência. Também pode significar um instrumento para execução de condenados. É a primeira sílaba de *caridade*. Em inglês é *chair*, que é a palavra francesa que significa carne. Nenhum desses fatos tem qualquer ligação com os outros.

Esses são os tipos de litanias que uso, para me compor.

Diante de mim está uma bandeja, e na bandeja estão um copo de suco de maçã, um comprimido de vitamina, uma colher, um prato com três fatias de pão tostado, um pratinho contendo mel e outro prato contendo um oveiro, do tipo que se parece com um torso de mulher, vestindo uma saia. Debaixo da saia está o segundo ovo, mantido aquecido. O oveiro é de porcelana branca com uma risca azul.

O primeiro ovo é branco. Empurro um pouco o oveiro, de modo que agora esteja na luz aquosa do sol, que entra pela janela e bate, ora mais luminosa, ora empalidecendo, ora mais luminosa de novo, sobre a bandeja. A casca do ovo é lisa mas também granulada; pequenos seixos de cálcio são definidos pela luz do sol, como crateras na Lua. É uma paisagem estéril, e no entanto perfeita; é o tipo de deserto para onde os santos iam, de modo que suas mentes não fossem distraídas pela profusão. Creio que é com isso que Deus deve se parecer: um ovo. A vida na Lua pode não estar na superfície, e sim dentro dela.

O ovo agora está incandescente, como se tivesse uma energia própria. Olhar para o ovo me dá intenso prazer.

O sol se vai e o ovo se apaga.

Tiro o ovo de dentro do oveiro e toco com os dedos por um momento. Mulheres costumavam carregar ovos assim entre seus seios, para incubá-los. Fazer isso deve ter sido gostoso.

A vida minimalista. O prazer é um ovo. Graças divinas que podem ser contadas nos dedos de uma única mão. Mas possivelmente é assim que se espera que eu reaja. Se tenho um ovo, que mais posso querer?

Em condições de vida reduzidas o desejo de viver se prende a estranhos objetos. Eu gostaria de um animal de estimação: um passarinho, digamos, ou um gato. Qualquer coisa familiar. Um rato serviria, numa emergência, mas não há nenhuma chance disso. Esta casa é limpa demais.

Corto a parte de cima do ovo com a colher e como o conteúdo.

Enquanto estou comendo o segundo ovo, ouço a sirene, a uma grande distância de início, serpenteando em minha direção entre as grandes casas e gramados bem aparados, um som agudo como o zumbido de um inseto; depois se aproximando, abrindo-se, como uma flor de som se abrindo, para tornar-se uma trombeta. Uma proclamação, essa sirene. Repouso minha colher, meu coração se acelera, vou até a janela de novo: será ela azul e não para mim? Mas vejo-a dobrar a esquina, vir pela rua, parar na frente da casa, ainda tocando alto e estridente, e é vermelha. Uma alegria para o mundo, bastante rara nos dias de hoje. Deixo o segundo ovo pela metade, sigo apressada para o armário para pegar minha capa longa, e já posso ouvir o som de pés na escada e as vozes chamando.

– Depressa – diz Cora –, não vai esperar o dia inteiro – e ela me ajuda a pôr a pelerine, está sorrindo de verdade.

Quase corro pelo corredor, descer a escadaria é como esquiar, a porta da frente é larga, hoje posso sair por ela, e o Guardião está postado lá batendo continência. Começou a chover, uma garoa, e o cheiro grávido de terra e grama enche o ar.

O Partomóvel vermelho está estacionado na entrada para carros. A porta de trás está aberta e eu subo e entro. O carpete no chão é vermelho, cortinas vermelhas fechadas sobre as janelas. Há três mulheres já sentadas, lá dentro, nos bancos que se estendem pelo comprimento da camionete de ambos os lados. O Guardião fecha e tranca as portas duplas e embarca na frente, ao lado do motorista; através da grade de metal coberta de vidro podemos ver suas nucas. Damos partida com um solavanco, enquanto a sirene acima grita: Cedam passagem, cedam passagem!

– Quem é? – pergunto para a mulher ao meu lado; em sua orelha, ou onde deve estar sua orelha debaixo da touca com abas brancas. Quase tenho que gritar, o barulho é tão alto.

– Ofwarren – grita em resposta. Impulsivamente ela agarra minha mão, a aperta, enquanto aos solavancos dobramos uma esquina; ela se vira para mim e vejo seu rosto, há lágrimas escorrendo por suas faces, mas lágrimas de quê? Inveja, desapontamento? Mas não, ela está rindo, ela joga os braços ao redor de mim; nunca a vi antes, ela me abraça, tem seios grandes, por baixo do hábito vermelho, ela esfrega a manga no rosto. Neste dia podemos fazer qualquer coisa, tudo que quisermos.

Reviso a afirmação: dentro de certos limites.

Diante de nós no outro banco, uma mulher está rezando, de olhos fechados, as mãos junto à boca. Ou ela pode não estar rezando. Pode estar mordendo as unhas dos polegares. Possivelmente está tentando se manter calma. A terceira mulher já está calma. Senta-se de braços cruzados, sorrindo ligeiramente. A sirene continua, sem parar, sem parar. Esse costumava ser o som da morte, para ambulâncias e carros do corpo de bombeiros. Possivelmente é o som da morte hoje também. Logo saberemos. A que Ofwarren dará à luz? Um bebê, como todas esperamos? Ou alguma outra coisa, um Não bebê, com uma cabeça de alfinete ou um focinho como o de um cachorro, ou com dois corpos ou um buraco no coração, ou sem braços, ou com mãos e pés colados como nadadeiras? Não há como saber. Houve um tempo em que eles podiam dizer, com o uso de máquinas, mas isso hoje está banido. De que serviria saber, de qualquer modo? Você não pode mandar tirá-los; seja lá o que for tem que ser levado a termo.

As probabilidades são de uma para cada quatro, aprendemos isso no Centro. Houve uma época em que o ar ficou carregado demais de substâncias químicas, raios, radiação, a água enxameava com moléculas tóxicas, tudo isso leva anos para pôr em ordem, e enquanto isso elas penetram em seu corpo, se acumulam nas células adiposas do corpo. Quem sabe, sua própria carne pode estar poluída, suja como uma praia onde houve um derramamento de petróleo, morte certa para os pássaros marítimos e bebês ainda por nascer. Talvez um abutre morresse se comesse você. Talvez você se ilumine na escuridão, como um relógio de pulso de antigamente. Vigia de velório. Era assim que chamavam certo tipo de besouro, cujo zumbido era um tique-taque, que se alimenta de carniça.

Por vezes, não consigo pensar em mim mesma, em meu corpo, sem ver o esqueleto: como devo aparecer para um microscópio eletrônico. Um berço de vida feito de ossos; e no interior, riscos, proteínas deformadas, cristais defeituosos denteados como vidro quebrado. As mulheres tomavam medicamentos, comprimidos, os homens pulverizavam árvores, as vacas comiam a relva, todo esse mijo com a força comprimida fluía para os rios. Para não mencionar a explosão de usinas de energia atômica, ao longo da falha de San Andreas, não por culpa de ninguém, durante terremotos, e a cepa mutante de sífilis que nenhum tipo de mofo conseguia tocar. Algumas fizeram sozinhas, mandaram fazer ligaduras de categute fechando-se ou feriram-se para sempre com substâncias químicas. Como foram capazes de fazer uma coisa dessas?, dizia Tia Lydia. Ah, mas como foram capazes de fazer uma coisa dessas. Jezebéis! Desprezando as dádivas de Deus! Torcendo as mãos.

É um risco que estarão correndo, dizia Tia Lydia, mas vocês são as tropas de choque, marcharão na vanguarda, em território perigoso. Quanto maior o risco, maior a glória. Ela juntava as mãos, radiante com nossa falsa coragem. Nós baixávamos os olhos para os tampos de nossas carteiras. Passar por tudo aquilo e dar à luz uma retalhadora: não era um pensamento nada atraente. Não sabíamos exatamente o que aconteceria com os bebês que não recebiam aprovação, que eram declarados Não bebês. Mas sabíamos que eram postos em algum lugar, rapidamente descartados.

Não houve uma causa única, diz Tia Lydia. Está postada na frente da sala, com seu vestido de cor cáqui, com uma batuta na mão. Desenrolado e estendido na frente do quadro-negro, onde outrora teria havido um mapa, está um gráfico, mostrando o coeficiente de natalidade por mil, ao longo de anos e anos: uma encosta escorregadia, descendo além da linha do zero de reposição, cada vez mais para baixo.

É claro, algumas mulheres acreditavam que não haveria futuro, pensaram que o mundo explodiria. Essa era a desculpa que usavam, diz Tia Lydia. Diziam que não havia sentido na procriação. As narinas de Tia Lydia se estreitam: tamanha maldade. Eram mulheres preguiçosas, diz ela. Eram mulheres vagabundas.

No tampo de minha carteira há iniciais entalhadas na madeira, e datas. As iniciais por vezes estão em duas duplas, unidas pela palavra *ama*. *J. H. ama B. P. 1954. O. R. ama L. T.* Elas me parecem aquelas inscrições a respeito das quais eu costumava ler, entalhadas nas paredes de pedra de cavernas, ou desenhadas com uma mistura de fuligem e gordura animal. Elas me parecem incrivelmente antigas. O tampo da carteira é de madeira clara; ele se inclina ligeiramente para baixo, e há um descanso para o braço do lado direito, para se apoiar quando estivesse escrevendo em papel, com uma caneta. Dentro da carteira você podia guardar coisas: livros, blocos de anotações. Esses hábitos de tempos passados agora me parecem pródigos, quase decadentes; imorais, como as orgias de regimes bárbaros. *M. ama G., 1972.* Esse entalhe, feito com um lápis cravado muitas vezes no verniz gasto da carteira, tem o *páthos* de todas as civilizações desaparecidas. É como a impressão de uma mão na pedra. Quem quer que tenha feito aquilo algum dia esteve vivo.

Não há quaisquer datas depois da metade dos anos 1980. Esta deve ter sido uma das escolas que foi fechada na época, por falta de crianças.

Eles cometeram erros, diz Tia Lydia. Nós não pretendemos repeti-los. A voz dela é piedosa, condescendente, a voz daqueles cujo dever é nos dizer coisas desagradáveis para nosso próprio bem. Eu gostaria de estrangulá-la. Empurro esse pensamento para longe quase que tão logo penso nele.

Uma coisa é valiosa, diz ela, somente se for rara e difícil de obter. Queremos que vocês sejam valiosas, meninas. Ela é rica em pausas, que saboreia em sua boca. Pensem em si próprias como pérolas. Estamos sentadas em nossas fileiras, de olhos baixos, nós a fazemos salivar moralmente. Somos dela para definir, temos que tolerar seus adjetivos.

Penso em pérolas. Pérolas são cuspe congelado de ostra. Isso é o que direi a Moira, mais tarde; se puder.

Todas nós aqui tornaremos vocês apresentáveis, diz Tia Lydia, com o ânimo satisfeito.

A camionete para, as portas de trás são abertas, o Guardião nos arrebanha para fora. Na porta da frente está postado outro Guardião, com uma daquelas metralhadoras de cano bem curto pendurada ao ombro. Seguimos em fila em direção à porta da frente, debaixo da chuva fina, os Guardiões batendo continência. A grande camionete Emerge, a que tem as máquinas e os médicos móveis, está estacionada mais adiante na entrada para carro circular. Vejo um dos médicos olhando para fora pela janela da camionete. Só queria saber o que fazem lá dentro, esperando. Jogam cartas, muito provavelmente, ou leem; algum tipo de atividade masculina. A maior parte do tempo eles só têm permissão de entrar se não houver remédio.

Costumava ser diferente, eles costumavam estar no controle. Uma pouca vergonha, aquilo, disse Tia Lydia. Vergonhoso. O que ela havia acabado de nos mostrar era um filme, feito em um hospital dos tempos antigos: uma mulher grávida ligada por fios a uma máquina, eletrodos saindo dela em todas as direções de modo que parecia um robô quebrado, um gotejamento de solução intravenosa introduzido em seu braço. Um homem qualquer com uma lanterna olhando para cima entre suas pernas, onde seus pelos haviam sido raspados, uma simples garota depilada, uma bandeja cheia de bisturis esterilizados, todo mundo de máscaras. Uma paciente cooperativa. Houve um tempo em que eles drogavam as mulheres, induziam o trabalho de parto, abriam-lhes cortes, depois as costuravam. Isso não existe mais. Nenhum anestésico tampouco. Tia Elizabeth disse que era melhor para o bebê, mas também: *Multiplicarei grandemente a tua dor, e a tua conceição; com dor terás filhos*. Foi isso o que tivemos de almoço, pão preto e sanduíches de alface.

Enquanto estou subindo a escadaria, degraus largos com um vaso de pedra de cada lado, o Comandante de Ofwarren deve ser de status mais alto do que o nosso, ouço outra sirene. É o Partomóvel azul, para as Esposas. Deve ser Serena Joy, chegando com pompa. Nada de bancos duros para elas, têm assentos de verdade, estofados. São virados para a frente e não escondidos por cortinas. Elas sabem para onde estão indo.

Provavelmente Serena Joy esteve aqui antes, nesta casa, para tomar chá. Provavelmente Ofwarren, em tempos passados aquela víbora manhosa Janine, foi levada a desfilar diante dela, dela e das outras Esposas, de modo que pudessem ver sua barriga, tocá-la talvez, e congratular a Esposa. Uma garota forte, bons músculos. Não há Agente Laranja em sua família, verificamos nos registros, nunca se pode ser cuidadoso demais. E talvez uma das mais gentis pergunte: Você gostaria de um biscoitinho, querida?

Ah, não, assim você vai estragá-la com mimos, açúcar demais não é bom para elas.

Certamente um só não vai fazer mal, só desta vez, Mildred.

E a trouxa da Janine: Ah, sim, posso, madame, por favor?

Tão boazinha, tão bem-comportada, não é grosseira e rabugenta como algumas delas, faz seu trabalho e pronto. Mais como uma filha para você, como se poderia dizer. Parte da família. Agradáveis risadinhas matronais. É só isso, querida, pode voltar para seu quarto.

E depois que ela sai: Umas putinhas, todas elas, mas apesar disso não se pode ser exigente demais. Você aceita o que eles oferecem, certo, meninas? Isso da Esposa do Comandante.

Ah, mas você teve tanta sorte. Algumas delas, ora veja, não são nem sequer limpas. E não lhe darão um sorriso, ficam lastimando-se em seus quartos, não lavam o cabelo, elas fedem. Eu tenho que mandar as Marthas lavarem, quase tenho que segurá-la à força na banheira, você praticamente tem que suborná-la para conseguir que ela apenas tome um banho, tem que ameaçá-la.

Tive que adotar medidas rígidas com a minha, e agora ela não come seu jantar direito; e quanto à outra coisa, nem uma mordidela, e fomos tão regulares. Mas a sua, você merece elogios por ela. E agora a qualquer momento, ah, mas você deve estar tão empolgada, ela está enorme de grande, aposto que mal pode esperar.

Mais chá? Mudando de assunto com modéstia.

Conheço bem o tipo de coisas que acontecem.

E Janine, lá em cima em seu quarto, o que ela faz? Senta com o gosto de açúcar ainda na boca. Olha fixamente para fora pela janela. Inspira e expira. Acaricia seus seios inchados. Não pensa em nada.

CAPÍTULO VINTE

A escadaria central da casa é mais larga que a nossa, com um corrimão curvo de cada lado. Do andar de cima posso ouvir o cantar das mulheres que já estão lá. Subimos a escadaria, em fila indiana, tomando cuidado para não pisar nas bainhas dos vestidos umas das outras que se arrastam nos degraus. À esquerda, as portas duplas da sala de jantar estão dobradas para trás, e lá dentro posso ver a mesa comprida com a toalha branca e um bufê servido: presunto, queijo, laranjas – eles têm laranjas! –, e pães frescos e bolos recém--saídos do forno. Quanto a nós, seremos servidas de leite e sanduíches, numa bandeja, mais tarde. Mas elas têm uma cafeteira com torneira, e garrafas de vinho, pois por que as Esposas não deveriam ficar um bocadinho bêbadas num dia tão triunfante? Primeiro elas esperarão pelos resultados, depois vão se empanturrar. Estão reunidas na sala de visitas do outro lado da escada agora, animando e encorajando esta Esposa de Comandante, a Esposa de Warren. Uma mulher pequenina e magra, ela está deitada no chão, vestida numa camisola de algodão branca, seus cabelos grisalhos espalhados como mofo sobre o tapete; elas massageiam sua minúscula barriga, como se ela própria estivesse mesmo a ponto de dar à luz.

O Comandante, é claro, não está à vista. Foi para seja lá aonde for que homens vão nessas ocasiões, algum esconderijo. Provavelmente está tentando calcular quando a sua promoção deverá ser anunciada, se tudo correr bem. Ele com certeza terá uma, agora.

Ofwarren está no quarto do patrão, um bom nome para o quarto onde este Comandante e sua Esposa todas as noites se deitam juntos para dormir. Está sentada na grande cama de casal, recostada em travesseiros: Janine, inflada mas reduzida, destituída de seu nome anterior. Está usando uma combinação branca de algodão, que está puxada para cima sobre suas coxas; o cabelo comprido amarelo cor de giesta está puxado para trás, amarrado e preso atrás de sua cabeça, para ficar fora do caminho e não atrapalhar. Os olhos dela estão fechados bem apertados e assim posso quase gostar dela. Afinal, é uma de nós, o que ela jamais quis senão viver sua vida tão agradavelmente quanto possível? Que mais qualquer de nós quis? É no possível que está o problema. Ela não está se saindo mal, de acordo com as circunstâncias.

Duas mulheres que não conheço estão postadas de pé uma de cada lado dela, apertando-lhe as mãos, ou ela as delas. Uma terceira levanta a camisola, derrama óleo de bebê na montanha de sua barriga, esfrega para baixo. A seus pés está Tia Elizabeth, com seu vestido de cor cáqui com os bolsos de estilo militar no peito; era ela a tal que lecionava educação ginecológica. Tudo o que posso ver dela é o lado da cabeça, seu perfil, mas sei que é ela, aquele nariz proeminente e o queixo bonito, severo. A seu lado está o Banco de Dar à Luz, com seu assento duplo, o de trás levantado como um trono atrás do outro. Elas não colocarão Janine nele antes de chegar a hora. Os cobertores estão prontos à mão, a pequena banheira para o banho, o balde com gelo para Janine chupar.

O resto das mulheres está sentada de pernas cruzadas no tapete, há uma porção delas, todo mundo deste distrito deve estar aqui. Deve haver vinte e cinco, trinta, nem todo Comandante tem uma Aia: algumas das Esposas têm filhos. *Que cada uma dê*, diz o slogan, *de acordo com sua capacidade; para cada um de acordo com suas necessidades.* Recitávamos isso, três vezes, depois da sobremesa. Era da Bíblia, ou pelo menos diziam que era. São Paulo de novo, em Atos.*

Vocês são de uma geração de transição, disse Tia Lydia. É muito mais difícil para vocês. Sabemos os sacrifícios que são esperados de vocês. É duro quando homens as insultam. Para as que vierem depois

* Na verdade, uma releitura machista de uma citação de Marx (1875). (N. da T.)

de vocês, será mais fácil. Elas aceitarão seus deveres de boa vontade com o acordo de seus corações.

Ela não disse: Porque elas não terão lembranças de nenhuma outra maneira.

Ela disse: Porque não vão querer coisas que não podem ter.

Uma vez por semana tínhamos uma sessão de cinema, depois do almoço e antes do descanso da tarde. Sentávamos no chão da sala de ciência doméstica, em nossos colchonetes cinzentos, e esperávamos enquanto Tia Helena ou Tia Lydia lutavam com o equipamento de projeção. Se tivéssemos sorte não veríamos o filme carregado de cabeça para baixo. O que aquilo me fazia lembrar era das aulas de geografia, em minha própria escola de segundo ciclo milhares de anos antes, onde mostravam filmes do resto do mundo; mulheres de saias compridas ou vestidos baratos de algodão estampado carregando feixes de galhos, ou cestos, ou baldes plásticos com água, de um rio qualquer, com bebês pendurados nelas presos em xales ou boldriés de rede, na tela olhando para nós do lado de fora com os olhos franzidos ou assustados, sabendo que alguma coisa lhes estava sendo feita por uma máquina com um olho de vidro, mas sem saber o quê. Aqueles filmes eram confortadores e ligeiramente tediosos. Faziam com que me sentisse sonolenta, mesmo quando homens apareciam na tela, com os músculos nus, golpeando a terra dura com enxadas e pás primitivas, carregando pedregulhos. Eu preferia filmes que tivessem danças, cantos, máscaras cerimoniais, artefatos entalhados para fazer música: penas, botões de latão, buzinas de conchas e búzios, tambores. Gostava de ver essas pessoas quando estavam alegres, não quando estavam miseráveis, passando fome, emaciadas, esforçando-se mortalmente para fazer algo muito simples, escavar um poço, irrigar a terra, problemas que as nações civilizadas já tinham resolvido há muito tempo. Eu achava que alguém deveria apenas dar-lhes a tecnologia e permitir que progredissem na vida.

Tia Lydia não mostrava esse tipo de filme.

Por vezes a fita que ela exibia era um velho filme pornográfico, dos anos 1970 ou 1980. Mulheres ajoelhadas chupando pênis ou armas, mulheres amarradas ou com coleiras de cachorro ao redor do pescoço, mulheres penduradas em árvores ou de cabeça para baixo, nuas, com as pernas mantidas abertas, mulheres sendo estupradas, surradas, mortas. Uma vez tivemos que assistir a um, em que uma mulher era lentamente cortada em pedaços, os dedos e os seios retalhados com podadeiras de jardim, o estômago fendido aberto e os intestinos puxados para fora.

Reflitam cuidadosamente sobre as alternativas, dizia Tia Lydia. Vocês veem como as coisas costumavam ser? Isso era o que eles pensavam das mulheres na época. A voz dela tremia de indignação.

Moira disse mais tarde que não era de verdade, era feito com modelos, mas era difícil saber.

Por vezes, contudo, o filme seria o que Tia Lydia chamava de um documentário de Não mulheres. Imaginem, dizia Tia Lydia, desperdiçarem seu tempo assim, quando deveriam estar fazendo alguma coisa útil. Naquela época, as Não mulheres estavam sempre desperdiçando tempo. Eram encorajadas a fazê-lo. O governo lhes dava dinheiro para fazerem exatamente aquilo. Notem bem, algumas de suas ideias eram bastante sensatas, prosseguia ela, a voz com a autoridade complacente de alguém que está em posição de julgar. Teríamos que desculpar e aceitar algumas de suas ideias mesmo hoje. Apenas algumas, vejam bem, dizia com falsa modéstia, levantando o dedo indicador, balançando-o para nós. Mas elas eram Ateias, e isso pode fazer toda a diferença, não estão de acordo?

Fico sentada em minha esteira, de mãos unidas e cruzadas, e Tia Lydia dá um passo para o lado, afastando-se da tela, e as luzes se apagam, e me pergunto se posso, no escuro, me inclinar até onde puder para a direita, sem ser vista, e sussurrar para a mulher a meu lado. O que sussurrarei? Eu direi: Você viu Moira. Porque ninguém viu, ela não estava presente no desjejum. Mas a sala, embora apagada, não é escura o suficiente, de modo que desvio minha mente para o compasso padrão de refreamento que se faz passar por atenção. Elas não tocam a trilha sonora em filmes como esses, embora o façam nos filmes pornô. Querem que ouçamos os gritos e grunhidos e uivos do que supostamente deve ser dor extrema ou prazer extremo ou ambos ao mesmo tempo, mas não querem que escutemos o que as Não mulheres estão dizendo.

Primeiro vêm o título e alguns nomes, com uma tarja preta riscada com crayon no filme para que não possamos lê-los, e então vejo minha mãe. Minha mãe jovem, mais jovem do que me lembro dela, tão jovem quanto deve ter sido outrora, antes que eu nascesse. Ela está vestindo o tipo de roupas que Tia Lydia nos disse que eram típicas das Não mulheres naquela época, macacão jeans com uma camisa xadrez verde e cor de malva por baixo e calçando tênis; o tipo de coisa que Moira outrora usava, o tipo de coisa que me lembro de ter usado, há muito tempo, eu mesma. O cabelo dela está enfiado num lenço cor de malva e preso para trás. Seu rosto é muito jovem, muito sério, até mesmo gracioso, atraente. Eu me esqueci que minha mãe um dia foi tão graciosa, atraente e determinada assim. Ela está num grupo de mulheres, vestidas no mesmo estilo; está segurando uma vara, não, é parte de uma bandeira, o punho. A câmera faz um movimento para cima e uma tomada panorâmica e vemos o que está escrito, com tinta, no que deve ter sido um lençol de cama: LEVEM DE VOLTA A NOITE. Isso não foi coberto por tarja preta, apesar do fato de que não devemos estar lendo. As mulheres ao meu redor prendem a respiração, há uma agitação na sala, como o vento sobre a grama. Será isso um descuido, ou será que conseguimos nos safar com alguma coisa? Ou será uma coisa que nos foi mostrada deliberadamente, para nos recordarmos dos velhos tempos de nenhuma segurança?

Atrás dessa mensagem há outras faixas, e a câmera as mostra brevemente: LIBERDADE PARA ESCOLHER. QUE TODO BEBÊ SEJA UM BEBÊ QUERIDO. RETOMEMOS NOSSOS CORPOS. VOCÊS ACREDITAM QUE O LUGAR DE UMA MULHER SEJA NA MESA DA COZINHA? Debaixo da última faixa há um desenho de um corpo de mulher, deitada numa mesa, o sangue pingando dela.

Agora minha mãe está se movendo para a frente, está sorrindo, rindo, todas elas avançam e agora estão levantando os punhos cerrados no ar. A câmera se move, volta-se para o céu, onde centenas de bolas cheias de gás sobem, levando como esteira seus barbantes: bolas vermelhas, com um círculo pintado nelas, um círculo com um talo como o talo de uma maçã, o talo é uma cruz. De volta na terra, minha mãe agora faz parte de uma multidão e não posso mais vê-la.

Eu tive você quando tinha trinta e sete anos, disse minha mãe. Foi um risco, você poderia ter nascido deformada ou coisa assim. Você foi uma criança que eu quis ter, quis mesmo, de verdade, e, de fato, ouvi realmente um bocado de merda de certas pessoas! Minha amiga mais antiga, Tricia Foreman, me acusou de ser pró-natalista, a cretina. Ciúmes, foi o que achei. Algumas das outras, contudo, foram legais. Mas quando estava grávida de seis meses, uma porção delas começou a me mandar pelo correio aqueles artigos sobre como o índice de bebês com deformações ao nascer subia exponencialmente depois dos trinta e cinco anos. Exatamente o que eu precisava. E coisas sobre como era difícil ser mãe solteira. Fodam-se com essa merda, disse a elas, eu comecei isso e vou acabar. No hospital eles escreveram: "Primípara Velha", nos meus registros, eu os apanhei no ato. É assim que você é chamada quando dá à luz seu primeiro bebê com mais de trinta anos, mais de trinta, pelo amor de Deus. Isso é besteira, eu disse a eles, biologicamente tenho vinte e dois anos, eu poderia superar vocês de longe na hora em que quisesse. Poderia ter trigêmeos e sair daqui andando enquanto ainda estivessem tentando sair da cama.

Quando ela dizia isso, empinava e espichava o queixo para a frente. Eu me lembro dela assim, de queixo empinado, com um drink diante de si sobre a mesa da cozinha; não jovem e séria, graciosa e atraente como estava no filme, mas esguia e forte, cheia de energia, corajosa, impetuosa, o tipo de mulher mais velha que não permitirá que ninguém lhe passe à frente na fila do supermercado. Ela gostava de vir à minha casa e tomar um drink enquanto Luke e eu preparávamos o jantar e nos contar o que havia de errado com sua vida, que sempre acabava se transformando no que havia de errado com a nossa. Nessa época seu cabelo já estava grisalho, é claro. Ela se recusava a tingi-lo. Por que fingir, costumava dizer. De qualquer maneira para que precisaria disso, não quero um homem em minha vida, que utilidade eles têm, exceto pelos dez segundos que se leva para fazer metade de um bebê. Um homem é apenas a estratégia de uma mulher para fazer outras mulheres. Não que seu pai não fosse um bom sujeito e tudo o mais, mas ele não estava à altura das exigências da paternidade. Não que eu esperasse isso dele. Apenas faça o serviço, depois pode cair fora, eu disse, ganho um salário decente, tenho condições de pagar uma creche. De modo que ele foi morar na costa e mandava cartões de Natal. Aliás, ele tinha lindos olhos azuis. Mas há alguma coisa faltando neles, mesmo nos que são gentis e bons sujeitos. É como se estivessem permanentemente distraídos, como se não conseguissem se lembrar muito bem de quem são. Olham demais para o céu. Perdem o contato com os pés. Não se comparam a uma mulher, exceto pelo fato de que são melhores para consertar carros e jogar futebol, exatamente o que precisamos para o aperfeiçoamento da raça humana, certo?

Era assim que ela falava, mesmo na frente de Luke. Ele não se importava, costumava provocá-la fingindo que era machista, dizia-lhe que mulheres eram incapazes de pensamento abstrato e ela tomava mais um drink e sorria arreganhando os dentes para ele.

Porco chauvinista, dizia ela.

Você não acha que ela é excêntrica, Luke me dizia, e minha mãe assumia uma expressão ardilosa, quase furtiva.

Eu tenho o direito de ser. Sou velha o suficiente, já cumpri minhas obrigações, esta é a minha hora de ser excêntrica. Você mal saiu das fraldas. Porquinho, eu deveria ter dito.

Quanto a você, ela dizia para mim, você é apenas um ricochete. Fogo de palha. A história me absolverá.

Mas ela não dizia coisas desse tipo até depois do terceiro drink.

Vocês jovens não dão valor às coisas, dizia. Não sabem as coisas por que tivemos que passar, só para conseguir fazer com que vocês chegassem onde estão. Olhe só para ele cortando as cenouras. Vocês não sabem quantas vidas de mulheres, quantos *corpos* de mulheres os tanques tiveram que passar por cima só para chegar a este ponto?

Cozinhar é o meu hobby, dizia Luke. Gosto de cozinhar.

Hobby, coisa de trouxa, diria a minha mãe. Você não precisa inventar desculpas para mim. Houve um tempo em que não lhe teria sido permitido ter um hobby desses, teriam chamado você de bicha.

Não, mãe, eu dizia. Não vamos começar a discutir por nada.

Por nada, dizia ela com amargura. Você chama isso de nada. Você não entende, não é. Você não entende absolutamente nada do que estou falando.

De vez em quando ela chorava. Eu era tão sozinha, dizia. Você não tem ideia de como eu era só. E tinha amigos, era uma pessoa de sorte, mas era sozinha mesmo assim.

Eu admirava minha mãe em alguns sentidos, embora as coisas entre nós nunca fossem fáceis. Achava que ela tinha um excesso de expectativas, esperava demais de mim. Esperava que eu justificasse sua vida para ela, e as escolhas que havia feito. Eu não queria viver minha vida nos termos dela. Não queria ser a filha modelo, a encarnação de suas ideias. Costumávamos brigar por causa disso. Não sou a sua justificativa para existir, disse-lhe certa vez.

Eu a quero de volta. Quero tudo de volta, da maneira como era. Mas não adianta nada, não tem nenhum objetivo, esse querer.

CAPÍTULO VINTE E UM

Está quente aqui, e barulhento demais. As vozes das mulheres se elevam ao meu redor, um cântico suave que ainda assim é alto demais para mim, depois de dias e dias de silêncio. No canto do quarto há um lençol manchado de sangue, embolado e atirado lá, do momento em que a bolsa d'água arrebentou.

O quarto também cheira mal, o ar está viciado, deveriam abrir uma janela. O cheiro é de nossa própria carne, um cheiro orgânico, doce e com um traço de ferro, do sangue no lençol, e outro cheiro mais animal, que está vindo, só pode ser de Janine: um cheiro de tocas, de cavernas habitadas, o cheiro da manta xadrez na cama quando a gata pariu nela, uma vez, antes que fosse castrada. Cheiro de matriz.

– Respire, respire – entoamos, como fomos ensinadas a fazer. – Segure, segure. Empurre, empurre, empurre. – Entoamos contando até cinco. Inspirar contando até cinco, segurar contando até cinco, empurrar contando até cinco. Janine, de olhos fechados, tenta respirar mais devagar. Tia Elizabeth apalpa, checando as contrações.

Agora Janine está inquieta, ela quer andar. As duas mulheres ajudam-na a sair da cama, sustentam-na uma de cada lado enquanto anda de um lado para outro. Uma contração chega, ela se dobra para a frente. Uma das mulheres se ajoelha e esfrega suas costas. Todas nós somos boas nisso, tivemos aulas. Reconheço Ofglen, minha companheira de compras, sentada duas mulheres depois de mim. O cântico suave nos envolve como uma membrana.

Uma Martha chega, com uma bandeja: um jarro de suco de frutas, do tipo que você faz diluindo pó em água, de uva parece, e uma pilha de copinhos de papel. Ela a coloca no tapete diante das mulheres cantando. Sem perder um minuto, Ofglen serve, e os copinhos de papel são passados adiante de mão em mão.

Recebo um copinho, me inclino para o lado para passá-lo, e a mulher a meu lado diz baixinho em meu ouvido:

– Você está procurando por alguém?

– Moira – digo, em voz igualmente baixa. – Cabelo castanho, sardas.

– Não – diz a mulher. – Eu não conheço essa mulher, ela não esteve no Centro comigo, embora a tenha visto, fazendo compras. Ficarei de olho para você.

– E você é? – pergunto.

– Alma – diz ela. – Qual é seu nome verdadeiro?

Quero dizer a ela que havia uma Alma comigo no Centro. Quero dizer-lhe meu nome, mas Tia Elizabeth levanta a cabeça, olhando fixamente ao redor do quarto, deve ter ouvido uma interrupção no cântico, de modo que não há mais tempo. Às vezes você consegue descobrir coisas, em Dias de Nascimento. Mas não haveria sentido em perguntar a respeito de Luke. Ele não estaria em nenhum lugar onde alguma dessas mulheres tivesse a possibilidade de vê-lo.

O cântico continua, começa a se apoderar de mim. É trabalho duro, vocês devem se concentrar, identificar-se com seu corpo, dizia Tia Elizabeth. Já começo a sentir dores ligeiras em minha barriga, e meus seios estão pesados. Janine grita, um grito fraco, algo entre um grito e um gemido.

– Ela está entrando em transição – diz Tia Elizabeth.

Uma das ajudantes enxuga a testa de Janine com um pano úmido. Janine agora está transpirando, o cabelo escapando do elástico em fiapos, mechas se colam em sua testa e pescoço. A pele está úmida, saturada, lustrosa.

– Suspire! Suspire! Suspire! – entoamos.

– Eu quero sair – diz Janine. – Quero ir dar uma volta. Eu me sinto bem. Preciso ir ao banheiro.

Todas nós sabemos que ela está em estado de transição, que não sabe o que está fazendo. Qual dessas afirmações é verdadeira? Provavelmente a última. Tia Elizabeth faz sinal, duas mulheres se postam ao lado do toalete portátil, Janine é colocada delicadamente sobre ele. Há mais um cheiro, acrescentado a todos os outros no quarto. Janine geme de novo, a cabeça dobrada para baixo de modo que tudo o que podemos ver é o cabelo dela. Agachada assim, parece uma boneca, uma boneca velha que foi pilhada e descartada, em algum canto, com as mãos nos quadris.

Janine está de pé de novo e andando.

– Eu quero me sentar – diz ela.

Há quanto tempo estamos aqui? Minutos ou horas. Estou suando agora, meu vestido debaixo de meus braços está encharcado, sinto o gosto de sal em meu lábio superior, as falsas dores me atacam com força, as outras também as sentem, posso dizer pela maneira como se curvam e balançam devagar de um lado para o outro. Janine está chupando um cubo de gelo. Então, depois disso, a centímetros ou quilômetros de distância:

– Não – grita ela. – Ah, não, ah não, ah não. – É seu segundo bebê, já teve outra criança, uma vez, sei disso por conta de nossa estadia no Centro, quando ela costumava chorar por isso à noite, como o resto de nós, só que mais ruidosamente. De modo que deve poder se lembrar disso, de como é, do que está por vir. Mas quem pode se lembrar da dor, uma vez que passa? Tudo o que resta dela é uma sombra, nem mesmo na mente, na carne. A dor marca você, mas de maneira profunda demais para que se possa ver. Longe dos olhos, longe do pensamento.

Alguém reforçou o suco de uva com álcool. Alguém surrupiou uma garrafa, de lá de baixo. Não será a primeira vez em reuniões desse tipo; mas elas fingirão não perceber. Também precisamos de nossas orgias.

– Diminuam as luzes – diz Tia Elizabeth. – Digam a ela que está na hora.

Alguém se levanta, segue até a parede, a luz do quarto é reduzida a um crepúsculo, nossas vozes minguam, tornam-se um coro de rangidos, de sussurros enrouquecidos, como grilos num campo à noite. Duas saem do quarto, duas outras conduzem Janine ao Banco de Dar à Luz, onde ela senta no mais baixo dos dois assentos. Está mais calma agora, o ar é sugado regularmente para dentro de seus pulmões, nós nos inclinamos para a frente, tensas, os músculos em nossas costas e barrigas doem do esforço. Está vindo, está vindo, como um toque de clarim, um chamado às armas, como um muro caindo, podemos senti-lo como uma pedra pesada se movendo para baixo, puxada para baixo dentro de nós, pensamos que vamos explodir. Apertamos as mãos umas das outras, não estamos mais sozinhas.

A Esposa do Comandante entra apressada, com sua ridícula camisola branca, as pernas magrelas saindo de baixo dela. Duas das Esposas em seus vestidos e véus azuis seguram-na pelos braços, como se precisasse disso; ela tem no rosto um pequeno sorriso forçado, como uma anfitriã numa festa que preferiria não estar dando. Deve saber o que pensamos a seu respeito. Ela sobe rápido no Banco de Dar à Luz, senta-se no assento atrás e acima de Janine, de modo que Janine fica emoldurada por ela: as pernas magras descem pelos dois lados, como os braços de uma cadeira excêntrica. De maneira bastante estranha ela está de meias brancas de algodão, e pantufas, azuis, feitas de material felpudo, como capas de assento de toaletes. Mas não prestamos nenhuma atenção na Esposa, mal a vemos, nossos olhos estão em Janine. Sob a luz fraca, em sua combinação branca, ela brilha como uma lua envolta em nuvem.

Janine agora está grunhindo, por causa do esforço.

– Empurre, empurre, empurre – sussurramos. – Relaxe. Respire depressa. Empurre, empurre, empurre. – Estamos com ela, estamos iguais a ela, estamos bêbadas. Tia Elizabeth se ajoelha, com uma toalha estendida para apanhar o bebê que está na fase da coroação, a glória, a cabeça, roxa e lambuzada com iogurte, mais um empurrão e ele escorrega, lustroso de fluidos e sangue, até a nossa espera. Ah, louvado seja.

Prendemos nossa respiração enquanto Tia Elizabeth o examina: uma menina, coitadinha, mas até agora tudo bem, pelo menos não há nada errado com ela, nada que possa ser visto, mãos, pés, olhos, contamos silenciosamente. Tia Elizabeth, com o bebê no colo, olha para nós e sorri. Sorrimos também, somos um único sorriso, lágrimas escorrem por nossas faces, estamos tão felizes.

Nossa felicidade é em parte lembrança. O que me lembro é de Luke comigo no hospital, de pé ao lado de minha cabeça, segurando minha mão, vestindo o traje cirúrgico verde e a máscara branca que lhe deram. Ah, disse ele, Ah, Jesus, uma exalação de assombro maravilhado. Naquela noite ele não conseguiu dormir nada, disse, estava tão eufórico, tão ligado.

Tia Elizabeth está lavando o bebê delicadamente, ele não está chorando muito, e para. Tão silenciosamente quanto é possível, de maneira a não assustá-lo, nos levantamos e nos reunimos ao redor de Janine, apertando-a de leve, dando palmadinhas. Ela também está chorando. As duas Esposas de azul ajudam a terceira Esposa, a Esposa da casa, a descer do Banco de Dar à Luz e a ir para a cama onde elas a fazem deitar-se e a cobrem. O bebê, agora lavado e calado, é colocado cerimoniosamente em seus braços. As Esposas vindas do andar de baixo agora estão se acotovelando no quarto, abrindo caminho entre nós, empurrando-nos para o lado. Falam alto demais, algumas ainda estão carregando seus pratos, as xícaras de café, os copos de vinho, algumas ainda estão mastigando, elas se aglomeram ao redor da cama, da mãe e filha, arrulhando e parabenizando. A inveja irradia delas, posso cheirá-la, pequenas nuvens de ácido, mescladas com seu perfume. A Esposa do Comandante olha para o bebê como se fosse um buquê de flores: algo que ela ganhou, um tributo.

As Esposas estão aqui para testemunhar a escolha do nome. São as Esposas que escolhem o nome por aqui.

– Angela – diz a Esposa do Comandante.

– Angela, Angela – repetem as Esposas pipilando, trêmulas de animação. – Que lindo nome! Ah, ela é perfeita! Ah, ela é maravilhosa!

Ficamos postadas entre Janine e a cama, de modo que ela não tenha que ver isso. Alguém lhe dá um pouco de suco de uva para beber, espero que tenha vinho misturado, ela ainda está sentindo as dores do pós-parto, está chorando desconsoladamente, lágrimas exaustas, angustiadas. Mesmo assim estamos eufóricas, é uma vitória, para todas nós. Conseguimos.

Janine terá permissão para amamentar o bebê, durante alguns meses, elas acreditam em leite materno. Depois será transferida, para ver se consegue fazer de novo, com alguma outra pessoa que precise de ajuda. Mas nunca será mandada para as Colônias, nunca será declarada uma Não mulher. Essa é sua recompensa.

O Partomóvel está lá fora, para nos levar de volta para as casas a que pertencemos. Os médicos ainda estão em sua van; seus rostos aparecem nas janelas, bolhas brancas, como rostos de crianças doentes confinadas em casa. Um deles abre a porta e vem em nossa direção.

– Correu tudo bem? – pergunta, ansioso.

– Sim – respondo. A esta altura estou acabada, exausta. Meus seios estão doloridos, secretando. Leite falso, isso acontece com algumas de nós. Sentamo-nos em nossos bancos, umas de frente para as outras, enquanto somos transportadas; agora estamos destituídas de emoção, quase destituídas de sentimento, poderíamos ser trouxas de tecido vermelho. Sofremos a dor da falta. Cada uma de nós segura no colo um fantasma, um bebê fantasma. O que nos confronta, agora que toda a agitação acabou, é nosso fracasso. Mãe, penso. Onde quer que você possa estar. Pode me ouvir? Você queria uma cultura de mulheres. Bem, agora existe uma. Não é como a que você queria, mas existe. Dê graças a Deus pelo pouco que tem.

CAPÍTULO VINTE E DOIS

Quando afinal o Partomóvel chega diante da casa estamos no final da tarde. O sol passa fraco em meio às nuvens, o cheiro de grama molhada se aquecendo está no ar. Estive no Nascimento o dia inteiro; a gente perde a noção do tempo. Cora terá feito as compras hoje, estou dispensada de todos os meus deveres. Subo a escadaria, levantando meus pés pesadamente de um degrau para o seguinte, segurando-me no corrimão. Sinto-me como se tivesse passado dias acordada e correndo muito, meu peito dói, meus músculos se contraem em câimbras como se lhes faltasse açúcar. Por uma vez a solidão me é bem-vinda.

Deito-me na cama. Gostaria de descansar, de adormecer, mas estou cansada demais e ao mesmo tempo animada demais, meus olhos não querem se fechar. Olho para cima para o teto, traçando a folhagem na grinalda. Hoje ela me faz pensar em um chapéu, os chapéus de grandes abas que mulheres costumavam usar em algum período nos tempos passados: chapéus que pareciam enormes halos, engrinaldados com frutas e flores, e as penas de pássaros exóticos; chapéus como uma ideia de paraíso, flutuando logo acima da cabeça, um pensamento solidificado.

Em um minuto a grinalda começará a se colorir e eu começarei a ver coisas. Estou cansada a esse ponto: como quando você havia passado a noite inteira dirigindo, até o amanhecer, por algum motivo, não pensarei nisso agora, cada um mantendo o outro acordado, contando histórias e se revezando na direção, e à medida que o sol começava a subir você via coisas pelos cantos dos olhos: animais púrpura, em arbustos na beira da estrada, silhuetas vagas de homens que desapareciam quando as olhava de frente.

* * *

Estou cansada demais para continuar com essa história, cansada demais para pensar sobre onde estou. Aqui vai uma história diferente, uma melhor. Esta é a história do que aconteceu com Moira.

Parte dela posso eu mesma preencher as lacunas, parte dela ouvi de Alma, que ouviu de Dolores, que ouviu de Janine. Janine a ouviu de Tia Lydia. Mesmo em lugares como aquele, mesmo sob aquelas circunstâncias, pode haver alianças. Isto é algo com que você pode contar: sempre haverá alianças, deste ou daquele tipo.

Tia Lydia chamou Janine a seu escritório.

Bendito seja o fruto, Janine, teria dito Tia Lydia, sem levantar os olhos de sua escrivaninha, onde estava escrevendo alguma coisa. Para toda regra sempre existe uma exceção: com isso também se pode contar. As Tias têm permissão para ler e escrever.

Que possa o Senhor abrir, Janine teria respondido, numa voz sem cor, sua voz transparente, sua voz de clara de ovo crua.

Creio que posso confiar em você, Janine, teria dito Tia Lydia, levantando os olhos da página e finalmente fitando Janine com aquele seu olhar, através das lentes dos óculos, um olhar que conseguia ser não só ameaçador como suplicante, na mesma medida e ao mesmo tempo. Ajude-me, dizia aquele olhar, estamos todas juntas nisso. Você é uma moça digna de confiança, não é como algumas das outras.

Ela achava que toda a choradeira e o arrependimento de Janine significavam alguma coisa, acreditava que Janine tinha sido subjugada, acreditava que Janine fosse uma verdadeira crente. Mas, àquela altura, Janine havia se tornado como um cachorrinho que foi chutado e castigado com demasiada frequência, por gente demais, ao acaso: ela se deitaria de barriga para cima para qualquer pessoa, diria qualquer coisa, só por um momento de aprovação.

De modo que Janine teria dito: Espero que sim, Tia Lydia. Espero que eu tenha me tornado merecedora de sua confiança. Ou alguma coisa parecida.

Janine, disse Tia Lydia, uma coisa terrível aconteceu.

Janine baixou os olhos para o chão. Seja lá o que fosse, sabia que a culpa não lhe seria atribuída, ela era inocente, não tinha culpa. Mas de que aquilo lhe servira no passado, o fato de não ter culpa? De modo que ao mesmo tempo sentiu-se culpada, como se estivesse prestes a ser punida.

Você tem conhecimento do que foi, Janine?, perguntou Tia Lydia baixinho.

Não, Tia Lydia, disse Janine. Ela sabia naquele momento que seria necessário levantar o olhar, para encarar Tia Lydia olhos nos olhos. Depois de um momento ela conseguiu.

Porque, se tiver, ficarei muito desapontada com você, disse Tia Lydia.

O Senhor é minha testemunha, disse Janine com uma demonstração de fervor.

Tia Lydia permitiu a si mesma uma de suas pausas. Brincou com a caneta. Moira não está mais conosco, disse afinal.

Ah, disse Janine. Ela era indiferente quanto a isso. Moira não era uma de suas amigas. Ela está morta?, perguntou depois de um momento.

Então Tia Lydia lhe contou a história. Moira tinha levantado a mão para ir ao banheiro, durante os Exercícios. Tinha ido. Tia Elizabeth estava de serviço nos lavatórios. Tia Elizabeth ficou do lado de fora da porta do banheiro, como de costume; Moira entrou. Depois de um momento Moira chamou Tia Elizabeth: o vaso sanitário estava transbordando, será que Tia Elizabeth podia consertá-lo. Pessoas não identificadas enfiavam chumaços de papel higiênico dentro dos vasos para fazer com que exatamente isso acontecesse. As Tias estiveram tentando encontrar alguma maneira totalmente segura de impedir isso, mas havia poucos recursos e naquele momento tinham que se virar com o que dispunham, e ainda não tinham descoberto uma maneira de trancar o papel higiênico. Possivelmente deveriam mantê-lo do lado de fora, sobre uma mesa e dar a cada pessoa uma folha ou várias folhas quando entrassem. Mas isso era um plano para o futuro. É preciso algum tempo para resolver todos os pequenos problemas, em qualquer coisa nova.

Tia Elizabeth, sem desconfiar de mal nenhum, entrou no banheiro. Tia Lydia tinha que admitir que havia sido um pouco de tolice de sua parte. Por outro lado, ela já tinha entrado para consertar um vaso em várias ocasiões anteriores sem nenhum problema.

Moira não estava mentindo, a água corria pelo chão, bem como vários pedaços de matéria fecal se desintegrando. Não era nada agradável e Tia Elizabeth ficou aborrecida. Moira manteve-se educadamente afastada, e Tia Elizabeth entrou depressa no cubículo que Moira havia indicado e se debruçou sobre a parte de trás do vaso. Ela pretendia retirar o tampo de louça da privada e mexer no encanamento e no batoque que ficava dentro. Estava com as duas mãos no tampo quando sentiu alguma coisa dura e cortante e possivelmente metálica cutucá-la nas costelas por trás. Não se mova, disse Moira, ou enfiarei inteiro em você, eu sei onde, vou perfurar seu pulmão.

Elas descobriram mais tarde que Moira tinha desmantelado o interior de um dos vasos sanitários e tirado a alavanca fina e pontuda, a parte que se prende à válvula de entrada numa das extremidades e à corrente na outra. Não é muito difícil de fazer se você souber como, e Moira tinha conhecimentos de mecânica, costumava consertar seu próprio carro, as coisas pequenas. Pouco depois disso os vasos sanitários foram equipados com correntes que prendiam seus tampos, e quando entupiam e transbordavam levavam um tempo enorme para abri-los. Tivemos vários alagamentos assim.

Tia Elizabeth não podia ver o que estava espetando suas costas, disse Tia Lydia. Ela era uma mulher corajosa...

Ah sim, disse Janine.

... mas não imprudente, disse Tia Lydia, franzindo um pouco o cenho. Janine tinha sido entusiástica demais na resposta, o que algumas vezes tem a força de uma negação. Ela fez o que Moira mandou, continuou Tia Lydia. Moira se apoderou de seu aguilhão de gado e de seu apito, ordenando que Tia Elizabeth os tirasse do cinto. Então correu com Tia Elizabeth pelas escadas até o porão. Estavam no segundo andar, não no terceiro, de modo que havia apenas dois lances de escada para descer. Era horário de aulas de maneira que não havia ninguém nos corredores. Elas viram outra Tia, mas estava na outra extremidade do corredor e não estava olhando na direção delas. Tia Elizabeth poderia ter gritado naquele ponto, mas sabia que Moira falava sério com relação ao que dissera; Moira tinha má reputação.

Ah, sim, disse Janine.

Moira conduziu Tia Elizabeth pelo corredor de armários vazios, passando pela porta do ginásio, até a sala da caldeira. Ela mandou Tia Elizabeth tirar toda a roupa...

Oh, disse Janine debilmente, como se protestasse pelo sacrilégio.

... e Moira tirou suas próprias roupas e vestiu as de Tia Elizabeth, que não lhe serviam muito bem, mas bem o bastante. Ela não foi excessivamente cruel com Tia Elizabeth, permitiu-lhe que vestisse seu vestido vermelho. O véu ela cortou em tiras e amarrou Tia Elizabeth com elas, atrás da caldeira. Enfiou parte do pano na boca de Tia Elizabeth e o fixou com outra faixa. Amarrou uma tira ao redor do pescoço de Tia Elizabeth. Então amarrou a outra ponta a seus pés, por trás. Ela é uma mulher ardilosa e perigosa, disse Tia Lydia.

Janine disse: Posso me sentar? Como se tudo aquilo tivesse sido demais para ela. Finalmente tinha alguma coisa para trocar, pelo menos por um vale.

Sim, Janine, disse Tia Lydia, surpresa, mas sabendo que naquela altura não podia recusar. Ela estava pedindo a atenção de Janine, sua cooperação. Indicou a cadeira no canto. Janine a puxou mais para a frente.

Eu poderia matar você, sabe, disse Moira quando Tia Elizabeth estava amarrada em segurança escondida fora de vista atrás da caldeira. Poderia feri-la gravemente, de forma que nunca mais possa se sentir bem em seu corpo. Poderia lhe dar choques com isso ou enfiar esta coisa em seu olho. Apenas lembre-se de que eu não fiz, se chegar a tanto.

Tia Lydia não repetiu nada dessa parte para Janine, mas imagino que Moira tenha dito algo semelhante. Em todo caso ela não matou nem mutilou Tia Elizabeth, que alguns dias mais tarde, depois de ter se recuperado de suas sete horas atrás da caldeira e presumivelmente do interrogatório – pois a possibilidade de cumplicidade não poderia ter sido excluída pelas Tias ou por nenhuma outra pessoa –, estava de volta em operação no Centro.

Moira se levantou, se pôs bem empertigada e olhou firmemente para a frente. Puxou os ombros para trás, esticou bem a coluna e apertou os lábios. Essa não era nossa postura costumeira. Habitualmente andávamos de cabeça baixa, os olhos fixos em nossas mãos ou no chão. Moira não se parecia muito com Tia Elizabeth, mesmo com a touca de freira marrom enfiada na cabeça, mas sua postura de costas rígidas aparentemente foi suficiente para convencer os Anjos montando guarda, que nunca olhavam para nenhuma de nós muito de perto, especialmente para as Tias; porque Moira saiu decidida pela porta da frente, com a postura de uma pessoa que sabia para onde estava indo, foi saudada com continências, apresentou o passe de Tia Elizabeth, que eles não se deram ao trabalho de verificar, porque quem afrontaria uma Tia daquela maneira? E desapareceu.

Ah, disse Janine. Quem sabe dizer o que ela sentiu? Talvez tenha querido dar vivas. Se foi isso, soube esconder muito bem.

Portanto, Janine, disse Tia Lydia. Aqui está o que quero que faça.

Janine abriu os olhos bem arregalados e tentou parecer inocente e atenta.

Quero que mantenha os ouvidos aguçados. Talvez uma das outras esteja envolvida.

Sim, Tia Lydia, disse Janine.

E virá me contar o que descobrir, não virá, querida? Se ouvir alguma coisa.

Sim, Tia Lydia, disse Janine. Sabia que não teria mais que se ajoelhar, diante da turma na sala, e ouvir todas nós gritando para ela que a culpa era dela. Agora seria alguma outra pessoa por algum tempo. Estava, temporariamente, liberada.

O fato de que ela contou tudo a Dolores a respeito desse encontro no escritório de Tia Lydia não significou nada. Não significava que ela não fosse depor contra nós, qualquer uma de nós, se tivesse oportunidade. Todas sabíamos disso. Àquela altura a estávamos tratando como as pessoas costumavam tratar aqueles que não tinham pernas, que vendiam lápis nas esquinas. Nós a evitávamos quando podíamos, éramos caridosas com ela quando não havia alternativa. Ela era um perigo para nós, sabíamos disso.

Dolores provavelmente lhe deu palmadinhas nas costas e disse que era uma boa companheira por nos contar. Onde essa conversa teve lugar? No ginásio de esportes, quando estávamos nos preparando para deitar. Dolores tinha a cama ao lado da de Janine.

A história passou de boca em boca entre nós naquela noite, na semiescuridão, em murmúrios, de cama em cama.

Moira estava lá fora em algum lugar. Ela estava livre, ou morta. O que iria fazer? O pensamento do que ela iria fazer se expandiu até que encheu a sala. A qualquer momento poderia haver uma explosão devastadora, as vidraças das janelas cairiam para dentro, as portas se abririam... Moira agora tinha poder, ela havia sido posta em liberdade, ela havia se posto em liberdade. Moira agora era uma mulher livre.

Creio que achávamos isso assustador.

Moira era como um elevador com as paredes laterais abertas. Ela nos deixava com vertigens. Já estávamos perdendo o apreço pela liberdade, já estávamos achando aquelas paredes seguras. Nos limites mais elevados da atmosfera você iria se desfazer em pedaços, iria se vaporizar, não haveria pressão para mantê-la inteira.

Mesmo assim Moira era nossa fantasia. Nós a mantínhamos carinhosamente sempre junto de nós, estava conosco em segredo, uma fonte de diversão; ela era lava sob a crosta da vida diária. À luz de Moira, as Tias eram menos assustadoras e mais absurdas. O poder delas tinha em si um defeito. Elas podiam ser capturadas à força em toaletes. A audácia era do que gostávamos.

Esperávamos que fosse trazida de volta, arrastada a qualquer minuto, como havia sido antes. Não conseguíamos imaginar o que poderiam fazer com ela desta vez. Seria muito ruim, o que quer que fosse.

Mas nada aconteceu. Moira não reapareceu. Não reapareceu ainda, até agora.

CAPÍTULO VINTE E TRÊS

Isso é uma reconstrução. Tudo, cada detalhe é uma reconstrução. É uma reconstrução agora, em minha cabeça, enquanto estou deitada estendida em minha cama de solteiro, ensaiando o que deveria ou não deveria ter dito, o que deveria ou não deveria ter feito, como deveria ter feito meu jogo. Se algum dia eu sair daqui...

Vamos parar nesse ponto. Pretendo sair daqui. Isto não pode durar para sempre. Outros pensaram essas coisas, em tempos difíceis antes deste, e estavam sempre certos, conseguiram sair de uma maneira ou de outra, e não durou para sempre. Embora para eles tenha durado todo o para sempre que tinham.

Quando eu sair daqui, se algum dia conseguir registrar isso, de qualquer modo, mesmo sob a forma de uma voz para outra, será uma reconstrução também, em um grau ainda mais distante. É impossível dizer alguma coisa exatamente da maneira como foi, porque o que você diz nunca pode ser exato, você sempre tem de deixar alguma coisa de fora, existem partes, lados, correntes contrárias e nuances demais; gestos demais, que poderiam significar isto ou aquilo, formas demais que nunca podem ser plenamente descritas, sabores demais, no ar ou na língua, semitonalidades, quase cores, demais. Se acontecer de você ser homem, em qualquer tempo no futuro, e tiver chegado até aqui, por favor lembre-se: você nunca será submetido à tentação de sentir que tem de perdoar um homem como uma mulher. É difícil de resistir, acredite. Mas lembre-se de que o perdão também é um poder. Suplicar por ele é um poder, e recusá-lo ou concedê-lo é um poder, talvez de todos o maior.

Talvez nada disso seja a respeito de controle. Talvez não seja realmente sobre quem pode possuir quem, quem pode fazer o que com quem e sair impune, mesmo que seja até levar à morte. Talvez não seja sobre quem pode se sentar e quem tem de se ajoelhar ou ficar de pé ou se deitar, de pernas arreganhadas. Talvez seja sobre quem pode fazer o que com quem e ser perdoado por isso. Nunca me diga que dá no mesmo.

Quero que você me beije, disse o Comandante.

Bem, é claro que alguma coisa aconteceu antes disso. Pedidos desse tipo nunca surgem assim sem mais nem menos.

Adormeci, finalmente, e sonhei que estava usando brincos, e que um deles estava quebrado; nada além disso, apenas o cérebro passando em revista seus arquivos antigos, e fui acordada por Cora com a bandeja do jantar, e o tempo entrou de volta nos trilhos.

– É um bebê saudável? – pergunta Cora, enquanto repousa a bandeja. Cora já deve saber, elas têm uma espécie de telégrafo de transmissão oral, de casa em casa, as notícias circulam; mas lhe dá prazer ouvir sobre o que aconteceu, como se minhas palavras venham a torná-lo mais real.

– É perfeito – digo. – Veio para ficar. Uma menina.

Cora sorri para mim, um sorriso includente. Estes são os momentos que devem fazer com que seu trabalho pareça valer a pena para ela.

– Que bom – diz ela. Sua voz soa quase desejosa, e penso: é claro. Ela teria gostado de ter estado lá. É como uma festa a que ela não pôde ir.

– Talvez nós tenhamos um, em breve – diz ela, timidamente. Por *nós*, está se referindo a mim. Cabe a mim reembolsar a equipe, justificar minha comida e cuidados, como uma formiga rainha com ovos. Rita pode desaprovar minha existência, mas Cora não. Em vez disso conta comigo. Ela tem esperança, e eu sou o veículo de sua esperança.

Sua esperança é a do tipo mais simples. Ela quer um Dia de Nascimento, aqui, com convidados e comida e presentes, quer uma criancinha para encher de mimos na cozinha, para passar as roupas, para encher de biscoitinhos quando ninguém estiver olhando. Devo lhe proporcionar essas alegrias. Eu preferiria ter a desaprovação, sinto-me mais merecedora dela.

O jantar é ensopado de carne. Tenho alguma dificuldade para terminar, porque na metade dele me lembro do que o dia apagou por completo de minha cabeça. É verdade o que elas dizem, é um estado de transe, dar à luz ou estar lá quando acontece, você perde de vista o resto de sua vida, se concentra apenas naquele único instante. Mas agora aquilo me volta à mente, e sei que não estou preparada.

O relógio no vestíbulo lá embaixo bate nove horas. Pressiono minhas mãos contra os lados das coxas, respiro fundo, saio pelo corredor e desço a escada quieta. Serena Joy pode ainda estar na casa onde o Nascimento aconteceu; isso é sorte, ele não poderia tê-lo previsto. Nesses dias as Esposas ficam reunidas durante horas, ajudando a abrir os presentes, falando da vida alheia, se embebedando. Alguma coisa tem de ser feita para dissipar a inveja. Sigo o corredor do andar de baixo para os fundos, passo pela porta que leva à cozinha, continuo até a porta seguinte, a dele. Fico parada do lado de fora, sentindo-me como uma criança que foi chamada, na escola, ao gabinete do diretor. O que fiz de errado?

Minha presença aqui é ilegal. É proibido para nós estarmos sozinhas com os Comandantes. Somos para fins de procriação: não somos concubinas, garotas gueixas, cortesãs. Pelo contrário: tudo o que era possível foi feito para nos distanciar dessa categoria. Presume-se que não há nada de divertido a nosso respeito, nenhum espaço para que luxúrias secretas floresçam é permitido; nem quaisquer favores devem ser obtidos por persuasão, por eles ou por nós, não devem existir quaisquer oportunidades ou atividades que possam dar ensejo a amor. Somos úteros de duas pernas, apenas isso: receptáculos sagrados, cálices ambulantes.

Portanto por que ele quer me ver, à noite, sozinha?

Se eu for apanhada, será à mercê dos ternos cuidados de Serena Joy que serei entregue. Ele não deve interferir nas questões de disciplina doméstica, isso é assunto de mulheres. Depois, reclassificação. Eu poderia me tornar uma Não mulher.

Mas recusar-me a vê-lo poderia ser pior. Não há nenhuma dúvida quanto a quem detém o poder de verdade.

Mas deve haver alguma coisa que ele quer de mim. Querer é ter uma fraqueza. É essa fraqueza, seja lá qual for, que me atrai. É como uma pequena rachadura numa parede, que antes, até este momento, era impenetrável. Se encostar meu olho nela, na fraqueza dele, pode ser que possa ver meu caminho se abrir.

Quero saber o que ele quer.

Levanto a mão, bato, na porta do aposento proibido onde nunca estive, onde mulheres não entram. Nem mesmo Serena Joy vem aqui, e a limpeza é feita por Guardiões. Que segredos, que totens masculinos são guardados aqui?

Tenho ordem de entrar. Abro a porta, entro.

O que está do outro lado é vida normal. Eu deveria dizer: o que está do outro lado parece ser vida normal. Há uma escrivaninha, é claro, com um Compufala sobre o tampo, uma poltrona de couro preto atrás. Há uma planta num vaso sobre a escrivaninha, um conjunto de porta-canetas, papéis. Há um tapete oriental no assoalho, e uma lareira sem fogo aceso dentro dela. Há um pequeno sofá, estofado com tecido aveludado marrom, um aparelho de televisão, uma mesinha de canto, um par de cadeiras.

Mas por toda parte sobre as paredes há estantes. Elas estão cheias de livros. Livros e livros e livros, bem ali, bem visíveis a olho nu, sem trancas, sem caixas. Não é de espantar que não possamos entrar aqui. É um oásis do que é proibido. Tento não ficar olhando.

O Comandante está de pé diante da lareira sem fogo, de costas para ela, com um cotovelo apoiado no tampo de madeira entalhada da cornija, a outra mão no bolso. É uma pose tão estudada, alguma coisa do nobre rural, copiada de algum antigo anúncio de revista de luxo para homens com um modelo do tipo velho sedutor. Ele provavelmente decidiu que estaria parado assim quando eu entrasse. Quando bati, provavelmente foi depressa para junto da lareira e se posicionou. Deveria estar usando um tapa-olho, sobre um dos olhos, uma gravata larga de seda tipo plastrão estampada com ferraduras de cavalo.

Tudo isso está muito bem para mim enquanto penso essas coisas, rápida como um *staccato*, um tremor de agitação do cérebro. Um tremor interior. Mas é pânico. O fato é que estou apavorada.

Não digo nada.

– Feche a porta quando entrar – diz ele, em tom bastante agradável. Eu o faço e me viro de volta.

– Oi – diz ele.

É a antiga forma de cumprimento. Há um tempo enorme que não a ouço, há anos. Diante das circunstâncias parece fora de lugar, até mesmo cômica, um salto para trás no tempo, uma acrobacia. Não consigo pensar em nada apropriado para dizer em resposta.

Acho que vou chorar.

Ele deve ter percebido isso, porque olha para mim, confuso, dá uma ligeira franzida na testa que decido interpretar como preocupação, embora possa ser apenas irritação.

– Venha – diz ele. – Você pode se sentar.

Ele puxa uma cadeira para mim, posiciona na frente de sua escrivaninha. Então dá a volta, vai para trás da escrivaninha e senta-se, bem devagar, e me parece ensaiado. O que esse ato me diz é que não me trouxe aqui para me tocar de forma alguma, contra a minha vontade. Ele sorri. O sorriso não é sinistro nem predatório. É apenas um sorriso, um sorriso de tipo formal, amistoso mas um tanto distante, como se eu fosse uma gatinha numa vitrine. Uma gata que ele está olhando, mas que não pretende comprar.

Eu me sento bem empertigada na cadeira, as mãos cruzadas no colo. Sinto-me como se meus pés em seus sapatos baixos vermelhos quase não estivessem tocando no chão. Mas é claro que estão.

– Você deve achar isso estranho – diz ele.

Simplesmente olho para ele. O comentário mais eufemista do ano, era uma expressão que minha mãe usa. Usava.

Eu me sinto como algodão-doce: açúcar e ar. Aperte-me e me transformarei num pequeno chumaço enjoativo e úmido de vermelho-rosado lacrimejante.

– Imagino que seja um pouco estranho – diz ele, como se eu tivesse respondido.

Penso que deveria estar de chapéu, com um laço amarrado debaixo do queixo.

– Eu quero... – diz ele.

Tento não me inclinar para a frente. Sim? Sim, sim? O que, diga? O que ele quer? Mas não vou revelar isso, a minha avidez ansiosa. Estamos numa sessão de barganha, coisas estão prestes a ser trocadas. Aquela que não hesita está perdida. Não vou entregar nada de graça: somente venda.

– Eu gostaria... – diz ele. – Isso vai parecer tolice. – E ele de fato parece embaraçado, *acanhado* era a palavra, do jeito que homens costumavam parecer outrora. É velho o bastante para se lembrar de como parecer acanhado, e para se lembrar também de como as mulheres outrora achavam isso atraente. Os jovens não conhecem esses truques. Nunca tiveram que usá-los.

– Gostaria que você jogasse mexe-mexe comigo – diz ele.

Eu me mantenho absolutamente rígida. Mantenho meu rosto imóvel. Então é isso que há no aposento proibido! Mexe-mexe! Quero rir alto, quero dar gargalhadas escandalosas, cair de minha cadeira. Esse era o jogo de velhas senhoras e senhores, em casas de campo durante os verões ou na aposentadoria, para ser jogado quando não havia nada que prestasse na televisão. Ou de adolescentes, um dia, há muito, muito tempo. Minha mãe tinha um estojo, ficava guardado no fundo do armário do corredor, com os enfeites da árvore de Natal em suas caixas de papelão. Uma vez ela tentou fazer com que eu me interessasse pelo jogo, quando eu tinha treze anos e estava infeliz e sem saber o que fazer.

Agora é claro que é algo diferente. Agora é proibido para nós. Agora é indecente. Agora é algo que ele não pode fazer com sua Esposa. Agora é desejável. Agora ele se comprometeu. É como se tivesse me oferecido drogas.

– Está bem – digo, como se indiferente. Na verdade mal consigo falar.

Ele não diz por que quer jogar mexe-mexe comigo. Eu não lhe pergunto. Ele apenas tira uma caixa de uma das gavetas em sua escrivaninha e a abre. Lá estão os estojos com as peças de madeira plastificada de que me lembro, o tabuleiro dividido em quadrados, os pequenos encaixes para colocar as peças com as letras. Ele derrama as peças sobre a mesa e começa a virá-las para cima. Depois de um instante eu o ajudo.

– Você sabe jogar? – pergunta.

Faço que sim.

Jogamos duas partidas. *Laringe.* Eu soletro. *Cortinado. Marmeleiro. Zigoto.* Seguro as peças de madeira lustrosas com suas bordas lisas, passo o dedo nas letras. A sensação é voluptuosa. Isso é liberdade, um piscar de olhos dela. *Flácido*, soletro. *Garganta.* Que luxo. As peças são como balas, feitas de hortelã, frescas assim. Pastilhas salva-vidas era como eram chamadas. Eu gostaria de botá-las dentro de minha boca. Também existiam com sabor de limão. A letra F. Frescas, ligeiramente ácidas na língua, deliciosas.

Venço a primeira partida, deixo que ele vença a segunda: ainda não descobri quais são os termos, o que poderei pedir, em troca.

Finalmente ele me diz que está na hora de eu ir para casa. Estas são as palavras que usa: *ir para casa.* Ele quer dizer meu quarto. Pergunta-me se chegarei bem sozinha, como se a escada fosse uma rua escura. Digo que sim. Abrimos a porta de seu gabinete, só uma fresta, e ficamos à escuta de ruídos no vestíbulo.

É como um encontro. É como se esgueirar de volta para o dormitório depois do horário.

Isto é uma conspiração.

– Obrigado – diz ele. – Pelo jogo. – Então diz: – Quero que você me beije.

Penso sobre como poderia desmontar a parte de trás do vaso sanitário, do vaso em meu próprio banheiro, numa noite de banho, rápida e silenciosamente, de modo que Cora não me ouvisse da cadeira no lado de fora. Eu poderia tirar a alavanca de metal de ponta afiada e escondê-la em minha manga, e contrabandeá-la para o gabinete do Comandante, da próxima vez, porque depois de um pedido como esse sempre há uma próxima vez, quer você diga sim ou não. Penso em como poderia me aproximar do Comandante, para beijá-lo, aqui sozinha, e tirar seu paletó, como se para permitir ou convidar algo além, alguma aproximação de amor verdadeiro, e pôr meus braços ao redor de seu pescoço e tirar a alavanca discretamente de minha manga e enfiar a ponta afiada nele, subitamente, entre as costelas. Penso no sangue saindo dele, quente como sopa, sexual, sobre minhas mãos.

Na verdade não penso a respeito de coisa nenhuma desse tipo. Só incluí isso depois. Talvez devesse ter pensado a respeito disso, na ocasião, mas não pensei. Como já disse, isto é uma reconstrução.

– Está bem – digo. Vou até junto dele e ponho meus lábios fechados sobre os dele. Sinto o cheiro da loção após barba, do tipo habitual, com um laivo de bolinhas de naftalina, bastante familiar para mim. Mas ele é como alguém a quem apenas acabei de conhecer.

Ele recua, baixa o olhar para mim. Lá está o sorriso de novo, o sorriso acanhado. Tanta candura.

– Não assim – diz ele. – Como se você quisesse.

Ele estava tão triste.

Isto também é uma reconstrução.

IX

NOITE

CAPÍTULO VINTE E QUATRO

Volto, pelo corredor escuro e escada acima nas pontas dos pés, furtivamente para o meu quarto. Lá sento na cadeira, com as luzes apagadas, com meu vestido vermelho fechado e abotoado. Só é possível pensar com clareza quando se está com as roupas vestidas.

O que preciso é de perspectiva. A ilusão de profundidade, criada por uma moldura, a disposição de formas numa superfície plana. A perspectiva é necessária. Caso contrário só existem duas dimensões. Caso contrário você vive com o rosto amassado contra uma parede, tudo um imenso primeiro plano, de detalhes, em close vistos de muito perto, cabelos, a trama do lençol da cama, as moléculas do rosto. Sua própria pele como um mapa, um diagrama de futilidade, riscado com linhas cruzadas de minúsculas estradas que levam a lugar nenhum. Caso contrário você vive no momento presente. Que não é onde quero estar.

Mas é nele que estou, não há como escapar disso. O tempo é uma armadilha e estou presa nele. Tenho que esquecer meu nome secreto e todos os caminhos de volta. Meu nome agora é Offred, e aqui é onde vivo.

Viva no presente, aproveite-o ao máximo, isso é tudo que você tem.

É tempo de fazer um balanço.

Tenho trinta e três anos. Tenho cabelos castanhos. Tenho um metro e setenta de altura descalça. Tenho dificuldade de me lembrar da aparência que eu costumava ter. Tenho ovários viáveis. Tenho mais uma chance.

Mas alguma coisa mudou, agora, esta noite. As circunstâncias se alteraram.

Posso pedir alguma coisa. Possivelmente não muito, mas alguma coisa.

Homens são máquinas movidas a sexo, dizia Tia Lydia, e não muito mais. Eles querem apenas uma coisa. Vocês têm que aprender a manipulá-los, para o bem de si mesmas. Levá-los pelo nariz para onde quiserem; isso é uma metáfora. É a maneira como funciona a natureza. É o plano de Deus. É a maneira como são as coisas.

Tia Lydia não dizia isso na verdade, mas estava implícito em tudo que ela de fato dizia. Pairava acima de sua cabeça, como os lemas em dourado nos resplendores sobre os santos, de eras mais obscurantistas. Como eles também, era angulosa e descarnada.

Mas como encaixar o Comandante nisso, na forma como ele existe em seu estúdio, com seus jogos de palavras e seu desejo, de quê? De que se brinque com ele, de ser gentilmente beijado, como se eu quisesse de verdade.

Sei que preciso levar isso a sério, o seu desejo. Poderia ser importante, poderia ser um passaporte, poderia ser meu cadafalso. Preciso ser séria, convicta, com relação a isso, preciso ponderá-lo. Mas não importa o que faça, sentada aqui no escuro, com as luzes dos holofotes iluminando o oblongo de minha janela, do lado de fora, através das cortinas alvas e diáfanas como um vestido de noiva, como um ectoplasma, uma de minhas mãos segurando a outra, balançando-me um pouquinho para trás e para a frente, não importa o que eu faça há alguma coisa hilariante a respeito disso.

Ele queria que eu jogasse mexe-mexe com ele, e que o beijasse como se quisesse de verdade.

Essa é uma das coisas mais bizarras que já me aconteceu, em todos os tempos.

Contexto é tudo.

Lembro-me de um programa de televisão que vi certa vez; uma reprise, gravado anos antes. Devia ter sete ou oito anos, era criança demais para entender. Era o tipo de coisa a que minha mãe gostava de assistir: histórico, educativo. Ela tentou me explicar depois, me dizer que as coisas mostradas nele tinham realmente acontecido, mas para mim era apenas uma história. Pensei que alguém a havia inventado. Suponho que todas as crianças pensem assim a respeito de qualquer história anterior à delas. Se é apenas uma história, torna-se menos assustador.

O programa era um documentário sobre uma daquelas guerras. Eles entrevistavam pessoas e mostravam clipes de filmes da época em preto e branco, e fotografias. Não me lembro muito a respeito do programa, mas me lembro da qualidade das imagens, a maneira como tudo nelas parecia coberto por uma mistura de luz do sol e poeira, e como eram escuras as sombras sob as sobrancelhas e ao longo dos ossos das maçãs dos rostos das pessoas.

As entrevistas com as pessoas ainda vivas eram em cores. A de que eu me lembro melhor foi com uma mulher que tinha sido amante de um homem que supervisionava um dos campos onde eles punham os judeus, antes de matá-los. Em fornos, disse minha mãe; mas não havia quaisquer imagens dos fornos, de modo que fiquei com uma ideia confusa de que essas mortes tinham ocorrido em cozinhas. Há algo de especialmente aterrador para uma criança nessa ideia. Fornos significam cozinhar, e cozinhar vem antes de comer. Pensei que aquelas pessoas tinham sido comidas. O que de certa forma suponho que tenham sido.

Pelo que diziam, o homem tinha sido cruel e brutal. A amante – minha mãe explicou o que era *amante*, ela não acreditava em mistificação, eu tive um livro ilustrado com figuras de papelão em três dimensões sobre órgãos sexuais quando tinha quatro anos –, a amante tinha sido muito bonita. Havia uma foto preto e branco dela e de outra mulher, em trajes de banho de duas-peças e sapatos com plataforma e chapéus elegantes de abas largas daqueles tempos; elas usavam óculos de sol olho de gato e estavam sentadas em espreguiçadeiras de madeira à beira de uma piscina. A piscina ficava ao lado da casa onde moravam, que era perto do campo com os fornos. A mulher disse que não havia reparado em muita coisa que achasse incomum. Negou ter conhecimento dos fornos.

Na ocasião da entrevista, quarenta ou cinquenta anos depois, ela estava morrendo de enfisema. Tossia muito, e estava muito magra, quase emaciada; mas ainda se orgulhava de sua aparência. (Veja só isso, disse minha mãe, meio de má vontade, meio com admiração. Ela ainda se orgulha de sua aparência.) Estava cuidadosamente maquiada, com os cílios carregados de rímel, ruge nas maçãs do rosto, sobre as quais a pele se esticava como uma luva de plástico bem puxada, justa e lisa. Usava pérolas.

Ele não era um monstro, disse ela. As pessoas dizem que era um monstro, mas não era.

No que ela poderia ter andado pensando? Não muito, imagino; não antes, não na ocasião. Estava pensando em como não pensar. Os tempos eram anormais. Ela se orgulhava de sua aparência. Não acreditava que ele fosse um monstro. Ele não era um monstro, para ela. Provavelmente tinha algum traço característico cativante: assobiava desafinado, no chuveiro, tinha uma paixão por trufas, chamava seu cachorro de Liebchen e o fazia sentar para ganhar pequenos pedaços de carne crua. Como é fácil inventar uma humanidade para qualquer pessoa, qualquer uma. Que tentação disponível. Uma criança grande, teria dito a si mesma. O coração dela teria se derretido, teria ajeitado para trás o cabelo caído na testa dele, o teria beijado na orelha, e não apenas para ganhar alguma coisa dele. O instinto de acalmar, de tornar as coisas melhores. Calma, calma, diria, quando ele acordasse de um pesadelo. As coisas são tão difíceis para você. E teria acreditado em tudo isso, porque caso contrário como poderia ela ter continuado a viver? Era muito convencional, por baixo daquela beleza. Acreditava em decência, era boazinha com a empregada judia, ou boazinha o suficiente, mais boazinha do que precisava ser.

Vários dias depois que aquela entrevista com ela foi filmada, ela se matou. Disseram isso, na televisão.

Ninguém perguntou a ela se o havia amado ou não.

Do que me lembro agora, mais que tudo, é da maquiagem.

Eu me levanto, no escuro, começo a me desabotoar. Então ouço alguma coisa dentro de meu corpo. Eu quebrei, alguma coisa deve ter rachado, deve ser isso. O ruído está subindo, saindo, do lugar quebrado, em meu rosto. Sem aviso: eu não estava pensando a respeito daqui ou de lá ou de coisa alguma. Se deixar o ruído sair para o ar ele será riso, alto demais, excessivo, alguém vai ouvir com certeza, e então haverá som de passos apressados e ordens e quem sabe? Julgamento: emoção inapropriada para a ocasião. O útero errante, costumavam pensar. Histeria. E então uma agulha, um comprimido. Poderia ser fatal.

Aperto minhas duas mãos sobre a boca como se estivesse à beira de vomitar, caio de joelhos, o riso fervilhando como lava em minha garganta. Arrasto-me para dentro do armário, encolho os joelhos, vou sufocar com isso. Minhas costelas doem com o esforço de segurar, conter, eu tremo, ofego, ondulo, sísmica, vulcânica, vou explodir. Vermelho por toda parte no armário, rir rima com parir, ah morrer de rir.

Eu o abafo nas pregas da pelerine pendurada, cerro meus olhos, dos quais lágrimas estão escorrendo. Tento me compor.

Depois de algum tempo passa, como um ataque epiléptico. Aqui estou eu no armário. *Nolite te bastardes carborundorum.* Não posso ver no escuro, mas retraço a escrita minúscula arranhada com as pontas dos dedos, como se fosse um código em braile. Ela soa em minha cabeça agora menos como uma prece, mais como uma ordem, mas para fazer o quê? Inútil para mim em todo caso, um hieróglifo antiquíssimo para o qual a chave foi perdida. Por que ela escreveu isso, por que se deu ao trabalho? Não existe nenhum meio de sair daqui.

Fico deitada no chão, respirando depressa demais, depois mais devagar, tornando minha respiração regular, como nos exercícios para parir. Tudo que posso ouvir agora é o som de meu próprio coração, abrindo e fechando, abrindo e fechando, abrindo.

X
ESCRITOS DA ALMA

CAPÍTULO VINTE E CINCO

O que primeiro ouvi na manhã seguinte foi um grito e um estrondo. Cora, deixando cair a bandeja do café. Aquilo me acordou. Ainda estava com metade do corpo dentro do armário, a cabeça apoiada na pelerine amarfanhada. Devo tê-la puxado do cabide e adormecido ali; por um momento não consegui me lembrar de onde estava. Cora estava ajoelhada a meu lado, senti sua mão tocar minhas costas. Ela gritou de novo quando me mexi.

O que há de errado?, perguntei. Virei de barriga para cima e me ergui apoiada no cotovelo.

Ah, disse ela. Eu pensei.

Ela pensou o quê?

Como..., disse ela.

Os ovos tinham se quebrado no chão, havia suco de laranja e cacos de vidro quebrado.

Vou ter de trazer outra, disse ela. Que desperdício. O que estava fazendo no chão daquele jeito? Ela está me puxando, para me fazer levantar, ficar respeitavelmente de pé.

Eu não queria dizer a ela que não tinha ido em nenhum momento para a cama. Não haveria nenhuma maneira de explicar isso. Disse-lhe que devia ter desmaiado. Foi quase igualmente ruim, pois ela se agarrou nisso.

Isso é um dos primeiros sintomas, disse ela, satisfeita. Isso e vomitar. Ela deveria saber que não tinha havido tempo suficiente; mas estava muito esperançosa.

Não, não é isso, respondi. Eu estava sentada na cadeira. Tenho certeza de que não é isso. Apenas fiquei tonta. Estava apenas parada ali e tudo escureceu.

Deve ter sido a tensão, disse ela, de ontem e tudo o mais. Desgasta e enfraquece a gente.

Ela estava se referindo ao Nascimento, e eu disse que sim. A essa altura estava sentada na cadeira, e ela ajoelhada no chão, catando os cacos de vidro e os ovos, juntando-os na bandeja. Enxugou parte do suco de laranja com o guardanapo de papel.

Vou ter que trazer um pano, disse ela. Eles vão querer saber por que os ovos a mais. A menos que pudesse passar sem eles. Ela levantou o olhar para mim de esguelha, dissimuladamente, e vi que seria melhor se ambas pudéssemos fingir que, afinal, eu tinha comido meu desjejum. Se ela contasse que tinha me encontrado deitada no chão, haveria perguntas demais. De qualquer maneira teria que explicar o copo quebrado; mas Rita ficaria mal-humorada se tivesse que preparar um segundo desjejum.

Posso ficar sem eles, disse. Não estou com fome. Isso era bom, combinava com uma vertigem, um pequeno desmaio. Mas vou querer a torrada, disse. Não queria ficar sem comer nada de manhã.

Mas caiu no chão, disse ela.

Não me importo, respondi. Sentei-me ali comendo o pedaço de pão tostado enquanto ela ia até o banheiro, jogava no vaso e puxava a descarga para se desfazer do punhado de ovo que não podia ser recuperado. Então ela voltou.

Vou dizer que deixei a bandeja cair quando estava saindo, disse.

Agradou-me que estivesse disposta a mentir por mim, mesmo numa questão tão pequena, mesmo para sua própria vantagem. Era um laço entre nós.

Sorri para ela. Espero que ninguém tenha ouvido você, disse.

Aquilo realmente me assustou, disse ela, enquanto parava junto à porta com a bandeja. Primeiro pensei que fossem só as suas roupas, sabe. Então disse a mim mesma, o que estão fazendo ali no chão? Pensei que você talvez...

Trate de ir, disse.

Bem, disse ela. Mas era você.

Sim, respondi. Era.

E era, e ela saiu com a bandeja e voltou com um pano para limpar o resto do suco de laranja, e Rita naquela tarde fez um comentário rabugento sobre algumas pessoas terem mãos de pilão. Vivem com a cabeça ocupada com coisas demais e não olham para onde estão indo, disse ela, e depois disso continuamos como se nada tivesse acontecido.

Isso foi em maio. A primavera agora já passou. As tulipas tiveram seu momento e agora se foram, deixando cair suas pétalas, uma por uma, como dentes. Um dia encontrei Serena Joy ajoelhada numa almofada no jardim, a bengala a seu lado na grama. Estava cortando os pericarpos dos bulbos com uma podadeira. Eu a observei de esguelha enquanto passava, com minha cesta de laranjas e costeletas de ovelha. Ela estava apontando, posicionando as lâminas da podadeira, e então cortando com um tranco convulsivo das mãos. Estaria a artrite piorando? Ou aquilo era alguma *blitzkrieg*, algum tipo de ataque camicase, contra a genitália intumescida das flores. O corpo frutificante. Cortar os pericarpos dos bulbos deve fazer com que o bulbo armazene energia.

Santa Serena, de joelhos, fazendo penitência.

Eu com frequência me divertia assim, com pequenas piadas amargas e mesquinhas a seu respeito; mas não por muito tempo. Não é aconselhável ficar se demorando, observando Serena pelas costas.

O que eu invejava era a podadeira.

Bem. Depois tivemos as íris, elevando-se lindas e frescas em seus longos talos, como vidro soprado, como água pastel momentaneamente congelada num esguicho, azul-claras, cor de malva clara, e as mais escuras, aveludadas e roxas, orelhas de gatos pretos no sol, azul-índigo na sombra, e depois os corações-de-maria, tão femininos em forma que era uma surpresa que há muito tempo não tivessem sido arrancados pela raiz. Há algo de subversivo com relação a esse jardim de Serena, uma sensação de coisas enterradas rebentando em direção ao alto, aflorando sem palavras, sob a luz, como se para apontar, para dizer: Tudo o que é silenciado clamará para ser ouvido ainda que silenciosamente. Um jardim de Tennyson, carregado de perfumes, lânguido; a volta da palavra desmaio. Luz se derrama do alto sobre o jardim, do sol, é verdade, mas também sobe o calor, eleva-se das próprias flores, pode-se senti-lo: como manter a mão estendida dois centímetros acima de um braço, um ombro. O jardim respira, no calor, inalando seu próprio perfume. Andar por ele nesses dias, de peônias, de rosas e cravos, faz minha cabeça rodar.

O salgueiro está no auge de sua plumagem e em nada ajuda, com seus insinuantes sussurros. *Rendez-vous*, diz ele, *terraços;* os sons sibilantes sobem correndo pela minha espinha, um tremor de calafrio como se de febre. O vestido de verão murmura e roça contra a pele de minhas coxas, a relva cresce embaixo, pelos cantos de meus olhos vejo movimentos nos galhos; penas, lampejos, floreados musicais, árvore tornada em pássaro, metamorfoses desarvoradas. Deusas agora são possíveis e o ar se enche de desejo. Até os tijolos da casa estão amolecendo, tornando-se palpáveis; se eu me encostasse contra eles estariam mornos, aquiescentes. É espantoso o que a negação pode fazer. Será que a visão de meu tornozelo o fez sentir fraqueza, tonturas, no posto de controle, ontem, quando deixei cair meu passe e deixei que ele o apanhasse para mim? Não há lenço, não há leque, uso o que tenho à mão.

O inverno não é tão perigoso. Preciso de dureza, frio, rigidez; não desse peso, como se eu fosse um melão no talo, essa suculenta madurez.

O Comandante e eu temos um acordo. Não é o primeiro acordo desse tipo na história, embora tenha tomado uma forma não muito comum.

Visito o Comandante uma ou duas noites por semana, sempre depois do jantar, mas só quando recebo o sinal. O sinal é Nick. Se ele estiver polindo o carro quando saio para as compras, ou quando volto, e se seu quepe estiver torto ou não estiver posto na cabeça, então eu vou. Se ele não estiver lá ou se estiver com o quepe bem-posto, então fico em meu quarto da maneira habitual. Em noites de Cerimônia, é claro, nada disso se aplica.

A dificuldade é a Esposa, como sempre. Depois do jantar ela vai para o quarto deles, de onde seria possível que me ouvisse enquanto me esgueiro pelo corredor, embora tome cuidado para ser muito silenciosa. Ou ela fica na sala de estar, tricotando sem parar seus infindáveis cachecóis para os Anjos, produzindo mais e mais metros de gente complicada e inútil de lã: sua forma de procriação, só pode ser. A porta da sala de estar em geral é deixada entreaberta quando ela está lá dentro, e não ouso passar por ela. Quando recebo o sinal, mas não consigo ir, descer a escada ou seguir pelo corredor além da sala de estar, o Comandante compreende. Conhece a minha situação melhor do que ninguém. Ele conhece todas as regras.

Às vezes, contudo, Serena Joy está fora de casa, visitando outra Esposa de Comandante, uma que esteja doente; esse é o único lugar que seria concebível que ela fosse sozinha, à noite. Ela leva comida, um bolo ou uma torta ou um pão feitos por Rita, ou um pote de geleia das folhas de menta que são cultivadas em seu jardim. Elas ficam doentes com frequência, essas Esposas de Comandante. Isso acrescenta interesse às suas vidas. Quanto a nós, as Aias e mesmo as Marthas, evitamos doenças. As Marthas não querem ser obrigadas a se aposentarem, porque quem sabe para onde vão? Você não vê mais tantas mulheres mais velhas circulando. E quanto a nós, qualquer doença real, qualquer indolência, fraqueza, uma perda de peso ou de apetite, uma queda de cabelo, uma deficiência das glândulas, seria terminal. Lembro-me de Cora, logo no início da primavera, cambaleando pela casa embora estivesse gripada, agarrando-se em umbrais de portas quando achava que ninguém estava olhando, tomando cuidado para não tossir. Um ligeiro resfriado, disse ela quando Serena perguntou.

A própria Serena de vez em quando tira uns dias de folga, fica enfiada na cama. Então é ela quem recebe as visitas, as Esposas com as saias farfalhando ao subir as escadas, alegres estalando a língua; ela ganha os bolos e as tortas, a geleia e os buquês de flores de seus jardins.

Elas se revezam. Há algum tipo de lista, invisível, não falada. Cada uma cuida para não exigir mais do que deve de sua parcela de atenção.

Nas noites em que Serena estará fora, tenho certeza de que serei chamada.

Da primeira vez, fiquei confusa. As necessidades dele eram obscuras para mim e o que eu conseguia perceber delas me parecia ridículo, risível, como um fetiche por sapatos de cadarço.

Além disso, tinha havido uma espécie de decepção. O que estivera eu esperando, por trás daquela porta fechada, da primeira vez? Alguma coisa indizível, ser posta de quatro talvez, perversões, chicotes, mutilações? No mínimo alguma pequena manipulação sexual, algum pecadilho do passado que agora lhe era negado, proibido por lei e punível com amputação. Em vez disso, ser convidada para jogar mexe-mexe, como se fôssemos um par de velhos casados há muitos anos, ou duas crianças, pareceu de uma extrema esquisitice, também uma violação à sua maneira. Como um pedido era obscuro.

De modo que quando deixava o quarto, ainda não estava claro para mim o que ele queria, ou por que, ou se eu poderia satisfazer algo daquilo para ele. Se vai haver uma negociação, os termos da troca devem ser estipulados antes. Isso era algo que ele certamente não havia feito. Pensei que pudesse estar brincando comigo, fazendo algum tipo de jogo tipo gato e rato, mas agora creio que seus motivos e desejos não eram evidentes nem para si mesmo. Eles ainda não haviam alcançado o nível das palavras.

A segunda noite começou da mesma maneira que a primeira. Fui até a porta, recebi a ordem de entrar. Então seguiram-se as mesmas duas partidas, com as peças lisas de cor bege. *Prolixo, quartzo, incerteza, sílfide, ritmo*, todos os velhos truques com consoantes que eu conseguia imaginar ou dos quais podia me lembrar. Minha língua me parecia grossa devido ao esforço de soletrar. Era como usar uma linguagem que eu uma vez conhecera, mas que havia quase esquecido, uma linguagem que tinha a ver com costumes passados que há muito tempo haviam deixado este mundo: *café au lait* numa mesa ao ar livre, com um brioche, absinto num copo longo, ou camarões numa cornucópia de jornal; coisas a respeito das quais um dia eu havia lido, mas que nunca tinha visto. Era como tentar andar sem muletas, como aquelas cenas em velhos filmes de TV. *Você consegue fazer isso. Tenho certeza de que consegue.* Era daquela maneira que minha mente avançava aos trancos e tropeçava em meio aos "r's" e "t's" afiados, deslizando sobre os ovoides das vogais como se fossem seixos.

O Comandante era paciente quando eu hesitava ou lhe perguntava como se soletrava corretamente. Nós podemos sempre consultar o dicionário, dizia ele. Ele dizia nós. Da primeira vez, me dei conta, ele havia deixado que eu ganhasse.

Naquela noite eu estava esperando que tudo fosse igual, inclusive o beijo de boa noite. Mas quando acabamos a segunda partida, ele se recostou em sua cadeira. Colocou os cotovelos nos braços da cadeira, as pontas dos dedos unidas, e olhou para mim.

Tenho um presentinho para você.

Ele sorriu um pouco. Então abriu a primeira gaveta da escrivaninha e tirou alguma coisa. Ele a segurou por um momento, de maneira bastante casual, entre o polegar e o indicador, como se decidindo se daria ou não para mim. Embora estivesse de cabeça para baixo de onde eu estava sentada, reconheci o que era. Houve uma época em que eram bastante comuns. Era uma revista, pela fotografia parecia ser uma revista feminina, uma modelo em papel lustroso, de cabelos soprados pelo vento, com uma echarpe no pescoço, a boca pintada de batom; os lançamentos da moda de outono. Pensei que todas as revistas desse tipo tivessem sido destruídas, mas ali estava uma, que havia sobrevivido, no gabinete particular de um Comandante, onde você menos esperaria encontrar uma coisa dessas. Ele olhou para a modelo, que estava de frente para ele; ainda estava sorrindo, aquele seu sorriso melancólico. Era um olhar que você daria a um animal quase extinto, num zoológico.

Olhando fixamente para a revista, enquanto ele a levantava e balançava diante de mim como uma isca para peixe, eu a quis. Quis a revista com uma força que fez doerem as pontas de meus dedos. Ao mesmo tempo vi esse meu desejo intenso como algo trivial e absurdo, porque outrora havia menosprezado e considerado essas revistas muito levianamente. Eu as havia lido em consultórios de dentistas e às vezes em aviões; as havia comprado para levar para quartos de hotel, um artifício para preencher tempo vago enquanto estava esperando por Luke. Depois de folheá-las eu as jogava fora, pois eram infinitamente descartáveis, e um ou dois dias depois não seria capaz de me lembrar do que tinha nelas.

Mas eu me lembrava agora. O que havia nelas era promessa. Elas lidavam com transformações, sugeriam uma série infindável de possibilidades, estendendo-se como os reflexos em dois espelhos postos de frente um para o outro, prolongando-se ao infinito, réplica após réplica até o ponto de fuga. Sugeriam uma aventura após a outra, um guarda-roupa após o outro, uma aprimoração após a outra, um homem após o outro. Elas sugeriam rejuvenescimento, dor vencida e transcendida, amor eterno. A verdadeira promessa nelas era a imortalidade.

Isso era o que ele segurava, sem saber. Ele folheou rápido as páginas. Eu me senti inclinando para a frente.

É uma antiga, disse ele, de certo modo uma raridade. Dos anos 1970, creio. Uma *Vogue*. Disse como um grande conhecedor de vinhos citando um nome. Pensei que você poderia gostar de ver a revista.

Eu recuei. Ele poderia estar me testando, para ver a que profundidade chegara realmente a minha doutrinação. Isso não é permitido, disse.

Aqui dentro, é permitido, disse ele baixinho. Compreendi o raciocínio. Tendo violado o tabu principal, por que eu hesitaria diante de outro, algo banal? Ou mais outro e outro; quem saberia dizer onde poderia parar? Atrás daquela porta específica, os tabus se dissolviam.

Peguei a revista da mão dele e a virei na posição certa para mim. Lá estavam elas de novo, as imagens de minha infância, ousadas, caminhando a passos largos, confiantes, os braços abertos estendidos como se para se apossar do espaço, as pernas separadas, pés bem plantados na terra. Havia alguma coisa de Renascença com relação à pose, mas foi sobre príncipes que pensei, não sobre donzelas com toucados e cabelos anelados. Aqueles olhos francos, sombreados com maquiagem, sim, mas como os olhos de gatos, fixos para lançar-se sobre a presa. Nenhum tremor, nenhuma fraqueza ou excesso de apego ali, não naqueles mantos e *tweeds* de lã grossa, áspera, naquelas botas que chegavam aos joelhos ásperos. Piratas, aquelas mulheres, com suas maletas refinadas para o butim e seus dentes cavalares e vorazes.

Senti o Comandante me observar enquanto virava as páginas. Eu sabia que estava fazendo algo que não deveria estar fazendo, e que ele encontrava prazer em me ver fazer. Eu deveria ter me sentido má; de acordo com a consciência e saber de Tia Lydia, eu era má. Mas não me senti má. Em vez disso me senti como um velho cartão-postal de beira-mar eduardiano: ligeiramente indecente, *sórdida*. O que ele iria me dar a seguir? Uma cinta?

Por que você tem isso?, perguntei.

Alguns de nós, disse ele, conservam um apreço pelas coisas antigas.

Mas todas as revistas deveriam ter sido queimadas, eu disse. Houve buscas de casa em casa, fogueiras...

O que é perigoso nas mãos das multidões, disse ele, com o que pode ter sido ou não ironia, é bastante seguro para aqueles cujos motivos são...

Irrepreensíveis, concluí.

Ele assentiu, gravemente. Impossível saber se estava falando sério ou não.

Mas por que mostrá-la para mim?, perguntei, e então me senti idiota. O que poderia ele dizer? Que estava se divertindo às minhas custas? Pois certamente devia saber quanto aquilo era doloroso para mim, ser lembrada de antes.

Não estava preparada para o que ele de fato disse. Para quem mais poderia eu mostrar?, disse, e lá estava de novo, aquela tristeza.

Será que devo prosseguir?, pensei. Não queria pressioná-lo demais, depressa demais. Eu sabia que era dispensável. Apesar disso disse bem baixinho: Que tal sua Esposa?

Ele pareceu pensar a respeito daquilo. Não, respondeu. Ela não compreenderia. De todo modo, ela não quer mais muita conversa comigo. Parecemos não ter mais muito em comum, ultimamente.

De modo que lá estava, dito com todas as palavras: a esposa dele não o compreendia.

Era para isso que eu estava ali, então. A mesma velha história. Era banal demais para ser verdade.

Na terceira noite pedi a ele uma loção para as mãos. Eu não queria soar suplicante, mas queria o que pudesse obter.

Uma o quê? disse ele, cortês como sempre. Estava do outro lado da escrivaninha diante de mim. Não tocava muito em mim, exceto por aquele único e obrigatório beijo. Nada de apalpadelas, de respiração ofegante, nada disso, teria sido inadequado, de alguma forma, para ele, bem como para mim.

Loção para as mãos, eu disse. Ou loção para o rosto. Nossa pele fica muito seca. Por algum motivo eu disse nossa em vez de minha. Também gostaria de ter pedido um pouco de óleo de banho, naqueles pequeninos glóbulos coloridos que se costumava poder ter, que eram tão parecidos com mágica quando existiam no grande pote de vidro redondo, em casa, no banheiro de minha mãe. Mas imaginei que ele não saberia o que eram. De qualquer maneira, provavelmente não eram mais fabricados.

Seca?, disse o Comandante, como se nunca tivesse pensado naquilo antes. O que vocês fazem contra isso?

Usamos manteiga, respondi. Quando conseguimos arranjar. Ou margarina. A maior parte do tempo é margarina.

Manteiga, disse ele, meditando. Isso é muito criativo. Manteiga. Deu uma gargalhada.

Tive vontade de lhe dar um tapa.

Acho que posso conseguir um pouco disso, disse, como se fazendo a vontade de uma criança pedindo chiclete de bola. Mas ela poderia sentir o cheiro em você.

Fiquei a me perguntar se esse temor dele vinha de experiências passadas. Há muito passadas: batom no colarinho, perfume nos punhos, uma cena, tarde da noite, em alguma cozinha ou quarto. Um homem desprovido de tal experiência não pensaria nisso. A menos que ele seja mais matreiro do que parece.

Eu serei cuidadosa, disse. Além disso, ela nunca está assim tão perto de mim.

Às vezes está, disse ele.

Baixei a cabeça. Eu havia me esquecido daquilo. Podia sentir meu rosto enrubescendo. Não usarei nessas noites, disse.

Na quarta noite ele me deu a loção para as mãos, numa garrafa plástica sem rótulo. Não era de muito boa qualidade; cheirava levemente a óleo vegetal. Nada de Lírio dos Vales para mim. Era possível que fosse algo que fabricassem para ser usado em hospitais, para escaras. Mas de qualquer maneira eu lhe agradeci.

O problema é, disse-lhe, não tenho nenhum lugar onde guardá-lo.

Em seu quarto, disse ele, como se fosse óbvio.

Elas o encontrariam, disse. Alguém encontraria.

Por quê?, perguntou, como se de fato não soubesse. Talvez não soubesse mesmo. Não era a primeira vez que dava prova de ser realmente ignorante quanto às verdadeiras condições em que vivíamos.

Elas procuram, respondi. Revistam tudo em nossos quartos.

Em busca de quê?, perguntou.

Creio que perdi o controle então, um pouquinho. Lâminas de barbear, disse. Livros, escritos, objetos do mercado clandestino. Todas as coisas que não devemos ter. Deus do céu, o senhor deveria saber. Minha voz soava mais irritada do que eu pretendia, mas ele nem sequer pestanejou.

Então você vai ter que guardar aqui, disse.

E foi o que fiz.

Ele me observou passando-a em minhas mãos e depois no rosto com aquele mesmo olhar de estar vendo algo através de grades. Eu queria lhe dar as costas – era como se ele estivesse no banheiro comigo –, mas não ousei.

Para ele, tenho que me lembrar, sou apenas um capricho.

CAPÍTULO VINTE E SEIS

Quando a noite da Cerimônia chegou de novo, duas ou três semanas depois, descobri que as coisas estavam mudadas. Havia um constrangimento agora que não existira antes. Antes, eu tratava aquilo como uma tarefa, uma tarefa desagradável para ser realizada o mais depressa possível de modo que pudesse estar logo terminada. Seja forte, dura como aço, minha mãe costumava dizer, antes de exames aos quais eu não queria me submeter ou de nadar em água fria. Nunca pensei muito na época o que aquela frase significava, mas tinha algo a ver com metal, com armadura, e isso era o que eu fazia, ficava dura como aço. Fingia não estar presente, não em carne e osso.

Esse estado de ausência, de existir separada do corpo, tinha sido verdade para o Comandante também, agora eu sabia. Provavelmente pensava a respeito de outras coisas o tempo todo em que estava comigo; conosco, pois é claro Serena Joy estava lá naquelas noites também. Ele poderia ficar pensando sobre o que fazia durante o dia, sobre jogar golfe ou sobre o que comera no jantar. O ato sexual, embora o desempenhasse de uma maneira mecânica, devia ser em grande medida inconsciente, para ele, como se coçar.

Mas naquela noite, a primeira desde o começo dessa nova combinação entre nós, fosse lá o que fosse – eu não tinha nome para ela –, senti vergonha dele, para começar, pois ele estava verdadeiramente olhando para mim, e não gostei disso. As luzes estavam acesas, como de hábito, uma vez que Serena Joy sempre evitava qualquer coisa que pudesse criar uma aura de romance ou erotismo, por mais ligeira que fosse: as luzes do teto, fortes, a despeito do dossel. Era como estar numa mesa de operação, sob o clarão intenso de luzes; como estar no palco. Tive consciência de que minhas pernas estavam cabeludas, da maneira esparsa de pernas que foram raspadas antes, mas cujos pelos cresceram de novo; tive consciência de que minhas axilas também estavam, embora, é claro, ele não pudesse vê-las. Eu me senti grosseira, canhestra. Esse ato de copulação, fertilização, talvez, que deveria ter sido nada mais para mim do que uma abelha é para uma flor, havia se tornado indecoroso para mim, uma embaraçosa violação da decência, algo que não havia sido antes.

Ele não era mais uma coisa para mim. Esse era o problema. Eu me dei conta disso naquela noite e essa percepção ficou comigo. A coisa se complica.

Serena Joy tinha mudado para mim, também. Houve uma época em que eu apenas a odiava, pelo papel que desempenhava no que estava sendo feito comigo; e porque ela também me odiava e se ressentia de minha presença, e porque seria ela quem criaria meu filho, se eu afinal fosse capaz de ter um. Mas agora, embora ainda a odiasse, não mais do que antes, quando estava agarrando minhas mãos com tanta força que seus anéis se enterravam em minha carne, e ao mesmo tempo também puxando minhas mãos para trás, algo que deve ter feito de propósito para me deixar tão desconfortável quanto pudesse, o ódio não era mais puro e simples. Em parte eu tinha inveja, ciúmes dela; mas como poderia eu sentir inveja e ciúmes de uma mulher tão obviamente acabada, murcha e infeliz? Você só pode invejar e ter ciúmes de alguém que tem alguma coisa que acha que você mesma deveria ter. Mesmo assim a invejava.

Mas também me sentia culpada com relação a ela. Sentia que era uma intrusa, em um território que deveria ter sido seu. Agora que eu estava vendo o Comandante às escondidas, ainda que apenas para jogar seus jogos e ouvi-lo falar, nossas funções não eram mais tão separadas quanto deveriam ter sido em teoria. Estava tomando-lhe alguma coisa, ainda que ela não soubesse disso. Eu estava surrupiando. Pouco importa que fosse algo que ela aparentemente não queria ou para que não tivesse utilidade, que até tivesse rejeitado; ainda assim era dela, e se eu a tomasse, essa "coisa" que não conseguia definir exatamente – pois o Comandante não estava apaixonado por mim, eu me recusava a acreditar que ele sentisse por mim alguma coisa tão extrema quanto isso –, o que restaria para ela?

Por que deveria me importar?, disse a mim mesma. Ela não é nada para mim, não gosta de mim, me poria para fora da casa em um minuto ou coisa pior, se pudesse inventar uma desculpa qualquer, qualquer desculpa. Se descobrisse, por exemplo. Ele não teria possibilidade de intervir, de me salvar; as transgressões de mulheres pertencentes a casa, quer sejam Marthas ou Aias, são consideradas como sendo de jurisdição exclusiva das Esposas. Serena Joy era uma mulher mal-intencionada e vingativa, eu sabia disso. Mesmo assim não conseguia me livrar daquilo, daquele pequeno remorso com relação a ela.

Além disso: eu agora tinha poder sobre ela, inferior, mas poder, embora ela não soubesse. E gostava disso. Por que fingir? Eu gostava muito disso.

Mas o Comandante podia me entregar tão facilmente, por um olhar, por um gesto, algum minúsculo deslize que revelaria a qualquer pessoa observando que agora havia alguma coisa entre nós. Ele quase o fez na noite da Cerimônia. Estendeu a mão para cima como se para tocar meu rosto; afastei a cabeça para o lado, para adverti-lo, na esperança de que Serena Joy não tivesse reparado, e ele retirou a mão, se retirou para dentro de si mesmo e de sua jornada obstinada.

Não faça aquilo de novo, disse-lhe na vez seguinte em que estávamos a sós.

Fazer o quê?, disse ele.

Tentar me tocar daquela maneira, quando estamos... quando ela está presente.

Eu tentei?, disse ele.

Poderia fazer com que eu fosse transferida, disse. Para as Colônias. Sabe disso. Ou pior. Eu achava que ele deveria continuar a agir, em público, como se eu fosse um grande vaso ou uma janela: parte do cenário, inanimada, transparente.

Perdoe-me, disse ele. Não tive a intenção. Mas acho...

O quê?, perguntei, quando ele não prosseguiu.

Impessoal, disse ele.

Quanto tempo levou para descobrir isso?, perguntei. É possível ver pela maneira como eu estava falando com ele que já estávamos em termos diferentes.

Para as gerações que vierem depois, dizia Tia Lydia, será tão melhor. As mulheres viverão juntas em harmonia, todas numa única família; vocês serão como filhas para elas, e quando o nível da população voltar a subir de acordo com as expectativas, não precisaremos transferir vocês de uma casa para outra porque haverá mulheres suficientes. Poderão existir verdadeiros laços de afeto, dizia ela, piscando para nós de maneira insinuante, sob condições como essas. Mulheres unidas para um fim comum! Ajudar umas às outras em suas tarefas cotidianas enquanto percorrem o caminho da vida juntas, cada uma desempenhando sua tarefa determinada. Por que esperar que uma mulher desempenhe todas as funções necessárias à administração serena de um lar? Não é razoável nem humano. Suas filhas terão maior liberdade. Estamos trabalhando para atingir a meta de um pequeno jardim para cada uma, cada uma de vocês – as mãos unidas com os dedos cruzados de novo, a voz suspirante –, e essa é apenas uma, *por exemplo*. O dedo levantado, balançando para nós. Mas não podemos ser porcos esganados e exigir demais antes que esteja pronto, não é mesmo?

O fato é que sou a amante dele. Homens no poder sempre tiveram amantes, por que as coisas haveriam de ser diferentes agora? As combinações e arranjos não são exatamente os mesmos, é verdade. A amante costumava ser mantida em uma pequena casa ou apartamento dela, e agora eles misturaram as coisas. Mas, por baixo da superfície, é a mesma coisa. Mais ou menos. A *mulher de fora*, elas costumavam ser chamadas, em alguns países. Eu sou a mulher de fora. É minha função oferecer o que de outro modo falta. Mesmo o mexe-mexe. É uma posição absurda bem como infame.

Por vezes acho que ela sabe. Por vezes acho que eles estão em conluio. Por vezes acho que ela o encorajou a fazê-lo, e que está rindo de mim; como eu rio, de vez em quando e com ironia, de mim mesma.

Ela que faça o sacrifício, pode dizer para si mesma. Talvez tenha se afastado dele, quase que completamente; talvez essa seja a sua versão de liberdade.

Mas ainda assim, e de maneira bastante estúpida, estou mais feliz do que estava antes. É alguma coisa para fazer, para começar. Alguma coisa para encher o tempo, à noite, em vez de ficar sozinha em meu quarto. É alguma outra coisa em que pensar. Eu não amo o Comandante nem nada de parecido com isso, mas ele é interessante para mim, ocupa espaço, é mais do que uma sombra.

E eu para ele. Para ele não sou mais apenas um corpo usável. Para ele não sou apenas um barco sem carga, um cálice sem nenhum vinho dentro, uma barriga – para ser grosseira – que não está de barriga. Para ele eu não sou meramente vazia.

CAPÍTULO VINTE E SETE

Caminho com Ofglen pela rua de verão. Está quente, úmido; outrora, este teria sido tempo de usar vestido solto de alças e sandálias. Em cada uma de nossas cestas há morangos – é a estação dos morangos agora, então vamos comê-los e comê-los até enjoarmos deles – e peixes embrulhados. Compramos os peixes na Pães e Peixes, com sua placa de madeira, um peixe com um sorriso e cílios. Embora não venda pães. A maioria das casas faz seu próprio pão, embora você possa comprar pães franceses duros e secos e rosquinhas murchas ressecadas na Pão Nosso de Cada Dia, se acontecer de lhe faltar. A Pães e Peixes raramente está aberta. Por que se dar ao trabalho de abrir quando não há nada para vender? Os lugares de pesca no mar tornaram-se extintos há vários anos; os poucos peixes que temos agora vêm de fazendas marinhas onde são criados em cativeiro, e têm gosto de lama. Os noticiários dizem que as áreas costeiras estão sendo deixadas "em repouso". Linguado, eu me lembro, e hadoque, peixe-espada, vieiras, atum; lagostas recheadas e assadas, salmão, a carne rosada e gorda grelhada em filés. Poderiam estar extintos, como as baleias? Ouvi esse boato, que me foi passado em palavras mudas, os lábios mal se movendo, enquanto estávamos na fila do lado de fora, esperando que a loja abrisse, atraídas pelo retrato de suculentos filés de carne branca na vitrine. Eles põem o retrato na vitrine quando têm alguma coisa, tiram quando não têm. Linguagem de sinais.

Ofglen e eu andamos devagar hoje; estamos com calor em nossos vestidos compridos, molhadas de suor debaixo dos braços, cansadas. Pelo menos nesse calor não temos que usar luvas. Tinha uma sorveteria, em algum lugar neste quarteirão. Não consigo me lembrar do nome. As coisas podem mudar tão depressa, prédios podem ser demolidos ou transformados em alguma outra coisa, é difícil mantê-las claras em sua mente da maneira como costumavam ser. Você podia pedir duas bolas e se quisesse eles colocavam raspas de chocolate salpicadas em cima. Estes tinham o nome de um homem. Johnnies? Jackies? Não consigo me lembrar.

Costumávamos ir lá, quando ela era pequena, e eu a levantava no colo para que pudesse ver através da lateral de vidro do balcão, onde os baldes de sorvete ficavam à mostra, tão delicadamente coloridos, laranja-claro, verde-claro, rosa-claro, e eu lia os nomes para ela de maneira que pudesse escolher. Mas ela não escolhia pelo nome, e sim pela cor. Seus vestidos e macacões eram daquelas cores também. Tons pastéis de sorvete.

Jimmies, era esse o nome.

Ofglen e eu agora estamos mais à vontade uma com a outra, nos acostumamos uma com a outra. Gêmeas siamesas. Não nos incomodamos mais com as formalidades quando nos cumprimentamos; sorrimos e seguimos em frente, lado a lado, cobrindo serenamente nosso percurso diário. De vez em quando variamos a rota; não há nada contra isso, desde que nos mantenhamos dentro dos limites das barreiras. Um rato num labirinto está livre para ir a qualquer lugar, desde que permaneça dentro do labirinto.

Já fomos às lojas e à igreja; agora estamos no Muro. Nada nele hoje, eles não deixam os corpos pendurados tanto tempo no verão como fazem no inverno, por causa das moscas e do cheiro. Antigamente esta era a terra de sprays para aromatizar ambientes, Pinho e Floral, e as pessoas conservam o gosto; especialmente os Comandantes, que pregam pureza em todas as coisas.

– Você conseguiu tudo em sua lista? – diz Ofglen para mim agora, embora saiba que sim. Nossas listas nunca são longas. Ela abriu mão de parte de sua passividade ultimamente, de parte de sua melancolia. Com frequência toma a iniciativa de falar comigo primeiro.

– Sim – digo.

– Vamos dar a volta – diz ela. Ela quer dizer descer, em direção ao rio. Não seguimos por ali já faz algum tempo.

– Ótimo – digo. Mas não me viro imediatamente, fico parada onde estou, dando um último olhar para o Muro. Lá estão os tijolos vermelhos, os holofotes, lá estão o arame farpado, os ganchos. De alguma maneira o Muro é ainda mais medonho, mais ameaçador, quando está vazio dessa forma. Quando tem alguém pendurado nele você já sabe do pior, pelo menos. Mas ele vazio é também potencialidade, como uma tempestade que se avizinha. Quando posso ver os corpos, os corpos de verdade, quando posso avaliar pelos tamanhos e formas que nenhum deles é Luke, posso acreditar também que ainda esteja vivo.

Não sei por que espero que apareça nesse muro. Existem centenas de outros lugares onde poderiam tê-lo matado. Mas não consigo me livrar da ideia de que ele está lá dentro, neste momento, atrás dos vagos tijolos vermelhos.

Tento imaginar em que prédio ele está. Ainda consigo me lembrar de onde ficam os prédios dentro do Muro; costumávamos poder andar por lá com toda a liberdade, quando era uma universidade. Ainda entramos lá de vez em quando para Salvamentos de Mulheres. A maioria dos prédios era de tijolos vermelhos também; alguns têm vãos de portas arqueados, um estilo românico, do século XIX. Não temos mais permissão para entrar nos prédios; mas quem ia querer entrar? Esses prédios pertencem aos Olhos.

Talvez ele esteja na Biblioteca. Em algum lugar nas passagens abobadadas. As estantes.

A Biblioteca é como um templo. Há um longo lance de escadaria branca, conduzindo às fileiras de portas. E então, dentro, outra escadaria branca subindo. Em ambos os lados da escadaria, na parede, há anjos. Também há homens combatendo ou prontos para o combate, parecendo limpos e nobres, não sujos e ensanguentados e fedorentos como devem ter estado. A Vitória fica em um dos lados do vão da porta interna, conduzindo-os, e a Morte fica do outro. É um mural em homenagem a uma guerra qualquer. Os homens do lado da morte ainda estão vivos. Eles estão indo para o Céu. A Morte é uma bela mulher, com asas e um seio quase nu; ou será que essa é a Vitória? Não consigo me lembrar.

Eles não terão destruído isso.

Damos as costas para o Muro e seguimos para a esquerda. Aqui há várias fachadas de lojas vazias, as vidraças das vitrines rabiscadas com sabão. Tento me lembrar do que era vendido nelas, outrora. Cosméticos? Joias? A maioria das lojas vendendo artigos para homens ainda continua aberta; são apenas as que vendiam o que eles chamam de futilidades que foram fechadas.

Na esquina fica a loja conhecida como Escritos da Alma. É uma franquia: existem Escritos da Alma em cada área de comércio da cidade, em cada subúrbio, ou pelo menos é o que dizem. Deve dar muito lucro.

A vitrine da Escritos da Alma é de vidro inquebrável. Atrás dele estão máquinas impressoras, fileiras após fileiras delas; estas máquinas são conhecidas como Holy Rollers, as Enroladoras Sagradas, mas só entre nós, é um apelido desrespeitoso. O que as máquinas imprimem são orações, rolo após rolo, preces saindo incessantemente. Elas são encomendadas por Compufone, já ouvi a Esposa do Comandante fazer isso. Encomendar orações da Escritos da Alma é considerado como sendo um sinal de devoção religiosa e de lealdade ao regime, de maneira que é claro que as Esposas dos Comandantes fazem muito isso. Ajuda a carreira de seus maridos.

Existem cinco orações diferentes: para a saúde, para a riqueza, para uma morte, para um nascimento, para um pecado. Você escolhe a que quer, digita o número, depois digita o seu próprio número para que seja debitada em sua conta, e digita o número de vezes que quer que a oração seja repetida.

As máquinas falam enquanto imprimem as orações; se lhe agradar você pode entrar e ouvi-las, as vozes metálicas sem cor repetindo a mesma coisa vez após vez. Depois que as orações são impressas e faladas, o papel se enrola de volta através de outra ranhura e é reciclado, processado para ser reutilizado como papel em branco mais uma vez. Não há gente dentro do prédio: as máquinas funcionam sozinhas.

Não se podem ouvir as vozes do lado de fora; só um murmúrio, um zumbido, como uma multidão devota de joelhos. Cada máquina tem um olho pintado em ouro do lado, flanqueado por duas pequenas asas douradas.

Tento lembrar o que este lugar vendia quando era uma loja, antes de ser transformado em Escritos da Alma. Creio que era lingerie. Caixas rosa e prateadas, meias-calças coloridas, sutiãs com rendas, echarpes de seda? Alguma coisa perdida.

Ofglen e eu paramos do lado de fora da Escritos da Alma, olhando através das vitrines de vidros inquebráveis, observando as orações jorrando das máquinas e desaparecendo de novo através da fenda, de volta para o reino do não dito. Agora mudo meu olhar de posição. O que vejo não são as máquinas, e sim Ofglen, refletida na vidraça da vitrine. Ela está olhando direto para mim.

Podemos ver bem nos olhos uma da outra. Essa é a primeira vez que vi os olhos de Ofglen, de frente, firmemente, não de esguelha. O rosto dela é oval, rosado, gorducho mas não gordo, seus olhos são arredondados.

Ela enfrenta o meu olhar no vidro, francamente, sem vacilar. Agora é difícil desviar o olhar. Há um choque nessa visão, é como ver uma pessoa nua, pela primeira vez. Subitamente, há risco no ar entre nós, onde antes não havia nenhum. Mesmo esse encontro de olhos contém perigo. Embora não haja ninguém perto.

Finalmente Ofglen fala.

– Você acha que Deus escuta – diz ela – estas máquinas? – Ela está sussurrando: nosso costume no Centro.

No passado esse teria sido um comentário bastante trivial, uma espécie de especulação acadêmica. Agora, neste momento, é traição.

Eu poderia gritar. Eu poderia sair correndo, fugir. Poderia dar-lhe as costas, silenciosamente, para mostrar-lhe que não vou tolerar esse tipo de conversa em minha presença. Subversão, sedição, blasfêmia, heresia, tudo ao mesmo tempo.

Eu me faço forte, dura como aço.

– Não – digo.

Ela deixa escapar a respiração, em um longo suspiro de alívio. Atravessamos juntas a linha invisível.

– Eu também não – diz ela.

– Embora imagine que seja fé, de uma forma inferior – digo. – Como as rodas de preces tibetanas.

– O que são elas? – pergunta.

– Eu apenas li a respeito delas – digo. – Giravam movidas pelo vento. Não existem mais agora.

– Como tudo – diz ela. Só agora paramos de olhar uma para a outra.

– É seguro aqui? – sussurro.

– Imagino que seja o lugar mais seguro – diz ela. – Parecemos estar rezando, só isso.

– E quanto a eles?

– Eles? – diz ela, ainda sussurrando. – Você está sempre mais segura na rua ao ar livre, não há microfones, e por que poriam um aqui? Eles acham que ninguém ousaria. Mas já ficamos tempo suficiente. Não faz sentido nos atrasarmos para voltar. – Viramos e nos afastamos juntas. – Mantenha a cabeça abaixada enquanto andamos – diz ela –, e incline-se apenas um pouquinho em direção a mim. Assim posso ouvir você melhor. Não fale quando houver alguém vindo.

Nós andamos, de cabeça baixa como de hábito. Estou tão entusiasmada que mal consigo respirar, mas mantenho um passo regular. Agora mais do que nunca tenho que evitar atrair atenção para mim mesma.

– Pensei que você fosse uma verdadeira crente – diz Ofglen.

– E eu pensei que você fosse – digo.

– Você era sempre tão insuportavelmente devota.

– Você também – respondo. Tenho vontade de rir, gritar, abraçá-la.

– Você pode se juntar a nós – diz ela.

– Nós? – digo. Então existem outras, existe um nós. Eu sabia.

– Você não imaginou que eu fosse a única – diz ela.

Eu não imaginei isso. Ocorre-me que ela pode ser uma espiã, uma embusteira, preparando uma armadilha para me apanhar; tal é o solo em que crescemos. Mas não consigo acreditar nisso; a esperança está aflorando em mim, como seiva numa árvore. Sangue numa ferida. Nós fizemos uma abertura.

Quero perguntar a ela se viu Moira, se alguém pode descobrir o que aconteceu com Luke, com minha filha, até mesmo minha mãe, mas não há muito tempo; estamos nos aproximando cedo demais da esquina da rua principal, a que fica antes da primeira barreira. Haverá gente demais.

– Não diga uma palavra – me adverte Ofglen, embora não precise. – De maneira nenhuma.

– É claro que não – digo. A quem eu poderia contar?

Caminhamos pela rua principal em silêncio, passando pelos Lírios, passando pelo Toda a Carne. Há mais gente nas calçadas nesta tarde do que de costume: o tempo quente deve tê-los feito sair. Mulheres, de verde, azul, vermelho, listras; homens também, alguns de uniforme, alguns em trajes civis. O sol é de graça, ainda está lá para ser apreciado. Embora ninguém tome mais banho de sol, não em público.

Há mais carros também. Tormentas com seus choferes e seus ocupantes privilegiados, carros inferiores dirigidos por homens inferiores.

Alguma coisa está acontecendo: há uma comoção, um alvoroço em meio aos cardumes de carros. Alguns estão virando para o lado e encostando junto ao meio-fio, como se para sair do caminho. Levanto o olhar rapidamente: é uma camionete preta, com o olho alado branco do lado. Não está com a sirene ligada, mas os outros carros a evitam de todo modo. Ela passa lentamente pela rua, como se à procura de alguma coisa: um tubarão à espreita.

Congelo, o frio percorre meu corpo inteiro, descendo até os pés. Devia haver microfones afinal, eles nos ouviram no final das contas.

Ofglen, sob a cobertura de sua manga, agarra meu cotovelo.

– Continue andando – sussurra. – Finja que não vê.

Mas não posso deixar de ver. Bem na nossa frente a camionete para. Dois Olhos, de ternos cinza, saltam pelas portas duplas que se abrem na traseira. Agarram um homem que vem andando paralelamente, um homem com uma maleta, um homem de aparência comum, atiram-no com violência de costas contra a lateral preta da camionete. Ele fica ali por um momento, de braços e pernas abertos, estendido contra o metal como se estivesse colado nele; então um dos Olhos avança para cima dele, faz alguma coisa violenta e brutal que o faz se dobrar sobre si numa trouxa frouxa de pano. Eles o levantam do chão e o atiram para dentro da traseira da camionete como se fosse uma saca de correspondência. Então entram também e as portas são fechadas e a camionete segue adiante.

Acabou-se, em segundos, e o tráfego na rua recomeça como se nada tivesse acontecido.

O que sinto é alívio. Não fui eu.

CAPÍTULO VINTE E OITO

Não tenho vontade de tirar um cochilo esta tarde, ainda há muita adrenalina. Sento-me no assento da janela, olhando para fora através da semitransparência das cortinas. Camisola branca. A cortina está aberta até onde vai, há uma brisa, quente à luz do sol, e o tecido branco esvoaça enfunado contra o meu rosto. Vista de fora devo parecer um casulo, uma assombração, com o rosto encoberto assim, apenas os contornos visíveis, de nariz, boca enfaixada, olhos cegos. Mas gosto da sensação, o tecido macio roçando em minha pele. É como estar em uma nuvem.

Eles me deram um pequeno ventilador elétrico, que ajuda nessa umidade. Ele gira no chão, no canto, suas pás encerradas numa estrutura gradeada. Se eu fosse Moira, saberia como desmontá-lo, reduzi-lo às partes cortantes. Não tenho nenhuma chave de parafuso, mas se fosse Moira seria capaz de fazê-lo sem uma chave de parafuso. Eu não sou Moira.

O que me diria ela, sobre o Comandante, se estivesse aqui? Provavelmente desaprovaria. Ela desaprovava Luke, em tempos passados. Não Luke, mas o fato de que ele era casado. Dizia que eu estava invadindo, para roubar a caça, a propriedade de outra mulher. Eu dizia que Luke não era um peixe nem um pedaço de terra, tampouco, que era um ser humano e podia tomar suas próprias decisões. Ela dizia que eu estava racionalizando. Eu dizia que estava apaixonada. Ela dizia que isso não era desculpa. Moira sempre foi mais lógica do que sou.

Eu disse que ela própria não tinha mais aquele problema, desde que decidira que preferia mulheres e, até onde eu podia ver, não tinha quaisquer escrúpulos quanto a roubá-las ou pegá-las emprestado quando tinha vontade. Ela disse que isso era diferente, porque o equilíbrio de poderes era igual entre mulheres, de modo que sexo era uma transação elas por elas. Eu disse que "elas por elas" era uma expressão machista, se era assim que ela ia ser, e de qualquer maneira aquele argumento estava ultrapassado. Ela disse que eu banalizava a questão e que se pensava que estava ultrapassada, estava vivendo com a cabeça enfiada na areia.

Dissemos tudo isso na minha cozinha, tomando café, sentadas à minha mesa de cozinha, naquelas vozes baixas e intensas que usávamos para discussões daquele tipo quando tínhamos vinte e poucos anos; uma regressão a nossos tempos de faculdade. A cozinha ficava num apartamento em estado precário numa casa antiga revestida de tábuas de madeira perto do rio, do tipo com três andares e com uma escada externa nos fundos. Eu morava no segundo andar, o que significava que ouvia o barulho de cima e o de baixo, dois toca-discos indesejados vibrando alto, até tarde da noite. Estudantes, eu sabia. Ainda estava no meu primeiro emprego, que não pagava muito: operava um computador numa companhia de seguros. De modo que os hotéis com Luke não significavam apenas amor ou mesmo apenas sexo para mim. Também significavam um tempo longe das baratas, da torneira da pia pingando, do linóleo que estava se descascando em retalhos no chão, até mesmo de minhas tentativas de alegrar o ambiente colando pôsteres na parede e pendurando prismas nas janelas. Eu também tinha plantas; embora elas sempre tivessem pulgões ou secassem por não terem sido regadas. Saía com Luke e me esquecia de cuidar delas.

Eu disse que havia mais de uma maneira de viver com a cabeça enfiada na areia e que se Moira acreditava que podia criar a Utopia confinando-se em um enclave só para mulheres, estava tristemente enganada. Os homens não iriam simplesmente desaparecer, disse. Não era possível apenas ignorá-los.

Isso é como dizer que você deve sair e contrair sífilis apenas porque ela existe, disse Moira.

Você está chamando Luke de doença venérea?

Ela deu uma gargalhada. Escute só a gente, disse. Merda. Estamos parecendo sua mãe falando.

Nós duas rimos então, e quando ela foi embora nos abraçamos como de hábito. Houve uma época em que não nos abraçávamos, depois que ela me contou que era gay; mas então ela me disse que eu não a atraía, me tranquilizando, e havíamos retomado o hábito. Podíamos brigar e discutir feio e trocar palavrões, mas isso não mudava nada lá no fundo. Ela ainda era minha mais velha amiga.

É.

Consegui um apartamento melhor depois disso, onde morei durante os dois anos que Luke demorou para ficar livre. Eu mesma o pagava, com o salário de meu novo emprego. Era numa biblioteca, não aquela grande com a Morte e a Vitória, uma menor.

Eu trabalhava transferindo livros para disquetes de computador, para reduzir o espaço de armazenagem e os custos de substituição, diziam. Disqueiros, era como nos chamávamos. Chamávamos a biblioteca de discoteca, o que era uma piada entre nós. Depois que os livros eram transferidos, eles deveriam ir para a máquina de picar papel, mas algumas vezes os levava para casa comigo. Gostava de tocar neles e de olhar para eles. Luke dizia que eu tinha a mente de um antiquário. Gostava disso, ele próprio gostava de coisas velhas.

É estranho, agora, pensar em ter um trabalho. Trabalho. É uma palavra engraçada. Isso é trabalho para homem. Já fez o trabalho, diziam para crianças quando estavam sendo ensinadas a usar o banheiro. Ou cachorros: ele fez o trabalho no tapete. Você devia bater neles com um jornal enrolado, minha mãe dizia. Lembro-me de quando havia jornais, embora nunca tenha tido um cachorro, só gatos.

O Livro de Job, a Bíblia, o livro do trabalho de Deus.

Todas aquelas mulheres tendo emprego fazendo seu trabalho: difícil de imaginar, agora, mas milhares delas tinham empregos, milhões. Era considerado uma coisa normal. Agora é como lembrar de dinheiro em papel-moeda, quando eles ainda tinham isso. Minha mãe guardou algumas notas, coladas em seu livro de lembranças, junto com as fotos antigas. Naquele tempo já era obsoleto, não se podia comprar nada com ele. Pedaços de papel, um tanto espesso, gorduroso ao toque, de cor verde, com ilustrações dos dois lados, de um velho qualquer de peruca e do outro lado uma pirâmide com um olho acima dela. Dizia: *Em Deus Confiamos*. Minha mãe dizia que as pessoas costumavam ter cartazes ao lado das caixas registradoras, para uma piada: *Em Deus Confiamos, Para Todos Os Outros Pagamento em Dinheiro*. Isso seria uma blasfêmia agora.

Você tinha que levar consigo aqueles pedaços de papel quando ia fazer compras, embora quando completei nove anos a maioria das pessoas usassem cartões de plástico. Mas não para compras de mercearia, isso veio depois. Parece tão primitivo, totêmico até, como conchas de cauri. Devo ter usado aquele tipo de dinheiro eu mesma, um pouco antes que tudo entrasse no Compubanco.

Imagino que tenha sido assim que puderam fazer, da maneira como fizeram, tudo ao mesmo tempo de uma só tacada, sem que ninguém soubesse com antecedência. Se ainda tivesse sido dinheiro vivo, que se pudesse ter em mãos, teria sido mais difícil.

Foi depois da catástrofe, quando mataram a tiros o presidente e metralharam o Congresso, e o exército declarou um estado de emergência. Na época, atribuíram a culpa aos fanáticos islâmicos.

Mantenham a calma, diziam na televisão. Tudo está sob controle.

Fiquei atordoada. Todo mundo ficou, sei disso. Era difícil de acreditar. O governo inteiro massacrado daquela maneira. Como conseguiram entrar, como isso aconteceu?

Foi então que suspenderam a Constituição. Disseram que seria temporário. Não houve sequer nenhum tumulto nas ruas. As pessoas ficavam em casa à noite, assistindo à televisão, em busca de alguma direção. Não havia nem um inimigo que se pudesse identificar.

Cuidado, disse Moira para mim, ao telefone. Está vindo por aí.

O que está vindo por aí?, perguntei.

Espere só, disse ela. Eles têm se preparado para isso. Seremos você e eu contra a parede, querida. Ela estava citando uma expressão típica de minha mãe, mas não tinha a intenção de que fosse engraçado.

As coisas continuaram naquele estado de animação suspensa durante semanas, embora algumas de fato tenham acontecido. Os jornais foram censurados e alguns foram fechados, por motivos de segurança, disseram. As barreiras nas estradas começaram a aparecer, e Identipasses. Todo mundo aprovava isso, já que era óbvio que não se podia ser cuidadoso demais. Eles diziam que novas eleições seriam realizadas, mas que levaria algum tempo para prepará-las. A coisa certa a fazer, diziam, era continuar como de costume.

Contudo, os Mercados Pornô foram fechados e não havia mais vans da Prazer Sobre Rodas e Garotas Motorizadas circulando na praça. Mas não me senti triste por vê-las sumir. Todos nós sabíamos o quanto haviam incomodado.

Já estava mais do que na hora de alguém fazer alguma coisa, disse a mulher atrás do balcão, na loja onde eu costumava comprar meus cigarros. Ficava numa esquina, fazia parte de uma rede de bancas de jornal: vendia jornais, balas e cigarros. A mulher era mais velha, de cabelos grisalhos; da geração de minha mãe.

Eles simplesmente fecharam, ou o quê?, perguntei.

Ela deu de ombros. Quem sabe, quem se importa, disse. Talvez simplesmente tenham se mudado para algum outro lugar. Tentar se livrar disso completamente é como tentar matar camundongos com o pé, sabe? Ela digitou meu Compunúmero na caixa registradora, quase sem olhá-lo: eu era uma cliente habitual, àquela altura. As pessoas estavam reclamando, disse.

Na manhã seguinte, a caminho da biblioteca para o dia de trabalho, parei na mesma loja para comprar mais um maço. Porque tinha ficado sem cigarros. Eu estava fumando mais naqueles dias, era a tensão, você podia senti-la, como um zumbido subterrâneo, embora as coisas parecessem tão tranquilas. Também estava bebendo mais café, e tendo dificuldade para dormir. Todo mundo andava meio sobressaltado. Havia muito mais música no rádio do que o normal, e menos palavras.

Isso foi depois de estarmos casados, parecia há anos; ela estava com quatro anos, na creche.

Todos nós tínhamos acordado da maneira habitual e tomado café com leite, granola, me lembro, e Luke a levara de carro para a escola, com a roupinha que eu havia acabado de comprar para ela há apenas umas duas semanas, um macacão listrado e uma camiseta azul. Que mês era esse? Deve ter sido setembro. Havia um transporte coletivo na escola que deveria pegar as crianças em casa, mas por algum motivo eu queria que Luke buscasse, estava começando a ficar preocupada com o transporte coletivo. As crianças não iam mais a pé para a escola, tinham ocorrido desaparecimentos demais.

Quando cheguei à loja da esquina, a mulher de costume não estava lá. Em vez dela havia um homem, um rapaz, não podia ter mais de vinte anos.

Ela está doente?, perguntei a ele enquanto lhe entregava meu cartão.

Quem?, disse ele, agressivamente, achei.

A mulher que costuma estar aqui, disse.

Como poderia saber, disse ele. Estava digitando meu número, examinando cada número, digitando com um dedo. Era evidente que nunca tinha feito aquilo antes. Tamborilei os dedos sobre o balcão, impaciente por um cigarro, me perguntando se alguém nunca lhe dissera que era possível fazer alguma coisa a respeito daquelas espinhas em seu pescoço. Lembro-me muito claramente da aparência dele: alto, ligeiramente corcunda, cabelo escuro cortado bem curto, olhos castanhos que pareciam se concentrar cinco centímetros atrás do alto do meu nariz, e aquela acne. Acho que me lembro dele tão claramente por causa do que disse a seguir.

Desculpe, disse ele. Este número não é válido.

Isso é ridículo, retruquei. Tem que ser válido, tenho milhares na minha conta. Acabei de receber o extrato com o saldo há dois dias. Tente de novo.

Não é válido, repetiu ele obstinadamente. Está vendo aquela luz vermelha? Significa que não é válido.

Você deve ter cometido um erro, disse. Tente de novo.

Ele deu de ombros e me deu um sorriso de quem está farto, mas tentou o número outra vez. Desta vez observei seus dedos, em cada número, e verifiquei os números que apareciam na tela. Era o meu número correto, mas lá estava a luz vermelha.

Viu?, disse ele de novo, ainda com aquele sorriso, como se soubesse de uma piada particular que não fosse me contar.

Vou ligar para eles do escritório, disse. O sistema já havia cometido erros antes, mas alguns telefonemas geralmente resolviam o problema.

Ainda assim, estava furiosa, como se tivesse sido injustamente acusada de alguma coisa de que eu sequer tinha conhecimento. Como se eu mesma tivesse cometido o erro.

Faça isso, disse ele com indiferença. Deixei os cigarros no balcão, uma vez que não os havia pago. Imaginei que poderia filar alguns no trabalho.

Telefonei do escritório, mas tudo que obtive como resposta foi uma gravação. As linhas estavam sobrecarregadas, dizia a gravação. Poderia por favor voltar a ligar mais tarde?

As linhas permaneceram sobrecarregadas a manhã inteira, pelo que parecia. Liguei de volta várias vezes, mas nada feito. Até isso não era muito incomum.

Por volta das duas horas, depois do almoço, o diretor entrou na sala de transcrição para disquetes.

Tenho uma coisa para dizer a vocês, disse ele. Estava com uma aparência terrível; o cabelo desalinhado, os olhos avermelhados e hesitantes, como se tivesse andado bebendo.

Todos nós levantamos o olhar para ele, desligamos nossas máquinas. Devia haver oito ou dez de nós na sala.

Eu sinto muito, disse ele, mas é a lei. Eu realmente sinto muito.

Por quê?, perguntou alguém.

Vou ter que dispensar vocês, disse ele, é a lei, tenho que cumprir. Tenho que dispensar vocês todas. Ele disse isso delicadamente, como se fôssemos animais selvagens, sapos que tivesse apanhado num pote de vidro, como se estivesse sendo humanitário.

Estamos sendo demitidas?, perguntei. Eu me levantei. Mas por quê?

Não demitidas, disse ele. Dispensadas. Não podem trabalhar mais aqui, é a lei. Ele enfiou as mãos nos cabelos e eu pensei. Ele ficou maluco. A pressão foi demais para ele e entrou em curto-circuito.

Não pode simplesmente *fazer* isso, disse a mulher que sentava ao meu lado. Aquilo soava falso, improvável, como algo que se diria na televisão.

Não sou eu, disse ele. Vocês não compreendem. Por favor saiam, agora. A voz dele estava ficando mais alta. Vocês não querem criar confusão. Se houver confusão os livros poderiam ser perdidos, coisas serão quebradas... Ele olhou por cima do ombro. Eles estão ali fora, disse ele, em meu escritório. Se não saírem agora, eles vão entrar. Só me deram dez minutos. Àquela altura ele dava a impressão de estar mais louco do que nunca.

Ele pirou, disse alguém em voz alta; o que todas nós devíamos estar pensando.

Mas eu podia ver o corredor do lado de fora, e havia dois homens postados lá, de uniforme, com metralhadoras. Isso era teatral demais para ser verdade, e no entanto ali estavam eles: aparições repentinas, como marcianos. Havia neles uma sensação de algo saído de sonho; eram vívidos demais, destoavam demais do ambiente que os cercava.

Apenas deixem as máquinas, disse ele enquanto estávamos juntando nossas coisas, nos enfileirando para sair. Como se pudéssemos tê-las levado.

Ficamos paradas e agrupadas, na escada do lado de fora da biblioteca. Não sabíamos o que dizer umas para as outras. Uma vez que nenhuma de nós compreendia o que havia acontecido, não havia muito que pudéssemos dizer. Olhamos para os rostos umas das outras e vimos uma tristeza angustiada e certa vergonha, como se tivéssemos sido apanhadas fazendo alguma coisa que não deveríamos.

Isso é um ultraje, disse uma mulher, mas sem convicção. O que havia a respeito daquilo que fazia com que sentíssemos que o merecíamos?

Quando cheguei em casa não havia ninguém. Luke ainda estava no trabalho, minha filha estava na escola. Eu me sentia cansada, exausta até os ossos, mas quando me sentei logo me levantei, parecia não conseguir ficar sentada quieta. Andei pela casa, de quarto em quarto. Lembro-me de tocar nas coisas, não muito conscientemente, apenas encostando meus dedos nelas; coisas como a torradeira, o açucareiro, o cinzeiro na sala. Depois de algum tempo peguei a gata no colo e a carreguei comigo. Eu queria que Luke viesse para casa. Eu achava que devia fazer alguma coisa, tomar providências, mas não sabia que providências eu podia tomar.

Tentei ligar para o banco de novo, mas só ouvi a mesma gravação. Eu me servi de um copo de leite – disse a mim mesma que estava agitada demais para tomar mais um café – e fui para a sala e sentei no sofá e pus o copo de leite na mesinha de frente, sem beber nem um pouco. Abracei a gata apertando-a contra o peito de modo que pudesse senti-la ronronar encostada em meu pescoço.

Depois de algum tempo telefonei para minha mãe em seu apartamento, mas não havia resposta. Ela estava mais acomodada naquela altura, tinha parado de se mudar sempre a cada dois ou três anos; ela morava do outro lado do rio, em Boston. Esperei um pouco e telefonei para Moira. Também não estava em casa, mas quando tentei de novo meia hora depois ela tinha chegado. Nos intervalos entre essas chamadas telefônicas, apenas fiquei sentada no sofá. Foram nos lanches da minha filha na escola que eu pensei. Achava que talvez estivesse lhe dando sanduíches de manteiga de amendoim demais.

Fui demitida, contei a Moira quando falei com ela ao telefone. Ela disse que viria até minha casa. Naquela época estava trabalhando num coletivo de mulheres, na divisão de publicações. Publicavam livros sobre controle de natalidade e estupro e coisas desse tipo, embora não houvesse mais tanta demanda por essas coisas como costumava ter.

Eu vou até aí, disse. Ela deve ter percebido pela minha voz que era o que eu queria.

Chegou lá depois de algum tempo.

Então, disse ela. Tirou o casaco, se esparramou na poltrona grandalhona. Conte-me. Mas primeiro vamos tomar um drink.

Ela se levantou, foi até a cozinha, nos serviu dois copos de uísque, e voltou e sentou, e tentei lhe contar o que tinha acontecido comigo. Quando acabei, ela disse: Você tentou comprar alguma coisa com seu cartão de débito na Compuconta hoje?

Tentei, disse. E lhe contei sobre aquilo também.

Eles congelaram as contas, disse ela. A minha também. A da cooperativa também. Qualquer conta com um F em vez de um M. Tudo que precisaram fazer foi apertar alguns botões. Estamos deserdadas. Confiscaram tudo.

Mas tenho mais de dois mil dólares no banco, eu disse, como se minha própria conta fosse a única que importasse.

Mulheres não podem mais possuir bens, disse ela. É uma nova lei. Você ligou a televisão hoje?

Não, respondi.

Está sendo anunciado sem parar, disse Moira. Em todos os lugares. Ela não estava atordoada da maneira como eu estava. De alguma forma estranha ela estava alegre, entusiasmada, como se isso fosse o que ela esperasse há algum tempo e agora ficara provado que estava certa. Parecia até mais cheia de energia, mais determinada. Luke pode usar sua Compuconta para você, disse ela. Vão transferir seu número para ele, ou pelo menos é o que dizem. Marido ou parente mais próximo do sexo masculino.

Mas e você?, perguntei. Ela não tinha ninguém.

Eu vou entrar na clandestinidade. Alguns dos rapazes gays podem assumir nossos números e nos comprar as coisas que precisarmos.

Mas por quê?, perguntei. Por que fizeram isso?

Não nos cabe querer saber por quê, disse Moira. Eles tinham que fazer desse jeito, as Compucontas e os empregos, ambos ao mesmo tempo. Caso contrário, pode imaginar como estariam os aeroportos? Não querem que a gente vá para lugar nenhum, pode apostar nisso.

Fui buscar minha filha na escola. Dirigi com cuidado exagerado. Quando afinal Luke chegou em casa eu estava sentada à mesa na cozinha. Ela estava desenhando com canetinhas de ponta de feltro em sua mesinha no canto, onde seus desenhos eram colados ao lado da geladeira.

Luke se ajoelhou ao meu lado e me envolveu em seus braços. Eu ouvi a notícia, disse, no rádio do carro, quando estava vindo para casa. Não se preocupe. Tenho certeza de que é temporário.

Eles disseram por quê?, perguntei.

Ele não respondeu. Nós vamos superar isso, disse, me abraçando.

Você não sabe como é, eu disse. Sinto-me como se alguém tivesse me cortado os pés. Não estava chorando. Além disso não conseguia tomá-lo em meus braços.

É só um emprego, disse ele, tentando me acalmar.

Imagino que você vá receber todo o meu dinheiro, disse. E eu nem estou morta. Eu estava tentando fazer uma brincadeira, mas saiu como um comentário macabro.

Calma, disse ele. Ainda estava ajoelhado no chão. Você sabe que sempre cuidarei de você.

E eu pensei, ele já está começando a me tratar como criança. Depois pensei, você já está começando a ficar paranoica.

Eu sei, disse a ele. Amo você.

Mais tarde, depois que ela estava na cama e nós estávamos jantando e eu não estava me sentindo tão abalada, contei a ele a respeito de minha tarde. Descrevi o diretor entrando, de repente, fazendo seu anúncio. Teria sido engraçado se não fosse tão terrível, disse. Pensei que ele estivesse bêbado. Talvez estivesse. Até o exército estava lá, e tudo o mais.

Então me lembrei de algo que eu tinha visto, mas não havia reparado na ocasião. Não era o exército. Era outro exército.

Houve passeatas, é claro, muitas mulheres e alguns homens. Mas foram menores do que se teria imaginado. Creio que as pessoas estavam com medo. E quando se tornou de conhecimento público que a polícia ou o exército, ou fossem lá quem fossem, abririam fogo quase que tão logo quaisquer das passeatas começassem, as passeatas pararam. Algumas coisas foram explodidas, agências de correios, estações de metrô. Mas não se podia nem ter certeza de quem estava fazendo isso. Poderia ter sido o exército, para justificar as buscas via computador e as outras, de porta em porta.

Não fui a nenhuma das passeatas. Luke disse que seria inútil e que eu tinha que pensar a respeito deles, minha família, ele e ela. Pensei mesmo em minha família. Comecei a fazer mais tarefas domésticas, cozinhar mais. Tentava não chorar na hora das refeições. Àquela altura eu havia começado a chorar, sem mais nem menos, e a sentar ao lado da janela do quarto, olhando fixo para fora. Não conhecia muitos dos vizinhos, e quando nos encontrávamos, lá fora na rua, éramos cuidadosos de não trocar nada além dos cumprimentos habituais. Ninguém queria ser delatado, por deslealdade.

* * *

Lembrando tudo isso, lembro-me também de minha mãe, anos antes. Eu devia ter catorze ou quinze anos, aquela idade em que as filhas se sentem embaraçadas ao extremo com suas mães. Lembro-me dela voltando para um de nossos muitos apartamentos, com um grupo de outras mulheres, parte de seu círculo sempre rotativo de amigas. Tinha participado de uma passeata naquele dia; foi durante a época dos tumultos contra pornografia, ou será que foi nos tumultos contra o aborto, ocorreram muito perto uns dos outros. Houve muitos ataques a bomba na época: clínicas, locadoras de vídeo; era difícil acompanhar tudo.

Minha mãe estava com um hematoma no rosto e um pouquinho de sangue. Não se pode enfiar a mão numa janela de vidro sem se cortar, foi tudo o que ela disse sobre o assunto.

Sangradores filhos da puta, uma das amigas disse. Elas chamavam o outro lado de *sangradores* por causa dos cartazes que carregavam com os dizerem: *Deixem que sangrem*. De modo que devem ter sido os tumultos contra o aborto.

Fui para o meu quarto, para ficar longe delas. Estavam falando demais, e alto demais. Elas me ignoravam e eu me ressentia delas. Minha mãe e suas amigas arruaceiras. Não entendia por que ela tinha que se vestir daquela maneira, de macacão, como se fosse jovem; ou porque tinha que dizer tanto palavrão.

Você é tão cheia de melindres, ela costumava me dizer, num tom de voz que, de maneira geral, era bem satisfeito. Ela gostava de ser mais abusada do que eu, mais rebelde. Adolescentes são sempre tão melindrosos.

Parte de minha desaprovação era isso, tenho certeza: mecânica, superficial, rotineira. Mas eu também queria dela uma vida mais cerimoniosa, menos sujeita a expedientes e retiradas repentinas.

Você foi uma criança desejada, Deus sabe, ela me dizia em outros momentos, se demorando debruçada sobre os álbuns de fotos nos quais me tinha emoldurada; aqueles álbuns eram grossos, cheios de bebês, mas minhas réplicas foram ficando mais finas à medida que eu ficava mais velha, como se a população de minhas duplicatas tivesse sido dizimada por alguma praga. Dizia isso pesarosamente, como se eu não tivesse acabado por me revelar inteiramente como ela havia esperado. Mãe nenhuma jamais corresponde, completamente, à ideia de uma filha do que a mãe deveria ser, e imagino que isso também seja verdade no sentido inverso. Mas, apesar de tudo, não nos saímos mal uma com a outra, nos saímos tão bem quanto a maioria.

Gostaria que ela estivesse aqui, para que eu pudesse lhe dizer que finalmente sei disso.

Alguém saiu da casa. Ouço o fechar distante de uma porta, mais ao lado, o som de passos no caminho. É Nick, posso vê-lo agora; ele saiu do caminho, foi para o gramado, para respirar o ar úmido que fede a flores, a crescimento carnudo, o pólen lançado ao vento aos punhados, como ostras desovadas no mar. Toda essa pródiga procriação. Ele se espreguiça no sol, sinto o ondular de músculos percorrer seu corpo inteiro, como as costas de um gato se arqueando. Está em mangas de camisa, os braços nus se estendendo despudoradamente para fora do tecido enrolado. Onde acaba o bronzeado? Não falei com ele desde aquela única noite, paisagem de sonho na sala de estar plena de luar. Ele é minha única bandeira, meu sinaleiro. Linguagem corporal.

Nesse momento seu quepe está inclinado para o lado. Portanto fui chamada.

O que ele ganha com isso, seu papel de moço de recados? Como se sente, alcovitando dessa maneira ambígua para o Comandante? Será que o enche de repulsa, ou o faz querer mais de mim, me querer mais? Porque ele não faz nenhuma ideia do que realmente acontece lá dentro, entre os livros. Atos de perversão, ao que lhe é dado supor. O Comandante e eu, cobrindo um ao outro com tinta, tirando-a com lambidas, ou fazendo amor sobre pilhas de papel de jornal proibido. Bem, ele não estaria assim tão longe da resposta.

Mas podem ter certeza, ele ganha alguma coisa com isso. Todo mundo recebe suborno, de uma maneira ou de outra. Cigarros adicionais? Liberdades adicionais não permitidas às pessoas comuns? De qualquer maneira, o que pode ele provar? É a palavra dele contra a do Comandante, a menos que queira liderar uma batida policial com homens armados. Arrebentar a porta a pontapés, e o que tinha dito a vocês? Apanhados no ato, pecaminosamente no "mexe-mexe". Depressa, comam essas palavras.

Talvez ele goste apenas da satisfação de saber algo secreto. De estar me flagrando, como costumavam dizer. É o tipo de poder que se pode usar apenas uma vez.

Eu gostaria de ter uma melhor opinião acerca dele.

Naquela noite, depois que perdi meu emprego, Luke queria fazer amor. Por que eu não quis? O puro desespero deveria ter me levado a querer. Mas ainda me sentia anestesiada. Mal conseguia sentir as mãos dele em mim.

O que houve?, perguntou.

Não sei, respondi.

Nós ainda temos..., disse ele. Mas não continuou, não disse o que ainda tínhamos. Ocorreu-me que ele não deveria estar dizendo *nós*, uma vez que nada que eu tivesse conhecimento tenha sido tirado dele.

Ainda temos um ao outro, eu disse. Era verdade. Então por que minha voz me pareceu, até para mim mesma, tão indiferente?

Ele me beijou então, como se depois de eu ter dito aquilo as coisas pudessem voltar ao normal. Mas alguma coisa havia se alterado, algum equilíbrio. Sentia-me abalada, de maneira que quando ele me tomou nos braços, me pegando no colo, estava pequena como uma boneca. E senti o amor seguindo adiante sem mim.

Ele não se importa com isso, pensei. Não se importa nem um pouco. Talvez até goste disso. Não somos mais um do outro, não mais. Em vez disso, eu sou dele.

Ignóbil, injusto, insincero. Mas foi isso o que aconteceu.

Então, Luke: o que quero lhe perguntar agora, o que preciso saber é: Eu estava certa? Porque nunca conversamos a respeito disso. No momento em que eu podia ter conversado, tive medo de fazer. Não podia me dar ao luxo de perder você.

CAPÍTULO VINTE E NOVE

Estou sentada no escritório do Comandante, defronte a ele, diante da escrivaninha, na posição do cliente, como se fosse uma correntista de um banco negociando um empréstimo volumoso. Mas exceto pelo meu posicionamento na sala, resta muito pouco daquela formalidade entre nós. Não me sento mais de pescoço duro, de costas retas, os pés lado a lado no chão de forma regimental, os olhos em posição de continência. Em vez disso meu corpo está frouxo, até confortável. Os sapatos vermelhos descalçados, as pernas encolhidas debaixo de mim na cadeira, rodeadas por um suporte de saia vermelha, é verdade, mas mesmo assim encolhidas, como se ao redor de uma fogueira de acampamento, de tempos passados e mais agradáveis. Se houvesse fogo aceso na lareira, sua luz estaria cintilando nas superfícies bem lustradas, luzindo calorosamente na carne. Acrescento à cena o fogo na lareira.

Quanto ao Comandante, ele está extremamente à vontade esta noite. Tirou o paletó, os cotovelos sobre a mesa. Tudo o que precisa é de um palito de dentes no canto da boca para ser um anúncio de publicidade em favor da democracia rural, como numa gravura em água-forte. Com manchas deixadas por excrementos de mosca, algum velho livro queimado.

Os quadrados no tabuleiro diante de mim estão quase todos preenchidos: estou fazendo minha penúltima jogada da noite. *Zás*, soletro, uma palavra conveniente com uma única vogal e com um caro "z".

– Isso é uma palavra? – diz o Comandante.

– Poderíamos olhar no dicionário – digo. – É arcaica.

– A sua palavra basta – diz ele. Sorri. O Comandante gosta quando me distingo, quando mostro precocidade, como um animal de estimação atento, de orelhas em pé e ansioso para desempenhar. A aprovação dele me envolve como um banho morno. Não percebo nele nada da animosidade que costumava perceber em homens, mesmo em Luke às vezes. Não está dizendo lá em sua cabeça, *sua vagabunda*. De fato ele é positivamente um pai. Gosta de pensar que estou sendo entretida, me divertindo; e estou, estou.

Habilmente ele soma nossos pontos finais em seu computador de bolso.

– Você ganhou de lavada – diz ele. Desconfio que esteja trapaceando, para me lisonjear, para me deixar de bom humor. Mas por quê? Essa pergunta permanece. O que ele tem a ganhar ao me fazer esses mimos? Deve haver alguma coisa.

Ele se recosta na cadeira, junta as pontas dos dedos, um gesto familiar para mim agora. Pouco a pouco já formamos um repertório de gestos como esse, de familiaridades como essa, entre nós. Ele está olhando para mim, não sem benevolência, mas com curiosidade, como se eu fosse um quebra-cabeça a ser solucionado.

– O que gostaria de ler esta noite? – diz ele. Isso também se tornou uma rotina. Até agora já li uma revista *Mademoiselle*, uma velha *Esquire* dos anos 1980, uma *Ms.*, e um exemplar do *Reader's Digest*. Ele tem até romances. Li um de Raymond Chandler, e agora estou na metade de *Tempos difíceis* de Charles Dickens. Nessas ocasiões leio depressa, vorazmente, quase saltando trechos, tentando botar o máximo possível dentro de minha cabeça antes do próximo longo período de fome. Se estivéssemos comendo seria a glutonaria dos famintos, se fosse sexo seria uma rapidinha furtiva de pé em um beco em algum lugar.

Enquanto leio, o Comandante fica sentado e me observa sem falar, mas também sem tirar os olhos de mim. Essa observação é curiosamente um ato sexual, e sinto-me despida quando ele a faz. Gostaria que me desse as costas, que andasse pelo aposento, que lesse alguma coisa ele mesmo. Então talvez eu pudesse relaxar mais, ir mais devagar. Da forma como é, essa minha leitura ilícita parece uma espécie de performance.

– Acho que preferiria apenas conversar – digo. Fico surpreendida ao me ouvir dizer isso.

Ele sorri de novo. Não parece surpreso. Possivelmente esteve esperando por isso, ou algo parecido.

– Ah, é? – diz ele. – Sobre o que quer conversar?

Eu hesito.

– Qualquer coisa, acho. Bem, sobre você, por exemplo.

– Sobre mim? – Ele continua a sorrir. – Ora, não há muito o que dizer a meu respeito. Sou apenas um sujeito comum.

A falsidade disso, mesmo a falsidade da maneira de falar – "sujeito"? –, me põe em guarda no mesmo instante. Sujeitos comuns não se tornam Comandantes.

– O senhor deve ser bom em alguma coisa – digo. Sei que o estou instigando, dando a deixa, contracenando com ele, atraindo-o a se mostrar, e não gosto de mim mesma por fazê-lo, é nauseante, na verdade. Mas estamos praticando esgrima. Ou ele fala ou eu vou falar. Sei disso, posso sentir a fala se levantando, empinando, dentro de mim, já faz tanto tempo desde que realmente conversei com alguém pela última vez. A concisa troca de palavras sussurradas com Ofglen, durante nossa caminhada hoje, mal conta; mas foi uma prévia, uma preliminar. Por sentir o alívio daquela conversa mínima que fosse, eu quero mais.

E se eu falar com ele direi alguma coisa errada, entregarei alguém, alguma coisa. Posso sentir isso vindo, uma traição de mim mesma. Não quero que ele saiba demais.

– Ah, trabalhei com pesquisa de mercado, para começar – diz ele timidamente. – Depois disso de certo modo me expandi.

Ocorre-me que, embora eu saiba que ele é um Comandante, não sei de que ele é Comandante. O que ele controla, qual é seu campo, como costumavam dizer? Eles não têm títulos específicos.

– Ah – digo, tentando parecer entender.

– Você poderia dizer que sou uma espécie de cientista – diz. – Dentro de limites, é claro.

Depois disso ele não diz nada por algum tempo, nem eu. Estamos tentando ver quem aguenta esperar mais antes que o outro fale.

Sou eu a primeira a quebrar o silêncio.

– Bem, talvez pudesse me dizer uma coisa a respeito da qual ando curiosa.

Ele demonstra interesse.

– O que seria?

Estou seguindo direto para o perigo, mas não consigo me deter.

– É uma frase que me lembro de algum lugar. – Melhor não dizer de onde. – Acho que é latim, e pensei que talvez... – Sei que ele tem um dicionário de latim. Tem dicionários de vários tipos, na prateleira do alto à esquerda da lareira.

– Diga-me – diz ele. Em tom distante, mas mais alerta, ou será que estou imaginando?

– *Nolite te bastardes carborundorum* – digo.

– O quê? – diz ele.

Não pronunciei corretamente. Não sei fazê-lo.

– Eu poderia soletrar – digo. – Escrever.

Ele hesita diante dessa ideia nova. Possivelmente não se lembra de que sei escrever. Nunca segurei uma caneta, um lápis ou qualquer aparato da escrita, nesta sala, nem mesmo para somar os pontos. Mulheres não sabem somar, disse ele certa vez, em tom brincalhão. Quando perguntei o que estava querendo dizer, ele explicou: para elas, um mais um mais um mais um não fazem quatro.

O que fazem?, perguntei, esperando cinco ou três.

Apenas um mais um mais um mais um, disse.

Mas agora ele diz:

– Está bem. – E empurra sua caneta de ponta esférica pelo tampo da escrivaninha para mim quase que provocadoramente, como se fazendo um desafio. Olho ao redor em busca de algo em que escrever e ele me passa o bloco onde anota os pontos, um bloco de anotações com uma carinha sorridente impressa no alto da página. Ainda fazem essas coisas.

Escrevo a frase cuidadosamente. *Nolite te bastardes carborundorum.* Aqui, neste contexto, não é nem uma prece nem uma ordem, mas um triste grafite, rabiscado, abandonado. Pegar a caneta entre meus dedos é sensual, parece quase viva, posso sentir seu poder, o poder que as palavras contêm. Inveja da Pena,* diria Tia Lydia, citando mais

* O jogo de palavras perde o sentido em português: *Pen is envy* i.e. literalmente, *Pena/caneta é inveja*, uma alusão à inveja do pênis, de Freud, i.e. *Penis envy*. (N. da T.)

um dos lemas do Centro, advertindo-nos a nos manter longe de tais objetos. E elas estavam certas, é inveja. Só tê-la na mão é inveja. Eu invejo a pena do Comandante. É mais uma coisa que gostaria de roubar.

O Comandante pega a página com a carinha sorridente de minha mão e olha para ela. Então começa a rir, e será que está enrubescendo?

– Isto não é latim de verdade – diz ele. – É apenas uma piada.

– Uma piada? – digo, agora perplexa. Não pode ser apenas uma piada. Arrisquei isso, tentei me apoderar do conhecimento, por uma simples piada. – Que tipo de piada?

– Você sabe como são os garotos na escola – diz ele. Sua risada é nostálgica, vejo agora, o riso de indulgência para com uma pessoa que um dia foi. Ele se levanta, cruza a sala até as estantes, tira um livro de sua coleção de tesouros; não o dicionário, contudo. É um livro antigo, um livro de ensino, parece, com as páginas marcadas com dobras e manchas de tinta. Antes de me mostrar ele o folheia, contemplativo, rememorando; então: – Aqui – diz ele, pondo o livro aberto sobre a escrivaninha na minha frente.

O que vejo primeiro é uma ilustração: a Vênus de Milo, numa foto em preto e branco, com um bigode e um sutiã preto e pelos nas axilas desenhados desajeitadamente. Na página oposta está o Coliseu em Roma, com uma legenda em inglês e abaixo uma conjugação: *sum es est, sum us estis sunt.*

– Aqui – diz ele, apontando, e na margem vejo, escrito com a mesma tinta dos cabelos desenhado na Vênus. *Nolite te bastardes carborundorum.*

– É meio difícil de explicar porque é engraçado a menos que você saiba latim – diz ele. – Costumávamos escrever todo tipo de coisas como essa, não sei de onde as tirávamos, talvez aprendêssemos com meninos mais velhos. – Esquecendo-se de mim e de si mesmo, ele está virando as páginas. – Veja isso – diz. A ilustração é chamada de *As mulheres sabinas*, e na margem está escrito: *pim pis pit, pimus pistis pants.* – Havia outra aqui – diz. – *Cim, cis, cit...* – Ele se cala, retornando ao presente, embaraçado. Mais uma vez sorri; desta vez se poderia chamar de um largo sorriso. Eu o imagino com sardas, um topete. Agora, neste exato momento quase gosto dele.

– Mas o que significava? – digo.

– Qual delas? – diz ele. – Ah. Significava: "Não deixe que os bastardos esmaguem você." Acho que nós nos achávamos muito espertos naquela época.

Eu forço um sorriso, mas está tudo diante de mim agora. Posso ver por que ela escreveu aquilo na parede do armário, mas também vejo que deve ter aprendido aqui, neste aposento. Com ele, durante algum período anterior de recordações de infância, de confidências trocadas. Não fui a primeira então. Para entrar em seu silêncio, faço jogos de palavras infantis com ele.

– O que aconteceu com ela? – digo.

Ele mal pestaneja.

– Você de certa forma a conheceu?

– De certa forma.

– Ela se enforcou – diz ele; pensativamente, não triste. – Foi por isso que mandamos tirar o lustre. Em seu quarto. – Faz uma pausa. – Serena descobriu – diz ele, como se isso explicasse. E explica.

Se seu cachorro morre, arranje outro.

– Com quê? – digo.

Ele não quer me dar ideias.

– Isso tem importância? – diz. Lençol rasgado, imagino. Já considerei as possibilidades.

– Suponho que Cora a tenha encontrado – digo. Foi por isso que ela gritou.

– Sim – diz ele. – Pobre garota. – Está se referindo a Cora.

– Talvez eu não devesse mais vir aqui – digo.

– Pensei que estivesse gostando – diz em tom alegre, despreocupado, me observando, contudo, com olhos atentos e brilhantes. Se eu não soubesse que seria impossível pensaria que fosse de medo. – Eu gostaria que estivesse.

– O senhor quer que minha vida seja suportável para mim – digo. Isso sai não como uma pergunta, mas como uma afirmação clara; clara e sem dimensão. Se minha vida for suportável; talvez o que eles estão fazendo seja correto no fim das contas.

– Sim – diz ele. – Quero. Preferiria que fosse.

– Então está bem – digo. As coisas mudaram. Agora, tenho algo que posso usar para pressioná-lo em meu proveito. O que tenho para pressioná-lo é a possibilidade de minha morte. O que tenho para pressioná-lo é sua culpa. Finalmente.

– Do que você gostaria? – diz ele, ainda com aquela despreocupação, como se fosse apenas uma transação de dinheiro, e uma sem importância, além do mais: doces, balas, cigarros.

– Além da loção para as mãos, você quer dizer – digo.

– Além da loção para as mãos – concorda.

– Eu gostaria... – digo. – Eu gostaria de saber. – Isso me soa indeciso, idiota até, digo sem pensar.

– De saber o quê? – pergunta.

– O que há para saber – digo; mas isso é frívolo demais. – O que está acontecendo.

XI
NOITE

CAPÍTULO TRINTA

A noite cai. Ou caiu a noite. Por que a noite cai, em vez de subir como o raiar do dia? Contudo, se você olhar para o leste, ao pôr do sol, pode ver a noite subindo, não caindo; a escuridão se eleva em direção ao céu, subindo do horizonte, como um sol preto atrás de uma coberta de nuvem. Como fumaça de chamas que não se vê, uma linha de fogo pouco abaixo do horizonte, um fogo em meio à mata ou uma cidade em chamas. Talvez a noite caia porque é pesada, uma cortina espessa puxada sobre os olhos. Cobertor de lã. Eu gostaria de poder ver no escuro, melhor do que vejo.

A noite caiu, então. Sinto-a pesando sobre mim como uma pedra. Não há brisa. Sento junto à janela parcialmente aberta, as cortinas puxadas para trás porque não há ninguém lá fora, não há necessidade de modéstia, vestida em minha camisola. De mangas compridas mesmo no verão, para nos livrar das tentações de nossa própria carne, para nos impedir de abraçarmos a nós mesmas, com os braços nus. Nada se move na luz de holofote do luar. O perfume do jardim sobe como o calor de um corpo, deve haver flores que só se abrem à noite, é tão forte. Posso quase vê-lo, radiação rubra, ondulação ascendente como a reverberação acima do asfalto numa estrada ao meio-dia.

Lá embaixo no gramado, alguém emerge da mecha de escuridão debaixo do salgueiro, atravessa na frente da luz, sua longa sombra nitidamente presa a seus calcanhares. Será Nick, ou alguma outra pessoa, alguém sem importância? Ele para, olha para cima para esta janela, e posso ver o alongado branco de seu rosto. Nick. Olhamos um para o outro. Não tenho nenhuma rosa para jogar, ele não tem nenhum alaúde. Mas é o mesmo tipo de fome.

À qual não posso ceder. Puxo a cortina do lado esquerdo de modo que caia entre nós, diante de meu rosto, um momento depois ele segue adiante, para a invisibilidade além da esquina.

O que o Comandante disse é verdade. Um mais um mais um mais um não é igual a quatro. Cada um permanece único, não há nenhuma maneira de uni-los em um só. Não podem ser trocados um pelo outro. Não podem substituir um ao outro. Nick por Luke ou Luke por Nick. *Deveriam* não se aplica.

Você não pode controlar o que sente, disse Moira certa ocasião, mas pode controlar como se comporta.

O que está tudo muito bem.

Contexto é tudo; ou será que é amadurecimento? Um ou o outro.

Na noite antes de deixarmos a casa, aquela última vez, eu estava caminhando pelos aposentos. Nada havia sido embalado, porque não estávamos levando muita coisa conosco e não podíamos nos dar ao luxo, mesmo então, de parecer que estávamos partindo. De modo que estava apenas andando, para cá e para lá, olhando para as coisas, a arrumação que havíamos feito juntos, para nossa vida. Eu tinha alguma ideia de que seria capaz de me lembrar, depois, de como era.

Luke estava na sala. Ele me abraçou. Estávamos ambos nos sentindo desconsolados. Como poderíamos saber que éramos felizes, mesmo então? Porque pelo menos tínhamos aquilo: braços ao redor um do outro.

A gata, foi o que ele disse.

Gata?, perguntei, encostada na lã de seu suéter.

Não podemos apenas deixá-la aqui.

Não havia pensado na gata. Nenhum de nós pensara. Nossa decisão havia sido súbita, e então houvera o planejamento a fazer. Devo ter pensado que ela viria conosco. Mas não podia, não se pode levar uma gata numa viagem de um dia, para o outro lado da fronteira.

Por que não deixá-la fora de casa?, disse. Poderíamos apenas deixá-la.

Ela ficaria por aqui e ficaria miando em frente à porta. Alguém perceberia que fomos embora.

Poderíamos dá-la a alguém, eu disse. Para um dos vizinhos. No mesmo instante em que disse isso me dei conta de como seria idiotice.

Vou cuidar disso, disse Luke. E porque ele falou *disso*, em vez *dela*, eu soube que ele quis dizer *matar*. Isso é o que você tem de fazer antes de matar, pensei. Você tem que criar uma coisa, onde antes não havia nenhuma. Primeiro você faz isso, em sua cabeça, e então faz com que seja real. De modo que é assim que eles fazem, pensei. Eu parecia não saber disso antes.

Luke encontrou a gata, que estava se escondendo debaixo de nossa cama. Eles sempre sabem. Luke foi para a garagem com ela. Não sei o que fez e nunca lhe perguntei. Fiquei sentada na sala com as mãos cruzadas no colo. Eu deveria ter saído com ele, deveria ter assumido aquela pequena responsabilidade. Deveria no mínimo ter perguntado sobre aquilo a ele depois, para que não tivesse que carregar o fardo sozinho; porque aquele pequeno sacrifício, aquela eliminação feita por amor, foi feita em meu nome também.

Essa é uma das coisas que eles fazem. Obrigam você a matar, dentro de você.

Inútil, conforme se revelou. Gostaria de saber quem contou a eles. Poderia ter sido um vizinho, observando nosso carro sair pela entrada para carros de manhã, agindo por palpite, passando-lhes a informação para ganhar uma estrela dourada na lista de alguém. Poderia ter sido até o homem que nos conseguiu os passaportes; por que não ser pago duas vezes? Seria bem do feitio deles, até, infiltrar falsificadores de passaportes eles mesmos, uma rede para capturar os incautos. Os Olhos de Deus passam por toda a terra.

Porque eles estavam prontos para nós, e esperando. O momento da traição é o pior, o momento em que você sabe, além de qualquer dúvida, que foi traído: que algum outro ser humano desejou a você tamanho mal.

Era como estar em um elevador que despenca do alto. Caindo, caindo, e sem saber quando baterá no fundo.

Tento conjurar, para levantar meu espírito, de onde quer que esteja. Preciso me lembrar de como é a aparência deles. Tento mantê-los imóveis por trás dos meus olhos, seus rostos, como fotografias em um álbum. Mas não ficam quietos para mim, eles se movem, há um sorriso e então desaparece, suas feições se enroscam e se dobram como se o papel estivesse queimando, a escuridão os engole. Um vislumbre, uma pálida cintilação no ar; uma incandescência, aurora, dança de elétrons, então um rosto de novo, rostos. Mas eles se desvanecem, embora eu estenda meus braços para eles, escapolem de mim, fantasmas ao raiar do dia. De volta para onde quer que estejam. Fiquem comigo, quero dizer. Mas não ficam.

É minha culpa. Estou esquecendo demais.

Esta noite farei minhas orações.

Não mais ajoelhada ao pé da cama, os joelhos no chão duro de madeira do ginásio, com Tia Elizabeth postada diante das portas duplas, de braços cruzados, o aguilhão de gado suspenso em seu cinto, enquanto Tia Lydia caminha em passadas largas ao longo das fileiras de mulheres de camisola ajoelhadas, batendo em nossas costas ou pés ou nádegas ou braços de leve, apenas um peteleco, uma pancadinha, com sua vareta de madeira, se curvarmos ou afrouxarmos a postura. Ela queria nossas cabeças inclinadas exatamente da maneira certa, os dedos dos pés unidos e em ponta, os cotovelos no ângulo correto. Parte de seu interesse nisso era estético: ela gostava da visão da cena. Queria que parecêssemos algo anglo-saxão, esculpido num túmulo, ou anjos de um cartão de Natal, uniformizadas em nossos trajes de pureza. Mas conhecia também o valor espiritual da rigidez corporal, do esforço muscular: um pouquinho de dor limpa a mente, dizia.

Aquilo por que orávamos era pelo vazio, de modo que pudéssemos ser preenchidas: com graça, com amor, com abnegação, sêmen e bebês.

Ó Deus, Rei do universo, obrigada por não me ter criado homem.

Ó Deus, oblitera-me. Torna-me fecunda. Mortifica a minha carne; para que eu possa ser multiplicada. Permite-me ser preenchida...

Algumas delas deixavam-se arrebatar com isso. O êxtase da degradação. Algumas gemiam e choravam.

Não há sentido em chamar atenção para si mesma, Janine, dizia Tia Lydia.

* * *

Rezo aqui onde estou, sentada ao lado da janela, olhando para fora através da cortina para o jardim vazio. Nem sequer fecho os olhos. Lá fora ou dentro da minha cabeça, há a mesma treva. Ou luz.

Meu Deus. Que estás no Reino dos Céus, que é interior.

Gostaria que me dissesses Teu Nome, quero dizer o nome verdadeiro. Mas Tu servirá como qualquer outro.

Gostaria de saber o que Tu estiveste fazendo. Mas seja lá o que for, ajuda-me a suportá-lo, por favor. Embora talvez não seja Tua obra; não creio nem por um instante que o que está acontecendo lá fora no mundo seja o que querias.

Tenho o pão suficiente de cada dia, então não perderei tempo com isso. Não é o problema principal. O problema é engoli-lo sem sufocar com ele.

Agora chegamos ao perdão. Não Te preocupes em me perdoar agora. Existem coisas mais importantes. Por exemplo: mantém os outros a salvo, se estiverem salvos. Não permitas que sofram demais. Se tiverem que morrer, que a morte seja rápida. Poderias até oferecer-lhes um Céu. Precisamos de Ti para isso. O Inferno podemos fazer nós mesmos.

Suponho que eu deveria dizer que perdoo quem quer que tenha feito isso, e seja lá o que estiverem fazendo agora. Eu tentarei, mas não é fácil.

A tentação vem a seguir. No Centro, a tentação era qualquer coisa que fosse muito mais que comer e dormir. O conhecimento era uma tentação. O que vocês desconhecem não pode tentá-las, costumava dizer Tia Lydia.

Talvez eu não queira saber de verdade o que está acontecendo. Talvez eu prefira não ter conhecimento. Talvez não possa suportar o conhecimento. A Queda foi uma queda da inocência para o conhecimento.

Penso demais a respeito do candelabro, embora agora já tenha sido retirado. Mas poderia usar um dos ganchos, no armário. Já considerei as possibilidades. Tudo que você teria que fazer, depois de se amarrar, seria inclinar seu corpo para a frente e não lutar. Livrai-nos do mal.

Então há Reino, poder e glória. Custa muito acreditar neles agora. Mas tentarei de qualquer maneira. Na Esperança, como dizem nas lápides.

Deves Te sentir um bocado lesado. Imagino que não seja a primeira vez.

Se eu fosse quem Tu és estaria farto. Estaria realmente enojado de tudo. Creio que essa é a diferença entre nós.

Eu me sinto muito irreal, falando Contigo assim. Sinto-me como se estivesse falando com uma parede. Gostaria que Tu respondesses. Sinto-me tão sozinha.

Sozinha sentada ao lado do telefone. Só que não posso usar o telefone. E se pudesse, quem poderia chamar?

Ó Deus. Não é brincadeira. Ó Deus, ó Deus. Como posso continuar vivendo?

XII

A CASA DE JEZEBEL

CAPÍTULO TRINTA E UM

Toda noite quando vou para a cama penso: vou acordar de manhã em minha casa e as coisas estarão de volta como eram. Não aconteceu esta manhã, também.

Visto minhas roupas, roupas de verão, ainda é verão; o tempo parece ter parado no verão. Julho, seus dias sufocantes e suas noites de sauna, difícil dormir. Faço questão de registrar a passagem do tempo. Eu deveria riscar traços na parede, um para cada dia da semana, e riscar com uma linha quando tiver sete. Mas de que serviria, isso não é uma pena de prisão; aqui não há tempo que possa ser cumprido e encerrado. De qualquer maneira, tudo o que tenho de fazer é perguntar, para descobrir que dia é. Ontem foi quatro de julho, que costumava ser o Dia da Independência, antes que o abolissem. Primeiro de setembro será o Dia do Trabalho, ainda comemoram isso. Embora não tivesse nada a ver com o trabalho de parto das mães.

Mas conto o tempo pela lua. Lunar, não solar.

Eu me debruço para fechar meus sapatos vermelhos; são sapatos mais leves nessa época, com discretas fendas recortadas, embora nada tão ousado quanto sandálias. É um esforço me inclinar para a frente; a despeito dos exercícios, posso sentir meu corpo gradualmente se travando, se recusando. Ser uma mulher dessa maneira é como eu costumava imaginar que seria ser muito velha. Tenho a sensação de que até ando assim: curvada para a frente, minha coluna se contraindo num ponto de interrogação, meus ossos desprovidos de cálcio e porosos como pedra calcária. Quando era mais jovem, imaginando a velhice, pensava: talvez você aprecie mais as coisas quando não lhe restar muito mais tempo. Eu me esqueci de incluir a falta de energia. Em certos dias, de fato, aprecio mais as coisas, ovos, flores, mas então decido que estou apenas tendo um ataque de sentimentalismo, meu cérebro tornando-se um Technicolor pastel, como os bonitos pores do sol dos cartões com mensagens de felicitações ou saudações que costumavam fazer em tão grande número na Califórnia. Corações em papel lustroso. O perigo está desativado.

Gostaria de ter Luke aqui, neste quarto enquanto estou me vestindo, para que pudesse brigar com ele. Absurdo, mas é o que quero. Uma discussão, sobre quem vai botar os pratos na máquina de lavar louça, de quem é a vez de separar a roupa suja, limpar o vaso; alguma coisa cotidiana e sem importância no grande esquema das coisas. Poderíamos até brigar a respeito disso, sobre *sem importância, importante*. Que luxo seria. Não que o fizéssemos muito. Ultimamente roteirizo brigas inteiras, na minha cabeça, e as reconciliações depois.

Sento em minha cadeira, a coroa de flores flutuando no teto acima de minha cabeça, como um halo congelado, um zero. Um buraco no espaço onde uma estrela explodiu. Um círculo na água onde uma pedra foi atirada. Tudo que é branco e circular. Espero que o dia se desenrole, que a Terra gire, de acordo com a face redonda do relógio implacável. Os dias geométricos, que se movem continuamente em círculos, macios e bem azeitados. Já há suor sobre o meu lábio, espero, pela chegada do inevitável ovo, que estará morno como o quarto e que terá uma película esverdeada sobre a gema e terá um ligeiro sabor de enxofre.

Hoje, mais tarde, com Ofglen, em nossa caminhada para as compras.

Vamos à igreja, como de hábito, e olhamos as sepulturas. Depois vamos ao Muro. Só dois pendurados nele hoje: um católico, porém não um padre, com um cartaz com uma cruz de cabeça para baixo, e alguma outra seita que não reconheço. O corpo está identificado apenas com um J, em vermelho. Isso não significa judeu, estes seriam identificados por estrelas amarelas. De qualquer maneira não tem havido muitos deles. Porque foram declarados Filhos de Jacob e portanto especiais, a eles foi dada uma escolha. Podiam se converter ou emigrar para Israel. Muitos emigraram, se pudermos acreditar nos noticiários. Vi um navio cheio deles, na televisão, inclinados sobre os parapeitos das amuradas com seus casacos e chapéus pretos e longas barbas, tentando parecer tão judeus quanto fosse possível, vestidos em fantasias salvas do passado, as mulheres com xales cobrindo-lhes a cabeça, sorrindo e acenando, um tanto rigidamente, é verdade, como se estivessem posando; e outra imagem, dos mais ricos, fazendo filas para os aviões. Ofglen diz que algumas pessoas conseguiram escapar assim, fingindo ser judias. Mas que não foi fácil, por causa dos exames pelos quais eles as obrigavam a passar e que agora tornaram isso ainda mais rigoroso.

Contudo, você não é enforcado apenas por ser judeu. É enforcado por ser um judeu barulhento que se recusa a fazer a escolha. Ou por fingir se converter. Isso também foi mostrado na televisão: batidas noturnas, reservas secretas de coisas judaicas arrancadas debaixo de camas, Torás, *talits*, Estrelas de Davi. E seus donos, os rostos obstinados, sem mostrar arrependimento, empurrados pelos Olhos contra as paredes de seus quartos, enquanto a voz pesarosa do locutor nos fala em *voice-over* sobre sua perfídia e ingratidão.

De modo que o J não é de judeu. O que poderia ser? Testemunha de Jeová? Jesuíta? Seja lá o que significasse, está morto do mesmo jeito.

Depois dessa observação ritual continuamos nosso caminho, seguindo como de hábito rumo a algum espaço aberto, de modo que fosse possível conversar. Se é que se pode chamar isso de conversa, são sussurros truncados, projetados através dos funis de nossas abas brancas. É mais como um telegrama, uma sinalização com bandeiras verbal. Discurso amputado.

Nunca podemos ficar muito tempo em lugar nenhum. Não queremos ser presas por vadiagem.

Hoje viramos na direção oposta à do Escritos da Alma, para onde há uma espécie de parque, com um grande prédio antigo; ornamentado ao estilo do final do período vitoriano, com vitrais. Costumava ser chamado de Mansão Memorial, embora nunca tenha sabido de que era um memorial. Gente morta de algum tipo.

Moira certa vez me disse que costumava ser onde os estudantes comiam, nos primeiros tempos da universidade. Se uma mulher entrasse ali, atiravam pães nela.

Por quê?, perguntei. Moira se tornou, com o passar dos anos, cada vez mais versada nesse tipo de anedota. Eu não gostava muito disso, daquele ressentimento guardado contra o passado.

Para fazê-las sair, disse Moira.

Talvez fosse mais como atirar amendoins em elefantes, observei.

Moira deu uma gargalhada; ela sempre soube rir. Monstros exóticos, disse ela.

Ficamos paradas olhando para este prédio, que é em forma mais ou menos como uma igreja, uma catedral. Ofglen diz:

– Ouvi dizer que é aí que os Olhos realizam seus banquetes.

– Quem lhe disse? – pergunto. Não há ninguém por perto, podemos falar mais livremente, mas por hábito mantemos as vozes baixas.

– Um passarinho me contou – diz ela. Faz uma pausa, olha para o lado, para mim, percebo o borrão de branco enquanto as abas se movem. – Há uma senha – diz.

– Uma senha? – pergunto. – Para quê?

– Para que você possa saber – diz ela. – Quem é e quem não é.

Embora eu não perceba que utilidade há nisso, pergunto:

– Qual é?

– *Mayday* ou dia de maio – diz ela. – Experimentei com você uma vez.

– *Mayday* – repito. Lembro-me daquele dia. *M'aidez.*

– Não use a menos que precise – diz Ofglen. – Não é bom para nós conhecermos muitas das outras, da rede. Caso você seja apanhada.

Acho difícil acreditar nesses sussurros, nessas revelações, embora eu sempre acredite no momento. Depois, contudo, me parecem improváveis, infantis até, como algo que você faz por diversão; como um clube só de garotas, como os segredos na escola. Ou como os romances de espionagem que eu costumava ler, nos fins de semana, quando deveria estar acabando meu dever de casa, ou como televisão tarde da noite. Senhas, coisas que não podem ser contadas, pessoas com identidades secretas, ligações misteriosas: essa não parece que deva ser a verdadeira forma do mundo. Mas isso é a minha própria ilusão, uma ressaca de uma versão de realidade que aprendi no tempo de antes.

E redes. *Fazer networking*, uma das velhas frases de minha mãe, gíria embolorada de tempos passados. Mesmo quando já passava dos sessenta anos, ela ainda fazia algo que chamava por esse nome, embora até onde eu percebia tudo que significava era almoçar com outra mulher.

Deixo Ofglen na esquina.

– Vejo você mais tarde – diz ela. Se afasta suave e silenciosamente pela calçada enquanto eu subo pelo caminho em direção à casa. Lá está Nick, de chapéu torto; hoje ele nem sequer olha para mim. Contudo deve ter estado por ali me esperando, para transmitir sua mensagem silenciosa, porque assim que percebe que eu o vi dá uma última lustrada no Tormentas com a camurça e se afasta rápido em direção à porta da garagem.

Vou andando pelo cascalho, entre as placas de gramado excessivamente verde. Serena Joy está sentada debaixo do salgueiro, em sua cadeira, a bengala apoiada junto ao cotovelo. Seu vestido é de algodão fresco e bem passado. Para ela é azul, aguado de aquarela, não este vermelho meu, que suga o calor e arde em chamas com ele ao mesmo tempo. Seu perfil está virado para mim, ela está tricotando. Como consegue suportar tocar na lã, neste calor? Mas possivelmente sua pele perdeu a sensibilidade; possivelmente ela não sente nada; como alguém que foi escaldado antes.

Baixo meus olhos para o caminho, passo por ela silenciosamente, na esperança de ser invisível. Sabendo que serei ignorada. Mas não desta vez.

– Offred – diz ela.

Paro, insegura.

– Sim, você.

Viro para ela meu olhar de antolhos.

– Venha até aqui. Preciso de você.

Caminho sobre a grama e paro diante dela, de olhos baixos.

– Pode sentar – diz. – Aqui, pegue a almofada. Preciso que segure esta lã. – Ela tem um cigarro, o cinzeiro está na grama a seu lado, e uma xícara de alguma coisa, chá ou café. – Está abafado demais lá dentro, que diabo, você precisa de um pouco de ar – diz. Eu sento, pondo minha cesta no chão, morangos de novo, galinha de novo, e reparo na palavra de seu praguejar: algo novo. Ela encaixa a meada de lã em minhas duas mãos estendidas, começa a enrolar. Estou atada, parece, algemada; envolta numa teia de aranha, isso é mais próximo. A lã é cinza e absorveu a umidade do ar, é como um cobertor de bebê molhado e cheira ligeiramente a ovelha úmida. Pelo menos minhas mãos receberão a lanolina da lã.

Serena enrola, o cigarro seguro no canto da boca, queimando, lançando no ar a fumaça tentadora. Ela enrola devagar e com dificuldade por causa de suas mãos cada vez mais incapacitadas, mas com determinação. Talvez o tricotar, para ela, envolva uma espécie de força de vontade; talvez até doa. Talvez tenha sido receitado pelo médico: dez fileiras por dia de ponto de tricô, dez fileiras de ponto de meia. Embora deva fazer mais do que isso. Vejo aquelas árvores perenes e meninos e meninas geométricos sob uma luz diferente: a prova de sua teimosia, e não de todo desprezíveis.

Minha mãe não tricotava nem fazia nada parecido. Mas sempre que trazia coisas de volta do tintureiro, as blusas finas, casacos de inverno, guardava os alfinetes e os prendia uns aos outros numa corrente. Então prendia a corrente em algum lugar – na cama, no travesseiro, nas costas de uma cadeira, na luva do forno na cozinha –, de modo que não os perdesse. Então se esquecia deles. Eu os encontrava, aqui e ali pela casa, pelas casas; rastros de sua presença, restos de alguma intenção perdida, como sinais numa estrada que acaba por não conduzir a lugar nenhum. Lembranças da vida doméstica.

– E então – diz Serena. Ela para de enrolar, deixando-me com as mãos ainda cingidas com o pelo animal, e tira o cigarro da boca para apagá-lo. – Nada ainda?

Eu sei de que ela está falando. Entre nós, não existem assim tantos assuntos sobre os quais se poderiam falar; não há muito que tenhamos em comum, exceto por essa única coisa misteriosa e fortuita.

– Não – respondo. – Nada.

– Uma pena – diz ela. É difícil imaginá-la com um bebê. Mas em grande medida as Marthas é que cuidariam dele. Contudo, ela gostaria de me ver grávida, afinal terminada e relegada ao meu canto, e fora do caminho, sem mais humilhantes entrelaçamentos de corpos suarentos, sem mais triângulos de carne sob seu dossel estrelado de flores prateadas. Paz e tranquilidade. Não posso imaginar que ela quereria tamanha boa sorte, para mim, por nenhum outro motivo.

– Seu tempo está se esgotando – diz ela. Não é uma pergunta, uma afirmação de fato.

– Sim – digo em tom neutro.

Está acendendo outro cigarro, manuseando com dificuldade o isqueiro. Definitivamente suas mãos estão ficando piores. Mas seria um erro me oferecer fazê-lo para ela, ficaria ofendida. Um erro observar fraqueza nela.

– Talvez ele não possa – diz ela.

Não sei a quem está se referindo. Quer dizer o Comandante ou Deus? Se for Deus, deveria dizer queira. De todo modo é heresia. São só as mulheres que não podem, que permanecem teimosamente fechadas, danificadas, defeituosas.

– Não – digo. – Talvez não possa.

Levanto o olhar para ela. Ela baixa o olhar para mim. É a primeira vez que olhamos nos olhos uma da outra em muito tempo. Desde que nos conhecemos. O momento se prolonga entre nós, desolado e uniforme. Ela está tentando ver se estou ou não à altura da realidade.

– Talvez – diz ela, segurando o cigarro, que não conseguiu acender. – Talvez você devesse tentar de outra maneira.

Será que ela quer dizer de quatro?

– Que outra maneira? – pergunto. Tenho que me manter séria.

– Um outro homem – diz ela.

– Sabe que não posso – digo, com cuidado para não revelar minha irritação. – É contra a lei. Sabe qual é a penalidade.

– Sim – diz ela. Está pronta para isso, pensou em todos os aspectos. – Sei que você não pode oficialmente. Mas se faz. Mulheres fazem com frequência. O tempo todo.

– Quer dizer, com médicos? – digo, lembrando-me dos olhos castanhos simpáticos, da mão sem luva. Da última vez que fui havia um médico diferente. Talvez alguém tenha apanhado o outro, ou uma mulher o delatou. Não que fossem acreditar em sua palavra, sem provas.

– Alguma coisa assim – diz ela, o tom quase afável agora, embora distanciado; é como se estivéssemos considerando uma escolha de esmalte para as unhas. – Foi assim que Ofwarren fez. A esposa sabia, é claro. – Ela faz uma pausa para deixar que isso seja bem compreendido. – Eu a ajudaria. Garantiria que nada desse errado.

Penso a respeito disso.

– Não com um médico – digo.

– Não – concorda ela, e pelo menos neste momento somos velhas amigas, aqui poderia ser uma mesa de cozinha, poderíamos estar conversando sobre um encontro, algum estratagema de meninas envolvendo esquemas e flertes. – Às vezes eles fazem chantagem. Mas não tem que ser um médico. Poderia ser alguém em quem tenhamos confiança.

– Quem?

– Estava pensando em Nick – diz ela, e sua voz é quase suave. – Trabalha conosco há muito tempo. É leal. Eu poderia combinar com ele.

Então é ele quem cuida das comprinhas no mercado clandestino para ela. É isso o que ele recebe, em troca?

– E o Comandante? – digo.

– Bem – diz ela, com firmeza; não, mais do que isso, uma expressão bem fechada, como uma bolsa que estala ao se fechar. – Apenas não contaremos a ele, não é?

Essa ideia paira entre nós, quase visível, quase palpável: pesada, sem forma, escura; uma espécie de conspiração, uma espécie de traição. Ela realmente quer esse bebê.

– É um risco – digo. – Mais que isso. – É a minha vida em jogo; mas é onde ela estará mais cedo ou mais tarde, de uma maneira ou de outra, quer eu faça ou não. Ambas sabemos disso.

– Mas você bem que poderia – diz ela. Que é o que penso também.

– Está bem – digo. – Sim.

Ela se inclina para a frente.

– Talvez eu pudesse lhe dar alguma coisa – diz ela. Porque me comportei bem. – Algo que você quer – acrescenta, de maneira quase aduladora.

– E o que seria? – digo. Não consigo pensar em nada que eu queira verdadeiramente que ela tenha a possibilidade ou capacidade de me dar.

– Um retrato – diz ela, como se me oferecendo alguma prenda juvenil, um sorvete, uma ida ao zoológico. Levanto o olhar e a encaro, confusa.

– Dela – diz. – De sua filhinha. Mas só talvez.

Então ela sabe onde a puseram, onde a estão mantendo. Soube o tempo todo. Alguma coisa engasga na minha garganta. A vadia, não me dizer, não me dar notícias, qualquer notícia que fosse. Nem sequer contar a ninguém. Ela é feita de madeira, ou de ferro, não é capaz de imaginar. Mas não posso dizer isso, não posso perder de vista, mesmo uma coisa tão pequenina. Não posso abandonar essa esperança. Não consigo falar.

Ela está sorrindo, mesmo, de verdade, de maneira até coquete; há uma sombra do encanto de seu antigo manequim de tela de televisão, cintilando em seu rosto como estática momentânea.

– Está quente demais para isso, não acha? – diz. Ela levanta a lã de minhas duas mãos, onde a estive segurando todo esse tempo. Então pega o cigarro que esteve manuscando e, um pouco desajeitadamente, o aperta na minha mão, fechando meus dedos ao redor dele. – Arranje um fósforo – diz ela. – Estão na cozinha, pode pedir um a Rita. Pode dizer a ela que eu deixei. Mas um só – acrescenta maliciosamente. – Não queremos arruinar sua saúde.

CAPÍTULO TRINTA E DOIS

Rita está sentada à mesa da cozinha. Há uma tigela de vidro com cubos de gelo flutuando dentro, sobre a mesa, diante dela. Rabanetes cortados em forma de flores, rosas ou tulipas, boiam nela. Na tábua diante dela, está cortando mais, com uma faca bem afiada de ponta fina arredondada, as mãos grandes e ágeis, indiferentes. O resto de seu corpo não se move, nem seu rosto. É como se estivesse fazendo aquilo dormindo, aquele truque com a faca. Na superfície branca esmaltada há uma pilha de rabanetes, lavados mas não cortados. Pequeninos corações astecas.

Ela mal se dá ao trabalho de levantar a cabeça quando entro.

– Conseguiu tudo, hum – é o que diz, enquanto tiro os embrulhos para sua inspeção.

– Pode me dar um fósforo? – peço. É surpreendente a maneira como ela faz com que me sinta uma criança pequena pidona, apenas com seu olhar zangado, sua impassibilidade; como sou importuna e manhosa.

– Fósforos? – diz ela. – Para que você quer fósforos?

– Ela disse que eu podia pegar um – digo, não querendo admitir que ganhei o cigarro.

– Quem disse? – Rita continua a trabalhar nos rabanetes, seu ritmo inalterado. – Não há motivo para você ter fósforos. Queimar a casa inteira.

– Pode ir perguntar a ela, se quiser – digo. – Está lá no gramado.

Rita revira os olhos para o teto, como se consultando silenciosamente alguma deidade por lá. Então suspira, levanta-se pesadamente e esfrega as mãos no avental com afetação, para me mostrar como dou trabalho. Vai até o armário sobre a pia, sem nenhuma pressa, localiza seu molho de chaves no bolso, destranca a porta do armário.

– Guardo-os aqui, no verão – diz como se para si mesma. – Não há necessidade de acender lareiras com este tempo. – Lembro-me, de abril passado, que é Cora quem acende as lareiras, na sala de estar e na sala de jantar, quando o tempo está mais frio.

Os fósforos são de madeira, numa caixa de papelão com outra que desliza sobre ela, do tipo que eu costumava cobiçar para fazer gavetas de bonecas. Ela abre a caixa, a examina atentamente, como se decidindo qual vai me dar.

– O problema é dela – resmunga. – Não há maneira de se poder dizer coisa nenhuma a ela. Mergulha a mão grande na caixa, escolhe um fósforo, passa-o para mim. – Agora, não vá atear fogo em nada – diz ela. – Não nas cortinas de seu quarto. Já está quente demais como está.

– Não vou – digo. – Não é para isso que vou usar.

Ela não se digna a me perguntar para que é.

– Pouco me importa se vai comê-lo ou sei lá o que – diz. – Ela disse que podia lhe dar um fósforo, por isso lhe dou um, só isso.

Ela me dá as costas e senta de novo à mesa. Então tira um cubo de gelo da tigela e o enfia na boca. Esse é um gesto incomum para ela. Nunca a vi mordiscar nada enquanto trabalha.

– Pode pegar um desses também – diz. – Uma vergonha, fazer vocês usarem todas essas fronhas na cabeça, com este tempo.

Fico surpreendida: ela em geral não me oferece nada. Talvez ache que se meu prestígio aumentou o suficiente para receber um fósforo, ela pode se dar ao luxo de fazer seu próprio pequeno gesto. Será que me tornei, subitamente, uma daquelas pessoas que devem ser apaziguadas?

– Obrigada – digo. Transfiro o fósforo cuidadosamente para dentro do zíper da manga onde está o cigarro, de modo que não se molhe, e pego um cubo de gelo. – Estes rabanetes estão bem bonitos – digo, em troca pelo presente que ela me deu, por livre e espontânea vontade.

– Gosto de fazer as coisas bem feitas, só isso – diz ela, resmungando de novo. – De outra maneira não há sentido.

Sigo pelo corredor, subo a escada, apressada. No espelho côncavo do vestíbulo passo num lampejo, uma forma vermelha no canto do campo de minha visão, uma aparição de fumaça vermelha. Tenho fumaça em minha mente com certeza, já posso senti-la em minha boca, tragada para dentro dos pulmões, enchendo-me num longo e rico suspiro de canela suja, e então a animação à medida que a nicotina entra na corrente sanguínea.

Depois desse tempo todo poderia me deixar enjoada. Não ficaria surpresa. Mas mesmo esse pensamento é bem-vindo.

Avanço pelo corredor, onde devo fazê-lo? No banheiro, deixando a água correr para desanuviar o ar, no quarto, soprando as baforadas ofegantes pela janela aberta? Quem vai me pegar fazendo isso? Quem sabe?

Ao mesmo tempo em que me regalo no futuro assim, saboreando a antecipação em minha boca, penso em outra coisa.

Não preciso fumar este cigarro.

Poderia picá-lo em pedacinhos, jogar no vaso e puxar a descarga. Ou poderia comê-lo e ficar ligada assim, isso também poderia funcionar, um bocadinho de cada vez, guardar o resto.

Assim eu poderia guardar o fósforo. Poderia fazer um pequeno furo, no colchão, enfiá-lo para dentro cuidadosamente. Estaria lá, à noite, debaixo de mim enquanto estou na cama. Adiando a decisão.

Eu poderia incendiar a casa. Um pensamento tão maravilhoso que me dá arrepios.

Uma via de escape, rápida e rasteira.

Fico deitada na cama, fingindo cochilar.

O Comandante, na noite passada, com os dedos unidos, me observando enquanto passava a loção oleosa nas mãos. Estranho, pensei em pedir um cigarro a ele, mas decidi não fazê-lo. Sei o suficiente para não pedir demais de uma só vez. Não quero que pense que o estou usando. Também não quero interrompê-lo.

Na noite passada tomou um drink, uísque com água. Ele deu para beber na minha presença, para relaxar depois do dia de trabalho, pelo que percebi está sob pressão. Nunca me oferece um e eu não peço: nós dois sabemos para que é o meu corpo. Quando lhe dou o beijo de boa noite, como se fosse de verdade, seu hálito cheira a álcool e inalo o cheiro como fumaça. Admito que me delicio com isso, uma lambida de devassidão.

Às vezes depois de alguns drinks ele fica bobo, e trapaceia no jogo de mexe-mexe. E me encoraja a fazê-lo também, e pegamos letras a mais e com elas inventamos palavras que não existem, palavras como *sujur* e *cocor*, dando risadinhas com isso. Por vezes ele liga o rádio de ondas curtas, sintonizando em minha presença a Rádio América Livre, só para mostrar que pode. Então desliga de novo. Malditos cubanos, diz ele. Toda aquela porcaria sobre assistência universal para crianças e idosos.

Às vezes, depois dos jogos, ele senta no chão ao lado de minha cadeira, segurando minha mão. Sua cabeça está um pouco abaixo da minha, de modo que quando ele olha para mim é em um ângulo juvenil. Deve diverti-lo essa falsa subserviência.

Ele está lá em cima, lá no alto, diz Ofglen. Está bem lá no topo, e quero dizer no mais alto escalão.

Nessas ocasiões é difícil imaginar isso.

De vez em quando tento me colocar na posição dele. Faço isso como tática, para adivinhar com antecedência de que maneira pode ser induzido a se comportar comigo. É difícil para mim acreditar que tenho poder sobre ele, de qualquer tipo, mas tenho; embora seja de um tipo equívoco. Vez por outra penso que posso me ver, ainda que num borrão meio indistinto, como é possível que ele me veja. Há coisas que ele quer provar para mim, presentes que quer dar, serviços que quer prestar, ternuras que quer inspirar.

Ele quer, e como. Especialmente depois de alguns drinks.

Por vezes se torna queixoso, em outras ocasiões, filosófico; ou quer explicar as coisas, se justificar. Como ontem à noite.

O problema não era só com as mulheres, diz ele. O problema principal era com os homens. Não havia mais nada para eles.

Nada?, pergunto. Mas eles tinham...

Não havia nada para fazerem, diz ele.

Eles poderiam ganhar dinheiro, digo, um tanto maldosamente. Agora, neste momento, não estou com medo dele. É difícil ter medo de um homem que está parado observando você passar loção nas mãos. Essa falta de medo é perigosa.

Não é o bastante, diz ele. É abstrato demais. Quero dizer que não havia nada para eles fazerem com as mulheres.

Como assim, que está querendo dizer?, pergunto. E todas as Esquinaspornô, eles tinham até serviços motorizados.

Não estou falando a respeito de sexo, diz ele. Aquilo era parte do problema, o sexo era fácil demais. Qualquer um podia apenas comprá-lo. Não havia nada pelo que trabalhar, nada por que lutar. Temos as estatísticas daquela época. Você sabe do que eles mais estavam se queixando? Incapacidade de sentir. Os homens estavam perdendo o interesse pelo sexo. Perdendo o interesse pelo casamento.

Eles sentem agora?, pergunto.

Sim, diz ele, olhando para mim. Sentem. Ele se levanta, dá a volta na escrivaninha, vem até a cadeira onde estou sentada. Põe as mãos sobre meus ombros, por trás. Não posso vê-lo.

Gosto de saber o que você pensa, diz a voz dele, vinda de trás de mim.

Não penso muito, digo em tom despreocupado. O que ele quer é intimidade, mas não posso lhe dar isso.

Para mim, quase não há nenhum sentido em pensar, não é mesmo?, digo. O que penso não importa.

O que é o único motivo pelo qual ele pode me contar coisas.

Vamos, deixe disso, diz ele, pressionando-me ligeiramente com as mãos. Estou interessado em sua opinião. Você é bastante inteligente, deve ter uma opinião.

A respeito de quê?, digo.

Do que nós fizemos, diz ele. De como as coisas se resolveram.

Mantenho-me completamente imóvel. Tento esvaziar minha mente. Penso a respeito do céu, à noite, quando não há lua. Eu não tenho nenhuma opinião, digo.

Ele suspira, relaxa as mãos, mas as deixa sobre os meus ombros. Ele sabe o que penso, sabe muito bem.

Não se pode fazer uma omelete sem quebrar os ovos, é o que diz. Pensamos que faríamos melhor.

Melhor?, digo, em voz baixa, apagada. Como ele pode pensar que isto é melhor?

Melhor nunca significa melhor para todo mundo, diz ele. Sempre significa pior, para alguns.

Fico deitada imóvel, o ar úmido acima de mim como uma tampa. Como terra. Eu gostaria que chovesse. Melhor ainda, que caísse uma tempestade, nuvens pretas, raios, trovões de arrebentar os ouvidos. Poderia faltar eletricidade. Então eu poderia descer até a cozinha, dizer que estou com medo, sentar com Rita e Cora ao redor da mesa da cozinha, elas permitiriam meu medo porque é um medo que também têm, me deixariam entrar. Haveria velas acesas, observaríamos os rostos umas das outras ir e vir no bruxulear, nos clarões de luz entrecortados do lado de fora das janelas. Ah, Senhor, diria Cora. Ah, Senhor, salve-nos.

O ar ficaria limpo depois disso, e mais leve.

Olho para o teto, o círculo redondo de flores de gesso. Risque um círculo, entre dentro dele, isso protegerá você. Do centro saía o candelabro, e do candelabro pendia uma tira retorcida de lençol. Era ali que ela balançava, bem leve, como um pêndulo; da maneira como você podia se balançar pendurado pelas mãos em um galho de árvore quando criança. Ela estava em segurança àquela altura, totalmente protegida, quando afinal Cora abriu a porta. Às vezes penso que ela ainda está aqui, comigo.

Sinto-me enterrada.

CAPÍTULO TRINTA E TRÊS

Final da tarde, o céu enevoado, a luz do sol difusa mas pesada e em toda parte, como poeira de bronze. Deslizo pela calçada com Ofglen; nós duas, e à nossa frente outro par e do outro lado da rua mais outro. Devemos fazer bela figura vistas de longe: pitorescas, como ordenhadoras holandesas no friso de um papel de parede, como uma prateleira cheia de recipientes de sal e pimenta de cerâmica em trajes nacionais de época, como uma pequena frota de cisnes ou qualquer coisa que se repete com pelo menos um mínimo de graça e sem variações. Calmante para o olho, os olhos, os Olhos, pois é para eles que este espetáculo é encenado. Estamos a caminho de uma Rezavagância, para demonstrar como somos obedientes e devotas.

Não há um dente-de-leão à vista por aqui, os gramados estão limpos, impecáveis. Anseio por um, apenas um, de aspecto bem vagabundo e crescendo insolente ao acaso, difícil de se livrar e perenemente amarelo como o sol. Alegre e plebeu, brilhando igual para todos. Anéis, costumávamos fazer com eles, coroas e colares, manchas da seiva amarga em nossos dedos. Ou eu segurava um debaixo de seu queixo: *Você gosta de manteiga?* Cheirando-os ela ficava com pólen no nariz. (Ou será que isso era com botões-de-ouro?) Ou espalhando sementes: posso vê-la correndo pelo gramado, aquele gramado logo ali bem à minha frente, com dois, três anos de idade, girando um no ar como se fosse uma estrelinha, uma varinha de fogo branco, o ar se enchendo de minúsculos paraquedas. *Voa, voa e saberá dizer as horas*. Todas aquelas horas, levadas embora no sopro da brisa de verão. Porém para saber de amor eram margaridas, e fazíamos isso também.

Formamos uma fila para o exame dos passes e para ter a passagem liberada no posto de controle, paradas de duas em duas, e duas, e duas, como uma escola particular de moças que saiu para um passeio e ficou fora por tempo demais. Anos e anos demais, de modo que tudo se tornou grande demais, pernas, corpos, vestidos, tudo junto. Como se encantadas. Um conto de fadas, eu gostaria de acreditar. Em vez disso, somos conferidas e liberadas, de duas em duas, e continuamos a andar.

Depois de algum tempo viramos à direita, seguindo para depois dos Lírios, e descendo em direção ao rio. Gostaria de poder ir até lá, para onde as margens largas estão, onde costumávamos nos deitar ao sol, onde as pontes se abrem em arcos. Se você descesse o rio por tempo suficiente, ao longo de seus meandros vigorosos, chegaria ao mar; mas o que poderia fazer lá? Catar conchas, ficar à toa nas pedras cheias de óleo.

Contudo, não estamos indo para o rio, não veremos as pequenas cúpulas nos prédios que ficam naquela direção, brancas com enfeites em azul e dourado, uma alegria tão casta. Viramos e entramos num prédio mais moderno, uma imensa bandeira estendida acima de sua porta – REZAVAGÂNCIA DE MULHERES HOJE. A bandeira cobre o antigo nome do prédio, algum presidente morto, assassinado a tiros. Abaixo da escrita em vermelho há uma linha em letras menores, escrita em preto, com a silhueta de um olho alado de cada lado: DEUS É UMA RIQUEZA NACIONAL. De cada lado da porta estão postados os inevitáveis Guardiões, dois pares, quatro no total, perfilados, os braços ao lado do corpo, olhos fixos para a frente. São quase como manequins de loja, com os cabelos bem penteados, uniformes bem passados e rostos jovens duros como gesso. Nenhum com espinhas hoje. Cada um tem uma submetralhadora a tiracolo, para quaisquer atos perigosos ou subversivos que pensem que poderíamos cometer lá dentro.

A Rezavagância deverá ser realizada no pátio coberto onde há uma espaço oblongo, com um teto de claraboia. Não é uma Rezavagância para a cidade toda, se fosse, seria realizada no campo de futebol; é apenas para este distrito. Fileiras de cadeiras dobráveis de madeira foram colocadas ao longo do lado direito, para as Esposas e filhas de autoridades civis ou militares de alta patente, não há assim muita diferença. As galerias acima, com seus parapeitos de concreto, são para as mulheres de classes mais baixas, as Marthas, as Econoesposas em suas listras multicoloridas. O comparecimento à Rezavagância não é compulsório para elas, especialmente se estiverem de serviço ou tiverem filhos pequenos, mas as galerias parecem estar se enchendo de qualquer maneira. Suponho que seja uma forma de entretenimento, como um espetáculo ou um circo.

Um bom número de Esposas já estão sentadas, com seus melhores vestidos bordados azuis. Posso sentir os olhos delas sobre nós enquanto andamos com nossos vestidos vermelhos, de duas em duas, encaminhando-nos para o lado oposto ao delas. Estamos sendo olhadas de alto a baixo, avaliadas, comentadas; podemos sentir isso, como minúsculas formigas correndo sobre nossa pele nua.

Aqui não há cadeiras. Nossa área é demarcada e isolada por uma corda de fios de seda torcido escarlate, do tipo que costumava ter em cinemas para conter os espectadores. Esta corda nos segrega, nos marca como excluídas, impede as outras de serem contaminadas por nós, faz para nós um curral ou um chiqueiro; de modo que entramos ali, nos arrumamos em fileiras, algo que sabemos fazer muito bem, então nos ajoelhamos no assoalho de cimento.

– Siga para o fundo – murmura Ofglen ao meu lado. – Poderemos falar melhor. – E quando estamos nos ajoelhando, de cabeça ligeiramente inclinada, posso ouvir por toda parte ao nosso redor um sussurrar, como o farfalhar de insetos em relva alta e seca: uma nuvem de murmúrios. Este é um dos lugares onde podemos trocar notícias mais livremente, passá-las de uma para a do lado. É difícil para eles escolher alguém entre nós para dar atenção ou ouvir o que está sendo dito. E não quereriam interromper a cerimônia, não diante das câmeras de televisão.

Ofglen me dá uma cutucada com o cotovelo, para chamar minha atenção e eu levanto os olhos lenta e furtivamente. De onde estamos ajoelhadas temos uma boa visão da entrada para o pátio, onde as pessoas estão entrando de maneira compassada. Deve ser Janine que ela queria que eu visse, porque lá está ela, lado a lado com uma nova mulher, não a anterior; alguém que não reconheço. Portanto Janine deve ter sido transferida, para uma nova casa, um novo posto. Ainda é cedo para isso, será que houve algo de errado com sua amamentação? Esse seria o único motivo pelo qual eles a transfeririam, a menos que tenha havido uma briga por causa do bebê; algo que acontece mais do que podem imaginar. Depois que ela o teve, pode ter resistido a entregá-lo. Posso ver isso. Seu corpo sob o vestido vermelho parece muito magro, quase esquelético, e ela perdeu aquele viço da gravidez. O rosto está branco e emaciado, como se sua força estivesse sendo sugada.

– Não serviu para nada, sabe – diz Ofglen perto do lado de minha cabeça. – Era uma retalhadora, afinal.

Ela está se referindo ao bebê de Janine, o bebê que veio ao mundo através de Janine a caminho de algum outro lugar. O bebê Angela. Foi um erro dar-lhe um nome tão cedo. Sinto uma indisposição, lá dentro de meu estômago. Não uma indisposição, um vazio. Não sei o que há de errado comigo.

– Meu Deus – digo. Ter passado por tudo aquilo para nada. Pior que nada.

– É o segundo que ela tem – diz Ofglen. – Sem contar o dela mesmo, antes. Ela teve um aborto aos oito meses, você não sabia?

Observamos enquanto Janine entra no cercado demarcado pela corda, com seu véu de intocabilidade, de má sorte. Ela me vê, tem que me ver, mas olha através de mim, como se eu não estivesse ali. Não há sorriso de triunfo desta vez. Ela se vira, se ajoelha e tudo que posso ver são suas costas e os ombros magros encurvados.

– Acha que é culpa dela – sussurra Ofglen. – Dois seguidos. Por ser pecadora. Ela usou um médico, não foi seu Comandante afinal.

Não posso dizer que sei, senão Ofglen vai querer saber como. Até onde sabe, ela é minha única fonte desse tipo de informação; da qual tem uma quantidade surpreendente. Como pode ter descoberto a respeito de Janine? As Marthas? A companheira de compras de Janine? Escutando atrás de portas fechadas, as Esposas enquanto tomam seus chás e vinhos, tecendo suas teias. Será que Serena Joy vai falar de mim dessa maneira, se eu fizer o que ela quer? *Concordou com a proposta imediatamente, na verdade ela pouco se importou, qualquer coisa com duas pernas e um bom vocês-sabem-o-que estava ótimo para ela. Elas não têm escrúpulos, não têm os mesmos sentimentos que nós temos.* E o resto delas se inclinando para a frente em suas cadeiras: Minha *querida*, todo o horror e os pruridos. Como ela foi capaz? Onde? Quando?

Como sem dúvida fizeram com Janine.

– Isso é terrível – digo. É típico de Janine assumir a culpa por tudo, concluir que os defeitos do bebê se deviam somente a ela. Mas as pessoas são capazes de fazer qualquer coisa para não admitir que suas vidas não têm significado. Não têm utilidade, melhor dizendo. Não têm enredo.

Certa manhã, enquanto estávamos nos vestindo, reparei que Janine ainda estava com a camisola branca de algodão. Estava apenas sentada ali na beira da cama.

Olhei na direção das portas duplas do ginásio, onde geralmente a Tia ficava postada, para ver se havia reparado. Mas a Tia não estava lá. Àquela altura elas estavam mais confiantes a nosso respeito; por vezes nos deixavam sem supervisão na sala de aula e até na cafeteria por alguns minutos de cada vez. Provavelmente ela tinha dado uma escapulida para fumar um cigarro ou tomar um café.

Veja, eu disse para Alma, que tinha a cama ao lado da minha.

Alma olhou para Janine. Então nós fomos até junto dela. Vista suas roupas, Janine, disse Alma, para as costas brancas de Janine. Não queremos ter preces adicionais por sua causa. Mas Janine não se moveu.

Nesse meio-tempo Moira também tinha se aproximado. Isso foi antes de ela fugir, pela segunda vez. Ainda estava mancando por causa do que tinham feito com seus pés. Deu a volta na cama de modo que pudesse ver o rosto de Janine.

Venham aqui, disse para Alma e para mim. As outras estavam começando a se aglomerar também, havia um pequeno grupo. Voltem para seus lugares, disse-lhes Moira. Não criem um caso com isso, e se *ela* entrar?

Eu estava olhando para Janine. Seus olhos estavam abertos, mas absolutamente não me viam. Estavam arredondados, arregalados, e seus dentes estavam arreganhados num sorriso fixo. Através do sorriso, por entre os dentes, ela estava sussurrando consigo mesma. Tive que me abaixar bem perto dela.

Alô, disse ela, mas não para mim. Meu nome é Janine. Sou a garçonete desta manhã. Posso lhes servir um café, para começar?

Meu Deus, disse Moira, ao meu lado.

Não blasfeme, disse Alma.

Moira pegou Janine pelos ombros e a sacudiu. Pare com isso, acorde, Janine, disse asperamente. E não use aquela *palavra*.

Janine sorriu. Agora, tenha um bom dia, disse ela.

Moira a esbofeteou, duas vezes, de um lado para o outro. Volte aqui, disse ela. Trate de voltar já para cá! Você não pode ficar *lá*, você não está mais *lá*. Aquilo tudo se acabou.

O sorriso de Janine vacilou. Ela pôs a mão no rosto. Por que você bateu em mim?, disse ela. Não estava bom? Posso lhe trazer outro. Não precisava me bater.

Você não sabe o que elas vão fazer?, disse Moira. Sua voz estava baixa, mas dura, concentrada. Olhe para mim. Meu nome é Moira e isto é o Centro Vermelho. Olhe para mim.

Os olhos de Janine começaram a recuperar o foco. Moira?, disse ela. Não conheço nenhuma Moira.

Elas não vão mandar você para a Enfermaria, então nem pense nisso, disse Moira. Elas não vão fazer nada para tentar curar você. Não vão nem se dar ao trabalho de embarcá-la para as Colônias. Se for longe demais, simplesmente levarão você para o Laboratório de Química e a matarão com um tiro. Depois a queimarão junto com o lixo como uma Não mulher. Por isso esqueça.

Eu quero ir para casa, disse Janine. E começou a chorar.

Deus do céu, disse Moira. Agora chega. Ela vai estar aqui em um minuto, juro. De modo que trate de vestir as drogas de suas roupas e cale a boca.

Janine continuou choramingando, mas também se levantou e começou a se vestir.

Se ela fizer isso de novo e eu não estiver aqui, disse Moira para mim, você tem apenas que lhe dar uns tabefes como eu dei. Não pode deixar que ela saia de si assim. Esse negócio é contagioso.

Ela já devia estar planejando, naquela ocasião, como iria sair.

CAPÍTULO TRINTA E QUATRO

O espaço com assentos no pátio agora está cheio; nós sussurramos e esperamos. Por fim o Comandante encarregado do serviço entra. Ele é calvo e tem ombros largos e parece um técnico de futebol envelhecido. Está vestido em seu uniforme preto, sóbrio, com as fileiras de insígnias e condecorações. É difícil não ficar impressionada, mas faço um esforço: tento imaginá-lo na cama com sua Esposa e sua Aia, fertilizando sem parar como um louco, como um salmão no cio, fingindo não ter nenhum prazer com isso. Quando Deus disse frutificai e multiplicai-vos, estava se referindo a esse homem?

Esse Comandante ascende os degraus que levam ao pódio, que está coberto por um tecido vermelho bordado com um grande olho de asas brancas. Ele lança um olhar para o aposento, e nossas vozes suaves morrem. Nem sequer precisa levantar as mãos. Então a voz dele entra no microfone e sai pelos alto-falantes, destituída de seus tons mais baixos de modo que é cortante, aguda e metálica, como se estivesse sendo produzida não por sua boca, mas pelos próprios alto-falantes. A voz dele é cor de metal, tem formato de trombeta.

– Hoje é um dia de graças – começa ele –, um dia de louvação.

Eu saio de sintonia e desligo durante o discurso sobre a vitória e o sacrifício. Então há uma longa prece sobre os receptáculos indignos, depois um hino: "Há um Bálsamo em Gilead."

"Há uma Bomba em Gilead", era como Moira costumava chamar o hino.

Agora vem a parte principal. Os vinte Anjos entram, recém-chegados das frentes de combate, recém-condecorados, acompanhados de sua guarda de honra, marchando um-dois, um-dois, para o espaço central aberto. Sentido! Descansar! E agora as vinte filhas de branco, envoltas em véus brancos, avançam timidamente, com as mães segurando-as pelos cotovelos. São as mães, não os pais, que acompanham as filhas até os noivos nos dias de hoje e que ajudam nos preparativos dos casamentos. Os casamentos é claro são arranjados, casamentos de conveniência. A essas moças não foi permitido estar sozinhas com um homem há anos; seja lá há quanto tempo que todas nós temos feito isso.

Será que têm idade para se lembrar de alguma coisa do tempo de antes, de jogar beisebol, de jeans e tênis. Andar de bicicleta? Ler livros, completamente sozinhas? Apesar do fato de que algumas não tenham mais que catorze anos – *É preciso começar cedo com elas*, é o sistema em vigor, *não há um momento a ser perdido* –, mesmo assim elas vão se lembrar. E as que vierem depois delas, por três ou quatro anos; mas depois disso não. Terão sempre estado vestidas de branco, em grupos de garotas; terão sempre sido silenciosas.

Demos-lhes mais do que tiramos, disse o Comandante. Pense nas dificuldades que tinham antes. Não se lembra dos bares de solteiros, a indignidade dos encontros às cegas no colégio? O mercado da carne. Não se lembra do terrível abismo entre as que podiam conseguir um homem com facilidade e as que não podiam? Algumas delas ficavam desesperadas, passavam fome para ficar magras, enchiam os seios de silicone mandavam cortar pedaços do nariz. Pense na infelicidade humana.

Ele abana a mão na direção de sua pilha de revistas antigas. Estavam sempre reclamando. Problemas disso, problemas daquilo. Lembra-se dos anúncios nas Colunas Pessoais, *Mulher inteligente e atraente, trinta e cinco anos...* Da maneira como fazemos, todas elas conseguem um homem, ninguém é excluído. E depois, então, se de fato se casassem, podiam ser abandonadas com uma criança, duas crianças, o marido podia simplesmente achar que estava farto e largá-las, desaparecer, elas tinham que viver às custas dos serviços sociais do governo. Ou então o marido ficava por lá e batia nelas. Ou se tivessem emprego, as crianças ficavam em creches ou eram deixadas aos cuidados de alguma mulher brutal e ignorante, e tinham que pagar por isso elas próprias, com seus salariozinhos miseráveis. O dinheiro era a única medida de valor, para todo mundo, não recebiam nenhum respeito pelo fato de serem mães. Não é de espantar que estivessem desistindo da coisa inteira. Da maneira como fazemos estão protegidas, podem realizar seus destinos biológicos em paz. Com pleno apoio e encorajamento. Agora, diga-me. Você é uma pessoa inteligente, gosto de ouvir o que pensa. O que foi que deixamos de levar em conta?

Amor, respondi.

Amor?, disse o Comandante. Que tipo de amor?

Se apaixonar, disse eu.

O Comandante olhou para mim com seus olhos sinceros de menino. Ah, sim, li as revistas, era isso que elas vendiam, não era? Mas veja as estatísticas, minha cara. Será que valia realmente a pena, *se apaixonar*? Casamentos arranjados sempre funcionaram igualmente bem, se não melhor.

Amor, dizia Tia Lydia, com desagrado. Não me deixem pegar vocês nisso. Nada de ficarem no mundo da lua e sonharem acordadas por aqui, meninas. Balançando o dedo para nós. *Amor* não é o que interessa.

Aqueles anos foram apenas uma anomalia, historicamente falando, disse o Comandante, apenas uma feliz casualidade. Tudo o que fizemos foi pôr as coisas de volta, de acordo com a norma da Natureza.

As Rezavagâncias de mulheres são para casamentos coletivos como este, em geral. As dos homens são para vitórias militares. Estas são as coisas com que devemos mais nos regozijar, respectivamente. Por vezes, contudo, nas das mulheres, elas são para uma freira que abjura os votos. A maioria desses votos aconteceu antes, quando as estavam arrebanhando, mas ainda descobrem algumas nos dias de hoje, arrancam-nas da clandestinidade, onde tinham estado se escondendo como toupeiras. Elas têm aquela mesma expressão também: os olhos fracos, atordoados pela luz excessiva. As velhas eles mandam para as Colônias imediatamente, mas as jovens e férteis eles tentam converter e, quando conseguem, todas nós nos reunimos aqui para vê-las passar pela cerimônia, renunciar ao celibato, sacrificar-se pelo bem comum. Elas se ajoelham e o Comandante reza e então elas tomam o véu vermelho, como o resto de nós fez. Contudo, não lhes é permitido tornarem-se Esposas; são consideradas, ainda, perigosas demais para posições de tanto poder. Há certa reputação de bruxa que as envolve, algo misterioso e exótico; permanece a despeito dos banhos com esfregão e dos vergões em seus pés e do tempo que passaram em confinamento Solitário. Elas sempre têm aqueles vergões, sempre cumpriram a pena, ou pelo menos é o que dizem os boatos: não abandonam os votos com facilidade. Muitas, em vez disso, preferem ir para as Colônias. Nenhuma de nós gosta de ter uma como companheira de compras. Foram mais quebrantadas do que o resto de nós; é difícil sentir-se confortável com elas.

As mães deixaram as garotas de véus brancos em posição e retornaram a suas cadeiras. Há um pouco de choro entre elas, algumas trocas de palmadinhas confortadoras e de mãos segurando mãos, o uso ostentoso de lenços. O Comandante dá continuidade ao serviço:

– Ordeno que estas mulheres se adornem com vestes modestas – diz ele –, com pudor e sobriedade; sem cabelos trançados ou ouro, ou pérolas ou vestimentas caras.

"Mas (conforme são apropriadas às mulheres que professam a meiguice) com boas obras.

"Que a mulher aprenda em silêncio com toda a sujeição." Aqui ele lança um olhar para nós. "Toda", repete ele.

"Mas não tolerarei que uma mulher ensine, nem que usurpe a autoridade do homem, apenas que se mantenha em silêncio.

"Pois primeiro Deus criou Adão, depois Eva.

"E Adão não foi enganado, mas a mulher ao ser enganada cometeu a transgressão.

"Não obstante isso ela será salva pela concepção, se continuar na fé e caridade e santidade com sobriedade."

Salva pela concepção, penso. O que supúnhamos que nos salvaria, no tempo de antes?

– Ele deveria dizer isso às Esposas – murmura Ofglen –, quando estão entregues ao xerez. – Ela quer dizer a parte sobre a sobriedade. É seguro falar de novo, o Comandante concluiu o ritual principal e eles estão trocando as alianças e levantando os véus. Buu, penso em minha cabeça. Dê uma boa olhada, porque agora é tarde demais. Os Anjos se qualificarão para ter Aias, mais tarde, especialmente se suas novas Esposas não forem capazes de dar frutos. Mas vocês meninas não têm saída, o que cada uma vê é o que terá, com espinhas e tudo. Mas não se espera que você o ame. Vai descobrir isso em bem pouco tempo. Apenas cumpra seu dever em silêncio. Quando em dúvida, quando deitada estendida na cama, poderá olhar para o teto. Quem sabe o que poderá ver lá em cima? Coroas fúnebres de flores e anjos, constelações de poeira estelar ou não, os enigmas deixados por aranhas. Sempre há alguma coisa para ocupar uma mente inquisitiva.

Há alguma coisa errada, querida?, dizia a velha piada.

Não, por quê?

Você se mexeu.

Apenas não se mexa.

O que temos como objetivo, diz Tia Lydia, é um espírito de camaradagem entre mulheres. Todas nós devemos nos unir.

Camaradagem, que merda, diz Moira através do buraco no cubículo do toalete. Porra, é isso aí, Tia Lydia, como se costumava dizer. Quanto você quer apostar que ela fez Janine se ajoelhar? O que acha que andam fazendo naquele escritório dela? Aposto que ela a faz trabalhar direitinho naquela coisa velha, seca, murcha...

Moira!, digo.

Moira o quê?, sussurra. Você sabe que pensou nisso.

Não adianta nada falar assim, digo, sentindo mesmo assim um impulso de rir baixinho. Mas ainda fingia para mim mesma, nessa época, que deveríamos tentar preservar algo que se assemelhasse à dignidade.

Você sempre foi uma frouxa, diz Moira, mas com afeição. Isso faz tão, mas tão bem. Faz mesmo.

E ela tem razão, sei disso agora enquanto estou ajoelhada neste chão inegavelmente duro, ouvindo a cerimônia monótona continuar. Há algo de poderoso em sussurrar obscenidades sobre aqueles que estão no poder. Há algo de delicioso nisso, algo de malicioso, secreto, proibido, estimulante. É como uma espécie de feitiço. Isso os esvazia, os reduz ao denominador comum onde se pode lidar com eles. Na pintura do cubículo do banheiro alguém desconhecido havia rabiscado: *Tia Lydia gosta de chupeta*. Era como uma bandeira acenada do alto de uma colina em sinal de rebelião. A simples ideia de Tia Lydia fazendo uma coisa dessas era por si só animadora.

Então agora imaginem, entre esses Anjos e suas noivas brancas esgotadas, gemidos momentosos e suores, encontros peludos úmidos; ou melhor, fracassos vexaminosos, paus que parecem cenouras velhas de três semanas, apalpadas angustiadas sobre carne fria e tão sem reação como peixe cru.

Quando afinal está tudo acabado e estamos nos encaminhando para a saída, Ofglen me diz em seu sussurro leve e penetrante.

– Sabemos que você o está vendo sozinho.

– Quem? – digo, resistindo ao impulso de olhar para ela. Eu sei quem.

– Seu Comandante – diz ela. – Sabemos que tem visto.

Pergunto-lhe como.

– Apenas sabemos – diz ela. – O que ele quer? Sexo pervertido?

Poderia ser difícil explicar o que ele quer, porque eu ainda não tenho nome para aquilo. Como posso descrever o que realmente acontece entre nós? Ela acharia graça, para começar. É mais fácil para mim dizer:

– De certo modo. – Isso pelo menos tem a dignidade da coerção.

Ela reflete sobre isso.

– Você ficaria surpresa – diz – com quantos deles querem isso.

– Não posso fazer nada – digo. – Não posso dizer que não irei. – Ela deveria saber disso.

Estamos na calçada agora e não é seguro falar, estamos perto demais das outras e o sussurrar protetor da multidão desapareceu.

Caminhamos em silêncio, ficando um pouco para trás, até que finalmente ela julga que pode dizer:

– É claro que não pode. Mas descubra e conte-nos.

– Descobrir o quê? – digo.

Sinto mais do que vejo o ligeiro virar de sua cabeça.

– Qualquer coisa que puder.

CAPÍTULO TRINTA E CINCO

Agora há espaço a ser preenchido, o ar quente demais do quarto, e um tempo também; um espaço-tempo, entre aqui e agora e lá e então, pontuado pelo jantar. A chegada da bandeja, carregada até o andar de cima como se para uma inválida. Uma inválida, que foi invalidada. Sem passaporte válido. Sem saída.

Foi isso o que aconteceu, no dia em que tentamos cruzar a fronteira, com nossos passaportes novos que diziam que não éramos quem éramos: que Luke, por exemplo, nunca fora divorciado, e que portanto éramos legitimamente casados, de acordo com a lei.

O homem entrou com nossos passaportes, depois de termos explicado sobre o piquenique e ele ter olhado para dentro do carro e visto nossa filha adormecida, em meio a seu zoológico de animais sarnentos. Luke deu uma palmadinha em meu braço e saltou do carro como se para esticar as pernas e observou o homem através da vidraça do prédio da imigração. Eu fiquei no carro. Acendi um cigarro, para me acalmar, e traguei a fumaça, uma longa inalação de relaxamento falso. Estava observando os dois soldados nos uniformes pouco familiares que estavam começando, àquela altura, a ser familiares. Eles estavam postados à vontade junto à barreira com a cancela amarela e preta. Não estavam fazendo grande coisa. Um deles observava um bando de pássaros, gaivotas, levantando voo, girando em círculos e pousando no parapeito da ponte mais adiante. Observando-o, eu também as observava. Tudo tinha a cor que costuma ter, só que mais intensa.

Vai correr tudo bem, eu disse, supliquei em minha cabeça. Ah, permita que sim. Permita que atravessemos. Só desta vez e eu farei qualquer coisa. O que pensei que pudesse fazer por quem quer que estivesse ouvindo aquilo que fosse de alguma utilidade ou sequer de algum interesse jamais saberei.

Então Luke entrou de volta no carro, depressa demais, e girou a chave na ignição e deu marcha a ré. Ele estava pegando no telefone, disse Luke. E então começou a dirigir em alta velocidade, e depois disso havia a estrada de terra batida e a floresta e saltamos do carro e começamos a correr. Um chalé, uma cabana, onde possamos nos esconder, um barco, eu não sei em que pensamos. Ele disse que os passaportes eram perfeitamente seguros, e tivemos tão pouco tempo para planejar. Talvez Luke tivesse um plano, algum tipo de mapa em sua cabeça. Quanto a mim, estava apenas correndo: fugindo, fugindo.

Não quero estar contando essa história.

Não quero contá-la. Não tenho que contar nada, nem para mim mesma nem para mais ninguém. Poderia apenas ficar aqui sentada, sossegadamente. Poderia me retirar. É possível ir tão longe para dentro, descer tão fundo e recuar tanto, que eles jamais conseguiriam fazer você sair.

Nolite te bastardes carborundorum. Que grandes maravilhas isso fez por ela.

Por que lutar?

Isso nunca será o bastante.

Amor?, disse o Comandante.

Isso é melhor. É algo que conheço bem. Podemos conversar a respeito disso.

Apaixonar-se, eu disse. Deixar-se arrebatar, se entregar, cair de amor, todos nós fazíamos isso, na época, de uma forma ou de outra. Como poderíamos ter menosprezado tanto? Até zombado disso. Como se fosse trivial para nós, algo superficial, um capricho. Era, pelo contrário, uma tarefa difícil. Era a coisa principal, era a maneira como você compreendia a si mesmo; se nunca lhe acontecesse, nunca, jamais, você seria como um mutante, uma criatura vinda do espaço. Todo mundo sabia disso.

Estou me apaixonando, dizíamos, *estou caidinha por ele*. Éramos mulheres que caíam. Acreditávamos nisso, nesse movimento para baixo: tão adorável quanto voar, e ao mesmo tempo tão terrível, tão extremo, tão improvável. Deus é amor, disseram um dia, mas invertemos isso, e o amor, como o Céu, estava sempre ali, logo depois da esquina. Quanto mais difícil fosse amar aquele homem específico ao nosso lado, mais acreditávamos no Amor, abstrato e total. Estávamos esperando, sempre, pela encarnação. A palavra, tornada carne.

E às vezes acontecia, por algum tempo. Aquele tipo de amor que vem e vai e que é difícil de se lembrar depois, como a dor. Você olhava para o homem um belo dia e pensava: *Eu amei você*, e o tempo verbal estava no passado, e você se sentia tomada por um sentimento de assombro, porque era algo tão espantoso e precário e bobo de ter feito; e você sabia também por que seus amigos tinham se mostrado tão evasivos com relação àquilo, na época.

Há muito conforto, agora, em lembrar isso.

Ou às vezes, mesmo quando ainda estava amando, ainda estava caindo de amores, você acordava no meio da noite, quando a luz do luar entrava pela janela derramando-se sobre o rosto adormecido dele, tornando as sombras nas órbitas de seus olhos mais escuras e mais cavernosas que durante o dia, você pensava: Quem sabe o que eles fazem, quando estão sozinhos ou com outros homens? Quem sabe o que dizem ou por onde eles devem andar? Quem sabe o que realmente são? Por baixo da cotidianidade?

É provável que você pensasse nessas ocasiões: E se ele não me amar?

Ou se lembraria de histórias que tinha lido nos jornais, sobre mulheres que tinham sido encontradas – com frequência mulheres, mas às vezes eram homens, ou crianças, isso era o pior – em valas ou florestas ou geladeiras, em quartos alugados abandonados, vestidas ou despidas, abusadas sexualmente ou não; de qualquer forma, mortas. Havia lugares por onde não se queria andar, precauções que se tomavam, que tinham a ver com trancas em janelas e portas, fechar as cortinas, deixar luzes acesas. Essas coisas que fazia eram como orações; você as fazia e esperava que elas a salvassem. E na maioria das vezes salvavam. Ou alguma coisa salvava; você sabia pelo fato de ainda estar viva.

Mas tudo aquilo era pertinente apenas à noite, e não tinha nada a ver com o homem que você amava, pelo menos à luz do dia. Com aquele homem você queria que a relação funcionasse, que fosse trabalhada, bem-resolvida, e que desse certo. Exercícios também era algo que se fazia para manter seu corpo em forma para o homem. Se você se exercitasse o suficiente, talvez o homem resolvesse também. Talvez pudessem trabalhar a relação juntos, como se vocês dois fossem um enigma que pudesse ser solucionado; caso contrário, um de vocês, muito provavelmente o homem, se desencaminharia e seguiria uma trajetória própria, levando seu corpo viciante consigo e deixando-a com uma terrível crise de abstinência, que você neutralizaria com exercício. Se vocês não dessem certo era porque um dos dois tinha a atitude errada. Acreditava-se que tudo que acontecia na vida da gente era devido a alguma energia positiva ou negativa emanando de dentro de nossas cabeças.

Se você não gosta, mude, dizíamos, umas para as outras e para nós mesmas. E assim mudávamos, trocávamos o homem por outro. A mudança, tínhamos certeza, era sempre para melhor. Éramos revisionistas; revisávamos a nós mesmas.

É estranho lembrar como costumávamos pensar, como se tudo estivesse disponível para nós, como se não houvesse quaisquer contingências, quaisquer limites; como se fôssemos livres para moldar e remoldar para sempre os perímetros sempre em expansão de nossas vidas. Eu era assim também, fazia isso também. Luke não foi o primeiro homem para mim, e poderia não ter sido o último. Se não tivesse sido congelado daquela maneira. Parado de repente no tempo, no ar, entre as árvores lá naquele lugar, no ato de cair.

Nos tempos passados eles costumavam lhe enviar um pequeno embrulho, com os objetos pessoais: o que ele tinha consigo quando morreu. Isso era o que faziam, em tempo de guerra, disse minha mãe. Quanto tempo se esperava que você ficasse de luto, e o que diziam? Faça de sua vida um tributo ao seu amado. E ele era o amado. O meu.

É, eu digo. *É, é*, apenas uma letra, sua cretina idiota, será que não consegue se lembrar disso, nem mesmo uma palavra curta como essa?

Esfrego a manga sobre meu rosto. Houve um tempo em que não teria feito isso, por medo de borrar ou manchar, mas não sai nada. Qualquer que seja a expressão que lá está, sem ser vista por mim, é de verdade.

Você vai ter que me perdoar. Sou uma refugiada do passado e, como outros refugiados, repasso os costumes e hábitos de vida que deixei ou fui obrigada a deixar para trás, e tudo aquilo parece igualmente antigo e curioso, visto daqui, e sou igualmente obsessiva a respeito disso. Como um exilado russo tomando chá em Paris, aprisionada no século XX, divago e retorno ao passado, tentando recuperar aqueles caminhos distantes; torno-me sentimental demais, me perco. Pranteio. Isso é prantear, não chorar. Sento-me nesta cadeira e gotejo como uma esponja.

Então. Mais espera. Como uma dama de companhia: era como costumavam chamar aquelas lojas em que se podiam comprar roupas para a gravidez. Mulher à espera parece mais como alguém em uma estação de trem. A espera também é um lugar: é onde quer que você espere. Para mim é este quarto. Sou uma lacuna, aqui, entre parênteses. Entre outras pessoas.

Vem a batida à minha porta. Cora com a bandeja.

Mas não é Cora.

– Eu trouxe para você – diz Serena Joy.

E então olho para cima e ao redor, e me levanto de minha cadeira e avanço em sua direção. Ela a está segurando, uma foto Polaroid, quadrada e brilhante. Então eles ainda fazem câmeras como aquela. E haverá álbuns de família, também, com todas as crianças neles; nenhuma Aia, contudo. Do ponto de vista da história futura, desse tipo, seremos invisíveis. Mas as crianças estarão nelas, sem dúvida, alguma coisa para as Esposas olharem, no andar de baixo, mordiscando os petiscos no bufê e esperando pelo nascimento.

– Só pode ficar com ela um minuto – diz Serena Joy, mas a voz é baixa, conspiradora. – Tenho que devolvê-la, antes que deem por falta.

Deve ter sido uma Martha que a apanhou para ela. Há uma rede clandestina de Marthas, então, com algum proveito a tirar. Isso é bom saber.

Pego a foto da mão dela, viro-a ao contrário de modo que possa vê-la na posição correta. Será que é ela, é assim que ela está? Meu tesouro.

Tão crescida e mudada. Sorrindo um pouco agora, tão depressa, e com seu vestido branco como se fosse para uma Primeira Comunhão dos tempos passados.

O tempo não parou. Ele correu sobre mim como água, me arrastou e me apagou como água, como se eu nada mais fosse que uma mulher de areia, deixada por uma criança descuidada perto demais da água do mar. Fui obliterada por ela. Sou apenas uma sombra, agora, lá atrás bem longe da superfície lisonjeira e reluzente dessa fotografia. Uma sombra de uma sombra, como se tornam mães mortas. Pode-se ver isso nos olhos dela: eu não estou lá.

Mas ela existe, em seu vestido branco. Ela cresce e está viva. Isso não é uma coisa boa? Uma bênção?

Mesmo assim não posso suportar isso, ter sido apagada dessa maneira. Melhor que ela não tivesse me trazido nada.

Sento à pequena mesa, comendo creme de milho com um garfo. Tenho um garfo e uma colher, mas nunca uma faca. Quando há carne eles cortam para mim antes de trazer, como se me faltasse capacidade manual ou dentes. Tenho ambos, contudo. É por isso que não me permitem ter uma faca.

CAPÍTULO TRINTA E SEIS

Bato à porta dele, ouço sua voz, ajusto meu rosto e entro. Ele está parado junto da lareira; na mão tem um copo de bebida quase vazio. Geralmente espera até que eu chegue aqui para começar a beber álcool, embora eu saiba que eles tomam vinho com o jantar. O rosto dele está um pouco avermelhado. Tento estimar quantos ele já bebeu.

– Saudações – diz ele. – Como vai a bela pequenina esta noite?

Alguns, posso dizer pela complexidade do sorriso que ele compõe e mira. Está na fase lisonjeira.

– Estou bem – digo.

– Disposta a uma pequena diversão?

– Como disse? – digo. Por trás dessa encenação dele percebo constrangimento, uma incerteza a respeito de até onde pode ir comigo, e em que direção.

– Esta noite tenho uma pequena surpresa para você – diz. E ri; é mais como um riso silencioso. Reparo que tudo esta noite é *pequeno*. Ele quer diminuir as coisas, inclusive a mim mesma. – Algo de que você vai gostar.

– E o que é? – pergunto. – Jogo de damas? – Posso tomar essas liberdades; parece apreciá-las, especialmente depois de um par de drinks. Prefere que eu seja frívola.

– Algo melhor – diz ele, tentando ser atormentador.

– Mal posso esperar.

– Ótimo – diz ele. Vai até sua escrivaninha, remexe numa gaveta. Então vem em minha direção, com uma das mãos atrás das costas.

– Adivinhe – diz.

– Animal, vegetal ou mineral? – pergunto.

– Ah, animal – diz com seriedade zombeteira. – Definitivamente animal, eu diria. – Tira a mão de trás das costas. Está segurando um punhado, parece, de penas, cor de malva e rosa. Então as sacode. É uma peça de vestuário, aparentemente, e para uma mulher: tem taças para os seios, cobertas de lantejoulas púrpura. As lantejoulas são minúsculas estrelas. As penas ficam ao redor das aberturas para as coxas, e ao longo da parte de cima. De modo que eu não estava tão errada quanto às ligas, afinal.

Gostaria de saber onde ele a encontrou. Todas as roupas desse tipo supostamente deveriam ter sido destruídas. Lembro-me de ter visto isso em matérias curtas de noticiário de televisão filmadas em uma cidade após a outra. Em Nova York, foi chamada de A Limpeza de Manhattan. Havia grandes fogueiras em Times Square, multidões cantando ao redor delas, mulheres atirando os braços para o alto em agradecimento quando sentiam as câmeras focalizá-las, rapazes jovens de feições regulares e rostos impassíveis atirando as peças nas chamas, braçadas de seda e náilon e imitação de peles, verde-limão, vermelha, violeta; cetim preto, lamê dourado, prateado cintilante; calcinhas, biquínis, sutiãs transparentes, com corações de cetim rosa costurados para cobrir os mamilos. E os fabricantes e importadores e vendedores ajoelhados, arrependendo-se em público, com chapéus cônicos de papel, como chapéus de bobo de antigamente, na cabeça, com a palavra VERGONHA, impressa em vermelho.

Mas algumas peças devem ter sobrevivido às fogueiras, não teria sido possível que pudessem ter recolhido tudo. Ele deve ter conseguido encontrar aquela da mesma maneira que conseguia arranjar as revistas, não honestamente: recende a mercado clandestino. E não é novo, foi usado antes, o tecido debaixo dos braços está amarrotado e ligeiramente manchado do suor de alguma outra mulher.

– Tive que adivinhar o tamanho – diz ele. – Espero que sirva.

– Espera que eu vista isso? – digo. Sei que minha voz soa pudica, desaprovadora. Mesmo assim há algo de atraente na ideia. Nunca usei nada remotamente parecido com isso, tão cintilante e teatral, e é isso o que deve ser, uma antiga fantasia de teatro ou algo de um espetáculo de clube noturno desaparecido; o mais próximo a que jamais cheguei foram trajes de banho, e um conjunto de camisolinha e robe curto, de renda de cor pêssego, que Luke comprou para mim certa vez. Contudo há uma sedução nisso, traz consigo o encantamento infantil de vestir uma fantasia. E seria tão ostensivo, uma tamanha zombaria para com as Tias, tão pecaminoso, tão livre. A liberdade, como tudo o mais, é relativa.

– Bem – digo, não querendo parecer impetuosa demais. Quero que o Comandante sinta que estou lhe fazendo um favor. Agora é possível que cheguemos a ele, a seu verdadeiro, profundo desejo oculto. Será que o Comandante tem um pequenino chicote, escondido atrás da porta? Será que vai aparecer com botas, se curvar ou me curvar sobre a escrivaninha?

– É um disfarce – diz ele. – Você vai precisar pintar o rosto também, tenho o material para isso. Nunca poderá entrar sem isso.

– Entrar onde? – pergunto.

– Esta noite vou levar você para sair.

– Sair? – É uma expressão tão arcaica. Certamente, não há lugar nenhum, não existe mais lugar, onde um homem possa levar uma mulher, para sair.

– Fora daqui – diz ele.

Sei, sem que me diga, que o que está propondo é arriscado, para ele, mas especialmente para mim; mas quero ir de qualquer maneira. Quero qualquer coisa que quebre a monotonia, que subverta a ordem respeitável percebida das coisas.

Digo-lhe que não quero que me olhe enquanto visto essa coisa; ainda sou tímida na frente dele, com relação a meu corpo. Ele diz que vai virar de costas e o faz, e tiro os sapatos e as meias, e os calções de algodão, e visto as penas, por baixo da tenda de meu vestido. Então tiro o vestido e puxo as tiras finas de lantejoulas sobre os ombros. Há sapatos também, de cor malva, com saltos absurdamente altos. Nada me serve muito bem; os sapatos estão um pouco grandes demais, a cintura da fantasia está justa demais, mas cabe.

– Pronto – digo, e ele se vira. Sinto-me idiota; quero me olhar num espelho.

– Encantadora – diz ele. – Agora tome aqui para o rosto.

Tudo o que ele tem é um batom, velho e meio derretido, cheirando a uvas artificiais, um delineador e um rímel para os olhos. Não tem sombra para os olhos nem ruge. Por um momento penso que não me lembrarei de como fazer nada disso, e minha primeira tentativa com o delineador me deixa com uma pálpebra preta manchada, toda borrada, como se tivesse estado numa briga; mas limpo tudo com a loção para as mãos de óleo vegetal e tento de novo. Esfrego um pouco do batom nas maçãs de meu rosto, suavizando a cor. Enquanto faço tudo isso, ele segura um grande espelho de mão com as costas e o punho de prata para mim. Reconheço-o como sendo o de Serena Joy. Deve tê-lo apanhado emprestado do quarto dela.

Nada pode ser feito com meu cabelo.

– Excelente – diz ele. A essa altura está bastante animado; é como se estivéssemos nos vestindo para ir a uma festa.

O Comandante vai até o armário e tira uma capa longa com um capuz. É azul-clara, a cor das Esposas. Isso também deve ser de Serena.

– Puxe o capuz para baixo sobre o seu rosto – diz ele. – Tente não borrar a maquiagem. É para passar pelos postos de controle.

– Mas e o meu passe? – pergunto.

– Não se preocupe com isso – diz ele. – Tenho um para você.

E assim saímos.

Seguimos juntos silenciosamente pelas ruas que escurecem. O Comandante segura a minha mão direita, como se fôssemos adolescentes no cinema. Aperto bem a capa azul-celeste ao redor de meu corpo, como faria uma boa Esposa. Através do túnel feito pelo capuz posso ver a nuca de Nick. Seu quepe está bem-posto, reto, está sentado direito, reto, o pescoço duro, reto, ele está todo muito reto. Sua postura me desaprova ou estou imaginando? Será que sabe o que estou vestindo por baixo desta capa, terá sido ele quem arranjou? E se foi, isso faz com que sinta raiva, desejo ou inveja, ou alguma coisa, qualquer que seja? Na verdade temos algo em comum: supõe-se que ambos sejamos invisíveis, somos ambos funcionários. Gostaria de saber se ele sabe disso. Quando abriu a porta do carro para o Comandante e, por extensão, para mim, tentei atrair seu olhar, fazer com que olhasse para mim, mas agiu como se não me visse. Por que não? É um trabalho fácil para ele, encarregar-se de pequenos serviços, fazer pequenos favores, e de jeito nenhum ele ia querer pôr isso em risco.

Os postos de controle não são nenhum problema, tudo corre perfeitamente como o Comandante disse que correria, a despeito do coração batendo disparado, da pressão do sangue em minha cabeça. Frouxa, diria Moira.

Depois do segundo posto de controle, Nick diz:

– Aqui, senhor? – E o Comandante responde:

– Sim.

O carro estaciona e o Comandante diz:

– Agora terei que pedir que você se deite no chão do carro.

– Deitar? – pergunto.

– Temos que passar pelo portão – diz ele, como se isso significasse alguma coisa para mim. Tentei lhe perguntar aonde estávamos indo, mas disse que queria me fazer uma surpresa. – Esposas não podem entrar.

Então me estico no chão e o carro dá partida de novo, e durante os primeiros minutos não vejo nada. Debaixo da capa está um calor sufocante. É uma capa de inverno, não uma de algodão de verão, e cheira a naftalina. Ele deve tê-la tirado do baú de roupas de inverno, sabendo que ela não perceberia. O Comandante afastou os pés consideravelmente para me dar espaço. Mesmo assim minha testa está encostada em seus sapatos. Nunca estive tão perto de seus sapatos assim. São duros, muito lisos, sem nenhuma dobra, como as carapaças de besouros: pretos, reluzentes, inescrutáveis. Parecem não ter nada a ver com pés.

Passamos por outro posto de controle. Ouço vozes, impessoais, respeitosas, e a janela elétrica descendo e subindo para que os passes sejam mostrados. Desta vez ele não mostrará o meu, o que deveria ser meu, uma vez que publicamente não existo mais, por ora.

O carro volta a dar partida e então para de novo, e o Comandante está me ajudando a levantar.

– Vamos ter que ser rápidos – diz ele. – Esta é uma entrada pelos fundos. Você deve deixar a capa com Nick. Na hora habitual, como sempre – diz para Nick. Então isso também é algo que já fez antes.

Ele me ajuda a tirar a capa; a porta do carro é aberta. Sinto o ar em minha pele quase nua, e me dou conta de que estive suando. Quando me viro para fechar a porta depois de saltar, posso ver Nick me olhando através do espelho. Ele me vê, agora. Será desprezo o que percebo ou indiferença, será isso apenas o que esperava de mim?

Estamos em uma ruela estreita atrás de um prédio de tijolos vermelhos e bastante moderno. Uma fileira de latas de lixo está disposta ao lado da porta, e há um cheiro de galinha frita, estragando. O Comandante tem uma chave para a porta que é lisa, cinzenta e embutida na parede e, creio, feita de aço. No interior há um corredor de concreto aparente com lâmpadas fluorescentes no teto; uma espécie de túnel funcional.

– Tome – diz o Comandante. Ele enfia ao redor de meu pulso uma etiqueta, púrpura, presa numa tira de elástico, como as etiquetas para bagagem em aeroportos. – Se alguém perguntar, diga que você foi alugada para a noite – diz. Ele me segura pela parte de cima do braço e me conduz em frente. O que quero é um espelho, para ver se meu batom está direito, se as penas estão ridículas demais, desalinhadas demais. Sob esta luz devo estar terrível. Embora agora seja tarde demais.

Idiota, diz Moira.

CAPÍTULO TRINTA E SETE

Seguimos pelo corredor e passamos por outra porta lisa cinzenta e entramos em outro corredor, de iluminação suave e acarpetado desta vez, de uma cor de cogumelo, um rosa-amarronzado. Portas estendem-se ao longo dele, com números estampados: cento e um, cento e dois, da maneira como você conta durante uma tempestade com raios, para ver a que distância está de ser atingido. É um hotel, então. De trás de uma das portas vem o som de gargalhadas, de um homem e também de uma mulher. Faz muito tempo que não ouço isso.

Emergimos em um pátio central. É largo e também alto: se eleva por vários andares até um teto de claraboia. Há uma fonte no meio, na forma de um dente-de-leão em flor. Plantas e árvores em vasos vicejam aqui e ali, trepadeiras pendem das varandas. Elevadores de vidro com paredes laterais ovaladas deslizam subindo e descendo pelas paredes como moluscos gigantes.

Eu sei onde estou. Já estive aqui antes: com Luke, passando tardes, há muito tempo. Era um hotel, na época. Agora está cheio de mulheres.

Fico parada, imóvel e as olho fixamente. Aqui, posso ficar olhando, olhar ao meu redor, não há abas brancas para me impedir de olhar. Minha cabeça despojada das abas parece-me curiosamente leve; como se dela tivesse sido removido um peso, ou substância.

As mulheres estão sentadas, reclinadas preguiçosamente, caminhando descontraídas, encostadas umas nas outras. Há homens circulando entre elas, muitos homens, mas em seus uniformes escuros ou ternos, tão semelhantes uns aos outros que formam apenas uma espécie de pano de fundo. As mulheres por outro lado são tropicais, estão vestidas com todo tipo de trajes festivos bem coloridos.

Algumas usam peças como a minha, com penas e brilhos, de corte cavado bem alto nas coxas, bem fundo nos decotes. Algumas vestem lingerie de tempos passados, camisolinhas bem curtas, conjuntos de baby-doll, de vez em quando um négligé transparente. Outras estão em trajes de banho, de uma peça ou biquíni; uma, vejo, está usando uma roupinha de crochê, com grandes conchas de vieiras cobrindo-lhe os seios. Algumas vestem shorts de corrida com coletes curtos colantes, outras, malhas de ginástica como as que costumavam mostrar na televisão, justas, coladas ao corpo, com perneiras de tricô em tons pastel para aquecimento. Há até mulheres com uniformes de animadoras de torcida, pequenas saias plissadas, letras de tamanho exagerado no peito. Imagino que tenham tido que lançar mão de uma mistura, tudo o que pudessem surrupiar ou recuperar. Todas usam maquiagem, e me dou conta de quanto fiquei desacostumada de ver isso, em mulheres, porque seus olhos me parecem grandes demais, escuros e cintilantes, as bocas vermelhas demais, molhadas demais, mergulhadas em sangue e reluzentes; ou, por outro lado, exageradas demais, grotescas.

Em um primeiro olhar há uma atmosfera bem-humorada nessa cena. É como uma festa à fantasia; elas parecem crianças grandes, vestidas com roupas que encontraram em velhos baús. Será que há alegria nisso? Poderia haver, mas será que escolheram que houvesse? Nao dá para saber só de olhar.

Há uma vasta quantidade de nádegas neste aposento. Não estou mais acostumada a elas.

– É como entrar de volta no passado – diz o Comandante. A voz soa satisfeita, deliciada até. – Não acha?

Tento me lembrar se o passado era exatamente assim. Não tenho certeza, agora. Sei que continha essas coisas, mas de algum modo a mistura é diferente. Um filme sobre o passado não é igual ao passado.

– Acho – digo. O que sinto é apenas uma coisa. Certeza de que não estou atemorizada por estas mulheres, não estou chocada com elas. Eu as reconheço como faltosas. O credo oficial as nega, nega sua própria existência, contudo aqui estão elas. Isso pelo menos é alguma coisa.

– Não fique embasbacada – diz o Comandante. – Assim você vai se entregar. Apenas aja com naturalidade. – Mais uma vez ele me conduz adiante. Outro homem o avistou, o cumprimentou e começou a se encaminhar em nossa direção. O aperto da mão do Comandante em meu braço se torna mais forte. – Calma – sussurra ele. – Não perca a calma.

Tudo o que você tem de fazer, digo a mim mesma, é manter a boca fechada e parecer bem burra. Não deve ser tão difícil.

O Comandante se encarrega de toda a conversa por mim, com este homem e com os outros que o seguem. Não diz muito a meu respeito, não precisa. Diz que sou nova, e todos olham para mim e me descartam, e confabulam entre si sobre outras coisas. Meu disfarce desempenha sua função.

Ele mantém meu braço bem seguro, e enquanto fala sua coluna se endireita imperceptivelmente, o peito se expande, a voz adquire mais e mais a vivacidade e a jocosidade da juventude. Ocorre-me que esteja me exibindo, para eles, e eles compreendem isso, são bastante decorosos, mantêm as mãos longe de mim, mas examinam meus seios, minhas pernas, como se não houvesse motivo para não fazerem. Mas ele também está se mostrando para mim. Está demonstrando, para mim, sua maestria do mundo. Está violando as regras, debaixo dos narizes deles, dando-lhes uma banana e se saindo numa boa. Talvez tenha alcançado aquele estado de embriaguez que dizem que o poder inspira, o estado em que você acredita que é indispensável e que portanto pode fazer qualquer coisa, absolutamente qualquer coisa que tiver vontade, realmente qualquer coisa. Duas vezes, quando acha que ninguém está olhando, dá uma piscadela para mim.

É uma exibição adolescente, a encenação inteira, e patética; mas é algo que compreendo.

Depois de se fartar disso, ele me conduz novamente para outro lugar, até um sofá florido macio do tipo que havia em lobbies de hotel, de fato, é uma estampa floral de que me lembro, o fundo azul-escuro com flores cor-de-rosa *art nouveau.*

– Pensei que seus pés pudessem estar ficando cansados – diz ele – com esses sapatos. – Está certo a respeito disso, e fico grata. – Ele me convida a sentar, depois senta-se a meu lado. Põe um braço ao redor de meus ombros. O tecido áspero de sua manga roça contra a minha pele, ultimamente tão desacostumada a ser tocada.

– E então? – pergunta. – O que acha de nosso clubezinho?

Olho ao meu redor de novo. Os homens não são homogêneos, como pensei de início. Lá adiante, junto à fonte, há um grupo de japoneses, de ternos de um tom cinza mais para o claro, e no canto mais afastado há uma mancha branca: árabes, naquelas amplas túnicas longas que eles usam, o pano que cobre a cabeça cingido por tiras listradas.

– É um clube? – pergunto.

– Bem, é assim que chamamos, entre nós. O clube.

– Pensei que esse tipo de coisa fosse estritamente proibido.

– Bem, oficialmente, é – diz ele. – Mas, afinal, todo mundo é humano.

Espero que ele explique isso, mas não o faz, então eu digo:

– O que isso significa?

– Significa que não se pode trapacear com a Natureza – diz ele. – A Natureza exige variedade para homens. É lógico, razoável, faz parte da estratégia de procriação. É o plano da Natureza. – Não digo nada, de modo que ele prossegue. – As mulheres sabem disso instintivamente. Por que elas compravam tantas roupas diferentes, nos velhos tempos? Para enganar os homens levando-os a pensar que eram várias mulheres diferentes. Uma nova a cada dia.

Ele diz isso como se de fato acreditasse, mas diz muitas coisas assim. Talvez acredite mesmo, talvez não acredite ou talvez faça ambas as coisas ao mesmo tempo. Impossível saber em que ele acredita.

– Então, agora que não temos roupas diferentes – digo –, vocês apenas têm mulheres diferentes. – Isso é ironia, mas ele não demonstra ter notado.

– Resolve uma porção de problemas – diz, sem sequer pestanejar.

Não respondo a isso. Estou começando a ficar farta dele. Tenho vontade de dar-lhe um gelo, passar o resto da noite sem dizer uma palavra. Mas não posso me dar a esse luxo, e sei disso. Não importa o que seja isto, ainda é sair à noite, um programa.

O que realmente gostaria de fazer é conversar com as mulheres, mas vejo pouca chance disso.

– Quem são estas pessoas? – pergunto.

– É apenas para oficiais – diz ele. — De todas as áreas e para funcionários mais graduados. E delegações comerciais, é claro. Estimula o comércio. É um bom lugar para conhecer pessoas. É praticamente impossível fazer negócios sem isso. Tentamos proporcionar algo no mínimo tão bom quanto podem encontrar em outros lugares. Aqui também se podem ouvir coisas; obter informações. Um homem por vezes dirá coisas a uma mulher que não diria a outro homem.

– Não – explico –, quero dizer as mulheres.

– Ah – diz ele. – Bem, algumas delas são profissionais de verdade. Garotas de programa – ele ri – do tempo de antes. Não podiam ser assimiladas; de qualquer maneira, a maioria delas prefere estar aqui.

– E as outras?

– As outras? – diz ele. – Bem, temos uma coleção e tanto. Aquela ali, a de verde, é uma socióloga. Ou era. Aquela era uma advogada, aquela outra era administradora de empresa, tinha um cargo executivo em alguma rede de fast-food, ou talvez fosse de hotéis. Disseram-me que se pode ter uma conversa muito boa com ela se só o que você quiser for conversar. Elas também preferem estar aqui.

– Preferem a quê? – pergunto.

– Às alternativas – diz ele. – Você talvez prefira também, comparado ao que tem. – Ele diz isso com falso recato, está jogando isca, quer ser elogiado, e sei que a parte séria da conversa chegou ao fim.

– Não sei, não – digo, como se refletindo sobre a possibilidade. – Deve ser um trabalho difícil.

– É necessário cuidar do peso, isso com certeza – ele diz. – Eles são rigorosos quanto a isso. Ganhe cinco quilos e eles te mandam para a Solitária – Ele está brincando? É provável que sim, mas eu não quero descobrir.

– Agora – diz ele –, para fazer você entrar no estado de espírito do lugar, que tal um pequeno drink?

– Não devo beber – digo. – Como bem sabe.

– Uma vez não vai fazer mal – responde. – De qualquer maneira pareceria estranho se não o fizesse. Não há tabus, nenhuma proibição ao consumo de nicotina e de álcool por aqui! Como vê, elas de fato têm algumas vantagens aqui.

– Está bem – digo. Em segredo, bem que gosto da ideia, há anos que não tomo um drink.

– O que vai ser então? – pergunta. – Aqui eles têm de tudo. Importado.

– Um gin-tônica – respondo. – Mas fraco, por favor. Não gostaria de fazer você passar vergonha.

– Você não vai fazer – diz, sorrindo. E se levanta; então, surpreendentemente, pega minha mão e beija, na palma. Depois se afasta, encaminhando-se para o bar. Ele poderia ter chamado uma garçonete, há algumas delas, vestindo minissaias pretas idênticas, e com pompons nos seios, mas parecem ocupadas e difíceis de atender.

Então a vejo. Moira. Ela está parada junto com duas outras mulheres, mais adiante perto da fonte. Tenho que olhar com muita atenção, de novo, para ter certeza de que é ela; faço isso em pulsações, rápidos movimentos dos olhos, de forma que ninguém repare. Está vestida absurdamente, numa fantasia de cetim que um dia foi brilhante, que parece ser a pior coisa para se usar. É sem alças, com barbatanas de metal por dentro, como um corpete, para sustentar e levantar os seios, mas não veste bem em Moira, é grande demais, de modo que um seio está empinado, roliço sobre o decote e o outro não. Ela está repuxando distraidamente a beira do decote, puxando-a para cima. Há um chumaço de algodão preso na parte de trás, posso ver quando ela faz uma meia-volta; parece um absorvente higiênico que foi estourado como uma pipoca. Eu me dou conta de que deveria ser um rabo. Presas à sua cabeça há duas orelhas, de um coelho ou veado, não é fácil dizer; uma das orelhas perdeu a goma ou a armação de arame e metade está caída, desengonçada, para baixo. Ela tem uma gravata-borboleta preta ao pescoço e usa meias arrastão pretas e sapatos de salto alto pretos. Moira sempre detestou sapatos de salto alto.

A fantasia inteira, antiga e bizarra, me faz lembrar de alguma coisa do passado, mas não consigo descobrir o quê. Uma peça de teatro, uma comédia musical? Meninas vestidas para a Páscoa, fantasiadas de coelho. Qual é o significado disso aqui, por que se supõe que coelhos sejam sexualmente atraentes para homens? Como é possível que essa fantasia velha e caindo aos pedaços tenha apelo?

Moira está fumando um cigarro. Dá uma tragada, passa-o para a mulher à sua esquerda, que está de lantejoulas vermelhas com um longo rabo pontudo preso atrás e chifres prateados; uma fantasia de diabo. Agora está com os braços cruzados diante do corpo, debaixo dos seios com armação de metal. Se apoia num pé, depois no outro, os pés devem estar doendo; sua coluna se curva ligeiramente. Ela lança um olhar sem interesse nem especulação ao redor da sala. Este deve ser um cenário familiar.

Através da força de meu desejo tento fazer com que olhe para mim, com que me veja, mas os olhos dela deslizam sobre mim como se eu fosse apenas mais uma palmeira, mais uma cadeira. Com certeza ela tem de se virar, estou desejando isso com tanta intensidade, tem que olhar para mim, antes que um dos homens se aproxime dela, antes que desapareça. A outra mulher com ela, a loura com o paletó de pijama curto cor-de-rosa com a barra orlada de pele esfiapada, já foi escolhida, entrou no elevador de vidro, subiu e desapareceu de vista. Moira gira a cabeça de novo em mais uma volta pela sala, em busca talvez de pretendentes. Deve ser duro ficar parada ali sem que ninguém a queira, como se estivesse num baile de faculdade, sendo olhada, examinada. Desta vez os olhos dela se detêm, se enganham em mim. Ela me vê. Sabe o suficiente para não reagir.

Olhamos fixamente uma para a outra, mantendo os rostos inexpressivos, apáticos. Então ela faz um pequeno movimento com a cabeça, dá uma ligeira inclinação para a direita. Pega o cigarro de volta da mulher de vermelho, leva-o à boca, deixa a mão descansar no ar por um momento, todos os cinco dedos bem abertos. Então se vira e me dá as costas.

Nosso velho sinal. Tenho cinco minutos para chegar ao banheiro das mulheres, que deve ficar em algum lugar à sua direita. Olho ao redor: nenhum sinal dele. Também não posso me arriscar a me levantar e ir a lugar nenhum sem o Comandante. Não sei o suficiente, não conheço as regras, poderia ser confrontada.

Um minuto, dois. Moira começa a se afastar despreocupadamente, sem olhar em volta. Só pode esperar que eu a tenha compreendido e que a seguirei.

O Comandante volta com dois drinks. Ainda de pé baixa o olhar para mim e sorri, põe os drinks na longa mesinha em frente do sofá e senta-se.

– Está se divertindo? – pergunta. Ele quer que eu me divirta. Afinal tudo isto é um luxo.

Sorrio para ele.

– Há um banheiro que eu possa usar? – pergunto.

– Mas é claro – diz ele. Beberica seu drink. Não me dá instruções para o caminho.

– Preciso ir. – Estou contando em minha cabeça agora, segundos, não minutos.

– Fica ali. – Balança a cabeça.

– E se me detiverem?

– Apenas mostre sua etiqueta – diz ele. – Não haverá problema. Eles saberão que você já está ocupada.

Eu me levanto, meio trôpega avanço atravessando o salão. Cambaleio ligeiramente, quase caio perto da fonte. São os saltos. Sem o braço do Comandante para me firmar estou desequilibrada. Vários dos homens olham para mim, com surpresa, penso, mais do que com luxúria. Sinto-me uma idiota. Levanto o braço esquerdo de maneira conspícua à minha frente, dobrado no cotovelo, com a etiqueta virada para fora. Ninguém diz nada.

CAPÍTULO TRINTA E OITO

Encontro a entrada para o banheiro das mulheres. Ainda tem *Damas* escrito, em caligrafia antiga com letras douradas. Há um corredor conduzindo à porta, e uma mulher sentada a uma mesa ao lado dela. Supervisionando as entradas e saídas. É uma mulher mais velha, vestindo um cafetã púrpura e com sombra dourada nos olhos, mas sei mesmo assim que é uma Tia. O aguilhão de gado está sobre a mesa, a tira de couro ao redor de seu pulso. Nada de bobagens aqui.

– Quinze minutos – me diz ela. Ela me dá um retângulo de papelão de cor púrpura tirado de uma pilha sobre a mesa. É como uma sala de provar roupas, numa das grandes lojas de departamentos do tempo de antes. Para a mulher atrás de mim a ouço dizer: – Você esteve aqui ainda há pouco.

– Preciso ir de novo – diz a mulher.

– Intervalo de descanso só uma vez por hora – diz a Tia. – Você conhece as regras.

A mulher começa a protestar, numa voz chorosa, desesperada. Abro a porta e empurro.

Eu me lembro disso. Há uma área de descanso, suavemente iluminada em tons rosados, com várias poltronas e um sofá, com estampa de brotos de bambu de cor verde-limão, com um relógio de parede acima dele numa moldura dourada trabalhada em filigrana. Aqui, eles não retiraram o espelho, há um comprido em frente ao sofá. Aqui, você precisa saber como está sua aparência. Mais adiante, depois de uma arcada, fica a fileira de cubículos de toaletes, também cor-de-rosa, e pias e mais espelhos.

Várias mulheres estão sentadas nas cadeiras e no sofá, descalças, fumando. Ficam olhando para mim quando entro. Há perfume no ar e um aroma de fumaça velha, e o cheiro de carne suada.

– Você é nova? – pergunta uma delas.

– Sou – respondo, olhando ao redor em busca de Moira, que não está à vista.

As mulheres não sorriem. Retornam a seus cigarros como se fumá-los fosse coisa séria. Na sala mais além, uma mulher com uma fantasia de gato, com um rabo feito de pele falsa cor de laranja está retocando a maquiagem. Isto aqui é como uma coxia: maquiagem, fumaça, os materiais da ilusão. Paro hesitante, sem saber o que fazer. Não quero perguntar por Moira, não sei se é seguro. Então a descarga de um toalete é dada e Moira sai de um cubículo cor-de-rosa. Ela se aproxima de mim se equilibrando nos saltos; espero por um sinal.

– Está tudo bem – diz ela, para mim e para as outras mulheres. – Eu a conheço. – As outras agora sorriem, e Moira me abraça. Meus braços a envolvem, as barbatanas sustentando seus seios me espetam o peito. Nós nos beijamos, numa face depois na outra. Então recuamos um passo.

– Deus, mas que horror – diz ela. Sorri para mim. – Você parece a Prostituta da Babilônia.

– Não é isso mesmo que devo parecer? – pergunto. – Você parece com alguma coisa que o gato trouxe para dentro de casa.

– É mesmo – diz ela, puxando o decote –, não faz o meu estilo e esta coisa está a ponto de se desmanchar em farrapos. Gostaria que arranjassem alguém que soubesse fazê-las. Então poderia conseguir alguma coisa decente.

– Você escolheu isso? – digo. Pergunto-me se ela teria escolhido aquela fantasia entre as outras, porque é menos espalhafatosa. Pelo menos é apenas preta e branca.

– Não mesmo – diz ela. – É material de distribuição do governo. Imagino que tenham pensado que combinava comigo.

Ainda não consigo acreditar que é ela. Toco em seu braço de novo. Então começo a chorar.

– Não faça isso – diz ela. – Seus olhos vão ficar borrados. De qualquer maneira, não há tempo. Cheguem para lá – ela diz para as duas outras mulheres no sofá, em seu tom imperioso, duro e sem rodeios habitual, e como de hábito, consegue o que quer, sem problema.

– De qualquer maneira meu intervalo acabou – diz uma mulher, que está usando uma fantasia de Viúva Alegre com um espartilho azul-bebê fechado por cordões e meias brancas. Ela se levanta e me dá um aperto de mão. – Bem-vinda – diz ela.

A outra mulher de boa vontade se afasta para o canto e Moira e eu nos sentamos. A primeira coisa que fazemos é tirar os sapatos.

– Que diabo está fazendo aqui? – diz Moira então. – Não que não seja maravilhoso ver você. Mas não é tão maravilhoso para você. Que foi que fez de errado? Riu do pau dele?

Levanto os olhos para o teto.

– Não tem microfones? – pergunto. Com cuidado, enxugo as lágrimas ao redor de meus olhos com as pontas dos dedos. Saem borrados de preto.

– Provavelmente – diz Moira. – Quer um cigarro?

– Adoraria – respondo.

– Aqui – diz ela para a mulher a seu lado. – Me arranje um, está bem?

A mulher lhe dá um cigarro, sem reclamar. Moira ainda é uma filante de talento. Sorrio ao ver isso.

– Por outro lado, poderia não ter – diz Moira. – Não consigo imaginar que possam se interessar por qualquer coisa que tenhamos a dizer. Já ouviram a maior parte do que queriam, e ninguém sai daqui exceto numa camionete preta. Mas você deve saber disso, se está aqui.

Puxo a cabeça dela para mim de modo que possa cochichar em seu ouvido.

– Sou temporária – digo-lhe. – É só por esta noite que estou aqui. Não deveria de forma alguma estar. Ele me fez entrar às escondidas.

– Quem? – sussurra ela em resposta. – Aquele merda com quem você está, ele é o pior.

– Ele é meu Comandante – digo.

Ela assente.

– Alguns deles fazem isso, têm prazer nisso. É como trepar no altar ou coisa parecida: a sua turma deve ser de receptáculos tão castos. Eles gostam de ver você toda pintada. É só mais uma demonstração de poder nojenta.

Esta interpretação não havia me ocorrido. Eu a aplico ao Comandante, mas parece simples demais para ele, crua demais. Certamente as motivações dele são mais delicadas que isso. Mas pode ser apenas vaidade que me leva a pensar assim.

– Não nos resta muito tempo – digo. – Conte-me tudo.

Moira dá de ombros.

– De que adianta? – diz ela. Mas sabe que adianta alguma coisa, por isso que me conta.

Isto é o que ela diz, sussurra, mais ou menos. Não consigo me lembrar com exatidão, porque não tive meio de escrevê-lo. Completei o relato para ela o máximo que pude: não tínhamos muito tempo, por isso ela me deu apenas as linhas gerais. Além disso também me contou em duas sessões, conseguimos ter mais um intervalo juntas. Tentei fazer com que soasse ao seu jeito tanto quanto pude. É uma maneira de mantê-la viva.

– Deixei aquela bruxa velha da Tia Elizabeth amarrada como um peru de Natal atrás da fornalha. Eu queria matá-la, realmente tive muita vontade, mas agora estou bem satisfeita por não ter feito isso, caso contrário as coisas teriam sido muito piores para mim. Não consegui acreditar em como foi fácil sair do Centro. Vestindo aquele uniforme marrom, apenas saí andando e segui adiante como se soubesse para onde estava indo, até estar fora do raio de visão. Não tinha nenhum grande plano; não foi uma coisa organizada, como eles pensaram, embora quando estavam tentando arrancar a história de mim eu tenha inventado uma porção de coisas. Você faz isso quando eles usam os eletrodos e as outras coisas. Você não se importa com o que diz.

"Mantive meus ombros retos para trás e o queixo levantado e segui marchando, tentando pensar o que faria a seguir. Quando eles desmantelaram a imprensa, prenderam muitas das mulheres que eu conhecia, e imaginei que, muito provavelmente, teriam apanhado o resto àquela altura. Tinha certeza de que tinham uma lista. Fomos burras de pensar que poderíamos continuar como fizemos, mesmo clandestinamente, mesmo depois que tínhamos retirado tudo dos escritórios e escondido em adegas e quartinhos nos fundos de casas de gente amiga. Então eu sabia que não deveria nem tentar nenhuma daquelas casas.

"Eu tinha alguma ideia de onde estava com relação à cidade, embora estivesse andando por uma rua que não conseguia me lembrar de ter visto antes. Mas calculei pelo sol onde ficava o norte. Ter sido escoteira afinal serviu para alguma coisa. Achei que bem que poderia seguir naquela direção, ver se conseguia encontrar o pátio ou a praça ou alguma coisa ao redor. Então eu saberia com certeza onde estava. Também pensei que ficaria melhor para mim estar na direção ao centro das coisas, em vez de me afastar. Pareceria mais plausível.

"Eles tinham montado mais postos de controle enquanto estávamos internadas no Centro, estavam por toda parte. O primeiro quase me fez borrar de medo. Dei com ele de repente ao dobrar uma esquina. Sabia que despertaria suspeitas se desse meia-volta bem na cara deles e voltasse por onde tinha vindo, de modo que arrisquei blefar para passar como tinha feito no portão, fazendo aquela cara amarrada e me mantendo rígida e franzindo os lábios, e olhando para eles como se não estivessem ali, como se fossem feridas pustulentas. Você sabe a expressão que as Tias fazem quando dizem a palavra *homem*. Funcionou como mágica, e depois nos outros postos de controle também.

"Mas minha massa cinzenta estava a pleno vapor. Eu sabia que só tinha um tempo limitado, antes que encontrassem a bruxa velha e dessem o alarme. Dentro de pouco tempo estariam procurando por mim: uma falsa Tia, andando a pé. Tentei pensar em alguém, passei e repassei todas as pessoas que conhecia. Afinal tentei lembrar o que podia sobre a nossa lista de correspondência. Tínhamos destruído a lista, é claro, logo no início; ou não a destruímos, a dividimos entre nós e cada uma memorizou uma seção, e depois a destruímos. Ainda estávamos usando cartas nessa época, mas não púnhamos mais nosso logotipo nos envelopes. Estava ficando arriscado demais.

"De modo que tentei me lembrar da minha parte da lista. Não vou lhe contar o nome que escolhi, porque não quero que eles tenham problemas, se é que já não tiveram. É possível que eu tenha contado tudo isso, é difícil lembrar o que você diz quando estão fazendo aquilo. Você é capaz de dizer qualquer coisa.

"Eu os escolhi porque eram um casal bem casado, e estes eram mais seguros que qualquer pessoa solteira e especialmente qualquer um que fosse gay. Também me lembrei da indicação ao lado do nome deles. Q, dizia, o que significava que eram quakers. Incluíamos uma indicação da fé religiosa ao lado dos nomes, se houvesse alguma, para as passeatas. Dessa maneira você sabia quem poderia aparecer para o quê. Não adiantava convocar os Cs para passeatas a favor do aborto, por exemplo; não que tivéssemos feito muitas dessas naqueles últimos tempos. Lembrei-me do endereço deles, também. Tínhamos testado umas às outras com relação aos endereços, era importante lembrá-los exatamente, com CEP e tudo.

"Àquela altura eu tinha chegado à avenida Mass e sabia onde estava. E sabia também onde ficava a casa deles. Agora estava me preocupando com outra coisa: quando aquelas pessoas vissem uma Tia subindo pela entrada, simplesmente não trancariam a porta e fingiriam não estar em casa? Mas eu tinha que tentar de qualquer maneira, era minha única chance. Calculei que provavelmente não fossem atirar em mim. Eram cerca de cinco horas naquele momento. Estava cansada de andar, especialmente daquele jeito das Tias, como um maldito soldado, com uma vara enfiada no rabo, e não tinha comido nada desde o café da manhã.

"O que eu não sabia, é claro, era que naqueles primeiros tempos as Tias e mesmo o Centro não eram de conhecimento público. Era tudo secreto inicialmente, por trás de cercas de arame farpado. Poderia ter havido objeções ao que estavam fazendo, mesmo então. De maneira que embora as pessoas tivessem visto uma Tia aqui e ali, não sabiam para que elas serviam realmente. Devem ter pensado que fossem algum tipo de enfermeira do exército. As pessoas já haviam parado de fazer perguntas, a menos que de fato precisassem.

"De modo que essas pessoas me deixaram entrar imediatamente. Foi a mulher quem atendeu à porta. Disse-lhe que estava encarregada de fazer um questionário. Fiz isso para que ela não demonstrasse surpresa, caso alguém estivesse observando. Mas assim que entrei e a porta fechou, tirei o pano da cabeça e contei a eles quem eu era. Poderiam ter ligado para a polícia ou sei lá o que, sei que estava me arriscando, mas como disse não havia nenhuma escolha. De qualquer maneira não fizeram isso. Deram-me algumas roupas, um vestido dela, e queimaram o uniforme de Tia e o passe na fornalha; sabiam o que precisava ser feito imediatamente. Não lhes agradava me ter ali, isso ficou bem claro, os deixava muito nervosos. Tinham duas crianças pequenas, ambas com menos de sete anos. Eu podia entender o ponto de vista deles.

"Fui ao banheiro, que alívio foi aquilo. Uma banheira cheia de peixes de plástico e assim por diante. Então fiquei sentada no andar de cima, no quarto das crianças, brinquei com elas e com os blocos de plástico, enquanto seus pais ficavam no andar de baixo e decidiam o que fazer a meu respeito. Não estava mais com medo, na verdade, estava me sentindo bastante bem. Fatalista, você poderia dizer. Então a mulher me fez um sanduíche e uma xícara de café e o homem disse que me levaria para outra casa. Não tinham arriscado telefonar antes.

"A outra casa também era de quakers, e chegar ali foi tirar a sorte grande, porque eles eram uma estação na Rota Clandestina Feminina. Depois que o primeiro homem foi embora, disseram que iriam tentar me tirar do país. Não vou lhe contar como, porque algumas das estações podem ainda estar em operação. Cada uma delas estava em contato apenas com mais outra, sempre a seguinte. Havia vantagens nisso – era sempre melhor se você fosse capturada –, mas desvantagens também, porque se uma estação fosse estourada a rede inteira parava até que pudessem fazer contato com um de seus mensageiros, que pudesse estabelecer uma rota alternativa. Contudo, eram mais organizados do que se poderia imaginar. Tinham agentes infiltrados em alguns lugares úteis, um deles era o correio. Tinham um motorista com um daqueles caminhões pequenos e práticos. Consegui atravessar a ponte e entrar na cidade propriamente dita dentro de uma sacola de correspondência. Posso lhe contar isso agora, porque eles o apanharam, pouco depois disso. Ele acabou no Muro. A gente fica sabendo dessas coisas; aqui se fica sabendo de um bocado de coisas, você ficaria surpresa. São os próprios Comandantes que nos contam, imagino que eles pensam, por que não, não há ninguém para quem a gente possa contar, exceto para nós mesmos, e isso não conta.

"Estou fazendo com que tudo pareça fácil, mas não foi. Eu vivia me borrando de medo o tempo todo. Uma das coisas mais difíceis era saber que aquelas outras pessoas estavam arriscando suas vidas por você quando não precisavam disso. Mas diziam que o estavam fazendo por motivos religiosos e que não deveríamos tomá-lo pessoalmente. Isso ajudava um pouco. Eles diziam suas preces em silêncio todas as noites. Achei aquilo difícil de me habituar, de início, porque me recordava demais daquela merda no Centro. Fazia com que me sentisse nauseada, para dizer a verdade. Eu tinha que fazer um esforço, dizer a mim mesma que isso era uma coisa inteiramente diferente. Eu detestava, no começo. Mas imagino que fosse o que lhes dava forças para continuar. Sabiam mais ou menos o que lhes aconteceria se fossem capturados. Não com detalhes, mas sabiam. Àquela altura tinham começado a exibir parte da coisa na TV, os julgamentos e assim por diante.

"Foi antes que as batidas policiais para prisão dos sectários começassem para valer. Desde que você dissesse que professava algum tipo de fé cristã e fosse casado, isto é, pela primeira vez ainda estavam deixando as pessoas mais ou menos em paz. Estavam se concentrando primeiro nos outros. Trataram de tê-los mais ou menos sob controle antes de começarem a agir contra todos os outros.

"Fiquei na clandestinidade por volta de oito ou nove meses. Era transferida de uma casa segura para outra, havia um número maior delas naquela época. Nem todas eram de quakers, alguns não eram nem religiosos. Eram apenas pessoas que não gostavam da maneira como as coisas estavam evoluindo.

"Quase consegui sair. Eles conseguiram me levar até Salem, então embarquei num caminhão carregado de galinhas para o Maine. Quase vomitei por causa do cheiro; você alguma vez pensou em como seria ser cagada por um monte de galinhas, todas elas enjoadas por causa do movimento do caminhão? Eles estavam planejando me fazer atravessar a fronteira ali; não de carro ou de caminhão, isso já havia se tornado difícil demais, mas de barco, subindo pela costa. Não fiquei sabendo até a noite em que seria feito, eles nunca contavam o próximo passo até estar quase na hora de acontecer. Eram cuidadosos com isso.

"Por isso não sei o que aconteceu. Talvez alguém tenha ficado com medo e desistido na última hora; ou alguém de fora desconfiou. Ou talvez até tenha sido o barco, talvez tenham pensado que aquele sujeito andava saindo demais à noite com seu barco. Àquela altura devia haver Olhos por todos os cantos naquela área e em todos os outros lugares perto da fronteira. Não importa o que tenha sido, o fato é que nos apanharam justamente quando íamos saindo pela porta dos fundos em direção ao embarcadouro. Eu e o sujeito, e a esposa dele também. Eles eram um casal mais velho, de cinquenta e poucos anos. Ele tinha trabalhado pescando lagostas antes que tudo aquilo acontecesse com a pesca costeira por lá. Não sei o que foi feito deles depois disso, porque fui levada numa camionete diferente.

"Achei que poderia ser o fim para mim. Ou voltar ao Centro e às atenções de Tia Lydia e seu cabo de fios de aço. Ela tinha prazer naquilo, você sabe. Fazia toda aquela encenação com aquele negócio de amar-o-pecador, odiar-o-pecado, mas tinha prazer com aquilo. Pensei seriamente em me matar, e talvez o tivesse feito se tivesse encontrado alguma maneira. Mas eles tinham dois guardas na parte de trás da camionete comigo, me vigiando como falcões; não diziam grande coisa, apenas ficavam sentados ali e me vigiavam com aquele olhar duro e vazio como uma parede que eles têm. Então eu não tive nenhuma chance.

"De qualquer forma não fomos parar no Centro, fomos para outro lugar. Não vou falar sobre o que aconteceu depois disso. Prefiro não falar sobre o assunto. Tudo que posso lhe dizer é que eles não deixaram nenhuma marca.

"Quando aquilo acabou eles me mostraram um filme. Sabe sobre o que era? Era sobre a vida nas Colônias. Nas Colônias as pessoas passam o tempo fazendo limpeza. Atualmente a limpeza é muito importante para eles. Por vezes são apenas cadáveres, depois de uma batalha. Os corpos daqueles que vivem nos guetos das cidades são os piores, são deixados expostos aos elementos por mais tempo e ficam mais decompostos. Essa turma não gosta de corpos de gente morta abandonados por aí, têm medo de uma praga ou coisa parecida. De modo que as mulheres nas Colônias por lá cuidam de queimá-los. As outras Colônias, contudo, são piores, há os depósitos de lixo tóxico e a radiação que vaza. Nessas, eles calculam que você tenha três anos no máximo, antes que sua pele se despregue e saia como luvas de borracha. Não se dão ao trabalho de lhe dar muito o que comer, ou de lhe dar trajes de proteção ou coisa nenhuma, é mais barato assim. De qualquer maneira são pessoas de quem eles querem se livrar, na maioria. Dizem que existem outras Colônias, não tão ruins, onde há agricultura: plantações de algodão e de tomates e tudo o mais. Mas o filme que me mostraram não era sobre essas.

"São mulheres idosas, aposto que você andou se perguntando por que não tem visto mais muitas delas circulando, e Aias que estragaram suas três oportunidades, e incorrigíveis como eu. Descartáveis, todas nós. São estéreis, é claro. Se ainda não forem inicialmente, passam a ser depois de ficar algum tempo por lá. Quando eles não têm certeza, fazem uma pequena operação em você, de modo que não haja nenhum erro. Eu diria que cerca de um quarto da população nas Colônias é de homens, também. Nem todos aqueles Traidores de Gênero acabam no Muro.

"Todos eles usam aqueles vestidos compridos, como os do Centro, só que de cor cinza. As mulheres e os homens também, a julgar pelas fotografias de grupos. Imagino que a intenção seja de desmoralizar os homens, obrigando-os a usar vestidos. Que merda, isso me desmoralizaria o suficiente. Como você suporta? Considerando tudo, gosto mais desta minha fantasia.

"Então, depois disso, eles disseram que eu era perigosa demais para que me fosse concedido o privilégio de voltar para o Centro Vermelho. Disseram que eu seria uma influência corruptora. Eu tinha a minha escolha, isto aqui ou as Colônias. Bem, merda, ninguém exceto uma freira escolheria as Colônias. Quero dizer, eu não sou uma mártir. Já tinha mandado ligar minhas trompas, anos antes, então nem precisava da operação. Ninguém aqui tem ovários viáveis também, você pode imaginar o tipo de problemas que causaria.

"De modo que aqui estou. Eles nos dão até creme facial. Você deveria arranjar alguma maneira de entrar para cá. Teria três ou quatro bons anos antes que a boceta ficasse gasta e eles mandassem você para o cemitério. A comida não é má e tem bebida e drogas, se você quiser, e só trabalhamos à noite."

– Moira – digo. – Você não está falando sério. – Ela agora está me assustando, porque o que ouço em sua voz é indiferença, uma falta de volição. Então, será que realmente fizeram isso com ela, tiraram-lhe alguma coisa, o quê?, que costumava ser uma parte tão essencial dela? Mas como posso esperar que Moira continue, com minha idealização de sua coragem, que viva à altura dela, que aja de acordo com ela, quando eu mesma não o faço?

Não quero que Moira seja como eu. Que desista, que aceite submeter-se, salve a própria pele. É nisso que se resume. Quero bravura de sua parte, valentia, heroísmo, combate individual. Algo que me falta.

– Não se preocupe comigo – diz ela. Deve saber parte do que estou pensando. – Ainda estou aqui, você pode ver que sou eu. De qualquer maneira, veja dessa forma: não é tão ruim, há muitas mulheres por aqui. Paraíso de sapatão, você poderia chamar.

Agora ela está caçoando, mostrando alguma energia, e me sinto melhor.

– Eles deixam vocês ficarem juntas? – pergunto.

– Se deixam, cacete, eles encorajam. Sabe como chamam este lugar, entre eles? A Casa de Jezebel. As Tias acham que estamos todas condenadas ao inferno de qualquer maneira, desistiram de nós, de modo que não importa que tipo de vício tenhamos, e os Comandantes estão pouco se lixando com o que façamos em nossas horas de folga. Em todo caso, o fato é que mulher com mulher, digamos, lhes dá tesão.

– E quanto às outras? – pergunto.

– Pense da seguinte maneira – diz ela –, elas não gostam muito de homens. – Moira dá de ombros de novo. Poderia ser resignação.

* * *

Aqui está o que eu gostaria de contar. Gostaria de contar uma história sobre como Moira escapou, para sempre dessa vez. Ou se não pudesse contar isso, gostaria de dizer que ela explodiu a Casa de Jezebel, com cinquenta Comandantes dentro. Gostaria que ela acabasse com alguma coisa ousada e espetacular, um ultraje, algo que fosse adequado para ela. Mas até onde sei, isso não aconteceu, porque nunca mais voltei a vê-la.

CAPÍTULO TRINTA E NOVE

O Comandante tem uma chave de quarto. Ele a apanhou no balcão da recepção, enquanto eu esperava no sofá florido. Mostra a chave para mim, timidamente. Espera que eu compreenda.

Subimos no elevador de vidro que parece um ovo cortado ao meio, passando pelas varandas ornamentadas com drapeados de trepadeiras. Devo compreender também que estou em exposição.

Ele destranca a porta do quarto. Tudo está igual, exatamente igual ao que era, era uma vez em outro tempo. As cortinas são as mesmas, as de tecido grosso com estampa florida que combinam com a colcha da cama, papoulas cor de laranja sobre um fundo azul-escuro, e as brancas bem finas para diminuir a luminosidade do sol; a escrivaninha e as mesinhas de cabeceira, de cantos em ângulos retos, impessoais; os abajures; os quadros nas paredes: frutas numa tigela, maçãs estilizadas, flores em um vaso, botões-de-ouro e piloselas-alaranjadas combinando com as cortinas. Tudo está igual.

Peço ao Comandante que me dê só um minuto e entro no banheiro. Meus ouvidos estão zumbindo por causa da fumaça, o gim me encheu de lassidão. Molho uma toalhinha e a pressiono sobre a testa. Depois de algum tempo olho para ver se há algum daqueles sabonetes pequeninos em embalagens individuais. Sim, há. Do tipo com a ilustração de cigana, vindos da Espanha.

Inalo o cheiro do sabão, o cheiro desinfetante, e fico parada no banheiro branco, ouvindo os sons distantes de água correndo, de descargas de vasos sanitários sendo puxadas. De uma maneira estranha sinto-me confortada, em casa. Há algo tranquilizador com relação a vasos sanitários. Pelo menos as funções corporais permanecem democráticas. Todo mundo caga, como diria Moira.

Sento-me na borda da banheira, olhando para as toalhas não usadas. Houve um tempo em que teriam me deixado excitada. Teriam significado o que vem depois, do amor.

Eu vi sua mãe, disse Moira.

Onde?, perguntei. Senti-me abalada, surpreendida e confusa. Eu me dei conta de que vinha pensando nela como se estivesse morta.

Não em pessoa, foi naquele filme que eles nos mostraram, sobre as Colônias. Houve um *close-up*, e era ela com certeza absoluta. Estava embrulhada numa daquelas coisas cinza, mas sei que era ela.

Graças a Deus, disse eu.

Por que graças a Deus?, disse Moira.

Pensei que estivesse morta.

Deveria estar, seria melhor para ela, disse Moira. Você deveria desejar que estivesse.

Não consigo me lembrar da última vez em que a vi. Está misturada com todas as outras; foi em alguma ocasião trivial. Ela deve ter aparecido lá em casa; costumava fazer isso, entrava e saía de minha casa como se eu fosse a mãe e ela a filha. Ainda tinha aquela vivacidade. Por vezes, quando estava entre apartamentos, acabando de se mudar para um ou acabando de sair de um, usava minha máquina para lavar e secar a roupa. Talvez tivesse vindo para pegar alguma coisa emprestada comigo; uma panela, um secador de cabelo. Esse também era um de seus hábitos.

Eu não sabia que seria a última vez, se soubesse me lembraria melhor. Não consigo me lembrar nem ao menos do que dissemos.

Uma semana depois, duas semanas, três semanas, quando as coisas se tornaram subitamente tão piores, tentei ligar para ela. Mas ninguém respondia, e não houve resposta quando tentei de novo.

Ela não tinha me dito que pretendia ir para lugar nenhum, mas também talvez não tivesse dito; nem sempre dizia. Ela tinha seu próprio carro e não era velha demais para dirigir.

Finalmente consegui falar com o zelador do apartamento ao telefone. Ele disse que não a tinha visto ultimamente.

Fiquei preocupada. Pensei que tivesse tido um ataque de coração ou um derrame, não era algo fora de questão, embora ela não tivesse estado doente que eu soubesse. Sempre havia sido tão saudável. Ainda se exercitava com aparelhos Nautilus e ia nadar de duas em duas semanas. Eu costumava dizer a meus amigos que ela era mais saudável do que eu e talvez fosse verdade.

Luke e eu fomos de carro até o centro da cidade, e Luke intimidou o zelador e o obrigou a abrir o apartamento. Ela poderia estar morta, caída no chão, disse Luke. Quanto mais tempo deixar passar, pior será. Já pensou no cheiro? O zelador disse alguma coisa a respeito de precisar de uma autorização, mas Luke sabia ser persuasivo. Deixou bem claro que não iríamos esperar nem ir embora. Eu comecei a chorar. Talvez isso tenha sido o que enfim o convenceu.

Quando o homem destrancou a porta o que encontramos foi um caos. Havia mobília virada, o colchão estava rasgado em tiras, gavetas de cômodas estavam viradas de cabeça para baixo no chão, as coisas que continham espalhadas e amontoadas. Mas minha mãe não estava lá.

Vou chamar a polícia, disse. Eu tinha parado de chorar; me sentia gelada da cabeça aos pés, meus dentes estavam batendo.

Não chame, disse Luke.

Por que não?, perguntei. Estava olhando furiosa para ele, agora estava com raiva. Ele ficou parado ali na ruína da sala de visitas, apenas olhando para mim. Enfiou as mãos nos bolsos, um daqueles gestos sem sentido que as pessoas fazem quando não sabem mais o que fazer.

Apenas não chame, foi o que ele disse.

Sua mãe é uma pessoa impecável, Moira costumava dizer, quando estávamos na faculdade. Mais tarde: ela tem estilo. Mais tarde ainda: ela é uma gracinha.

Ela não é uma gracinha. É minha mãe.

Puxa, dizia Moira, você precisava ver a minha.

Penso em minha mãe varrendo toxinas mortíferas; da mesma maneira como costumavam explorar as velhas na Rússia, varrendo a sujeira. Só que essa sujeira a matará. Não consigo acreditar de todo. Certamente sua insolência, seu otimismo e energia, seu estilo, conseguirão tirá-la disso. Ela vai inventar alguma coisa.

Mas sei que isso não é verdade. É pura transferência de responsabilidade, como crianças fazem, com as mães.

Eu já vivi um luto por ela. Mas o farei de novo e de novo.

Eu me obrigo a voltar, para o aqui, para o hotel. É aqui que preciso estar. Agora, neste amplo espelho sob a luz branca, lanço um olhar para mim mesma.

É um bom olhar, lento e firme. Estou um desastre. O rímel está borrado de novo, apesar dos reparos feitos por Moira, o batom vermelho-arroxeado escorreu como sangue, o cabelo espalha-se em mechas lambidas, sem direção. As penas em muda cor-de-rosa são berrantes como bonecas de parque de diversões e algumas das lantejoulas estreladas caíram. Provavelmente estavam faltando desde o início e eu não reparei. Sou uma caricatura, de maquiagem ruim e com as roupas de outra pessoa, falso brilho, espalhafato de segunda mão.

Gostaria de ter uma escova de dentes.

Eu poderia ficar parada aqui e pensar no assunto, mas o tempo está passando.

Tenho que estar de volta à casa antes da meia-noite; caso contrário virarei abóbora, ou será que era a carruagem? Amanhã é a Cerimônia, de acordo com o calendário, de modo que esta noite Serena quer que eu preste os serviços devidos, e se não estiver lá ela vai descobrir por que, e então o quê?

E o Comandante, para variar, está esperando; posso ouvi-lo andar de um lado para o outro no quarto principal. Agora ele para diante da porta do banheiro, pigarreia, um *harrum* teatral. Abro a torneira de água quente, para sinalizar que estou pronta ou perto de estar. Eu deveria acabar logo com isso. Lavo minhas mãos. Devo tomar cuidado com a inércia.

Quando saio ele está deitado na grande cama de casal, tendo, reparo, descalçado os sapatos. Deito-me ao lado dele, não preciso ser mandada. Preferiria não fazê-lo; mas é bom me deitar, estou tão cansada.

Enfim sós, penso. O fato é que não quero estar sozinha com ele, não numa cama. Preferiria ter Serena presente também. Preferiria jogar mexe-mexe.

Mas meu silêncio não o intimida.

– Amanhã, não é? – pergunta baixinho. – Pensei que pudéssemos nos antecipar. – Ele se vira para mim.

– Por que me trouxe aqui? – pergunto friamente.

Ele está acariciando meu corpo agora, como se costuma dizer da proa à popa, afago felino ao longo do flanco esquerdo, descendo até a perna esquerda. Ele para no pé, os dedos se fechando ao redor do tornozelo, por um breve instante, como um bracelete, onde fica a tatuagem, um braile que ele sabe ler, uma marcação de gado. Significa propriedade e posse.

Recordo a mim mesma que ele não é um homem sem gentileza; que, em outras circunstâncias, até gosto dele.

A mão dele faz uma pausa.

– Pensei que você pudesse gostar disso para variar. – Ele sabe que não é o suficiente. – Creio que foi uma espécie de experiência. – Isto também não é o suficiente. – Você disse que queria saber.

Ele se senta, começa a desabotoar a roupa. Será que vai ser pior tê-lo despido de todo o seu poder fardado? Chegou à camisa, então, debaixo dela, tristemente, uma barriguinha. Fiapos de cabelo.

Ele abaixa uma de minhas alças, desliza a outra mão para dentro em meio às penas, mas não adianta, fico deitada ali como um pássaro morto. Ele não é um monstro, penso. Não posso me dar ao luxo de ter orgulho ou aversão, há todo tipo de coisas que têm de ser descartadas, diante das circunstâncias.

– Talvez eu devesse apagar as luzes – diz o Comandante, desanimado e sem dúvida desapontado. Eu o vejo por um momento antes que o faça. Sem seu uniforme ele parece menor, mais velho, como algo ficando seco. O problema é que não posso ser, com ele, em nada diferente da maneira como habitualmente sou com ele. Habitualmente sou inerte. Com certeza deve haver alguma coisa aqui para nós, além dessa futilidade digna de pena.

Finja, berro para mim mesma dentro de minha cabeça. Você deve se lembrar como. Vamos acabar logo com isso, senão você ficará aqui a noite inteira. Movimente-se. Mexa esta sua carne um pouco, respire de maneira audível. É o mínimo que você pode fazer.

XIII
NOITE

CAPÍTULO QUARENTA

O calor à noite é pior do que o calor de dia. Mesmo com o ventilador ligado, nada se move, e as paredes retêm calor, e o irradiam como um forno quente apagado. Com certeza há de chover brevemente. Por que quero que chova? Vai significar apenas mais umidade. Há relâmpagos bem ao longe, mas sem trovão. Olhando pela janela posso vê-los, um ligeiro lampejo, como a fosforescência que se tem nas águas do mar agitadas, por trás do céu que está encoberto e baixo demais e de um cinza fosco infravermelho. Os holofotes estão apagados, o que não é comum. Deve estar faltando eletricidade ou Serena arranjou isso.

Sento na escuridão; não há sentido em acender a luz, para anunciar o fato de que ainda estou acordada. Estou toda vestida com meu hábito vermelho de novo, tendo tirado as lantejoulas, limpado o batom com papel higiênico. Espero que nada apareça, espero não estar com cheiro daquilo, nem dele.

Ela chega à meia-noite, como disse que chegaria. Posso ouvi-la, uma ligeira cadência de batidas, um ligeiro movimento arrastado abafado pelo tapete do corredor, antes que soe seu leve bater à porta. Não digo nada, mas sigo-a de volta pelo corredor e descendo a escada. Ela pode andar mais depressa, é mais forte do que eu havia imaginado. A mão esquerda aperta o corrimão, com dor talvez, mas se sustentando, firmando-a. Penso: ela está mordendo o lábio, está sofrendo. Ela o quer mesmo, quer de verdade, este bebê. Vejo nós duas, uma forma azul, uma forma vermelha, no breve olho de vidro do espelho enquanto descemos. Eu, meu anverso.

Saímos pela cozinha. Está vazia, uma luz fraca para a noite é deixada acesa; tem a calma de cozinhas vazias durante a noite. As tigelas no balcão, as vasilhas e a louça de faiança se avolumam redondas e pesadas em meio à luz sombreada. As facas estão enfiadas no suporte de madeira.

– Não vou sair com você – sussurra ela. Estranho, ouvi-la sussurrando, como se fosse uma de nós. Em geral as Esposas não baixam a voz. – Saia pela porta e vire à direita. Há outra porta, está aberta. Suba a escada e bata, ele está esperando por você. Ninguém a verá. Ficarei sentada aqui. – Então ela vai esperar por mim, caso haja algum problema; caso Cora e Rita acordem, sem que ninguém saiba por que, saiam do quarto nos fundos da cozinha. O que vai dizer a elas? Que não conseguiu dormir. Que queria tomar um leite quente. Ela será hábil o suficiente para mentir bem, disso posso ter certeza.

– O Comandante está em seu quarto no andar de cima – diz ela. – Não descerá mais a esta hora, nunca desce. – Isso é o que ela pensa.

Abro a porta da cozinha, saio, espero um momento para habituar a visão. Faz tanto tempo que não saio de casa, sozinha, à noite. Agora há trovoadas, a tempestade está se aproximando. O que ela fez quanto aos Guardiões? Eu poderia ser morta a tiros, tomada por um gatuno. Ela os subornou de alguma forma, espero: cigarros, uísque, ou talvez eles saibam de tudo, sobre seu haras de garanhões, talvez, se não funcionar, da próxima vez ela experimente com eles.

A porta para a garagem fica a apenas alguns passos de distância. Atravesso, pés silenciosos sobre a grama, e a abro rapidamente, esgueiro-me para dentro. A escada está escura, mais escura do que meus olhos conseguem ver. Subo tateando, degrau por degrau: carpete aqui, imagino-o da cor de cogumelo. Outrora deve ter sido um apartamento, para um estudante, uma pessoa jovem e solteira com um emprego. Muitas das grandes casas por aqui os tinham. Um conjugado, um estúdio, eram os nomes para apartamentos desse tipo. Fico satisfeita de ser capaz de me lembrar disso. *Entrada independente*, diriam os anúncios de jornal, isso significava que você podia fazer sexo, sem que ninguém soubesse.

Chego ao alto da escada, bato à porta que há ali. Ele a abre pessoalmente, quem mais eu estava esperando? Há um abajur aceso, apenas um, mas claro o suficiente para me fazer piscar. Olho para além dele, não querendo encontrar seus olhos. É um único aposento, com uma cama dobrável aberta, a cama feita, e um balcão quitinete no canto oposto, e outra porta que deve dar para o banheiro. É um quarto despojado, militar, minimalista. Não há quadros nas paredes, não há plantas. Ele está acampado. O cobertor sobre a cama é cinza e diz U.S.

Ele dá um passo para trás e para o lado para me deixar entrar. Está em mangas de camisa e com um cigarro na mão, aceso. Cheiro a fumaça nele, no ar quente do quarto, por toda parte. Gostaria de tirar minhas roupas, banhar-me nela, esfregá-la sobre minha pele.

Nada de preliminares; ele sabe por que estou aqui. Nem sequer diz coisa alguma, por que perder tempo com brincadeiras, isto é uma missão. Ele se afasta de mim, apaga a luz. Do lado de fora, como pontuação, há o clarão de um raio; quase nenhuma pausa e então o trovão. Ele está desabotoando meu vestido, um homem feito de escuridão, não consigo ver seu rosto e mal consigo respirar, mal consigo resistir, e não estou resistindo. Sua boca está me beijando, suas mãos em mim, não posso esperar e ele está se movendo, já, amor, faz tanto tempo, estou viva em minha pele, mais uma vez, envolvendo-o em meus braços, caindo e água a cair suave por toda parte, parece que para nunca se acabar. Eu sabia que poderia ser apenas uma vez.

Eu inventei isso. Não aconteceu assim. Aqui está o que aconteceu.

Chego ao alto da escada, bato à porta. Ele a abre pessoalmente. Há um abajur aceso; eu pisco. Olho para além dos olhos dele. É um único aposento, a cama está feita, é despojado, militar. Não há quadros, mas no cobertor está escrito U.S. Ele está em mangas de camisa, com um cigarro na mão.

– Tome – diz para mim –, dê um trago. – Nada de preliminares; ele sabe por que estou aqui. Para embarrigar, ficar prenha, se meter em apuros, houve um tempo em que esses eram todos nomes que se davam a isso. Pego o cigarro da mão dele, trago profundamente, passo de volta. Nossos dedos mal se tocam. Mesmo toda essa fumaça me deixa tonta.

Ele não diz nada, apenas olha para mim, o rosto sério. Seria melhor, mais amistoso, se ele me tocasse. Sinto-me burra e feia, embora saiba que não sou nem uma coisa nem outra. Apesar disso, o que ele pensa, por que não diz alguma coisa? Talvez pense que andei me fazendo de vadia, na Jezebel, com o Comandante ou outros. Aborrece-me o fato de que esteja sequer me preocupando com o que ele pensa. Sejamos práticos.

– Eu não tenho muito tempo – digo. Isso é desajeitado e deselegante, não é o que quero dizer.

– Eu poderia apenas esguichar numa garrafa e você poderia botar para dentro. – Ele não sorri.

– Não precisa ser cruel – digo. Possivelmente ele se sente usado. Possivelmente quer alguma coisa de mim, alguma emoção, algum reconhecimento de que ele também é humano, é mais do que uma máquina de semear. – Eu sei que é difícil para você – tento.

Ele dá de ombros.

– Eu sou pago para isso – diz, mau humor de moleque malcriado. Mas apesar disso não faz nenhum movimento.

Eu sou pago para isso, você faz o serviço, rimo em minha cabeça. Então é assim que vamos fazer. Ele não gostou da maquiagem, das lantejoulas. Vamos jogar duro.

– Você vem aqui com frequência?

– E o que uma boa moça como eu está fazendo num lugar como este – respondo. Nós dois sorrimos: assim está melhor. Isso é uma admissão de que estamos representando, pois o que mais poderíamos fazer numa situação como esta?

– Na abstinência o amor aumenta. – Estamos citando diálogos de velhos filmes, do tempo de antes. E os filmes de então eram de um tempo antes daquele: um tipo de conversa que data de uma era muito anterior à nossa. Nem mesmo minha mãe falava assim, não quando a conheci. Possivelmente ninguém jamais falou assim na vida real, era tudo uma invenção desde o princípio. Ainda assim é espantoso com que facilidade tudo volta à mente, esta conversa falsamente despreocupada e brincalhona, de adocicada sedução sexual. Posso ver agora para que serve, para que sempre serviu: para que cada um mantenha o âmago de si mesmo fora de alcance, fechado, protegido.

Estou triste agora, a maneira como estamos falando é infinitamente triste: música distante, flores de papel descoloridas, cetim gasto, um eco de um eco. Tudo se foi, perdido, não mais possível. Sem nenhum aviso começo a chorar.

Finalmente ele se aproxima, me toma nos braços, acaricia minhas costas, fica a me abraçar assim, para me consolar.

– Vamos – diz ele. – Não temos muito tempo. – Com o braço ao redor de meus ombros ele me conduz até a cama, me deita. Até puxa o cobertor antes. Começa a desabotoar, depois a acariciar, beijos ao lado de minha orelha. – Nada de romance – diz ele. – Está bem?

Isso teria significado outra coisa, outrora. Outrora teria significado: *sem compromissos*. Agora significa: *sem heroísmo*. Significa: não se arrisque por mim, se porventura chegar a isso.

E assim seguimos adiante. E assim.

Eu sabia que poderia ser somente uma vez. Adeus, pensei, mesmo naquele momento, adeus.

Contudo, não houve nenhum trovão, eu acrescentei aquilo. Para encobrir os sons; que tenho vergonha de ter feito.

Também não aconteceu dessa maneira. Não tenho certeza de como aconteceu; não exatamente. Tudo o que posso ter esperança de conseguir é uma reconstrução: a maneira como se sente o amor é sempre apenas uma aproximação.

Em algum momento por volta da metade, pensei em Serena Joy, sentada lá na cozinha. Pensando: vagabunda. Elas abrem as pernas para qualquer um. Tudo o que você tem de fazer é lhes dar um cigarro.

E pensei depois: isto é uma traição. Não o ato em si, mas minha própria reação. Se eu soubesse com certeza que ele estava morto, será que faria diferença?

Eu gostaria de não ter vergonha. Gostaria de ser sem-vergonha. Gostaria de ser ignorante. Assim eu não saberia o quanto era ignorante.

XIV
SALVAMENTO

CAPÍTULO QUARENTA E UM

Eu gostaria que esta história fosse diferente. Gostaria que fosse mais civilizada. Gostaria que me mostrasse sob uma luz melhor, se não mais feliz, pelo menos mais ativa, menos hesitante, menos distraída por trivialidades. Gostaria que tivesse mais forma. Gostaria que fosse sobre o amor, ou sobre súbitas tomadas de consciência importantes para a vida da gente, ou mesmo sobre pores do sol, passarinhos, temporais ou neve.

Talvez seja sobre todas essas coisas, em certo sentido; mas nesse meio-tempo há tantas outras coisas interferindo no caminho, tanto sussurrar, tanta dúvida e suposição a respeito dos outros, tanta bisbilhotice que não pode ser averiguada, tantas palavras não ditas, tantos movimentos furtivos e sigilo. E existe tanto tempo para ser suportado, tempo pesado como fritura ou cerração espessa; e então simultaneamente estes acontecimentos em vermelho, como explosões, em ruas que de outra maneira seriam decorosas e matronais e sonambúlicas.

Lamento que haja tanto sofrimento nesta história. Lamento que esteja em fragmentos, como um corpo apanhado num fogo cruzado ou desfeito em pedaços à força. Mas não há nada que eu possa fazer para mudá-la.

Mesmo assim me dói contá-la outra vez, mais uma vez. Uma vez não foi o bastante: uma vez não foi o bastante para mim na ocasião? Mas continuo com esta história triste e faminta e sórdida, esta história manca e mutilada, porque afinal quero que você a ouça, como ouvirei a sua também se algum dia tiver a chance, se encontrar você ou se você escapar, no futuro ou no Céu ou na prisão ou na clandestinidade, em algum outro lugar. O que elas têm em comum é que não estão aqui. Ao contar a você qualquer coisa que seja, pelo menos estou acreditando em você, acredito que esteja presente, ao acreditar faço com que você exista. Pelo fato de estar lhe contando esta história determino a sua existência. Conto, portanto você existe.

Assim continuarei. Assim obrigo-me a continuar. Estou chegando a uma parte da qual você absolutamente não vai gostar, porque nela não me comportei bem, mas tentarei, apesar disso, não deixar nada de fora. Depois de tudo pelo que passou, você merece o que ainda possa restar, o que não é muito, mas inclui a verdade.

Esta é a história, então.

Voltei a procurar Nick. Repetidas vezes, sozinha, sem que Serena soubesse. Não havia razão para isso, não havia nenhuma desculpa. Não o fiz por ele, e sim inteiramente por mim mesma. Nem sequer pensava naquilo como estar me dando a ele, porque o que tinha eu para dar? Não me sentia munificente e sim agradecida, a cada vez ele sempre me deixava entrar. Não tinha nenhuma obrigação de deixar.

Ao fazer isso, tornei-me imprudente, corri riscos idiotas. Depois de estar com o Comandante eu subia da maneira habitual, mas então seguia pelo corredor e descia pela escada das Marthas nos fundos e atravessava a cozinha. A cada vez, ouvia a porta da cozinha se fechar com um estalido às minhas costas e quase me virava e voltava, soava tão metálica, como uma ratoeira ou uma arma, mas não voltava. Eu me apressava em atravessar os poucos metros de gramado iluminado, os holofotes estavam acesos de novo, esperando a qualquer momento sentir as balas me trespassar antes mesmo de ouvi-las. Seguia meu caminho pelo tato enquanto subia a escada escura e parava para descansar encostada na porta, com o martelar do sangue em meus ouvidos. O medo é um poderoso estimulante. Então batia bem de leve, um bater de mendiga. A cada vez esperava que ele não estivesse; ou pior, esperava que dissesse que eu não podia entrar. Ele poderia dizer que não iria mais violar quaisquer regras, enfiar o pescoço na forca, por mim. Ou ainda pior, me dizer que não estava mais interessado. Apesar de minhas expectativas, o fato de ele não fazer nenhuma dessas coisas, era para mim a mais inacreditável boa vontade e sorte.

Eu lhe disse que isso era ruim.

Aqui vai como prossegue.

Ele abre a porta. Está em mangas de camisa, as fraldas da camisa para fora da calça, pendendo soltas; tem na mão uma escova de dentes, ou um cigarro ou um copo com alguma coisa dentro. Ele tem sua própria reserva escondida aqui em cima, coisas do mercado clandestino, imagino. Sempre tem alguma coisa na mão, como se estivesse cuidando de sua vida como de costume, não contando que eu venha, não esperando por mim. Talvez não conte que eu venha nem espere. Talvez não tenha nenhuma noção do futuro, ou não se dê ao trabalho ou ouse imaginá-lo.

– Está muito tarde? – pergunto.

Ele sacode a cabeça fazendo que não. Agora já está entendido entre nós que nunca é tarde demais, mas cumpro o ritual de cortesia de perguntar. Isso faz com que eu me sinta mais no controle, como se houvesse uma escolha, uma decisão que poderia ser tomada de uma maneira ou de outra. Dá um passo para o lado e entro e ele fecha a porta. Então atravessa o quarto e fecha a janela. Depois disso apaga a luz. Não há mais muita conversa entre nós, não neste estágio. Já tirei metade das roupas. Guardamos a conversa para mais tarde.

Com o Comandante eu fecho os olhos, mesmo quando estou apenas dando-lhe o beijo de boa noite. Não quero vê-lo de perto. Mas agora, aqui, a cada vez, mantenho os olhos abertos. Gostaria de uma luz acesa em algum lugar, uma vela talvez, enfiada numa garrafa, algum eco dos tempos de faculdade, mas qualquer coisa desse tipo seria um risco grande demais; de modo que tenho que me satisfazer com o holofote, seu brilho vindo do terreno gramado abaixo, infiltrado através das cortinas brancas de Nick, que são iguais às minhas. Quero ver o que pode ser visto dele, absorvê-lo, memorizá-lo, preservá-lo de modo que eu possa viver da imagem, depois: as formas de seu corpo, a textura de sua carne, o reluzir de suor em seus pelos, o rosto afilado, sardônico e enigmático. Eu deveria ter feito isso com Luke, prestado mais atenção aos detalhes, aos sinais e cicatrizes, às rugas singulares, não o fiz e aos poucos ele está se apagando. Dia a dia, noite a noite, ele se retira e me torno mais descrente, mais infiel.

Por este aqui eu usaria penas cor-de-rosa, estrelas purpúreas, se fosse isso o que quisesse; ou qualquer outra coisa, até um rabo de coelho. Mas ele não precisa de enfeites desse tipo. Fazemos amor a cada vez como se soubéssemos, sem qualquer sombra de dúvida, que nunca mais haverá mais, para nenhum de nós dois, com nenhuma outra pessoa, jamais. E então quando há, é sempre uma surpresa também, um extra, um presente.

Estar aqui com ele é segurança; é uma caverna, onde nos aconchegamos juntos enquanto a tempestade continua lá fora. É uma ilusão, é claro. O quarto dele é um dos lugares mais perigosos em que eu poderia estar. Se fosse apanhada não haveria quartel. Mas está além de minhas forças me importar. E como passei a confiar nele assim, o que é temerário por si só? Como posso presumir que o conheço, ou a mínima coisa a seu respeito e o que ele realmente faz?

Descarto esses sussurros incômodos. Eu falo demais. Conto-lhe coisas que não deveria. Conto a ele sobre Moira, sobre Ofglen; porém não sobre Luke. Quero contar a ele sobre a mulher em meu quarto, a que esteve lá antes de mim, mas não o faço. Tenho ciúmes dela. Se também esteve aqui antes de mim, nesta cama, não quero ouvir falar.

Digo-lhe meu verdadeiro nome, e sinto que portanto sou conhecida. Ajo como uma pateta ignorante. Deveria ter juízo suficiente para não fazer isso. Faço dele um ídolo, uma máscara de papelão.

Ele, por outro lado, fala pouco: não há mais evasivas nem brincadeiras. Mal faz perguntas. Parece indiferente à maior parte do que digo, alerta apenas para as possibilidades de meu corpo, embora me observe enquanto estou falando. Observa meu rosto.

Impossível pensar que qualquer pessoa por quem sinto tamanha gratidão possa me trair.

Nenhum de nós diz a palavra *amor*, nem uma única vez. Seria tentar o destino; seria romance, daria azar.

Hoje há flores diferentes, mais secas, mais definidas, as flores do auge do verão: margaridas, margaridas-amarelas e malmequeres, para começar a nos levar de volta pela longa encosta de descida em direção ao outono. Vejo-as nos jardins, quando passo com Ofglen, indo e vindo. Mal ouço o que diz, não confio mais nela. As coisas que sussurra me parecem irreais. Que utilidade têm, para mim, agora?

Você poderia ir ao gabinete dele à noite, diz ela. Revistar a escrivaninha. Deve haver documentos, anotações.

A porta fica trancada, murmuro.

Poderíamos lhe conseguir uma chave, diz ela. Você não quer saber quem ele é, o que faz?

Mas o Comandante não é mais de interesse imediato para mim. Tenho que fazer um esforço para impedir que minha indiferença com relação a ele seja visível.

Continue fazendo tudo exatamente da maneira como estava fazendo antes, diz Nick. Não mude nada. Caso contrário eles saberão. Ele me beija, olhando-me atentamente o tempo todo. Promete? Não dê escorregões.

Ponho a mão dele sobre a minha barriga. Aconteceu, digo. Sinto que sim. Mais duas semanas e saberei com certeza.

Isso eu sei que é o desejo de que minha esperança se torne realidade.

Ele amará você até a morte, diz ele. E ela também.

Mas é seu, digo. Será seu, na verdade. Quero que seja.

Contudo, não damos continuidade a isso.

Não posso, digo a Ofglen. Tenho medo demais. De qualquer maneira não saberia fazer isso direito. Seria apanhada.

Eu mal me dou ao trabalho de parecer lamentar, tornei-me tão preguiçosa.

Poderíamos tirar você daqui. Podemos levar pessoas para fora do país, diz ela, se realmente for necessário, se estiverem em perigo. Perigo imediato.

O fato é que não quero mais partir, escapar, cruzar a fronteira para a liberdade. Quero estar aqui, com Nick, onde posso tocá-lo, tê-lo.

Ao contar isso, sinto vergonha de mim mesma. Mas significa mais do que parece. Mesmo agora, reconheço essa admissão como uma espécie de autoelogio. Há orgulho nisso, porque demonstra o quanto foi extremo e, portanto, foi justificado, para mim. Quanto realmente valeu a pena. É como aquelas histórias de doença e quase morte, de que a pessoa se recuperou; como histórias de guerra. Demonstram seriedade.

Tanta seriedade com relação a um homem, então, não havia parecido possível antes para mim.

Alguns dias eu era mais racional. Não definia aquilo, para mim mesma, em termos de amor. Dizia: em alguma medida, criei uma vida para mim mesma, aqui. Deve ter sido assim que pensavam as esposas dos colonos e mulheres que sobreviviam às guerras, se ainda tivessem um homem. A humanidade é tão adaptável, diria minha mãe. É verdadeiramente espantoso as coisas com que as pessoas conseguem se habituar, desde que existam algumas compensações.

Agora não deve demorar muito, diz Cora, entregando-me minha pilha de absorventes higiênicos. Não deve demorar muito, sorrindo para mim timidamente, mas também com uma expressão astuta. Será que ela sabe? Será que ela e Rita sabem o que ando fazendo, descendo sorrateira pela escada dos fundos à noite? Será que me traio, sonhando acordada, sorrindo por nada, de leve tocando meu rosto quando penso que não estão olhando?

Ofglen está desistindo de mim. Ela sussurra menos, fala mais a respeito do tempo. Não sinto arrependimento por isso. Sinto alívio.

CAPÍTULO QUARENTA E DOIS

O sino está dobrando; podemos ouvi-lo de muito longe. É de manhã e hoje não tivemos desjejum. Quando chegamos ao portão principal, entramos enfileiradas de duas em duas. Há um contingente reforçado de guardas, um destacamento especial de Anjos, com equipamento de choque – os capacetes com as viseiras escuras protuberantes de acrílico que fazem com que pareçam besouros, os longos porretes, as pistolas de gás –, formando um cordão de isolamento ao redor da parte externa do Muro, para o caso de haver histeria em meio ao público. Os ganchos no Muro estão vazios.

Isto é um Salvamento de distrito, só para mulheres. Os Salvamentos são sempre segregados. Foi anunciado ontem. Eles nos avisam somente na véspera. Não é tempo suficiente, para se habituar com o fato.

Acompanhando o dobrar do sino andamos ao longo dos caminhos outrora usados por estudantes, passando por prédios que outrora eram salões de conferências e dormitórios. É muito estranho estar aqui de novo. Pela aparência externa não se pode dizer que nada tenha mudado, exceto que as venezianas da maioria das janelas estão fechadas. Estes prédios agora pertencem aos Olhos.

Seguimos em fila pelo amplo gramado em frente ao que costumava ser a biblioteca. A escadaria de degraus brancos para subir ainda é a mesma, a entrada principal está inalterada. Há um palco de madeira erigido no gramado, um tanto parecido com o que usavam a cada primavera para a cerimônia de formatura, no tempo de antes. Penso nos chapéus, chapéus de tons pastel, usados por algumas das mães, e nas becas pretas que os alunos vestiam, e nas vermelhas. Mas este palco não é o mesmo afinal, por causa dos três travessões de madeira que se erguem nele, com as cordas com nós corrediços e laçadas.

Na frente do palco há um microfone; a câmera de televisão está posicionada discretamente afastada para o lado.

Só assisti a um desses antes, dois anos atrás.

Salvamentos de Mulheres não são frequentes. Há menos necessidade deles. Nos dias que correm somos tão bem-comportadas.

Não quero estar contando esta história.

Ocupamos nossos lugares na ordem padrão: Esposas e filhas nas cadeiras dobráveis de madeira posicionadas mais para trás, Econoesposas e Marthas ao redor das beiras e nos degraus da escadaria da biblioteca, e Aias na frente, onde todo mundo pode nos vigiar. Não nos sentamos em cadeira e sim nos ajoelhamos, e desta vez temos almofadas, pequenas, de veludo vermelho, sem nada escrito nelas, nem mesmo *Fé*.

Por sorte o tempo está bom: não está quente demais, claro mas encoberto. Seria horrível ficar aqui de joelhos na chuva. Talvez seja por isso que eles deixem até tão tarde para nos avisar: para poderem saber como o tempo vai estar. É um motivo tão bom quanto qualquer outro.

Ajoelho-me em minha almofada de veludo. Tento pensar sobre esta noite, sobre fazer amor, no escuro, na luz refletida pelas paredes brancas. Lembro-me de ser abraçada.

Há um longo pedaço de corda que serpenteia como uma cobra diante da primeira fila de almofadas, ao longo da segunda, e de volta seguindo para trás em meio às fileiras de cadeiras, dobrando-se em curvas como um rio muito velho e muito vagaroso visto do ar. Estendendo-se até o fundo. A corda é grossa e marrom e cheira a alcatrão. A ponta da frente da corda está esticada e se estende subindo pelo palco. É como um rastilho, ou o barbante de um balão.

No palco, à esquerda, estão aquelas que serão submetidas ao Salvamento: duas Aias e uma Esposa. Esposas são incomuns, e a despeito de mim mesma olho para esta com interesse. Quero saber o que ela fez.

Elas foram postas em seus lugares aqui antes que os portões fossem abertos. Todas estão sentadas em cadeiras dobráveis de madeira, como alunos formandos que estão prestes a receber prêmios. As mãos descansam nos regaços, parecendo que estão unidas com os dedos entrelaçados sossegadamente. As mulheres oscilam um pouco estonteadas, provavelmente foram medicadas com injeções ou comprimidos, de modo a não ficarem agitadas. É melhor se as coisas correrem sem percalços. Estarão amarradas às cadeiras? Impossível dizer, debaixo de todo aquele pregueado.

Agora a procissão oficial está se aproximando do palco, subindo os degraus à direita: três mulheres, uma Tia na frente, duas Salvadoras com seus capuzes e capas pretos um passo atrás dela. Em seguida estão todas as outras Tias. Os sussurros entre nós se calam. As três se posicionam, viram-se em nossa direção, a Tia flanqueada pelas duas Salvadoras de vestes cerimoniais pretas.

É Tia Lydia. Quantos anos faz desde que a vi? Tinha começado a pensar que existia somente em minha cabeça, mas aqui está ela, um pouco mais velha. Tenho boa visão, posso ver as dobras mais aprofundadas, uma de cada lado do nariz, o cenho franzido entalhado. Seus olhos piscam, ela sorri nervosamente, apertando os olhos, espiando à direita e à esquerda, examinando a plateia, e levanta a mão para ajeitar o ornato de cabeça. Um estranho som estrangulado sai do sistema de alto-falantes: ela está pigarreando.

Comecei a tremer. O ódio enche a minha boca como saliva.

O sol sai, e o palco e suas ocupantes se iluminam como um presépio de Natal. Posso ver as rugas sob os olhos de Tia Lydia, a palidez das mulheres sentadas, os fiapos da corda na minha frente sobre a grama, as lâminas das folhas de relva. Há um dente-de-leão, bem na minha frente, da cor de gema de ovo. Sinto fome. O sino para de dobrar.

Tia Lydia se levanta, alisa a saia com as duas mãos e avança em direção ao microfone.

– Boa tarde, senhoras – diz ela, e há um imediato e ensurdecedor gemido de retorno de som no sistema de alto-falantes. Entre nós, inacreditavelmente, eleva-se o som de risadas. É difícil não rir, é a tensão, e a expressão de irritação no rosto de Tia Lydia enquanto ela ajusta o som. Tudo deve ser cheio de dignidade.

– Boa tarde, senhoras – diz ela de novo, sua voz agora baixa e sem cor. É *senhoras* em vez de *meninas,* por causa das Esposas. – Tenho certeza de que todas nós temos pleno conhecimento das circunstâncias desafortunadas que fazem com que estejamos aqui reunidas nesta bela manhã, quando estou certa de que preferiríamos estar fazendo alguma outra coisa, falo pelo menos por mim mesma, mas o dever é um capataz exigente ou, permitam-me dizer nesta ocasião, uma capataz, é em nome do dever que estamos aqui hoje.

Ela continua assim por mais alguns minutos, mas não escuto. Já ouvi esse discurso, ou um parecido, com demasiada frequência antes: os mesmos lugares-comuns, os mesmos slogans, as mesmas frases: a tocha que iluminará o futuro, o berço da raça, a tarefa diante de nós. É difícil acreditar que não haverá um bater de palmas educado ao final do discurso e chá com biscoitinhos servidos no gramado.

Aquilo foi o prólogo, penso. Agora ela vai tratar do que interessa. Tia Lydia remexe no bolso, retira um pedaço de papel amassado, e leva um tempo excessivo para desdobrar e ler. Ela o está esfregando em nossos narizes, deixando que tomemos conhecimento de quem realmente é, obrigando-nos a observá-la enquanto lê silenciosamente, ostentando sua prerrogativa. Obscena, reflito. Vamos acabar logo com isso.

– No passado – diz Tia Lydia –, o costume era que um relato detalhado dos crimes pelos quais as prisioneiras foram condenadas precedesse o Salvamento propriamente dito. Contudo, concluímos que uma revelação tão pública, especialmente quando televisionada, é invariavelmente seguida por uma erupção, se me permitem chamar assim, um surto, talvez eu devesse dizer, de crimes exatamente similares. De modo que decidimos, tendo em vista os melhores interesses de todos, não dar continuidade a essa prática. Os Salvamentos irão prosseguir sem mais delongas.

Um murmúrio coletivo se eleva de nós. Os crimes de outras são uma linguagem secreta entre nós. Através deles mostramos a nós mesmas de que poderíamos ser capazes, afinal. Esse anúncio não é bem recebido. Mas nunca se perceberia isso pela expressão de Tia Lydia, que sorri e pestaneja como se banhada por aplausos. Agora ficamos entregues a nossos próprios recursos, nossas próprias especulações. A primeira, a que agora está sendo levantada da cadeira, com luvas pretas em seus antebraços: leitura? Não, isso é punido apenas com a amputação de uma das mãos, na terceira condenação. Falta de castidade ou uma tentativa de assassinar seu Comandante? Ou a Esposa do Comandante, mais provavelmente. Isso é o que estamos pensando. Quanto à Esposa, há basicamente apenas um motivo que as leva ao Salvamento. Podem fazer quase tudo conosco, mas não lhes é permitido nos matar, não legalmente. Não com agulhas de tricô nem tesouras de podar nem facas furtadas da cozinha, e especialmente não quando estamos grávidas. Pode ser adultério, é claro. Sempre pode ser isso.

Ou tentativa de fuga.

– Ofcharles – anuncia Tia Lydia. Não é ninguém que eu conheça. A mulher é trazida para a frente; ela anda como se estivesse realmente se concentrando nisso, um pé, depois o outro, sem sombra de dúvida está drogada. Há um sorriso grogue incongruente em sua boca. Um lado de seu rosto se contrai, uma piscadela descoordenada, endereçada à câmera. Eles nunca vão mostrar, é claro, não é transmitido ao vivo. As duas Salvadoras amarram-lhe as mãos atrás das costas.

Atrás de mim há um som de engulho.

É por isso que não tivemos desjejum.

– Janine, muito provavelmente – sussurra Ofglen.

Já assisti a isso antes, o saco branco colocado sobre a cabeça, a mulher ser ajudada a subir no banco alto como se estivesse sendo ajudada a subir a escada de um ônibus, mantida firme no lugar, o laço ajustado com delicadeza ao redor do pescoço, como um traje, o banco chutado para longe. Ouvi o longo suspiro se elevar, de toda parte à minha volta, o suspiro como ar escapando de um colchão de ar, eu vi Tia Lydia botar a mão sobre o microfone, para abafar os outros ruídos vindo ali de trás, me inclinei para a frente para tocar na corda diante de mim, ao mesmo tempo que as outras, com as duas mãos, a corda felpuda, pegajosa de alcatrão sob o sol quente, então pus minha mão sobre o coração para mostrar minha unidade com as Salvadoras e meu consentimento, e minha cumplicidade na morte dessa mulher. Eu vi os pés chutando e as duas de preto que agora os agarram com firmeza e os puxam para baixo com todo o seu peso. Não quero mais ver isso. Em vez disso olho para a grama. Descrevo a corda.

CAPÍTULO QUARENTA E TRÊS

Os três corpos estão lá pendurados, apesar dos sacos brancos sobre as cabeças, parecendo curiosamente alongados, como galinhas dependuradas pelo pescoço numa vitrine de açougue; como pássaros com as asas cortadas, como pássaros que não voam, anjos destroçados. É difícil tirar os olhos deles. Abaixo das bainhas dos vestidos os pés balançam, dois pares de sapatos vermelhos, um par de sapatos azuis. Se não fosse pelas cordas e os sacos poderia ser uma espécie de dança, um balé capturado por uma câmera com flash: em pleno ar. Parecem dispostos de maneira deliberada. Parecem frutos da indústria do entretenimento. Deve ter sido Tia Lydia quem botou os azuis no meio.

– O Salvamento de hoje agora está concluído – anuncia Tia Lydia ao microfone. – Mas...

Nós nos viramos para ela, paramos para ouvi-la, para observá-la com atenção. Ela sempre soube calcular bem suas pausas. Uma agitação nos atravessa, uma animação. Alguma outra coisa, talvez, vai acontecer.

– Mas podem se levantar e formar um círculo. – Ela sorri do alto para nós, generosa, munificente. Está a ponto de nos dar alguma coisa. *Conceder*. – Agora, ordenadamente.

Ela está falando conosco, com as Aias. Algumas das Esposas estão indo embora, algumas das filhas. A maioria delas fica para trás, fora do caminho, apenas observam. Não fazem parte do círculo.

Dois Guardiões deslocaram-se para a frente e estão enrolando a corda grossa, tirando-a do caminho. Outros retiram as almofadas. Estamos nos movimentando de maneira desorganizada, no espaço gramado na frente do palco, algumas disputando posições na frente, perto do centro, muitas empurrando com a mesma força para abrir caminho para o meio, onde estarão protegidas. É um erro ficar para trás de maneira muito evidente em um grupo como este; deixa você marcada como indiferente, carecendo de zelo. Há uma energia crescendo aqui, um murmúrio, um tremor de prontidão e raiva. Os corpos ficam tensos, os olhos mais brilhantes, como se fazendo mira.

Não quero ficar na frente nem atrás tampouco. Não estou certa do que está por vir, embora pressinta que não será nada que queira ver muito de perto. Mas Ofglen está segurando meu braço, me puxa com ela, e agora estamos na segunda fila, com apenas uma cerca fina de corpos na nossa frente. Não quero ver, contudo, também não recuo. Ouvi boatos, nos quais acreditei apenas em parte. Apesar de tudo que já sei, digo a mim mesma: eles não iriam assim tão longe.

– Vocês sabem quais são as regras para a Particicução – diz Tia Lydia. – Esperarão até que eu dê o sinal com o apito. Depois disso, o que fizerem cabe a vocês decidir, até eu tocar o apito de novo. Entendido?

Um barulho se eleva entre nós, um assentimento sem forma.

– Bem, então vamos – diz Tia Lydia. Ela balança a cabeça. Dois Guardiões, não os mesmos que retiraram a corda, agora avançam saídos de trás do palco. Entre eles meio que carregam, meio que arrastam um terceiro homem. Ele também está com um uniforme de Guardião, mas não usa chapéu e o uniforme está sujo e rasgado. Seu rosto está cortado e cheio de hematomas, profundos hematomas marrom-avermelhados, a pele está inchada e encaroçada, coberta de pelos curtos da barba que não foi feita. Não parece ser um rosto, mais parece um legume desconhecido, um bulbo ou tubérculo mutilado, algo que cresceu deformado. Mesmo de onde estou parada posso sentir seu cheiro: ele cheira a merda e vômito. O cabelo é louro e cai sobre seu rosto, arrepiado e endurecido de quê? Suor seco?

Olho fixamente para ele com repulsa. Parece bêbado. Parece um bêbado que esteve numa briga. Por que trouxeram um bêbado para cá?

– Este homem – diz Tia Lydia – foi condenado por estupro. – A voz dela treme de raiva, e de uma espécie de triunfo. – Um dia foi um Guardião. Ele envergonhou seu uniforme. Abusou de seu posto de confiança. Seu parceiro de depravação já foi fuzilado. A pena para estupro, como sabem, é a morte. Deuteronômio 22:23-29. Eu poderia acrescentar que esse crime envolveu duas de vocês e foi cometido à mão armada. Também foi brutal. Não ofenderei seus ouvidos com quaisquer detalhes, exceto para dizer que uma mulher estava grávida e o bebê morreu.

Um suspiro se eleva de nós; a despeito de mim mesma sinto minhas mãos se cerrarem. É demais, essa violação. O bebê também; depois do que passamos. É verdade, há uma sede de sangue; quero rasgar, arrancar olhos, despedaçar.

Avançamos nos acotovelando, empurrando umas às outras, nossas cabeças viram de um lado para o outro, nossas narinas se alargam de cólera. Fuzilamento seria bom demais. A cabeça do homem gira de lá para cá de maneira estonteada: será que ele ao menos a ouviu?

Tia Lydia espera um momento; então dá um pequeno sorriso e levanta o apito até os lábios. Nós o ouvimos, penetrante e eloquente, um eco de um jogo de voleibol de muito tempo atrás.

Os dois Guardiões soltam os braços do terceiro homem e recuam. Ele cambaleia – será que está drogado? – e cai de joelhos. Os olhos estão franzidos, apertados dentro da carne inchada de seu rosto, como se a luz estivesse clara demais para ele. Enquanto esteve preso mantiveram-no na escuridão. Ele levanta uma das mãos até o rosto, como se para sentir se ainda está lá. Tudo isso acontece depressa, mas parece ser devagar.

Ninguém se move para a frente. As mulheres estão olhando para ele com horror; como se fosse um rato semimorto arrastando-se pelo piso de uma cozinha. Ele está olhando ao redor para nós com os olhos semicerrados, o círculo de mulheres vermelhas. Um canto de sua boca se move para cima, incrível – um sorriso?

Tento olhar dentro dele, dentro do rosto desfigurado, ver como devia ser sua verdadeira aparência. Creio que tem cerca de trinta anos. Não é Luke.

Mas poderia ter sido, sei disso. Poderia ser Nick. Sei que não importa o que tenha feito, não posso tocar nele.

Ele diz alguma coisa. Sai engrolado, como se a garganta estivesse machucada, a língua imensa em sua boca, mas ouço de qualquer maneira. Ele diz:

– Eu não...

Há um impulso repentino para a frente, como uma multidão em um concerto de rock do tempo anterior, quando as portas se abriam, aquela premência se avolumando e passando como uma onda através de nós. O ar está radiante de adrenalina, nos é permitido fazer qualquer coisa e isso é liberdade, em meu corpo também, estou inebriada, cambaleante, o vermelho se espalha por toda parte, mas antes que aquela maré de pano e corpos o golpeie Ofglen está abrindo caminho em meio às mulheres na nossa frente, propelindo-se com os cotovelos, à esquerda, à direita, e correndo para ele. Ela o empurra no chão, de lado, depois chuta-lhe a cabeça furiosamente, uma, duas, três vezes, golpes violentos e dolorosos com o pé, dados com boa pontaria. Agora há sons, gritos sufocados, um ruído semelhante a rosnado, bramidos, e os corpos vermelhos saltam para a frente e não posso mais ver, ele está obscurecido por braços, punhos, pés. Um grito alto e agudo vem de algum lugar, como o relinchar de um cavalo aterrorizado.

Fico recuada, tento me manter de pé. Algo me acerta por trás. Cambaleio. Quando recupero meu equilíbrio e olho ao redor, vejo as Esposas e filhas se inclinando para a frente em suas cadeiras, as Tias na plataforma observando com interesse o que se passa abaixo. Elas devem ter uma vista melhor lá de cima.

Ele se tornou uma *coisa*.

Ofglen está de volta a meu lado. Seu rosto contraído, sem expressão.

– Eu vi o que você fez – digo-lhe. Agora estou começando a sentir de novo: choque, ultraje, náusea. Barbárie. – Por que fez aquilo? Você! Pensei que você...

– Não olhe para mim – diz. – Elas estão observando.

– Não me importo – digo. Minha voz está se elevando. Não consigo impedir.

– Trate de se controlar – ordena. Ela finge estar limpando minha roupa, meu braço e ombro, trazendo o rosto para perto de minha orelha. – Não seja burra. Ele não era um estuprador coisa nenhuma, era um preso político. Era um dos nossos. Eu o fiz perder os sentidos. Para poupá-lo de mais sofrimento. Você não sabe o que estão fazendo com ele?

Um dos nossos, penso. Um Guardião. Parece impossível.

Tia Lydia sopra o apito de novo, mas elas não param imediatamente. Os dois Guardiões avançam, arrancando-as dali, do que restou. Algumas ficam caídas, estendidas no gramado, onde foram golpeadas ou chutadas por acidente. Algumas desmaiaram. Elas se dispersam em pares ou trincas ou sozinhas. Parecem atordoadas.

– Vocês devem encontrar suas parceiras e entrar de novo em fila – diz Tia Lydia ao microfone. Poucas prestam atenção a ela. Uma mulher vem em nossa direção, andando como se estivesse tateando o caminho com os pés, no escuro: Janine. Há uma mancha de sangue riscando sua face e mais sangue no branco das abas de sua touca. Ela está sorrindo, um alegre e pequenino sorriso. Seus olhos estão vagos.

– Olá – diz ela. – Como têm passado? – Está segurando alguma coisa, com muita força, na mão direita. É uma mecha de cabelos louros. Dá uma risadinha.

– Janine – digo. Mas ela se deixou levar, perdeu o controle, completamente agora, está em queda livre, está em estado de fuga, fora daqui.

– Tenham um bom dia – diz ela, e continua a caminhar passando por nós, em direção ao portão.

Acompanho-a com o olhar. Saída fácil, é o que penso. Nem sequer sinto pena de Janine, embora devesse. Sinto raiva. Não estou orgulhosa de mim mesma por isso, nem por nada do que aconteceu. Entretanto, é exatamente essa a ideia.

Minhas mãos cheiram a alcatrão aquecido. Quero voltar para a casa e subir até o banheiro e me esfregar e me esfregar, com o sabão áspero e a pedra-pomes, para tirar qualquer resquício desse cheiro de minha pele. O cheiro faz com que me sinta nauseada.

Mas também estou com fome. Isso é monstruoso, mas mesmo assim é verdade. A morte me dá fome. Talvez seja porque fui esvaziada; ou talvez seja a maneira do corpo de garantir que eu permaneça viva, continue a repetir sua mais sólida prece fundamental: *Eu estou. Eu estou*. Eu estou, ainda.

Quero ir para a cama, fazer amor, neste instante.

Penso na palavra *regalar-se*.

Seria capaz de comer um cavalo.

CAPÍTULO QUARENTA E QUATRO

As coisas voltam ao normal.

Como posso chamar isso de *normal*? Mas comparado com a manhã de hoje, é normal.

No almoço havia um sanduíche de queijo, com pão preto, um copo de leite, talos de aipo, compota de peras. Um almoço de criança na escola. Comi tudo, não rapidamente, mas me regalando com o gosto, os sabores suculentos em minha língua. Agora, vou sair para as compras, como de costume. Até sinto prazer diante dessa perspectiva. Existe um certo consolo que pode ser encontrado na rotina.

Saio pela porta dos fundos, seguindo pelo caminho de cascalho. Nick está lavando o carro, com o quepe enfiado na cabeça inclinado para o lado. Ele não olha para mim. Evitamos olhar um para o outro ultimamente. Com certeza daríamos a perceber alguma coisa se o fizéssemos, mesmo aqui, a céu aberto, sem ninguém para ver.

Espero na esquina por Ofglen. Ela está atrasada. Finalmente a vejo ao longe, uma forma vermelha e branca de pano, como uma pipa, caminhando naquele passo sereno e constante que aprendemos a manter. Vejo-a e não percebo nada de início. Então, à medida que se aproxima, tenho a impressão de que deve haver alguma coisa errada com ela. Sua aparência está errada. Está alterada de alguma maneira indefinível; não está ferida, não está mancando. É como se tivesse encolhido.

Então, quando está ainda mais perto vejo o que é. Ela não é Ofglen. É da mesma altura, mas mais magra, e a pele de seu rosto tem a cor bege e não rosada. Chega junto de mim, para.

– Bendito seja o fruto – diz ela para mim. Impassível. Severa, austera.

– Que possa o Senhor abrir – respondo. Tento não demonstrar surpresa.

– Você deve ser Offred – diz ela. Digo que sim, e começamos nossa caminhada.

E agora, penso. Minha cabeça está fervilhando, isso não é uma boa notícia, que terá acontecido com ela, como faço para descobrir sem demonstrar demasiado interesse? Não devemos criar laços de amizade, lealdades, umas com as outras. Tento me lembrar de quanto ainda falta para Ofglen cumprir seu tempo de serviço no posto atual.

– Tivemos a bênção de tempo bom – digo.

– Que eu recebo com alegria. – A voz plácida, insípida, inexpressiva.

Passamos pelo primeiro posto de controle sem dizer mais nada. Ela é taciturna, mas eu também. Estará esperando que eu comece alguma coisa, me revele, ou será ela uma verdadeira crente, mergulhada numa meditação interior?

– Ofglen já foi transferida, tão cedo? – pergunto, mas sei que não foi. Eu a vi ainda esta manhã. Ela teria me contado.

– Eu sou Ofglen – diz a mulher. Perfeita em cada palavra. E é claro que ela é, a nova, e Ofglen, onde quer que esteja, não é mais Ofglen. Nunca soube seu nome verdadeiro. É assim que você pode se perder, num mar de nomes. Não seria fácil encontrá-la, agora.

Vamos ao Leite e Mel, e ao Toda a Carne, onde compro galinha e a nova Ofglen compra cerca de um quilo de hambúrguer. Encontramos as filas de costume, vejo várias mulheres que reconheço, troco com elas os infinitesimais acenos de cabeça com os quais mostramos umas às outras que somos conhecidas, pelo menos para alguém, ainda existimos. Na saída do Toda a Carne digo à nova Ofglen:

– Deveríamos ir ao Muro. – Não sei o que espero; talvez alguma maneira de testar sua reação. Preciso saber se ela é ou não uma de nós. Se for, se eu conseguir determinar isso, talvez ela possa me contar o que realmente aconteceu com Ofglen.

– Como quiser – diz ela. Isso é indiferença ou cautela?

* * *

No Muro estão penduradas as três mulheres desta manhã, ainda com seus vestidos, ainda com seus sapatos, ainda com os sacos brancos sobre a cabeça. Os braços foram desamarrados e estão rígidos e retos, estendidos ao longo dos flancos. A azul está no meio, as duas vermelhas, uma de cada lado, embora as cores não estejam mais tão vívidas; parecem ter desbotado, ficado pardas, como borboletas mortas ou peixes tropicais secando em terra. Perderam o brilho. Ficamos paradas e as olhamos em silêncio.

– Que isto seja um lembrete para nós – diz a nova Ofglen finalmente.

Não digo nada de início, porque estou tentando compreender o que ela quer dizer. Poderia querer dizer que isso é um lembrete para nós da injustiça e da brutalidade do regime. Nesse caso eu deveria responder *sim*. Ou poderia querer dizer o oposto, que deveríamos nos lembrar de fazer o que nos mandam fazer e não nos meter em encrencas, porque se o fizermos seremos devida e merecidamente punidas. Se ela quer dizer isso, eu deveria responder, *louvado seja*. A voz dela é amena, sem cor, não dá nenhuma pista.

Decido arriscar.

– Sim – digo.

A isso ela não responde, embora eu perceba um lampejo de branco no canto de minha visão, como se ela tivesse olhado para mim rapidamente.

Depois de um momento fazemos meia-volta e começamos a longa caminhada de volta, harmonizando nossos passos da maneira aprovada, de modo que pareçamos estar em uníssono.

Penso que talvez deva esperar antes de tentar qualquer outra coisa além disso. É cedo demais para fazer pressão, para sondar. Deveria deixar passar uma semana, talvez mais, observá-la cuidadosamente, procurar ouvir os tons em sua voz, palavras irrefletidas, da maneira como Ofglen me ouviu. Agora que Ofglen se foi estou alerta de novo, minha preguiça me abandonou, meu corpo não é mais apenas para o prazer, também tem a percepção do perigo que corre. Eu não deveria ser precipitada, não deveria correr riscos desnecessários. Mas preciso saber. Consigo ficar calada até depois de termos passado pelo último posto de controle e faltarem apenas alguns quarteirões, mas então não consigo me controlar mais.

– Não conhecia Ofglen muito bem – digo. – Quero dizer a antiga.

– Ah? – diz ela. O fato de ela ter dito qualquer coisa, por mais que tenha sido cautelosa, me encoraja.

– Só a conheci em maio – digo. Posso sentir minha pele ficando quente, meu coração se acelerando. Isso é perigoso. Para começar, é uma mentira. E como passar para a próxima palavra vital? – Por volta de primeiro de maio, acho que foi isso. O dia que costumavam chamar de dia de maio, Mayday.

– Costumavam? – diz ela, o tom leve, indiferente, ameaçador. – Esse não é um termo de que eu me lembre. Estou surpreendida que você se lembre. Deveria fazer um esforço... – Ela faz uma pausa. – Para livrar sua mente desses... – Ela faz mais uma pausa. – Ecos.

Agora sinto frio, infiltrando-se sobre minha pele como água. O que ela está fazendo é me advertir.

Não é uma de nós. Mas sabe.

Percorro os últimos quarteirões dominada pelo terror. Fui burra, de novo. Mais do que burra. Não havia me ocorrido antes, mas agora vejo: se Ofglen foi capturada, Ofglen pode falar, a respeito de mim dentre outras. Ela vai falar. Não será capaz de deixar de falar.

Mas eu não fiz nada, digo a mim mesma, não realmente. Tudo que fiz foi saber. Tudo que fiz foi não contar.

Eles sabem onde está minha filha. E se a trouxerem, ameaçarem fazer alguma coisa com ela na minha frente? Ou se fizerem. Não suporto nem pensar no que poderiam fazer. Ou com Luke, e se estiverem com Luke. Ou com minha mãe ou Moira ou quase qualquer outra pessoa. Meu Deus, não me faça escolher. Não seria capaz de suportar isso; Moira estava certa a meu respeito. Eu direi qualquer coisa que quiserem, incriminarei qualquer pessoa. É verdade, o primeiro grito, até mesmo soluço, e me transformarei em gelatina, confessarei qualquer crime, acabarei pendurada num gancho no Muro. Passe despercebida, não se faça notar, costumava dizer a mim mesma, e leve isso até o fim. Não adianta nada.

É assim que falo comigo mesma, a caminho de casa.

Na esquina nos viramos uma para a outra da maneira habitual.

– Sob o Olho Dele – diz a nova e traiçoeira Ofglen.

– Sob o Olho Dele – digo, tentando parecer fervorosa. Como se uma encenação desse tipo pudesse ajudar, agora que já chegamos a este ponto.

Então ela faz uma coisa estranha. Se inclina para a frente, de modo que os duros antolhos em nossas cabeças estejam quase se tocando, de modo que eu possa ver seus olhos claros de cor bege bem de perto, a delicada teia de rugas nas maçãs do rosto, e sussurra, muito rapidamente, a voz tênue como folhas secas.

– Ela se enforcou – diz. – Depois do Salvamento. Viu a camionete vindo para buscá-la. Foi melhor.

Então segue caminhando pela rua e se afastando de mim.

CAPÍTULO QUARENTA E CINCO

Fico parada um momento, esvaziada de ar, como se tivesse sido chutada.

Então ela está morta, e eu estou segura, afinal. Ela o fez antes que eles viessem. Sinto um imenso alívio. Sinto-me agradecida a ela. Morreu para que eu possa viver. Chorarei sua morte mais tarde.

A menos que esta mulher esteja mentindo. Sempre existe essa possibilidade.

Inspiro, sorvendo o ar profundamente, expiro, para dar oxigênio a mim mesma. O espaço na minha frente escurece, depois clareia. Posso ver meu caminho.

Viro, abro o portão, mantendo a mão nele por um momento para me firmar, entro. Nick ainda está lá, lavando o carro, assobiando um pouco. Parece muito distante.

Meu Deus, penso, farei qualquer coisa que quiseres. Agora que me deixaste escapar impune, eu me anularei, se é o que realmente queres; esvaziarei a mim mesma, verdadeiramente, tornar-me-ei um cálice. Deixarei Nick, esquecerei os outros, pararei de reclamar, aceitarei meu destino. Eu me sacrificarei. Eu me arrependerei. Abdicarei. Renunciarei.

Sei que isso não pode estar certo, mas penso de qualquer maneira. Tudo que me ensinaram no Centro Vermelho, tudo a que resisti, flui para dentro de mim numa torrente. Não quero dor. Não quero ser uma dançarina, com os pés no ar, minha cabeça um retângulo sem rosto de pano branco. Não quero ser uma boneca dependurada no Muro, não quero ser um anjo sem asas. Quero continuar vivendo, de qualquer forma que seja. Renuncio a meu corpo voluntariamente, para submetê-lo ao uso de outros. Eles podem fazer o que quiserem comigo. Sou abjeta.

Sinto, pela primeira vez, o verdadeiro poder deles.

Sigo passando pelos canteiros de flores, o salgueiro, me dirigindo à porta dos fundos. Entrarei, estarei em segurança. Cairei de joelhos, em meu quarto, com gratidão respirarei enchendo os pulmões de ar não renovado, cheirando a cera e lustra-móveis.

Serena Joy saiu pela porta da frente; está parada na escada. Ela me chama em voz alta. O que ela quer? Será que quer que eu vá para a sala de estar e a ajude a enrolar a lã cinzenta? Não vou conseguir manter minhas mãos firmes, ela vai perceber que há alguma coisa. Mas, de qualquer maneira, me encaminho para onde está, uma vez que não tenho escolha.

No degrau mais alto ela se eleva altaneira sobre mim. Seus olhos faíscam enfurecidos, azuis incandescentes em contraste com o branco enrugado de sua pele. Desvio o olhar de seu rosto, baixando-o para o chão; para seus pés, a ponta da bengala.

– Eu confiei em você – diz ela. – Tentei ajudá-la.

Ainda assim não levanto o olhar para ela. A culpa me trespassa, fui descoberta, em quê? De qual de meus muitos pecados sou acusada? A única maneira de descobrir é me manter em silêncio. Começar a me desculpar agora, por isso ou por aquilo, seria um erro grave. Eu poderia revelar alguma coisa de que ela nem sequer desconfia.

Poderia não ser nada. Poderia ser o fósforo escondido em minha cama. Deixo minha cabeça pender.

– Bem, e então? – pergunta ela. – Não tem nada a dizer em sua defesa?

Levanto o olhar para ela.

– A respeito de quê? – consigo gaguejar. Tão logo as palavras são ditas me soam impudentes.

– Veja – diz ela. Tira a mão livre de trás das costas. É sua capa longa que está segurando, a de inverno. – Havia batom nela – diz. – Como pôde ser tão vulgar? Eu *disse* a ele... – Ela deixa cair a capa, está segurando mais outra coisa, a mão é toda ossos. Ela atira aquilo no chão também. As lantejoulas de cor púrpura caem, escorregando para baixo pelo degrau como escamas de serpente, rebrilhando na luz do sol. – Pelas minhas costas – diz ela. – Você poderia ter-me deixado alguma coisa. – Será que ela o ama, afinal, apesar de tudo? Ela levanta a bengala. Penso que vai me bater, mas não bate. – Apanhe essa coisa nojenta e vá para o seu quarto. É igualzinha à outra. Uma vadia. Vai acabar exatamente como ela.

Eu me inclino para baixo, recolho. Atrás de mim Nick parou de assobiar.

Quero me virar, correr para ele, atirar meus braços ao redor dele. Seria tolice. Não há nada que possa fazer para me ajudar. Ele também se afogaria.

Caminho de volta até a porta dos fundos, entro na cozinha, deixo minha cesta sobre a mesa, subo a escadaria. Meu comportamento é ordeiro e calmo.

XV
NOITE

CAPÍTULO QUARENTA E SEIS

Fico sentada em meu quarto, junto da janela, esperando. Em meu colo há um punhado de estrelas amassadas.

Esta poderia ser a última vez que tenho de esperar. Mas não sei o que estou esperando. O que você está esperando?, costumavam dizer. Isso significava *apresse-se*. Não se esperava nenhuma resposta. Pelo que você está esperando é uma pergunta diferente, e não tenho resposta para ela tampouco.

Entretanto não é esperar, exatamente. É mais como uma forma de suspensão. Sem suspense. Finalmente não há tempo.

Estou em desgraça, o que é o oposto de graça. Deveria me sentir pior quanto a isso.

Mas sinto-me serena, em paz, impregnada de indiferença. Não deixe que os bastardos esmaguem você. Repito isso para mim mesma, mas não me transmite nada. Seria a mesma coisa que você dizer: Que não haja ar; ou: Não seja.

Suponho que você poderia dizer isso.

Não há ninguém no jardim.

Gostaria de saber se vai chover.

Lá fora, a luz está pouco a pouco se apagando. Já está avermelhada. Logo estará escuro. Agora, neste instante, já está mais escuro. Não demorou muito.

Há uma variedade de coisas que eu poderia fazer. Poderia atear fogo na casa, por exemplo. Poderia empilhar algumas de minhas roupas e os lençóis, e acender meu único fósforo escondido. Se o fogo não pegasse, estaria acabado. Mas se pegasse, haveria pelo menos um acontecimento, um sinal de algum tipo para marcar minha saída. Algumas chamas, que seriam facilmente apagadas. Enquanto isso eu poderia produzir nuvens de fumaça e morrer sufocada.

Poderia rasgar os lençóis de minha cama em tiras e torcê-los numa corda ordinária e amarrar uma ponta na perna de minha cama e tentar quebrar a janela. Que é inquebrável.

Poderia ir procurar o Comandante, me atirar no chão, com os cabelos desgrenhados, como dizem, agarrá-lo pelos joelhos, confessar, chorar, implorar. *Nolite te bastardes carborundorum,* eu poderia dizer. Sem chance alguma. Visualizo seus sapatos pretos, bem engraxados, impenetráveis, sem denunciar suas intenções.

Em vez disso, poderia fazer um laço ao redor do pescoço com os lençóis da cama, pendurar-me no armário, arremessar meu peso para a frente, sufocar até morrer.

Poderia me esconder atrás da porta, esperar até ela vir, mancando pelo corredor, trazendo qualquer que seja a sentença, penitência, punição, saltar em cima dela, derrubá-la, chutá-la com violência e precisão na cabeça. Para acabar com seu sofrimento e o meu também. Acabar com nosso sofrimento.

Isso pouparia tempo.

Eu poderia caminhar em passo comedido, descer as escadas e sair pela porta da frente e seguir pela rua, tentando parecer que sei para onde estou indo, e ver até onde conseguiria chegar. Vermelho é tão visível.

Poderia ir até o quarto de Nick, em cima da garagem, como fizemos antes. Poderia me perguntar se ele me deixaria entrar ou não, se me daria abrigo. Agora que a necessidade é real.

Considero todas essas possibilidades ociosamente. Cada uma delas parece ter a mesma medida que todas as outras. Nem uma parece preferível. A fadiga está aqui, em meu corpo, em minhas pernas e olhos. Isso é o que derruba você no final. Fé é apenas uma palavra bordada.

* * *

Olho para fora para o crepúsculo e penso sobre o fato de ser inverno. A neve caindo, com suavidade, com facilidade, cobrindo tudo de cristal macio, a névoa do luar antes de uma chuva, borrando os contornos, eliminando cor. Morrer de frio é indolor, dizem, passado o primeiro calafrio e tremor. Você se deita de costas na neve como um anjo feito por crianças e adormece.

Atrás de mim sinto sua presença, de minha antepassada, minha duplicata, girando no ar abaixo do candelabro, com sua fantasia de estrelas e penas, um pássaro detido ao voar, uma mulher transformada em um anjo, esperando para ser encontrada. Por mim desta vez. Como pude ter acreditado que estava sozinha aqui dentro? Sempre houve duas de nós. Acabe logo com isso, diz ela. Estou cansada desse melodrama, estou cansada de guardar o silêncio. Não há ninguém que você possa proteger, sua vida não tem valor para ninguém. Quero que ela chegue ao fim.

Enquanto estou me levantando ouço a camionete preta. Ouço-a antes de vê-la; mesclada com o crepúsculo, aparece saída de seu próprio som como uma solidificação, uma coagulação da noite. Faz a curva na entrada para carros e para. Consigo ver apenas o olho branco, as duas asas. A tinta deve ser fosforescente. Dois homens se destacam daquela forma, sobem os degraus da escada da frente, tocam a campainha. Eu ouço a campainha tocar, ding-dong, como o fantasma de uma mulher vendedora de cosméticos, lá embaixo no vestíbulo.

Ainda há pior por vir, então.

Estive perdendo meu tempo. Deveria ter cuidado das coisas eu mesma enquanto tinha a possibilidade. Deveria ter roubado uma faca da cozinha, encontrado alguma maneira de passar a mão na tesoura de costura. Havia a tesoura de poda, as agulhas de tricô; o mundo está cheio de armas, se você estiver procurando por elas. Deveria ter prestado atenção.

Mas é tarde demais para pensar a respeito disso agora, os passos deles já soam sobre o carpete rosa-acinzentado da escadaria; um pesado ruído de passos abafados, uma pulsação na testa. Minhas costas estão coladas na janela.

Espero um estranho, mas é Nick quem abre e empurra a porta, acende a luz. Não consigo situar isso, a menos que ele seja um deles. Sempre houve essa possibilidade. Nick, o Olho, investigador particular. Trabalho sujo é feito por gente suja.

Seu merda, penso. Abro minha boca para dizê-lo, mas ele avança, chega bem junto de mim e sussurra.

– Está tudo bem. É Mayday. Vá com eles. – Ele me chama por meu verdadeiro nome. Por que isso deveria significar alguma coisa?

– Eles? – digo. Vejo dois homens parados atrás dele, a luz acima no corredor transformando as cabeças em caveiras. – Você deve estar louco. – Minha suspeita paira no ar acima dele, um anjo sombrio advertindo-me para não acreditar. Posso quase vê-lo. Por que ele não deveria saber da existência de Mayday? Todos os Olhos devem saber de sua existência; eles a terão arrancado à força, espremendo, esmagando, retorcendo um número suficiente de corpos, um número suficiente de bocas a esta altura.

– Confie em mim – diz ele; o que por si só nunca foi um talismã, não traz nenhuma garantia.

Mas eu a agarro, essa oferta. É tudo o que ainda me resta.

Um na frente, um atrás, eles me escoltam na descida da escadaria. O ritmo dos passos é descansado, as luzes estão acesas. Apesar do medo, como isso é corriqueiro. Daqui posso ver o relógio. Não é nenhuma hora específica.

Nick não está mais conosco. Pode ter descido pela escada dos fundos, não desejando ser visto.

Serena Joy está parada no vestíbulo, abaixo do espelho, olhando para cima, incrédula. O Comandante está atrás dela, com a porta da sala de estar aberta. O cabelo dele está muito grisalho. Parece preocupado e impotente, mas já se afastando de mim, se distanciando. Não importa o que mais eu seja para ele, neste ponto sou também um desastre. Sem dúvida estiveram brigando, por minha causa; sem dúvida ela o esteve fazendo passar o diabo. Ainda tenho sentimentos em mim para ter pena dele. Moira está certa, sou uma frouxa.

– O que ela fez? – diz Serena Joy. Não foi ela quem os chamou, então. Não importa o que ela tivesse reservado para mim, seriam mais privado.

– Não podemos dizer, madame – diz o que está na minha frente. – Desculpe.

– Preciso ver a sua autorização – diz o Comandante. – Tem um mandado?

Eu poderia gritar agora, agarrar-me ao corrimão, abrir mão da dignidade. Poderia detê-los, pelo menos por um momento. Se forem verdadeiros, ficarão, se não, fugirão. Deixando-me aqui.

– Não que precisemos de um, senhor, mas está tudo em ordem – responde o primeiro mais uma vez. – Violação de segredos de Estado.

O Comandante põe a mão na cabeça. O que terei andado dizendo, e para quem, e qual de seus inimigos descobriu? Possivelmente ele será um risco de segurança, agora. Estou acima dele, olhando do alto; ele está encolhendo. Já houve expurgos entre eles, haverá mais. Serena Joy fica branca.

– Sua vadia – diz ela. – Depois de tudo o que ele fez por você.

Cora e Rita aparecem vindas da cozinha. Cora começou a chorar. Eu era a sua esperança, fracassei. Agora nunca terá uma criança.

A camionete está na entrada para carros, as portas duplas permanecem abertas. Os dois, agora um de cada lado, me seguram pelos cotovelos para me ajudar a entrar. Se isto é o meu fim ou um novo começo não tenho nenhum meio de saber: eu me entreguei às mãos de desconhecidos; porque não há outro jeito.

E assim eu entro, embarco na escuridão ali dentro; ou então na luz.

NOTAS HISTÓRICAS

NOTAS HISTÓRICAS SOBRE O CONTO DA AIA

Consistindo em uma transcrição parcial das atas do Décimo Segundo Simpósio sobre Estudos Gileadeanos, realizado como parte da Convenção da Associação Histórica Internacional, que teve lugar na Universidade de Denay, Nunavit, em 25 de junho de 2195.

Presidente: *Professora Maryann Crescent Moon, Departamento de Antropologia Caucasiana, Universidade de Denay, Nunavit.*

Apresentador do Tema Principal: *Professor James Darcy Pieixoto, diretor, Arquivos dos Séculos XX e XXI, Universidade de Cambridge, Inglaterra.*

CRESCENT MOON:

É com grande prazer que dou as boas-vindas a todos os presentes aqui esta manhã, e estou muito satisfeita por ver que tantos dos senhores compareceram para ouvir a apresentação do professor Pieixoto, que, tenho certeza, será fascinante e valerá a pena ser ouvida. Nós da Associação de Pesquisas de Gilead acreditamos que este período é rico em recompensar o estudo adicional, por ter sido responsável como foi, em última instância, por redesenhar o mapa do mundo, especialmente neste hemisfério.

Mas antes de prosseguirmos, algumas comunicações. A expedição de pesca será realizada amanhã conforme planejado, e para aqueles dos senhores que não trouxeram o equipamento adequado e repelente de insetos, eles estarão disponíveis a um custo nominal no Balcão de Inscrições. A Caminhada na Natureza e a Apresentação dos Grupos de Canções Folclóricas em Trajes de Época ao Ar Livre foram adiadas e remarcadas para depois de amanhã, uma vez que nos foi garantido por nosso infalível professor Johnny Running Dog que as condições do tempo terão melhorado até lá.

Permitam-me recordar-lhes os outros eventos patrocinados pela Associação de Pesquisa de Gilead oferecidos aos senhores nesta convenção, como parte de nosso Décimo Segundo Simpósio. Amanhã à tarde, o professor Gopal Chatterjee, do Departamento de Filosofia Ocidental, Universidade de Baroda, Índia, apresentará uma palestra sobre "Os Elementos Krishna e Kali na Religião de Estado do Período Inicial de Gilead", e há uma palestra programada para a manhã de quinta-feira, do professor Sieglinda van Buren do Departamento de História Militar na Universidade de San Antonio, República do Texas. O professor Van Buren proferirá o que tenho certeza de que será uma palestra fascinante sobre "A Tática de Varsóvia: Métodos de Cerco de Centro Urbano nas Guerras Civis de Gilead". Tenho certeza de que todos nós desejaremos assistir a ela.

Devo recordar também a nosso apresentador do tema principal – embora tenha certeza de que não é necessário – que o período de tempo que lhe foi concedido deverá ser respeitado, uma vez que desejamos deixar espaço para perguntas, e imagino que nenhum de nós queira perder o almoço como aconteceu ontem. (*Risos.*)

O professor Pieixoto dispensa quaisquer apresentações, uma vez que é bem conhecido por todos nós, se não pessoalmente, então através de suas várias obras publicadas. Estas incluem, "Leis Suntuárias Através das Eras: Uma Análise de Documentos", e o bem conhecido estudo "Irã-Gilead: Duas Monoteocracias do Final do Século XX, Vistas Através de Diários". Como todos os senhores sabem ele é o coeditor, com o professor Knotly Wade, também de Cambridge, do manuscrito que será examinado hoje, tendo colaborado para sua transcrição, anotação e publicação. O título de sua palestra é "Problemas de Autenticação com Relação a *O conto da aia*".

Professor Pieixoto.

Aplausos.

Pieixoto:

Obrigado. Tenho certeza de que todos nós tivemos grande prazer em apreciar nossa encantadora truta do Ártico ontem à noite no jantar, e agora estamos tendo grande prazer em apreciar nossa igualmente encantadora presidente do Ártico. Emprego aqui a palavra "apreciar" em dois sentidos distintos, excluindo, é claro, o terceiro, obsoleto. (*Risos.*)

Mas permitam-me falar sério. Desejo, conforme o título de minha pequena palestra subentende, considerar alguns dos problemas associados com o *soi-disant* manuscrito com o qual agora todos os senhores já estão bastante familiarizados, e que é conhecido pelo título de *O conto da aia*. Digo *soi-disant* porque o que temos diante de nós não é o objeto em sua forma original. No sentido exato da palavra, não era absolutamente um manuscrito quando foi descoberto, e não tinha nenhum título. O sobrescrito *O conto da aia* foi anexado a ele pelo professor Wade, sendo *conto, tale,* em parte uma homenagem ao grande Geoffrey Chaucer; mas aqueles dentre os senhores que conhecem o professor Wade informalmente, como eu, compreenderão quando digo que tenho certeza de que todos trocadilhos foram intencionais, especialmente aquele que diz respeito ao significado vulgar arcaico da palavra *rabo, tail*; este último sendo, em certa medida, por assim dizer, o pomo da discórdia naquela fase da sociedade de Gilead de que trata a nossa saga. (*Risos, aplausos.*) Por esse motivo, nossa associação mantém um interesse em particular no objeto.

Este objeto – eu hesito em usar a palavra *documento* – foi escavado no sítio arqueológico do que um dia foi a cidade de Bangor, no que em tempos anteriores ao princípio do regime de Gilead, teria sido o estado do Maine. Sabemos que aquela cidade era uma proeminente estação intermediária do que a autora se refere como "A Rota Clandestina Feminina", desde então apelidada por alguns de nossos trocistas históricos de "A Rota Clandestina do Sexo Frágil". (*Risos, resmungos.*) Por esse motivo, nossa associação dedicou-lhe um interesse muito especial.

O objeto em seu estado prístino consistia em um pequeno baú de metal, tipo padrão de distribuição do exército dos Estados Unidos, de *circa* talvez 1955. O fato por si só não tem necessariamente nenhum significado, uma vez que tais baús eram com frequência vendidos como "material excedente do exército" e devem portanto ter sido muito comuns. Dentro desse baú, que estava vedado com fita adesiva do tipo outrora usado em pacotes a serem enviados por correio, havia aproximadamente trinta fitas cassete, do tipo que se tornou obsoleto em algum momento durante a década de 1980 ou 1990 com o advento do compact disc.

Quero recordá-los de que não foi o primeiro achado desse tipo. Os senhores sem dúvida estão familiarizados, por exemplo, com o objeto conhecido pelo nome de "As Memórias de A.B.", localizadas numa garagem em um subúrbio de Seattle e com "O Diário de P.", escavado acidentalmente durante a construção de um novo templo quaker nas vizinhanças do que outrora foi Syracuse, Nova York.

O professor Wade e eu ficamos muito entusiasmados com essa nova descoberta. Por sorte tínhamos, com a ajuda de nosso excelente residente técnico especialista em antiguidades, reconstruído uma máquina capaz de tocar essas fitas, e imediatamente demos início ao trabalho meticuloso de transcrição.

Havia no total em torno de trinta fitas na coleção, com proporções variadas de música e narrativa em palavras. De maneira geral, cada fita começa com duas ou três canções, como camuflagem sem dúvida: então a música é interrompida e a voz da narradora ocupa o resto. A voz é de uma mulher e, de acordo com nossos especialistas em impressão de voz, é a mesma em todas elas. As etiquetas nos cassetes eram autênticas de época, datando, é claro, de algum tempo antes do princípio da era inicial de Gilead, uma vez que toda música secular desse tipo foi banida durante o regime. Havia, por exemplo, quatro fitas intituladas "Anos Dourados de Elvis Presley", três de "Canções Folclóricas da Lituânia", três de "Boy George Takes It Off", e duas de "As Cordas Melodiosas de Mantovani", bem como alguns títulos que identificavam uma única fita cada: um dos quais é "Twisted Sister no Carnegie Hall" de que gosto especialmente.

Embora as etiquetas fossem autênticas, elas nem sempre estavam apensas à fita com as canções correspondentes. Além disso, as fitas estavam dispostas sem nenhuma ordem particular, estando soltas no fundo da caixa; tampouco eram numeradas. Desse modo coube ao professor Wade e a mim organizar os blocos de narrativa na ordem em que pareciam seguir; mas, como já disse em outra ocasião, todas as organizações desse tipo são baseadas em um pouco de adivinhação e suposição, e devem ser consideradas como sendo aproximadas; dependendo de pesquisa posterior.

Depois de termos a transcrição em mãos – e tivemos que refazê-la e revisá-la várias vezes, devido a dificuldades criadas por sotaque, referências obscuras e arcaísmos –, tivemos que tomar algumas decisões quanto à natureza do material que havíamos tão laboriosamente adquirido. Várias possibilidades nos confrontaram. Primeira, as fitas poderiam ser uma falsificação. Como os senhores sabem já foram registrados vários casos de falsificações desse tipo, pelas quais os editores pagaram grandes somas, desejando sem dúvida tirar proveito do sensacionalismo de tais histórias. Parece que certos períodos da história se tornam rapidamente, tanto para outras sociedades quanto para aquelas que as seguem, o material de lendas não especialmente edificantes e a ocasião para muita autocongratulação hipócrita. Aqui, peço licença para fazer um aparte editorial, permitam-me dizer que, em minha opinião devemos ser cautelosos ao fazer um julgamento moral sobre a sociedade gileadeana. Sem dúvida já aprendemos a esta altura que tais julgamentos são por necessidade específicos de cultura. Além disso, a sociedade gileadeana estava submetida a grandes pressões de caráter demográfico e outros, e estava sujeita a fatores dos quais nós felizmente estamos mais livres. Nosso trabalho não é censurar e sim compreender. (*Aplausos.*)

Para retornar ao tema anterior à minha digressão: gravação em fitas como estas são, contudo, muito difíceis de falsificar de maneira convincente, e fomos assegurados pelos peritos que as examinaram que os objetos físicos em si são genuínos. Certamente a gravação em si, isto é, a superposição de voz sobre fitas de música não poderia ter sido feita no período dos últimos cento e cinquenta anos.

Supondo, então que as fitas sejam genuínas, que dizer da natureza do relato em si? Evidentemente, não poderia ter sido gravado durante o período de tempo que relata, uma vez que, se a autora está contando a verdade, nem máquinas nem fitas teriam estado disponíveis para ela, nem ela teria tido um lugar para escondê-las. Além disso, a narrativa tem um certo caráter reflexivo que, em minha opinião, exclui a possibilidade de sincronicidade. Ela possui um sopro de emoção recordada, se não em tranquilidade, pelo menos *post facto*.

Se pudéssemos determinar uma identidade para a narradora, acreditávamos, poderíamos avançar no caminho de uma explicação para como este documento – permitam-me chamá-lo assim em prol da brevidade – veio a existir. Para fazer isso, tentamos seguir duas linhas de investigação.

Primeiro, tentamos, através de velhas plantas da cidade de Bangor e de outros tipos de documentações que ainda existem, identificar os habitantes da casa que deve ter ocupado o lugar da descoberta por volta daquela época. Possivelmente, raciocinamos, essa casa pode ter sido uma "casa segura" da Rota Clandestina Feminina, durante nosso período, e nossa autora pode ter sido mantida escondida nela no sótão, por exemplo, ou no porão, ao longo de algumas semanas ou meses, durante os quais teria tido a oportunidade de fazer as gravações. É claro, não havia nada que excluísse a possibilidade de as fitas terem sido transferidas para o lugar em questão depois de terem sido feitas. Esperávamos poder rastrear e localizar os descendentes dos hipotéticos ocupantes, os quais, esperávamos poderiam nos conduzir a outros materiais: diários, talvez, ou mesmo anedotas de família relatadas de geração em geração.

Infelizmente esse caminho não conduziu a lugar nenhum. Possivelmente essas pessoas, se de fato tinham uma ligação com o movimento clandestino, haviam sido descobertas e presas, caso em que qualquer documentação referente a elas teria sido destruída. De modo que seguimos outra linha de abordagem. Pesquisamos os registros do período, tentando correlacionar personagens históricos conhecidos com os indivíduos que aparecem no relato da autora. Os registros sobreviventes da época são incompletos e pouco confiáveis, uma vez que o regime de Gilead tinha o hábito de apagar seus próprios computadores e destruir as listas impressas depois de vários expurgos e levantes internos, mas restam algumas das listas impressas com informações dos computadores. Algumas de fato foram contrabandeadas para a Inglaterra, para uso em propaganda pelas várias sociedades engajadas em movimentos Salvem as Mulheres, dos quais muitos existiam nas Ilhas Britânicas naquela época.

Não tínhamos nenhuma esperança de rastrear a narradora, ela própria, diretamente. Estava claro pelos fatos e dados internos que fazia parte da primeira leva de mulheres recrutadas para propósitos reprodutivos e fora destinada àqueles que não só requeriam esses serviços bem como podiam reivindicá-los por meio de sua posição na elite. O regime criou uma reserva imediata dessas mulheres ao declarar adúlteros todos os segundos casamentos e ligações extraconjugais, prendendo as parceiras de sexo feminino, e, com o fundamento de que elas eram moralmente inaptas, confiscando os filhos e filhas que já tivessem, que foram adotados por casais sem filhos dos escalões superiores que eram ávidos por ter progênie, quaisquer que fossem os meios empregados. (No período médio, essa política foi ampliada de modo a cobrir todos os casamentos que não tivessem sido contraídos no seio da igreja do Estado.) Desse modo, homens ocupando altas posições no regime puderam escolher a dedo entre as mulheres que tinham demonstrado ser aptas reprodutivamente ao terem concebido e dado à luz uma ou mais crianças saudáveis, uma característica desejável numa era de índices de natalidade caucasianos em queda livre, um fenômeno observável não só em Gilead, mas também na maioria das sociedades caucasianas do norte na época.

Os motivos desse declínio não estão totalmente esclarecidos para nós. Parte do insucesso em se reproduzir pode sem dúvida ser atribuído à disponibilidade ampla de meios de controle de natalidade de vários tipos, inclusive o aborto, no período pré-Gilead imediatamente anterior. Parte da infertilidade, portanto, era desejada, o que pode ser responsável pelas estatísticas divergentes entre caucasianos e não caucasianos; mas o resto não era. Será que preciso recordar-lhes que aquela foi a era da cepa-R de sífilis e também da infame epidemia de Aids que, uma vez disseminadas livremente entre a população, eliminaram muitas pessoas jovens sexualmente ativas da combinação de recursos genéticos? Bebês natimortos e com deformidades genéticas tornaram-se comuns e seus números entraram em crescimento, e essa tendência tem sido relacionada aos vários acidentes em usinas nucleares, panes e ocorrências de sabotagem que caracterizaram o período, bem como os vazamentos de estoques de armas químicas e biológicas e de locais de depósito de lixo tóxico, dos quais muitos milhares existiam, tanto legais quanto ilegais – em alguns casos esses materiais eram simplesmente lançados no sistema de esgotos –, e ao uso descontrolado de inseticidas químicos, herbicidas e outras substâncias líquidas pulverizadas.

Mas qualquer que tenha sido a causa, os efeitos foram visíveis, e o regime de Gilead não foi o único a reagir a eles na época. A Romênia, por exemplo, havia se antecipado a Gilead nos anos 1980 ao banir todas as formas de controle de natalidade, impondo testes de gravidez compulsórios a toda a população de sexo feminino, e vinculando promoções e aumentos de salários à fertilidade.

A necessidade do que eu poderia chamar de serviços de reprodução humana já era reconhecida no período pré-Gilead, no qual estava sendo atendida inadequadamente por "inseminação artificial", "clínicas de fertilidade", e pelo uso de "mães de aluguel", que eram contratadas com esse propósito. Gilead tornou ilegais as duas primeiras opções, considerando-as irreligiosas, mas legitimou e executou a terceira, que era considerada como tendo precedentes bíblicos; assim substituíram a poligamia serial, comum no período pré-Gilead, pela forma mais antiga de poligamia simultânea, praticada tanto nos tempos primitivos do Velho Testamento bem como no antigo estado de Utah, no século XIX. Como sabemos pelo estudo da história, nenhum novo sistema pode se impor a um anterior sem incorporar muitos dos elementos a serem encontrados neste último, como comprovam os elementos pagãos no cristianismo medieval e a evolução da KGB russa a partir do serviço secreto czarista que a precedeu, e Gilead não foi exceção a essa regra. Suas políticas racistas, por exemplo, estavam firmemente enraizadas no período pré-Gilead, e temores racistas forneceram parte do combustível emocional que permitiu que o golpe de Gilead para a tomada do poder fosse tão bem sucedido quanto foi.

Nossa autora, então, foi uma dentre muitas, e deve ser vista dentro do escopo mais amplo do momento na história do qual era uma participante. Mas o que mais sabemos a respeito dela, exceto pela idade, algumas características físicas que poderiam ser de qualquer pessoa e seu local de residência? Não muito. Ela parece ter sido uma mulher instruída, tanto quanto poderia-se dizer que fosse instruída qualquer pessoa graduada por uma faculdade norte-americana da época. (*Risos, alguns resmungos.*) Mas as classes trabalhadoras brancas, como se costuma dizer por aqui, eram repletas de mulheres como ela, de modo que isso não ajuda em nada. Ela não achou conveniente nos fornecer seu nome original, e de fato, todos os registros oficiais dele teriam sido destruídos por ocasião de sua entrada no Centro de Reeducação Raquel e Lea. "Offred" não nos dá nenhuma pista, uma vez que, como "Ofglen" e "Ofwarren", era um patronímico, composto da preposição possessiva "of", ou seja, "de", e o nome de batismo do cavalheiro em questão. Tais nomes eram assumidos por essas mulheres por ocasião de sua entrada em contato com a casa e a família de um Comandante específico e abandonados por elas ao deixá-las.

Os outros nomes no documento são igualmente inúteis para os propósitos de identificação e autenticação. "Luke" e "Nick" não resultaram em nada, da mesma maneira que "Moira" e "Janine". De todo modo, há uma alta probabilidade de que fossem pseudônimos, adotados para proteger esses indivíduos caso as fitas viessem a ser descobertas. Se for assim, isso confirmaria nossa opinião de que as fitas foram gravadas *dentro* das fronteiras de Gilead, e não fora, para serem contrabandeadas de volta a fim de serem usadas pelo movimento clandestino de resistência Mayday.

A eliminação das possibilidades anteriores nos deixou com uma restante. Se pudéssemos identificar o fugidio "Comandante", acreditávamos, pelo menos algum progresso teria sido feito. Raciocinamos que um indivíduo tão altamente colocado tinha, provavelmente, sido um participante nos primeiros dos ultrassecretos Laboratórios de Ideias dos Filhos de Jacob, nos quais a filosofia e estrutura social de Gilead foram concebidas e forjadas. Esses grupos foram organizados pouco depois do reconhecimento do empate forçado em termos de poderio de armas pelas superpotências e da assinatura em segredo do Acordo de Esferas de Influência, que deixou as superpotências livres para lidar, sem os empecilhos criados por interferência, com o número crescente de rebeliões em seus próprios impérios. Os registros oficiais das reuniões dos Filhos de Jacob foram destruídos depois do Grande Expurgo do período médio, que desacreditou e liquidou um número considerável dos arquitetos originais de Gilead, mas temos acesso a algumas informações através do diário mantido em código cifrado por Wilfred Limpkin, um dos sociobiólogos atuais. (Como sabemos, a teoria sociobiológica da poligamia natural foi usada como justificativa para algumas das mais estranhas práticas do regime, do mesmo modo que o darwinismo foi usado por ideologias anteriores.)

A partir do material de Limpkin sabemos que há dois possíveis candidatos, isto é, dois cujos nomes incorporam o elemento "Fred": Frederick R. Waterford e B. Frederick Judd. Não sobrevivem quaisquer fotografias de nenhum deles, embora Limpkin descreva este último como um almofadinha presunçoso, e, citando suas palavras, "alguém para quem preliminares é o que se faz num campo de golfe". (*Risos.*) O próprio Limpkin não sobreviveu muito tempo após a instauração do regime de Gilead, e temos seu diário somente porque ele previu seu próprio fim e o deixou com sua cunhada em Calgary.

Waterford e Judd possuem ambos características que os recomendam para nosso caso. Waterford tinha uma formação e passado de trabalho em pesquisa de mercado, e foi, de acordo com Limpkin, responsável pelo design das indumentárias femininas e pela sugestão de que as Aias usassem vermelho, o que ele parece ter tomado emprestado dos uniformes dos prisioneiros de guerra alemães nos campos de "prisioneiros de guerra" canadenses da época da Segunda Guerra Mundial. Ele parece ter sido o criador do termo *Particicução*, que roubou de um programa de exercícios muito apreciado em algum momento no último terço do século passado; a cerimônia coletiva da corda, contudo, foi sugerida por um costume de aldeia da Inglaterra do século XVII. *Salvamento*, pode ter sido criação dele também, embora por ocasião do princípio do regime de Gilead tivesse se disseminado de sua origem nas Filipinas a fim de se tornar um termo genérico para denominar a eliminação de inimigos políticos. Como já disse antes, havia muito pouco de verdadeiramente original ou nativo em Gilead: sua genialidade foi a síntese.

Judd, por outro lado, parece ter estado menos interessado na apresentação e mais preocupado com a tática. Foi ele quem sugeriu o uso de um obscuro manual da "CIA" sobre a desestabilização de governos estrangeiros como guia estratégico para os Filhos de Jacob, e foi ele, também, quem redigiu as primeiras listas de "americanos" proeminentes da época a serem alvos de assassinato. Também é suspeito de ter orquestrado o Massacre do Dia do Presidente, que deve ter exigido um nível máximo de infiltração no sistema de segurança ao redor do Congresso, e sem o qual a Constituição nunca poderia ter sido suspensa. Os Territórios Nacionais e o plano de embarcar em navios as pessoas de religião judaica foram ambos dele, bem como a ideia de privatização do esquema de repatriação dos judeus, com o resultado de que mais de uma carga inteira de navio lotado de judeus foi simplesmente despejada no Atlântico, para maximizar os lucros. Pelo que sabemos de Judd, isso não o teria incomodado muito. Ele era um linha-dura, e Limpkin lhe dá o crédito pelo comentário: "Nosso grande erro foi ensiná-los a ler. Não faremos isso de novo."

É a Judd quem se credita a invenção da forma, em vez do nome, da cerimônia de Particicução, com o argumento de que era não apenas uma maneira especialmente aterrorizante e eficiente de se livrar de elementos subversivos, mas que também agiria como uma válvula de escape para dar vazão à pressão para os elementos femininos em Gilead. Bodes expiatórios têm sido notoriamente úteis ao longo dos tempos na história, e deve ter sido muitíssimo gratificante para aquelas Aias, tão rigidamente controladas em todos os outros momentos, poderem rasgar um homem em pedaços com as mãos nuas de vez em quando. Tão apreciada e eficiente se tornou essa prática que foi regulamentada no período médio, quando era realizada quatro vezes por ano, nos solstícios e nos equinócios. Há ecos aqui dos ritos de fertilidade dos cultos primitivos da deusa Terra. Como ouvimos no debate sobre o tema por especialistas, ontem à tarde, Gilead era, embora inquestionavelmente patriarcal na forma, ocasionalmente matriarcal no conteúdo, como alguns setores da estrutura social que lhe deu origem e a levou ao poder. Como sabiam os arquitetos de Gilead, para instituir um sistema totalitarista eficaz ou, de fato, qualquer sistema, seja lá qual for, é preciso que se ofereçam alguns benefícios e liberdades, pelo menos para uns poucos privilegiados, em troca daqueles que se retiram.

Com relação a isso talvez sejam relevantes alguns comentários sobre a agência de controle de elite conhecida pelo nome de as "Tias". Judd – de acordo com o material de Limpkin – era desde o início de opinião que a melhor maneira e a mais eficiente em termos de custos de controlar mulheres, para propósitos reprodutivos e outros, era por meio das próprias mulheres. Quanto a isso havia muitos precedentes históricos; de fato, nenhum império imposto pela força ou de outro modo jamais deixou de ter essa feição característica: o controle dos nativos por membros de seu próprio grupo. No caso de Gilead, existiam muitas mulheres dispostas a servir como Tias, fosse por causa de uma crença genuína no que chamavam de "valores tradicionais", ou pelos benefícios que poderiam desse modo adquirir. Quando o poder é escasso, ter um pouco dele é tentador. Havia também um induzimento negativo: mulheres sem filhos ou estéreis ou mais velhas que não eram casadas podiam se alistar para servir como Tias e assim escapar à inutilidade e consequente embarque para as infames Colônias, que eram compostas de populações portáteis usadas principalmente como esquadrões descartáveis de limpeza de materiais tóxicos, embora se você tivesse sorte pudesse ser destacado para tarefas menos arriscadas como apanhar algodão e trabalhar na colheita de frutas.

A ideia, então, era de Judd, mas a implementação tem estampada a marca característica de Waterford. Quem mais dentre os membros dos Grupos de Estudos e Trabalhos teria concebido a ideia de que as Tias deveriam ter nome procedentes de produtos comerciais disponíveis para as mulheres no período imediatamente pré-Gilead, e assim ser familiares e tranquilizadoras para elas – nomes de linhas de cosméticos, de misturas de massa para bolos, de sobremesas congeladas e mesmo de preparados medicinais? Foi um golpe de mestre, e nos confirma em nossa opinião de que Waterford era, em seu auge, de considerável engenho e criatividade. Do mesmo modo, à sua maneira, era Judd.

Sabe-se que ambos os cavalheiros não tinham filhos, e portanto qualificavam-se para uma sucessão de Aias. O professor Wade e eu abordamos a possibilidade em nosso estudo conjunto, "A Noção de 'Semente' no Período Inicial de Gilead", de que ambos – como muitos dos Comandantes – tinham sido contaminados por um vírus causador de esterilidade, desenvolvido em experiências secretas de recombinação de genes a partir do vírus da caxumba no período pré-Gilead, e que estava destinado a ser inserido no fornecimento de caviar usado por altos oficiais e autoridades em Moscou. (A experiência foi abandonada depois do Acordo de Esferas de Influência, porque o vírus foi considerado por muitos como sendo incontrolável e portanto perigoso demais, embora alguns desejassem pulverizá-lo sobre a Índia.)

Entretanto, nem Judd nem Waterford eram casados com uma mulher que fosse ou jamais tivesse sido conhecida pelo nome de "Pam" ou de "Serena Joy". Este último parece ter sido uma invenção um tanto maliciosa de nossa autora. O nome da esposa de Judd era Bambi Mae, e o da esposa de Waterford era Thelma. Esta última tinha, entretanto, trabalhado anteriormente como personalidade de televisão do tipo descrito. Sabemos disso por Limpkin, que faz vários comentários grosseiros a respeito do fato. O próprio regime se esforçou muito para encobrir lapsos passados contra ortodoxias desse tipo por parte das esposas de sua elite.

No total, os indícios favorecem Waterford. Sabemos, por exemplo, que ele foi morto, provavelmente pouco depois dos acontecimentos que nossa autora descreve, em um dos primeiríssimos expurgos; foi acusado de tendências liberais, de estar de posse de uma coleção substancial e não autorizada de materiais heréticos pictóricos e literários, e de abrigar um elemento subversivo. Isso foi antes de o regime começar a realizar seus julgamentos em segredo e ainda os estava televisionando, de modo que os acontecimentos foram gravados na Inglaterra em transmissão via satélite e estão registrados em videoteipe confiado aos cuidados de nossos Arquivos. As imagens de Waterford não são boas, mas são nítidas o suficiente para determinar que seus cabelos eram realmente grisalhos.

Quanto ao elemento subversivo que Waterford foi acusado de abrigar, este poderia ter sido a própria "Offred", uma vez que sua fuga a teria incluído nessa categoria. Mas mais provavelmente foi "Nick", que, de acordo com a prova da simples existência das fitas, deve ter ajudado "Offred" a fugir. A maneira por meio da qual ele pôde fazê-lo o distingue como membro do misterioso grupo de resistência clandestino Mayday, que não era idêntico à organização Rota Clandestina Feminina, mas que tinha ligações com ela. Esta última era apenas uma operação de resgate, o primeiro quase militar. Sabe-se que um número considerável de agentes do Mayday estavam infiltrados na estrutura de poder de Gilead nos mais altos escalões, e ter um de seus agentes ocupando o posto de motorista de Waterford com certeza teria sido um golpe magistral; um golpe duplo, uma vez que "Nick" deve ter sido ao mesmo tempo membro dos Olhos, uma vez que todos os motoristas e criados pessoais desse nível quase sempre eram. Waterford teria, é claro, tido conhecimento disso, mas, como todos os Comandantes de alto escalão eram automaticamente diretores dos Olhos, não teria prestado muita atenção ao fato e não teria permitido que isso interferisse com sua infração ao que considerava serem regras pouco importantes. Como a maioria dos primeiros Comandantes de Gilead que mais tarde foram expurgados, ele considerava sua posição acima de qualquer ataque. O estilo do período médio de Gilead foi mais cauteloso.

Este foi o resultado de nossas conjecturas e deduções. Supondo que esteja correto – isto é, supondo que Waterford tenha sido de fato o "Comandante" –, muitas lacunas permanecem. Algumas delas poderiam ter sido preenchidas por nossa autora anônima, tivesse ela tido outra maneira de pensar. Poderia ter nos contado muito sobre o funcionamento do império de Gilead, se tivesse tido os instintos de uma repórter ou de uma espiã. O que não daríamos, agora, por até mesmo vinte páginas impressas tiradas do computador particular de Waterford? Contudo devemos ser gratos por quaisquer migalhas que a Deusa da História tenha se dignado a nos conceder.

Quanto ao destino final que teve nossa narradora, ainda permanece obscuro. Terá ela sido levada clandestinamente para fora das fronteiras de Gilead, para o que então era o Canadá, e terá conseguido dali ir para a Inglaterra? Isso teria sido prudente, uma vez que o Canadá daquele período não desejava antagonizar seu poderoso vizinho, e houve batidas policiais para recolhimento e extradição de refugiadas como ela. Se foi assim, por que não levou sua narrativa gravada consigo? Talvez sua viagem tenha sido repentina; talvez temesse intercepção. Por outro lado, pode ter sido recapturada. Se de fato chegou à Inglaterra, por que não tornou pública sua história, como tantas fizeram ao chegar ao mundo exterior? Ela pode ter temido retaliação contra "Luke", supondo que ainda estivesse vivo (o que é uma improbabilidade), ou mesmo contra a filha; pois o regime de Gilead não estava acima de tais medidas, e as usava para desencorajar publicidade adversa em países estrangeiros. Temos conhecimento de mais de um refugiado incauto que recebeu uma orelha, mão ou um pé, embalado a vácuo enviado por encomenda expressa de correio, escondido em, por exemplo, uma lata de café. Ou talvez ela estivesse dentre aquelas Aias que escaparam que tiveram dificuldade de se ajustar à vida no mundo exterior, depois da vida protegida que tinham levado. Pode ter se tornado, como elas, uma reclusa. Não sabemos.

Nós podemos apenas deduzir, também, as motivações para "Nick" ter planejado sua fuga. Podemos presumir que uma vez que a associação de Ofglen, parceira de Offred, com o grupo Mayday havia sido descoberta, ele próprio estava correndo algum perigo, pois como sabia muito bem, na qualidade de membro dos Olhos, era certo que a própria Offred seria interrogada. As penalidades por atividade sexual não autorizada com uma Aia eram severas, nem mesmo seu status de Olho necessariamente o protegeria. A sociedade de Gilead era bizantina ao extremo, e qualquer transgressão poderia ser usada contra qualquer um por seus inimigos não declarados dentro do regime. Ele poderia, é claro, tê-la assassinado pessoalmente, o que teria sido o caminho mais prudente, mas o coração humano se mantém como um fator, e, como sabemos, ambos acreditavam que ela pudesse estar grávida dele. Que homem do período de Gilead poderia resistir à possibilidade da paternidade, carregada de status, tão altamente privilegiada? Em vez disso, "Nick" convocou uma equipe de resgate de Olhos, que poderia ou não ter sido autêntica, mas que de qualquer modo estava sob suas ordens. Ao fazê-lo, ele pode ter causado sua própria desgraça. Isso também é algo que nunca saberemos.

Terá a nossa narradora chegado ao mundo exterior em segurança e construído uma nova vida para si mesma? Ou terá sido descoberta em seu esconderijo no sótão, presa, mandada para as Colônias ou para a Casa de Jezebel, ou até mesmo executada? Nosso documento, embora à sua própria maneira seja eloquente, quanto a essas questões é mudo. Podemos fazer Eurídice surgir do mundo dos mortos, mas não podemos obrigá-la a responder; e quando nos viramos para olhar para ela, nós a entrevemos de relance por apenas um momento, antes que escape de nosso alcance e nos abandone. Como todos os historiadores sabem, o passado é uma enorme escuridão, e repleto de ecos. Vozes podem nos alcançar a partir de lá; mas o que dizem é imbuído da obscuridade da matriz da qual elas vêm; e, por mais que tentemos, nem sempre podemos decifrá-las precisamente à luz mais clara de nosso próprio tempo.

Aplausos.

Os senhores têm perguntas?

Impressão e Acabamento:
COAN INDÚSTRIA GRÁFICA LTDA.